HAYMON verlag

Herbert Dutzler

Am Ende bist du still

Kriminalroman

MIX
Papier aus verantwor-
tungsvollen Quellen
FSC
www.fsc.org
FSC® C083411

Auflage:
4 3 2 1
2021 2020 2019 2018

HAYMON verlag
Innsbruck-Wien
www.haymonverlag.at

ISBN 978-3-7099-3418-0

Umschlag- und Buchgestaltung nach Entwürfen von
hœretzeder grafische gestaltung, Scheffau/Tirol
Satz: Da-TeX Gerd Blumenstein, Leipzig
Umschlaggestaltung: Eisele Grafik · Design, München
unter Verwendung von Bildelementen von stocksy.com/Craig Holmes
und shutterstock.com/Pavelis (Rose)

Gedruckt auf umweltfreundlichem,
chlor- und säurefrei gebleichtem Papier.

I

Die Scheiben sind beschlagen. Ich male mit dem Finger ein lachendes Gesicht in den feuchten Belag. Hinter den klar gewordenen Stellen zeichnet sich Nebel ab, Nieselregen. „Lass das!“, sagt Mama und biegt rechts ab. „Das sieht man dann auch noch, wenn es trocken ist. Und ich kann wieder alles sauberwischen.“ Sauberwischen. Das ist ein wichtiges Wort für meine Mutter. Ständig wird alles saubergewischt. Wenn ich ein leeres Glas auf dem Wohnzimmertisch stehen lasse, räumt sie es sofort in die Spülmaschine. Aber nicht, ohne argwöhnisch zu kontrollieren, ob es womöglich einen Ring auf der Tischplatte hinterlassen hat. Und nicht ohne einen Seufzer und einen Blick, der mich wissen lässt, dass ich ihr wieder Arbeit gemacht habe. Dann wird saubergewischt. Sogar, wenn mit freiem Auge kein Schmutz zu erkennen ist.

„Lass mich hier raus!“ „Kommt gar nicht in Frage! Zuerst dreh ich um, damit du nicht über die Bundesstraße musst.“ „Aber da ist doch eh ein Zebrastreifen. Und ein Schülerlotse!“, protestiere ich. „Ja, ja“, Mama nickt ungeduldig, „auf die darf man sich nicht verlassen. Die meisten Fußgänger werden auf Zebrastreifen überfahren.“

Als wir umgedreht haben, bleibt Mama, weil es keinen Parkplatz gibt, direkt am Straßenrand stehen. Gleich nach dem Zebrastreifen. Die bösen Blicke der Schülerlotsen, die sieht sie ja nicht, mit denen muss ich zurechtkommen. „So. Pass gut auf dich auf. Und wenn die Schule früher aus ist, vergiss nicht, dass du mich anrufst. Und wenn du den Musiktest zurückbekommst, dann rufst du mich auch an. Oder schickst mir zumindest eine SMS. Und spann den Schirm auf!“ Ich antworte nicht. Was soll ich ihr auch sagen? Dass wir in der Schule kein Handy verwenden dürfen? Dass die meisten in meiner Klasse gar keines haben?

Dass ich mir lächerlich vorkommen würde, wenn ich wegen einem Musiktest, der eigentlich gar kein Test war, sondern nur eine Übung, gleich zu Hause anrufe? Dass es das Lächerlichste überhaupt wäre, für die paar Meter einen Schirm aufzuspannen?

Ich schlage die Autotür zu und ziehe mir meine Kapuze über den Kopf. Hoffentlich fährt sie gleich weg und schaut mir nicht noch zu, wie ich die wenigen Schritte zum Schultor gehe und darin verschwinde. Am besten, ich drehe mich gar nicht mehr um. Direkt am Eingang rempelt mich jemand an. Vincent. „Na, du Schlampe? Wieder einmal im Taxi gekommen?“ Eigentlich sind Schimpfwörter verboten. Aber ich hab’s aufgegeben, mich darüber aufzuregen. Wenn man sich beschwert, gibt’s höchstens in der Pause Ärger und Vincent reißt mich an den Haaren. Er und ein paar der anderen Buben reden Mädchen immer nur mit so blöden Sprüchen an. Und wenn man Glück hat, sagen sie „Alter“ zu einem.

Zu Hause darf ich solche Wörter gar nicht in den Mund nehmen, aber manchmal rutscht mir doch eins raus. Dann gibt es Kopfschütteln und einen entsetzten Blick von Mama. Solange sie sich noch unter Kontrolle hat, ist lautes Geschimpfe bei ihr tabu, denn das ist anscheinend pädagogisch falsch. Und sie macht ja alles richtig. Zumindest erklärt sie Papa mindestens dreimal am Tag, wie Erziehung geht.

Ich hab nachgeschlagen, was eine Schlampe ist. Steht sogar im Duden. Eine unordentliche, unmoralische Frau soll das sein. Aber ich glaube, Vincent hat gar keine Ahnung, was das Wort bedeutet.

„Hallo, Paula!“, sage ich zu meiner Sitznachbarin, während ich mir die Stiefel ausziehe. Die sind übrigens nur deswegen so sauber, weil Mama sie jeden Tag putzt und eincremt. Sie waren teuer, sagt sie, und sind aus nachhaltiger Produktion, allerhöchste Qualität. Und das Leder braucht seine Pflege. Am Wochenende muss ich sie selber eincremen und bürsten. Ich hätte lieber solche Stiefel wie Paula. Die glänzen, haben ein paar Glitzersternchen drauf und müssen sicher nicht jeden Tag geputzt werden. Paula würdigt mich keines Blickes und wirft ihre Stiefel unter die Garderobenbank. „Wartet auf mich!“, ruft sie den anderen Mädchen nach und lässt mich stehen. Wahrscheinlich ist sie neidisch, weil ich jeden Tag mit dem Auto zur Schule gebracht werde. Und ihre Mutter hat sicher kein so tolles Auto wie meine. Das neue hat sogar eine Klimaanlage. Obwohl wir die jetzt im Winter überhaupt nicht brauchen.

Ich hänge meinen Rucksack um die Schultern und plage mich die Stiege hoch, die von den Garderoben im Keller zu unserem Klassenzimmer im ersten Stock führt. In der Früh bin ich immer so müde. Ich glaube, ich könnte gar nicht zu Fuß in die Schule gehen. Ich schaffe ja kaum die paar Stufen.

Oben in der Klasse ist schon der Teufel los. Das ist nichts Besonderes, so laut ist es immer. Ein paar Buben flitzen zwischen den Bänken herum und werfen sich den staubigen Tafelschwamm zu. Mein Pult ist voller Kreidestaub, wahrscheinlich ist der Schwamm einmal dort gelandet. „Hast du die Deutsch-Hausübung?“, fragt Paula. Ich nicke. Ich habe immer jede Hausübung, weil Mama so lange nachfragt, bis ich ihr jede Einzelheit eines Schultages erzählt habe. Außerdem holt sie immer alle meine Schulsachen aus dem Rucksack, kontrolliert sie auf Eselsohren und schaut nach, welche Aufgaben ich angekreuzt habe. Die Deutsch-Hausübung habe ich zweimal geschrieben. Einmal auf einen Zettel und danach ins Heft. Mama lässt mich nicht gleich ins Heft schreiben, das wird nicht schön genug, sagt sie. „Kann ich die

Nummer 64 abschreiben? Da hab ich mich nicht ausgekannt!“ Ich nicke. Wenn sie was von mir will, kann Paula also doch wieder freundlich sein. Oder zumindest so tun, als ob. Ich schiebe ihr das Heft hin. Gerade, als sie beim dritten Satz ist, kommt Frau Augenthaler herein, wahrscheinlich angelockt von dem Geschrei der Buben. „Vincent! Kevin!“, schreit sie. „Her mit dem Schwamm!“ Sie hält die Hand auf, während die Buben erstarren. Schnell lässt Paula mein Heft in ihrem Pult verschwinden. Frau Augenthaler hat nichts gemerkt. „Legt den Schwamm zurück. Und bis zum Läuten werdet ihr zwei mich begleiten, damit ihr nicht noch mehr Unsinn anstellen könnt.“ Die beiden folgen ihr unter Stöhnen auf den Gang, schneiden Grimassen hinter ihrem Rücken. Nun ist es für ein paar Minuten ruhiger.

Als es läutet, lege ich meine neue Federschachtel auf den Tisch. Paula und die anderen sollen sehen, was ich bekommen habe. Es gibt da diesen neuen Film, den alle sehen wollen. Oder schon gesehen haben. Und dazu gibt es – seit gestern erst! – die passenden Schulsachen. Ich bin die Erste, die sie hat. Und das dürfen auch ruhig alle sehen. Auf beiden Seiten sind die Tiere aus dem Film abgebildet. Ich rücke sie mehrmals zurecht, weil mir vorkommt, als würde Paula ganz bewusst in eine andere Richtung schauen. Dabei weiß ich genau, dass sie nichts lieber hätte als genau diese Federschachtel.

Mama hat sie mir gestern gekauft. Natürlich hab ich lange betteln und raunzen müssen, schließlich war das Ding nicht ganz billig. Aber sie hat sich selber wieder einmal eine ziemlich teure Tasche gekauft, da ist ihr nichts anderes übriggeblieben, als mir auch was zu kaufen. Vor allem, wo ich ja die ganze Woche überhaupt nichts angestellt habe. Und sie hat garantiert mehr Taschen als ich Federschachteln. Die alte war an den Rändern auch schon ein bisschen abgeschabt, und außerdem ist ein total kindisches Motiv drauf, das schon lange nicht mehr in ist.

„Na, was haben wir denn da?" Kevin schnappt sich in der Pause meine neue Federschachtel und schwingt sie drohend vor meinem Gesicht hin und her. Ich sage nichts, und Paula steht auf und geht. Ich weiß aus Erfahrung, dass es schlimmer wird, wenn man sich wehrt. „Na, was haben wir denn da? Was hat unser Tussi-Schlampen-Mäuschen denn da wieder bekommen? War das teuer?" Ich glaube, er weiß nicht recht, was er jetzt anfangen soll. Keiner von seinen Freunden ist auf uns aufmerksam geworden, und ohne Zuschauer macht es ihm wohl keinen Spaß, mich weiter zu quälen. Er hält meine Federschachtel hoch über seinen Kopf, macht den Reißverschluss auf und leert den Inhalt auf den Boden. Dann wirft er die Federschachtel in den Mistkübel und verschwindet.

Ich fische sie wieder heraus und putze sie gerade ab, als Frau Augenthaler wieder hereinkommt. Die Federschachtel ist im Mistkübel auf einer glitschigen Bananenschale gelandet, aber sonst ist ihr nichts passiert. „Hat's Ärger gegeben?", fragt Frau Augenthaler. Ich schüttle den Kopf. Würde ich erklären, was passiert ist, hätte ich nach der Stunde ein noch viel größeres Problem. „Ist mir runtergefallen." Frau Augenthaler zieht die Stirn in Falten. Natürlich glaubt sie mir nicht, sie kennt die Buben in unserer Klasse. Und außerdem weiß sie, dass ich nicht so ungeschickt bin, meine Sachen in der Klasse zu verstreuen.

„Kannst du bitte einen Augenblick warten?", fragt mich Frau Augenthaler nach der letzten Stunde. „Ich möchte noch kurz mit dir reden." Ich nicke nicht, schüttle auch nicht den Kopf, bleibe aber vor dem Lehrerpult stehen, bis alle verschwunden sind. „Wer war's denn diesmal?", fragt sie und klingt etwas entnervt dabei. „Niemand", sage ich. Sie seufzt. „Du weißt aber schon, dass es nichts bringt, sich alles gefallen zu lassen?“ Ich denke daran, dass Mama wahrscheinlich schon mit laufendem Motor draußen wartet. Sie regt sich immer auf, wenn ich zu lange brauche, um nach draußen zu kommen. Es gibt ja kaum Parkplätze, und wenn sie warten muss, ist sie dem Schulbus und den Fußgängern im Weg. Und damit ist sie nicht die Einzige, es gibt eine ganze Reihe von Müttern wie meine, die ihre Kinder nicht zu Fuß gehen oder mit dem Bus fahren lassen und draußen alles verstopfen.

Ich schweige. „Vielleicht solltest du dir überlegen, ob es gut ist, ständig auffällig teure Sachen in die Schule mitzubringen“, sagt Frau Augenthaler schließlich. „Erstens bringt dir das keine Freunde, und zweitens gibt’s Probleme, wenn sie dann kaputt gemacht oder gar gestohlen werden.“ Mir fällt nichts ein, was ich darauf sagen könnte. Hoffentlich ist Mama nicht schon zornig. „Na, dann!“, sagt Frau Augenthaler noch und lächelt. Ich laufe aus dem Klassenzimmer in die Garderobe und suche einen meiner Stiefel, den ich schließlich in einer Ecke finde, in die ich ihn sicher nicht geworfen habe. Fast alle anderen Kinder sind schon weg.

„Wo warst du denn so lange?“, zischt Mama, als ich endlich einsteige. Sie fährt ruckartig an, noch bevor ich Zeit habe, mich anzuschnallen. „Ich hab noch aufs Klo müssen“, sage ich. „Aufs Klo hättest du zu Hause auch gehen können! Du weißt doch, dass ich warte!“ Ohne auf die Kinder zu achten, fährt Mama über den Zebrastreifen.

1

Sie hätte doch Jus studieren sollen, wie ihre Mutter es ihr geraten hatte. „Da lernst du die richtigen Leute kennen. Die Söhne von Rechtsanwälten, Bankdirektoren und so weiter." Ihre Mutter hatte nicht im Traum daran gedacht, dass man als Frau zu irgendeinem anderen Zweck studieren könnte, als um sich einen reichen Mann zu angeln.

Dennoch. Soviel Unsinn sie manchmal von sich gab, in diesem Punkt hatte sie recht gehabt. Germanistik war doch nicht das Wahre. Die Studenten, die um sie herum saßen, waren nicht einmal gepflegt. Von attraktiv ganz zu schweigen. Ausgebeulte Hosen, fleckige T-Shirts, zottelige Haare und Bärte. Man durfte ernsthaft bezweifeln, dass auch nur einer von ihnen aus halbwegs gutem Hause war. Natürlich war sie sich dessen bewusst, dass sie sie mit ihren Blicken förmlich auszogen. Die Mädchen hier waren ja, von wenigen Ausnahmen abgesehen, nicht viel besser.

Gelangweilt blätterte Sabine um. Eine Seite hatte sie schon mitgeschrieben, obwohl ihr nicht ganz klar war, was der Professor mit dieser Vorlesung überhaupt bezweckte. Faust durch die Jahrhunderte, na und? Wen interessierte das, und vor allem: Brauchte man das als Lehrerin? Allerdings, ganz unattraktiv war der Mann nicht, sie hatte etwas übrig für graumelierte Herren. Und er trug einen guten Anzug, womöglich sogar italienisch. Ob er verheiratet war? Vielleicht dazu noch seine Sekretärin vögelte, oder eine Doktorandin? Zuzutrauen war es ihm. Sie konnte ja bei ihm eine Prüfung über die Vorlesung ablegen, so würde sie ihn vielleicht näher kennenlernen. Oder, noch besser, einfach einmal in seiner Sprechstunde auftauchen. Sie konnte ihn ja fragen, ob er ihre Masterarbeit betreuen wollte – warum nicht? Es würde ihm sicher auffallen, wie stilsicher und sorgfältig sie gekleidet war.

„Ja, meine Damen und Herren, das war es für heute mit meinen Ausführungen. Wir sehen uns nächsten Mittwoch wieder.“ Noch bevor er ausgesprochen hatte, verließen die meisten Studenten fluchtartig den Hörsaal. Es waren ohnehin schon viel weniger gewesen als zu Beginn des Semesters.

Sorgfältig strich sie ihren Rock glatt und stand von ihrem Platz in der zweiten Reihe auf. Der Professor nickte und lächelte ihr zu. Sie erwiderte sein Nicken, ebenso das Lächeln. Man tat gut daran, den Professoren aufzufallen. Weit vorne zu sitzen und auf ein makelloses Äußeres zu achten, gehörte dazu. Der Professor würde sich daran erinnern, dass sie regelmäßig seine Vorlesung besucht und immer fleißig mitgeschrieben hatte. Zumal sie immer auf demselben Platz gesessen war. Langsam stieg sie die Stufen zum Ausgang hinauf. Ein paar Studenten saßen noch auf den Kanten der Pulte im Hörsaal und unterhielten sich. Über Fußball, glaubte sie zu hören.

Draußen warf sie einen Blick nach rechts. Mehrere Grüppchen standen rauchend vor dem Haupteingang, ein paar strebten den Fahrradständern zu, der Rest verteilte sich in Richtung Toiletten und Bibliothek. Sabine nahm ebenfalls die Stiege hinunter zur Toilette. Sorgfältig zog sie Lidstrich und Lippenstift nach. Es war immerhin schon früher Nachmittag, eine kleine Make-up-Auffrischung war um diese Zeit angesagt.

„Hallo!“ Er stand da, als hätte er vor der Toilette auf sie gewartet. „Darf ich dich auf einen Kaffee einladen?“ Sie musterte ihn skeptisch. Sie wusste lediglich, dass er Daniel hieß, außer der Faust-Vorlesung auch noch ein Seminar mit ihr gemeinsam besuchte und ein blauweißes Rennrad besaß, das er mit einem riesigen Bügelschloss vor der Uni ankettete. Er war nicht unattraktiv, sein mittellanges Haar war allerdings verwuschelt und offenbar rasierte er sich nicht täglich. Aber er roch gut, das musste sie eingestehen.

Sie zuckte mit den Schultern. „Wo?“ Er zeigte mit einer Kopfbewegung hinauf ins Erdgeschoß. „Uni-Buffet?“ Sie seufzte. „Wenn’s sein muss.“ Prinzipiell hatte sie nichts dagegen, eingeladen zu werden, aber es musste nicht unbedingt das Uni-Buffet sein. Es gab schließlich auch gepflegte Innenstadtcafés. Eigentlich hätte er sie vorangehen lassen sollen, dachte sie bei sich. Keine Umgangsformen. Andererseits hatte sie so Aussicht auf einen knackigen Hintern und eine schlanke, offensichtlich muskulöse Silhouette. Was er wohl von ihr wollte?

„Ich hab schon besseren Kaffee getrunken.“ Sie setzte die Tasse ab. Er lächelte. „Aber nicht in so angenehmer Gesellschaft.“ Ziemlich billige Anmache. Aber ein charmantes Lächeln. „Du redest nicht viel. Und nicht mit allen. Das gefällt mir.“ Sie zog die Augenbrauen hoch. „Dich hab ich noch nie mit einer Freundin gesehen.“ Etwas gekünstelt breitete er die Arme aus und zog eine Grimasse. Sie schlug bewusst langsam ihre Beine übereinander. Tatsächlich senkte er kurz seinen Blick. „Ich hab nicht viele Freundinnen. Da bin ich ein bisschen wählerisch.“ Sie nahm noch einen Schluck von ihrem Kaffee. Mit etwas Zucker wäre er sogar annehmbar gewesen. In der Öffentlichkeit allerdings legte sie großen Wert darauf, nicht beim Verzehr von zuckerhaltigen Nahrungsmitteln gesehen zu werden. Es ließ auf Disziplinlosigkeit schließen. Und das Letzte, was sie tun wollte, war, sich gehen zu lassen.

„Ich habe da so eine Idee, wegen dem Mittelalterseminar“, sagte er. Sie ahnte, worauf er hinauswollte, und fühlte sich sofort ein wenig in die Enge getrieben. Die Seminararbeit konnte auch in Partnerarbeit erledigt werden, man erhoffte sich dadurch Synergieeffekte, interessantere Ansätze. Sie hatte bisher nicht nach einem Partner gesucht, und dabei hatte sie es eigentlich auch belassen wollen.

„Würdest du die Arbeit mit mir schreiben? Es könnte Spaß machen." „Spaß? Mittelalter?" So wie sie das sah, ging es mehr oder weniger um endloses Exzerpieren und Zusammenfassen der gängigen Literatur zum Thema. Oder war er lediglich auf ein Abenteuer mit ihr aus? „Weißt du was?", sagte sie und stand auf. „Ich schreib meine Arbeiten lieber alleine. Und wenn du mich anmachen willst, lass dir etwas Kreativeres einfallen." Sie ließ ihn stehen. „Kann ich wenigstens deine Telefonnummer haben? Falls mir was Kreatives einfällt." Sein Lächeln war wirklich irgendwie ... Sie wusste selbst nicht, was sie tat, als sie einen Stift hervorkramte, nach seiner Hand griff und ihre Nummer auf seinen Handrücken kritzelte.

Nur wenige Stunden später hatte sie eine Nachricht von ihm auf ihrem Handy. Erstens, so schrieb er, habe er schon einige Vorarbeit geleistet. Sie solle sich den mitgesandten Link ansehen. Zweitens schlug er vor, sich zu einer ernsthaften Besprechung im Café Melchior zu treffen. Das war schon eher nach ihrem Geschmack. Und drittens meinte er, mittelalterliche Epen würden sich auch hervorragend zur Umarbeitung in erotische Romane eignen. Ob sie auf eine Kostprobe Lust habe. Das war schon unverschämt. Sie öffnete ihren Laptop und fand den Link, den er ihr geschickt hatte. Er enthielt nicht nur einen brauchbaren Entwurf für eine Gliederung der Arbeit, sondern auch schon die Rohfassung eines ersten Kapitels. Sie beschloss, es mit ihm zu versuchen. Allerdings wollte sie, so angenehm sie das Lokal auch fand, mit ihm nicht ins Café Melchior. Dort wurde sie lieber mit anderen Leuten gesehen. Er könne morgen Nachmittag zu ihr kommen, schrieb sie. Sie schickte ihm ihre Adresse.

Zwar war es ihr ein wenig peinlich, dass sie im Studentenheim wohnte, doch war sie ausnahmsweise dem Rat ihrer Mutter gefolgt und hatte ein Zimmer im Heim einer konservativen Studentenorganisation genommen. Dort stünden die Chancen höher, Leute aus dem richtigen Umfeld zu treffen, hatte Mama gemeint. Das Zimmer war geräumig und komfortabel, dafür aber auch teuer. Zudem stellte sich heraus, dass die Leute, die ihre Mutter als „die Richtigen" bezeichnete, überhaupt nicht in Studentenheimen, sondern in eigenen Wohnungen lebten. Bei einem Besuch zu Hause war wieder einmal ein heftiger Streit zwischen ihren Eltern losgebrochen, als sie davon berichtet hatte. „Da siehst du es!", hatte ihre Mutter gezischt – und den Vater daraufhin mit Vorwürfen überhäuft, die alle darauf hinausliefen, dass er zu wenig tüchtig sei, zu wenig verdiene, dass sie ihre Karriere, ja, ihr ganzes Leben ihm geopfert habe, und nichts, gar nichts, sei dabei herausgekommen. Ihr war das peinlich gewesen, sie hatte sich in ihr Zimmer zurückgezogen, das ihre Mutter unverändert gelassen hatte, seit sie ausgezogen war. Der Rückzug hatte nichts genützt, die schrillen Schreie ihrer Mutter wurden selbst durch die geschlossene Tür kaum gedämpft. Sie beschloss, sich ehestmöglich selbst eine Wohnung zu besorgen.

Daniels Vorarbeit war nicht schlecht, soweit sie das beurteilen konnte. Sie hatte sich mit der Thematik noch kaum auseinandergesetzt, das hatte, so fand sie, Zeit. Bestimmt war er in der Lage, eine gute Note für sie herauszuholen. Und wenn sie es geschickt anstellte, musste sie selbst nicht allzu viel Arbeit investieren. Er hatte erotische Mittelalterromane erwähnt. Sie überlegte.

Als sie mittags nach Hause kam, hatte sich die Sonne gerade durch die Wolken gekämpft, die am Morgen noch für Nieselregen gesorgt hatten. Sie trat auf den Balkon. Der Boden war bereits getrocknet, der Beton unter ihren nackten Füßen warm. Man konnte sich in die Sonne setzen. Nach den vier Stunden in Seminaren und Vorlesungen am Vormittag hatte sie sich das redlich verdient. Sie zog ihren Pullover über den Kopf, entledigte sich ihrer Strumpfhose und klappte den Liegestuhl auseinander. Ein paar Windstöße ließen sie gelegentlich frösteln, doch die Sonne wärmte ihre Haut schnell wieder auf. Sie sah auf die Uhr. In einer halben Stunde würde Daniel kommen. Sofern er pünktlich war. Pünktlichkeit, das war ihr wichtig. Sie selbst kam nirgendwohin und zu keinem Anlass zu spät, das machte schließlich kein gutes Bild und zeugte von mangelnder Selbstdisziplin. Die Studenten, die ständig zu spät kamen, fand sie, konnte man schon an ihrem Äußeren erkennen. Ungepflegt, schlampig. Ringe unter den Augen. Leute, die ihr Leben nicht im Griff hatten.

Ihr wurde heiß. Sie stand auf, ging ins Zimmer zurück, kramte im Schrank nach ihren Bikinis, die sie seit letztem September nicht getragen hatte. Als sie einen fand, schnupperte sie daran. Er roch ein bisschen nach Sonnenöl, ein wenig nach Waschmittel. Sie zog sich um, legte sich wieder in ihren Stuhl und spürte die Wärme auf ihrer Haut.

Es klopfte an ihrer Tür. Vier Minuten zu spät. Sollte sie etwas über den Bikini ziehen? Sie entschloss sich, es nicht zu tun, und öffnete. Daniel schien überrascht, lächelte und musterte sie von oben bis unten. Was er sah, schien ihm zu gefallen. „Komm doch rein!“ Etwas unsicher trat er ein paar Schritte in den Raum und hob seine lederne Umhängetasche leicht an. „Ich hab ...“ „Es ist so schön sonnig draußen. Der erste richtig warme Tag ...“, rechtfertigte sie sich. Er zog Bücher aus seiner Tasche. „Ich hab“, wiederholte er, „ein paar Texte mitgebracht. Damit wir gleich weitermachen können." Seine Blicke wanderten zwischen ihr und dem Liegestuhl auf dem Balkon hin und her.

„Soll ich mir was anziehen?" Er zuckte mit den Schultern. „Mir egal. Wenn dir nicht kalt ist ..." Fast meinte sie, ein wenig Ablehnung zu spüren. War er nicht an ihr interessiert? Er war es doch, der zu flirten begonnen hatte. Sie setzte sich aufs Bett und überkreuzte die Beine. „Zeig einmal her!" Sie streckte die Hand nach den Büchern aus. Sie rochen ein wenig muffig. Altes Zeug. Die Hand an seiner Umhängetasche, stand Daniel mitten im Zimmer. Sie klopfte neben sich auf das Bett. „Setz dich doch her!" „Ich weiß nicht ...", murmelte er. Er wirkte plötzlich wie ein kleiner, schüchterner Bub. Diese Seite an ihm war neu, die hatte sie bisher noch nicht kennengelernt. Vorsichtig setzte er sich auf die Bettkante.

„Daraus habe ich schon die wichtigsten Stellen exzerpiert", meinte er und zeigte auf einen dicken grünen Wälzer. Der war es, stellte sie fest, der so unangenehm roch. „Und wenn wir zusammenarbeiten, dann könntest du vielleicht aus diesem da ..." Er zeigte auf einen schmäleren, kartonierten Band, der offenbar neueren Datums war. Sie warf einen Blick in den hinteren Teil des Buches. Es hatte nicht einmal zweihundert Seiten. Das war ihr recht. Auch wenn es natürlich besser gewesen wäre, wenn Daniel auch diese Aufgabe übernommen hätte.

Sie beugte sich über das Buch und gab vor, darin zu lesen. Dass Daniel dadurch einen guten Blick auf ihren Busen bekam, war ihr nur recht. „Weißt du", sagte sie, „ich bin momentan noch wahnsinnig mit meinem Englischseminar beschäftigt. Dystopische Literatur. Voll anspruchsvoll." Daniel sah sie an. „Was hast du?" „The Handmaid's Tale", sagte sie. Er nickte. „Spannende Geschichte. Hab ich voriges Jahr ... nein, vor zwei Jahren gelesen. Zu Weihnachten bekommen. Von ..." Er stockte.

Hatte er es von seiner Freundin bekommen und innegehalten, weil er nicht über sie sprechen wollte? Interessant. Sie hatte das Buch noch nicht einmal gekauft. Wahrscheinlich würde sie das Seminar ohnehin abbrechen. Aber als Ausrede konnte es gute Dienste tun.

Tatsächlich schielte Daniel nach ihrem Busen, wandte seinen Blick aber sofort wieder ab, als er sich ertappt fühlte. Sie spürte, wie sich ihre Brustwarzen aufrichteten und gegen den dünnen Stoff drückten. „Also, äh ...“, stotterte er. „Was ist jetzt? Wollen wir zusammen an dem Thema arbeiten? Ich meine, ich weiß, es ist ein bisschen trocken und so ...“ Sie nickte. „Wenn du mir Zeit lässt. Für mein Englischseminar?“ Sie schenkte ihm ein Lächeln. Wenn er sich hinhalten ließ und in den nächsten Wochen Vorarbeit leistete, konnte sie ja am Schluss mehr oder weniger Korrektur lesen und so ihren Beitrag leisten. Er nickte. Seine Blicke verrieten, dass er sich mehr erhofft hatte, aber sie hatte nicht vor, sich ausnutzen zu lassen. Auch nicht von einem relativ gutaussehenden Mann.

„Magst du einen Kaffee? Wir könnten uns noch ein bisschen auf den Balkon setzen und plaudern?“ „Äh, ja ...“ Seine Blicke irrten über ihren Körper und die Balkontür. Er war eindeutig verunsichert. Sie stand auf und füllte den Wassertank der Kaffeemaschine. „Da steht noch ein Liegestuhl draußen“, sagte sie. „Du kannst ihn dir aufstellen.“ Er verschwand auf den Balkon, schien froh, eine Beschäftigung zu haben. Als sie mit den Kaffeetassen auf den Balkon trat, saß er vornübergebeugt in seinem Liegestuhl. „Zucker? Milch?“ Er schüttelte den Kopf. „Heiß!“ „Ja“, grinste sie. „Wird mit kochendem Wasser gemacht.“ „Nein!“ Er deutete zur Sonne. „Ich meine ...“ Warum schaffte er es plötzlich nicht mehr, vollständige Sätze von sich zu geben?

„Du kannst dich ruhig ausziehen. Hier sieht uns niemand.“ Er starrte sie an. Belustigt setzte sie sich in ihren

Liegestuhl und lehnte sich zurück. Er streifte seinen Pullover ab. Darunter trug er ein kurzärmeliges T-Shirt, das einen schlanken, muskulösen Oberkörper erkennen ließ. Auf dem linken Oberarm wurden Ansätze eines Tattoos sichtbar. Kein bestimmtes Motiv, sondern Linien und Bögen, die sich bis zur Schulter hinauf zu erstrecken schienen. Sie nahm einen Schluck Kaffee.

Offenbar hatte er gemerkt, dass sie sein Tattoo genauer betrachtete. „Magst du Tattoos?“ Sie zuckte mit den Schultern. „Ich hab keins. Will auch keins. Oft ist es ein bisschen ordinär.“ Das war gelogen. In Wirklichkeit hatte sie schon länger überlegt, sich tätowieren zu lassen. Zwischen den Schulterblättern. „Oh!“, antwortete er. Sie lächelte. „Deins nicht!“, beruhigte sie ihn. Er entspannte sich etwas. „Es ist ein Tribal“, erklärte er und schob seinen Ärmel hinauf, sodass sie das gesamte Kunstwerk bewundern konnte. „Kommt von den Maori in Neuseeland“, sagte er. Das Thema schien ihn zu fesseln. „Die sind meistens am ganzen Körper tätowiert, sogar im Gesicht.“ „Möchtest du das auch?“, fragte sie. Er schüttelte den Kopf. „Das reicht!“ Er zeigte auf seinen Oberarm. „Du könntest das T-Shirt ausziehen. Damit ich es ganz sehen kann.“ Verblüfft sah Daniel sie an. In seinem Gesicht arbeitete es. Es war ihr bewusst, dass er gerade überlegte, ob ihre Worte als Aufforderung zum Sex gemeint waren. Dennoch zog er sein T-Shirt über den Kopf. Über dem Brustbein hatte er ein paar dunkle Haare, sonst war sein Oberkörper haarlos, aber schweißnass. „Du hast noch gar nichts von deinem Kaffee getrunken.“ Sie nickte in die Richtung seiner Tasse. Er nahm sie zur Hand und lehnte sich nun endlich in seinen Liegestuhl zurück.

„Hier kann man sich auch nackt in die Sonne legen“, sagte sie. Schon fuhr sein Kopf wieder hoch. „Aber die anderen Balkone?“ Sie zuckte mit den Schultern. „Die Nachbarn haben Besseres zu tun, als über die Begrenzung zu gucken“, sagte sie. Er stürzte seinen Kaffee hinunter. „Ich muss jetzt weg, hab noch zu tun.“ Ihm schien die Situation unangenehm zu werden. War wohl doch nur Angeberei gewesen, sein Flirten. Inklusive der Anspielung auf erotische Romane. Schade. Doch je mehr er sich für sie interessierte, desto eher würde er bereit sein, den Löwenanteil der Arbeit zu übernehmen. Für heute, so entschied sie, hatte sie genug getan.

Er stand auf, suchte nach seinem T-Shirt. Sie stellte sich neben ihn. „Tschüs!“ Sie legte einen Arm um seine nackte, tätowierte Schulter. Sie war warm. Er bekam einen Kuss auf die Wange, erwiderte ihn und berührte sie ebenfalls an der Schulter. Seine Hand war heiß. Er musterte sie noch einmal. Ein Träger des Bikini-Oberteils war von ihrer Schulter gerutscht. Sie bemühte sich nicht, ihn wieder hinaufzuschieben, als er in sein T-Shirt fuhr. Fast gehetzt wirkte er nun. „Ich lass dir das Buch dann trotzdem da! Du kannst mir's ja zur Uni mitbringen, wenn du's nicht mehr brauchst!“ Er drückte ihr das neuere, kartonierte Buch in die Hand. „Wir können uns auch wieder hier treffen, zur Besprechung?“, meinte sie. „Oder bei dir?“ Er nickte, zog seinen Sweater über den Kopf, stopfte die übrigen Bücher in seine Tasche und hastete zur Tür. Mit einem dumpfen Ploppen fiel sie ins Schloss.

Irgendwie war sie verärgert. Es war nicht so gelaufen, wie sie sich das vorgestellt hatte. Aber in der Zusammenarbeit mit Daniel würden sich noch mehr Chancen ergeben.

„Darf ich mich zu dir setzen?“ Fast schüchtern wirkte Daniel heute. Sie hatten in den letzten Tagen ein paar E-Mails ausgetauscht. Um ihn bei Laune zu halten, hatte sie ein wenig in dem kartonierten Buch gelesen und ihm ein paar Häppchen zukommen lassen, die, das musste sie sich eingestehen, nicht viel mehr waren als teils wortidente Zusammenfassungen von Seiten aus dem Original. Er dagegen hatte ihr bereits eine überarbeitete Gliederung und ein neues Kapitel der Arbeit geschickt, das sie überflogen hatte. Mit Beistrichsetzung und Groß- und Kleinschreibung hatte er es nicht so, da konnte sie gern helfend eingreifen. Seine Fehler erinnerten sie an ihre Schulzeit. Damals hatte sie auch Rechtschreibprobleme gehabt. Seit sie von zu Hause weg war, war es besser geworden. Viel besser. Und sie hatte sich in die entsprechenden Regeln vertieft. Eine schlechte Rechtschreibung zu haben, machte keinen guten Eindruck. Und einen guten Eindruck zu hinterlassen, war ihr wichtig.

Sie nickte ihm zu, schenkte ihm ein Lächeln. Er hatte sich sogar um etwas Stil bemüht und auf ein schlabbriges T-Shirt verzichtet. Stattdessen trug er ein dunkelblaues, leicht glänzendes Hemd mit langen Ärmeln, die bis zu den Ellenbogen aufgerollt waren. Von seinem Tattoo war nichts zu sehen. „Bitte!" Sie wies auf den freien Platz neben sich. Daniel setzte sich, nahm seine Ledertasche auf den Schoß und kramte darin. „Bist du weitergekommen?", fragte er. „Ein bisschen. Du weißt ja. Das Dystopie-Seminar." Er nickte, aber es war ihr, als habe sie auch ein leichtes Augenrollen wahrgenommen, das Missfallen ausdrückte.

„Einen schönen Nachmittag, die Herrschaften!" Frau Doktor Leistner-Rahl betrat den Raum. Der leicht ironische Unterton in ihrer Begrüßung war nicht zu überhören. Sie hielt sich für unendlich überlegen und hatte so eine gewisse Art, auf Studenten hinabzublicken. Was ihr nicht sehr schwerfiel, denn sie war mindestens eins achtzig und trug zudem hohe Absätze. Mit ihrem langen schwarzen Haar und dem schmalen Gesicht war sie ziemlich attraktiv, zumal sie sich auch gut kleidete. Bei ihr, das wusste Sabine, musste man vorsichtig sein. Zu auffälliges Styling und übertrieben präsentierte Reize konnten das Missfallen von Frau Doktor Leistner-Rahl erregen, denn sie hielt sich viel auf ihre feministische Grundhaltung zugute. Sie blieb stets sachlich und neutral, manchmal sogar beinhart. Bei ihr konnte man am besten mit Zurückhaltung punkten. Deshalb trug Sabine in ihrem Kurs immer einfache Jeans und Pullover, ohne jeden Schmuck. Und wenn nicht sorgfältig gegendert wurde ... Gute Nacht! Am liebsten, so schien es Sabine manchmal, waren ihr deklariert schwule Männer. Von denen es im Kurs, soweit sie das überblickte, nur zwei gab. Einer davon, Andreas, gab sich übertrieben feminin, der andere, dessen Namen sie nicht kannte, fiel weder durch sein Äußeres noch durch sein Verhalten auf. Sie wusste lediglich, dass er schwul war, weil er mit seinem Partner häufig händchenhaltend über den Campus spazierte.

Der Vortrag war langweilig. Das gesamte Mittelalter und mit ihm seine Literatur konnte ihr gestohlen bleiben. Was gab es da noch zu forschen? Das hatten Germanisten bereits die vergangenen 200 Jahre getan, ohne dass der Welt etwas entgangen wäre, wenn sie es nicht getan hätten. Intellektuelle Selbstbefriedigung, ihrer Meinung nach. Und jetzt sollten sie sich zu den Einleitungsszenen der wesentlichen Artusepen Gedanken aus den Hirnwindungen saugen. Und erklären, warum es je nach Version und Landstrich leichte Abweichungen zwischen den Handschriften gab. Ihrer Meinung nach waren die Mönche, die das ganze Zeug kopierten, einfach unkonzentriert oder kurzsichtig oder beides gewesen. Oder ständig besoffen. Alles andere waren übertriebene Spekulationen.

„Sie haben bereits zusammen an Ihrem Thema gearbeitet?" Sabine hatte völlig übersehen, dass Frau Doktor

Leistner-Rahl an ihren Tisch getreten war und es an ihnen war, einen Zwischenbericht über den Stand ihrer Recherchen abzugeben. Den anderen Teams, die das bereits getan hatten, hatte Sabine nur am Rande zugehört, nachdem ihr Handy vibriert und sie einen Anruf ihrer Mutter weggedrückt hatte. Was wollte die schon wieder? Sie wusste doch, dass sie dienstags nicht erreichbar war, weil sie den ganzen Tag auf der Uni verbrachte.

Daniel sah zu Frau Doktor Leistner-Rahl auf und versuchte ein Lächeln. Er tauschte einen kurzen Blick mit ihr, sie nickte ihm zu. Daniel fasste es als Zustimmung dazu auf, dass er reden sollte. Er räusperte sich. Die Dozentin schien ihn mit ihrem Lächeln nervös zu machen. Dazu kam, dass ihre Augen durch die Brillengläser zusätzlich vergrößert wurden. Dennoch gelang ihm eine übersichtliche und sinnvolle Darstellung dessen, was sie bisher getan hatten. Er war sogar in der Lage, in zusammenhängenden Sätzen zu sprechen, fiel Sabine auf. Das konnte man nicht von allen Mitstudenten behaupten. Manche von denen stotterten herum, als seien sie direkt von der Sonderschule an die Uni geschickt worden. Daniel hatte außerdem eine unaufgeregte, aber dennoch energische Gestik. Sie ertappte sich, wie sie insgeheim seine gebräunten Unterarme mit dem feinen blonden Flaum darauf betrachtete.

„Und Sie?“, fragte Frau Doktor Leistner-Rahl plötzlich, an Sabine gewandt. Die nannte den Titel des dünnen kartonierten Buches, das Daniel ihr dagelassen hatte, und kramte einige Zitate daraus hervor. Frau Doktor Leistner-Rahl rümpfte die Nase. „Da sollten Sie sich aber schon noch ein bisschen genauer damit beschäftigen. Kritisch hinterfragen, vergleichen mit anderen Quellen.“ Sabine lächelte und nickte. Sie musste aufpassen. Die Dozentin durfte nicht auf den Gedanken kommen, sie wolle sich Arbeit ersparen und einfach an Daniels Arbeit mitnaschen. Man musste vorsichtig sein.

Mama schon wieder. Diesmal musste sie den Anruf aber annehmen, zu oft hatte sie sie schon weggedrückt. Sie warf sich auf ihr Bett, schob sich einen Polster in den Nacken und hob ab. „Mein Liebes! Endlich erwisch ich dich einmal!“ Der süßliche Ton ihrer Mutter ging ihr so auf die Nerven, dass sie am liebsten gleich wieder aufgelegt hätte. Was war bloß mit ihr los? Wie konnte man seine eigene Mutter hassen? Auf die Frage ihrer Mutter, wie denn die Woche bisher so gewesen sei, wusste sie nichts Rechtes zu antworten. Sie rang sich ein paar Sätze zu den Seminaren ab, die sie gerade besuchte. „Und, schon jemanden kennengelernt?“ Die unvermeidliche Frage, in lüsterner Neugier vorgetragen. Sabine musste an Daniel denken. Kennengelernt? Sicher nicht so, wie ihre Mutter das meinte. „Falls du wissen möchtest, ob ich diese Woche schon jemand Neuen gevögelt habe: Nein!“ In der gleichen Sekunde bereute sie diese Grobheit. Manchmal sollte man sich Dinge einfach bloß denken und nicht aussprechen, schalt sie sich. Mit ein bisschen belanglosem Smalltalk hätte sie ihre Mutter eine Weile unterhalten und dann auflegen können. Stattdessen musste sie einen Streit vom Zaun brechen. Ihre Mutter schluchzte unterdrückt. „Dass du so böse zu mir bist. Wo ich doch alles für dich tu!“ „Entschuldige, Mama. Ist mir so rausgerutscht. Weil mich die Fragerei nervt. Du fragst ja immer das Gleiche.“ Ihre Mutter hatte sich gefangen und setzte zu einer längeren Erklärung an. „Weißt du ...“, begann sie. Sabines ausfällige Bemerkung schien sie schon wieder vergessen zu haben. „Ab einem gewissen Alter ...“ Sabine nahm die Fernbedienung in die freie Hand und schaltete den Fernseher ein, um sich von ihrer Tirade abzulenken.

„Wann du wieder einmal heimkommst, habe ich gefragt!“ Sabine hatte ihr Geplapper völlig ausgeblendet. „Bald, Mama!“, sagte sie. Und in diesem Moment läutete es an ihrer Tür. Das musste Daniel sein. „Mama, ich hab jetzt eine Besprechung! Tschüs!“ Noch bevor ihre Mutter fragen konnte, mit wem sie sich denn besprechen wolle und ob das vielleicht ein interessanter Mann für sie sei, hatte sie aufgelegt.

„Komm doch rein!“ Sie strahlte Daniel entgegen, in vollem Bewusstsein der Tatsache, dass sie sich keine einzige Minute mit dem Inhalt des Buches beschäftigt hatte, seit sie am Dienstag im Seminar nebeneinandergesessen hatten. „Magst du einen Kaffee?“ Daniel nickte. Sie wandte sich der Kaffeemaschine zu und öffnete einen Knopf ihrer Bluse.

Als sie die beiden Kaffeetassen auf dem Schreibtisch abstellte, begegnete ihr ein skeptischer Blick Daniels. „Du hast nichts gemacht seit Dienstag, oder?“ „Das kann man so nicht sagen!“, verteidigte sie sich und beugte sich beim Abstellen der Kaffeetassen vor, um Daniel etwas abzulenken. Der schien es nicht zu merken. „Ich hab mir Gedanken gemacht. Und mir ist aufgefallen, dass in deinen Texten Fehler sind. Die kann ich korrigieren. In puncto Rechtschreibung kann mir niemand was vormachen.“ Das war zumindest übertrieben, wenn nicht gelogen. Daniel seufzte. „Ich brauch aber keine Lektorin, die meine Texte korrigiert, sondern jemanden, mit dem ich zusammen eine wissenschaftliche Arbeit schreiben kann. Zusammen, verstehst du!“ Er streute ein Säckchen Zucker in seinen Kaffee. „Hast du auch Milch?“ Sie nickte und warf die Haare zurück. „Warum hast du eigentlich eine Kapselmaschine? Das ist voll unökologisch, das weißt du schon?“ Was ging es ihn an, was für eine Kaffeemaschine sie benutzte? Aber besser, ihn nicht zu verärgern. „Ich weiß. Weihnachtsgeschenk. Sobald ich genug Geld habe, besorg ich mir eine andere." Daniel nickte. „Und kommende Woche häng ich mich voll rein, versprochen!" Irgendwie musste sie sein Misstrauen abbauen. Wieder nickte er und schien besänftigt.

Die nächste Viertelstunde verbrachte er damit, ihr zu erklären, was er in der vergangenen Woche gelesen hatte, wie er es in die Arbeit zu integrieren gedachte und welche Schlussfolgerungen er aus seiner Lektüre gezogen hatte. Er schien vom Thema gefesselt, wodurch ihm völlig entging, dass Sabine nur dasaß, gelegentlich nickte und Interesse heuchelte, während sie tatsächlich sein rechtes Ohr und seinen Hals fixierte. Er schob den Ärmel seines Pullovers hoch. Die gebräunte Haut und die feinen Härchen, die zum Vorschein kamen, fand sie interessanter als die Rittergeschichten, von denen er faselte.

„Kann ich noch einmal dein Tattoo sehen?" Sie hatte eine Pause genutzt, die Daniel machen hatte müssen, um einen Schluck Kaffee zu trinken. Überrascht sah er auf. „Hä?" Offenbar war er gerade ganz woanders. Sie musste ihn hierher zurückholen. „Ja. Es gefällt mir. Vielleicht möchte ich auch so eins." Er starrte sie an, immer noch die Kaffeetasse in der Hand haltend. „Ist aber mehr ein männliches Motiv." „Jetzt zeig endlich!"

Er zuckte mit den Schultern, stand auf und zog seinen Pullover über den Kopf. Darunter trug er ein enganliegendes graues T-Shirt. Auch das zog er aus. Etwas betreten stand er vor ihr. Man konnte ihm ansehen, dass er nicht wusste, wohin mit seinen Händen. Schließlich entschloss er sich, sie ineinanderzulegen, um seine Finger zu kneten. Sabine trat auf ihn zu und strich über die Linien, die sich von seiner Schulter über seinen Oberarm zogen. Dann trat sie einen Schritt zurück, öffnete die wenigen Knöpfe ihrer Bluse und ließ sie hinter sich fallen. Sie nahm seine Hand in ihre. „Da. Da hätte ich es gerne." Sie legte seine Hand auf ihre Schulter und ließ sie den Oberarm hinuntergleiten.

Plötzlich zuckte Daniel zurück. „Ich ... ich", stammelte er. „Doch. Du darfst." Sie griff noch einmal nach seiner Hand, legte sie an ihre Brust. Sofort zog er sie wieder zurück. „Ich ... ich möchte das nicht. Ich habe eine Freundin und ich ..." Sie verschränkte ihre Arme. „Du willst ihr treu sein? Kannst du ja auch. Aber gegen ein bisschen Spaß ist doch ..." „Das hat mit Spaß nichts zu tun!" Er griff hastig nach seinem T-Shirt. „Ich mag dich ... und alles, aber ..." Sabine warf einen Blick auf seine Hose und konnte seine Erregung deutlich erkennen. Er war ja nicht einmal mehr in der Lage, ganze Sätze von sich zu geben. Daniel hatte schon seinen Pullover übergestreift, stopfte hastig seine Unterlagen vom Schreibtisch in seine Ledertasche. „Es tut mir leid", krächzte er. „Aber ..." Rückwärtsgehend tastete er nach der Türklinke und war wenige Sekunden später verschwunden. Sabine stand wie erstarrt.

Das war eine Unverschämtheit. Was sie ihm angeboten hatte, konnte man nicht zurückweisen. Hatte noch nie einer zurückgewiesen. Das war eine Beleidigung sondergleichen. Sie hatte ihm ihren Körper schenken wollen. Na ja, nicht schenken. Zur Benutzung überlassen. So musste man es sehen. Und dieser Körper hatte einiges zu bieten. Männer wurden in der Regel zu sabbernden Idioten, wenn sie ein derartiges Angebot bekamen. Und er wagte es, es auszuschlagen. Sie bückte sich nach ihrer Bluse. Das würde Daniel ihr büßen. Bitter. Sie hoffte nur, dass er wenigstens für sich behielt, was er heute hier erlebt hatte.

Sie war pünktlich. Überpünktlich. Die Sprechstunde von Frau Doktor Leistner-Rahl begann um 10:45. Sie checkte noch einmal den Terminkalender. Gott sei Dank war sie die Erste, die sich für die heutige Sprechstunde eingetragen hatte. Und bislang auch die Einzige. Sie hatte sich etwas überlegen müssen nach dieser Pleite mit Daniel. Und sie hatte sich etwas überlegt. Gegenüber der Tür war ein Glasfenster, das zu irgendeinem Nebenraum führte. Der Blick durch die Scheibe war durch einen Vorhang versperrt. Sie konnte ihr Spiegelbild im Fenster sehen und zupfte ein paar Haarsträhnen zurecht. Sie sah gut aus. Schlicht gekleidet, dennoch gepflegt.

Kurze Zeit später hörte sie das Klacken von Absätzen auf dem Gang. Frau Doktor Leistner-Rahl. Sie lächelte. „Sie warten schon auf mich?“ Sabine nickte. Die Dozentin schloss die Tür auf und bat sie, einzutreten. Frau Doktor Leistner-Rahl trug, wie meist, einen schwarzen Hosenanzug und lächelte durch ihre große, ebenfalls schwarze Brille. Sie deutete auf den Besucherstuhl gegenüber ihrem Schreibtisch. „Bitte nehmen Sie Platz. Ich nehme an, es geht um das Mittelalter-Seminar?“

Sabine nickte und zögerte. Das Wichtigste war, bescheiden aufzutreten. Sie war das Opfer. Es hatte ihr peinlich zu sein, darüber zu sprechen. Sie hatte lange mit sich ringen müssen, um den Weg hierher zu finden. So sollte es Frau Doktor Leistner-Rahl sehen. Sabine räusperte sich. „Es ist wegen Ihrer Arbeit zur Artusepik. Zusammen mit Herrn Sagmeister“, stellte die Dozentin fest. Sabine nickte. „Sie geben auf? Sie wollen die Arbeit ihn alleine machen lassen?“ Sabine erkannte den leicht ironischen Unterton. Offenbar traute Frau Doktor Leistner-Rahl ihr nicht zu, einen wesentlichen Beitrag zur Arbeit zu leisten. Sabine schüttelte den Kopf, dass ihre ordentlich zu einem Pferdeschwanz gebundenen Haare flogen. „Es ist ... wegen ganz etwas anderem.“ Sie senkte den Kopf. „Ja?“, fragte die Frau Doktor interessiert. Sabine sah auf ihre Knie. „Es ist schon richtig“, flüsterte sie, „dass ich Schwierigkeiten mit der Literatur habe. Ich habe auch noch ein schwieriges Seminar in Englisch ...“ „Das hätten Sie sich auch vorher überlegen können! In Ihrem Alter sollte man in der Lage sein, so zu planen, dass die eigenen Kapazitäten für die Kurse ausreichen, die man belegt!“ Sabine nickte ergeben. „Aber das ist nicht das eigentliche Problem. Es hat ... wir haben uns zum Arbeiten bei mir getroffen. In meinem Zimmer. Und eben, weil ich ... weil ich ein bisschen hinten bin, da hat Daniel ... Herr Sagmeister ...“ Es gelang ihr, ein wenig zu schluchzen. „Ja?“ Die Dozentin schien hellhörig geworden zu sein. Sabine hob den Kopf und sah ihr direkt ins Gesicht. „Es hat einen sexuellen Übergriff gegeben. Wenn ich schon nichts für die Seminararbeit mache, dann könnte ich wenigstens für ihn etwas tun.“

Frau Doktor Leistner-Rahl schien ehrlich erschüttert. Sabine wusste, sie hatte ihre empfindliche Stelle getroffen. Und sie hatte glaubwürdig gewirkt. Die Dozentin legte die Ellenbogen auf ihren Schreibtisch und beugte sich vor. Ihre Haare fielen bis auf die Tischplatte. „Nicht, dass Sie mich jetzt falsch verstehen, aber das ist eine schwerwiegende Anschuldigung. Sie kann bis zum Ausschluss von der Uni führen. Haben Sie überlegt, eine Anzeige bei der Polizei zu machen?“ Sabine schüttelte den Kopf. „Es ... das würde ich nervlich nicht durchhalten. Ich habe gehofft, dass Sie ... dass Sie mit ihm reden und dann Ruhe ist.“ Die Dozentin lehnte sich zurück und nickte. „Sie können sich darauf verlassen, dass ich das tun werde. Sexuelle Belästigung können wir hier nicht brauchen. Da wäre Herr Sagmeister nicht der Erste, der seine Uni-Karriere deswegen beenden muss. Aber eins muss ich noch wissen: Ist es zu einer ...“ Sie musste den Satz nicht vollenden, bevor Sabine den Kopf schüttelte.

„Er hat nur sein ... seinen ...“, stotterte Sabine. „Er hat Ihnen seinen Penis gezeigt?“ Frau Doktor Leistner-Rahl war es gewohnt, die Dinge nüchtern anzusprechen. Das hatte Sabine gewusst. Sie nickte. „Und er wollte, dass ich ... dass ich ...“ Die Frau Doktor neigte den Kopf. „Wollte er Oralverkehr?“ Sabine nickte wieder. „Und dann hab ich, dann hab ich geschrien, und er hat versucht, mir den Mund zuzuhalten, und ich hab mich losgerissen und im Klo eingesperrt. Da bin ich dann über eine Stunde gesessen.“ Frau Doktor Leistner-Rahl schüttelte den Kopf und zischte durch die Zähne. „Ich weiß gar nicht, wann er gegangen ist. Auf jeden Fall hab ich mich irgendwann herausgetraut, als ich länger nichts mehr gehört habe.“ „Ich würde sagen, da haben Sie noch einmal Glück gehabt. Aber das kann keine Entschuldigung sein.“ Frau Doktor Leistner-Rahl zog einen Notizblock zu sich heran und kritzelte ein paar Wörter drauf. „Ich kann Ihnen aber nicht versprechen, dass wir die Polizei ganz aus dem Spiel lassen“, sagte sie. Sabine nickte. „Wegen der Seminararbeit noch, wie ...“ Die Dozentin sah sie an. „Sie sollen auf keinen Fall zu Schaden kommen. Ich meine, zu weiterem. Das geht ja gar nicht, dass Sie wegen dieser Attacke womöglich ein Semester verlieren. Da finden wir eine Lösung.“ Sabine atmete erleichtert auf. Es schien, als habe ihr die Dozentin Glauben geschenkt. Sieg auf der ganzen Linie – Daniel würde sich wundern.

Trotzdem hatte Sabine Angst vor dem nächsten Dienstag. Was würde passieren? Würde Daniel im Seminar sein? Würde er sie ansprechen? Was würde Frau Doktor Leistner-Rahl inzwischen unternehmen?

Sie bemühte sich, möglichst wenig um sich zu blicken, als sie sich im Seminarraum setzte. Sie war eine der Ersten. Bis das Seminar begann, hatte sie Daniel nicht erblickt.

War er bereits ausgeschlossen worden? Die 90 Minuten zogen sich, wie üblich, endlos. Ein Student, der ein Referat über seine Arbeit zu halten hatte, hatte ein Thesenpapier verfasst und ausgeteilt. Es war in kleinstmöglicher Schriftart völlig chaotisch vollgekritzelt, hatte keinen Ansatz irgendeiner Struktur. Ähnlich unkoordiniert trug er seine Thesen vor. Wann immer Frau Doktor Leistner-Rahl klärend einzugreifen versuchte, begann er zu stottern und verhedderte sich nur noch mehr in Unklarheiten. Es war ein entwürdigendes Schauspiel. Noch dazu begann der Kollege zu schwitzen. Sabine fiel auf, dass er zudem schon schütteres Haar über der Stirn hatte. Was für ein Loser.

In der Pause blieb sie zunächst sitzen, warf dann einen Blick zur Tür und sah Daniel durch dieselbe auf den Gang hinaustreten. Es war ihr so, als habe er ihr davor noch einen Blick zugeworfen. Sie selbst wagte nicht aufzustehen. Außer ihr waren noch drei, vier andere sitzen geblieben, aber niemand schien sie zu beachten. Frau Doktor Leistner-Rahl klappte ihren Laptop zu, erhob sich und trat auf Sabine zu. Sie versuchte, sich hinter ihrem eigenen Gerät zu verschanzen, doch die Dozentin beugte sich einfach darüber. „Wenn Sie nach dem Seminar kurz zu mir ins Büro kommen könnten?" Schon hatte sie sich wieder aufgerichtet und verschwand ebenfalls durch die Tür. Sabine fühlte sich alles andere als wohl. Es konnte doch nicht sein, dass sie mit Daniel gesprochen und ihm mehr Glauben als ihr geschenkt hatte? Frauen mussten doch zusammenhalten. Bestimmt hatte die Frau Doktor auch schon unangenehme Erlebnisse mit Männern gehabt, da waren die Professoren an den Unis nicht besser als andere Männer, Sabine hatte genug Geschichten gehört.

Als sich der Seminarraum wieder füllte, bemühte sie sich, in ihren Bildschirm vertieft zu erscheinen, um einen eventuellen Blickkontakt mit Daniel zu vermeiden.

„Frau Meißner, ich habe mit Herrn Sagmeister gesprochen.“ Der Schuh an ihrem Fuß wippte. Frau Doktor Leistner-Rahl war mit der Ferse herausgerutscht und balancierte den schwarzen Pumps auf den Zehen. „Ja?“, versuchte Sabine, das Schweigen zu überbrücken. Die Dozentin seufzte. „Es steht Aussage gegen Aussage. Wie Sie sich vorstellen können. Herr Sagmeister stellt die Situation völlig gegenteilig dar.“ Sie schwieg wieder. Wollte sie Sabine Gelegenheit geben, sich zu rechtfertigen? „Aber ...“, begann sie. Die Leistner-Rahl hielt ihr die Handfläche entgegen. „Ich verstehe schon. Frauensolidarität. Ich kann doch einem Mann nicht mehr glauben als Ihnen. Habe ich recht?“ Sabine nickte. Die Frau Doktor stellte ihren Schuh auf dem Boden ab und schlüpfte wieder hinein. „Sehen Sie, ich aber bemühe mich um größtmögliche Neutralität. Sie kennen mich, und Sie wissen das. Sie haben beide recht glaubwürdig eine Situation dargestellt. Natürlich aus völlig unterschiedlichen Blickwinkeln, mit gänzlich verschiedenem Inhalt. Es gibt nur zwei Unterschiede, die mir zu denken geben.“ Sie lehnte sich zurück, verschränkte die Hände und begann, die Daumen umeinander zu drehen. Sabine blieb still. Die Frau Doktor brach das Schweigen als Erste. „Sehen Sie, Herr Sagmeister ist mehr oder weniger zusammengebrochen, als ich ihn mit Ihrer Anschuldigung konfrontiert habe. Er schien völlig überrascht, war sehr emotional, und ich denke, meine Urteilsfähigkeit reicht aus, um den Schluss zu ziehen, dass er mir nichts vorgespielt hat. Sie dagegen haben bei Ihrer Aussage zu diesem Thema recht kühl gewirkt. Distanziert. Ich betone, dass ich daraus keine Schlussfolgerungen ziehe.“ Sie legte eine Pause ein. Sabine verzichtete einstweilen auf eine Rechtfertigung. Zuerst musste sie hören, was die Frau Doktor noch vorzubringen hatte. Sie fuhr auch gleich fort. „Zum Zweiten habe ich den Eindruck gewonnen, dass Herr Sagmeister einen weit größeren Anteil an der bisher geleisteten Arbeit hat als Sie. Wie gesagt, ein Eindruck. Vor diesem Hintergrund habe ich davon abgesehen, Herrn Sagmeister mit irgendwelchen Konsequenzen zu drohen. Wenn Sie also gegen ihn vorgehen möchten, müssen Sie sich an die Polizei wenden. Ich werde es nicht tun." Sabine starrte sie an. „Das war's!", fügte Frau Doktor Leistner-Rahl noch hinzu.

Sabine wusste nicht, was jetzt zu tun war, auf diese Situation war sie nicht vorbereitet. „Und was … was ist … mit der Arbeit? Die Note?", stammelte sie. Fast kamen ihr die Tränen. Vielleicht war das gut, am Ende wollte die Dozentin Tränen sehen, damit sie auch sie für glaubwürdig hielt. „Ich hatte mir schon gedacht, dass Ihnen das wichtig ist." Sabine meinte, einen ironischen Unterton herauszuhören. „Wir machen es so: Die bisher geleistete Arbeit rechnen wir Ihnen beiden an. Damit ist auch Herr Sagmeister einverstanden. Unabhängig voneinander stellen Sie die Arbeit fertig, natürlich in einem geringeren Umfang als zunächst geplant. Ich gehe davon aus, dass keiner von Ihnen beiden noch Interesse an einer Zusammenarbeit hat?" Sabine nickte, stand auf und drückte sich aus dem Büro. Irgendwie, so schien es, war ihr Plan nach hinten losgegangen. Bei Frau Doktor Leistner-Rahl würde sie keinen Kurs mehr besuchen können. Und wer konnte wissen, ob sie die Geschichte nicht auch noch im Kollegium herumerzählte? Es blieb ihr nichts anderes übrig, als diese Scheißarbeit selber fertig zu machen. Und zu hoffen, dass sowohl die Leistner-Rahl als auch Daniel den Mund halten würden.

II

Endlich haben sich Johannas Brüder vor ihr Fußballtor verzogen. „Und hopp!“ Wir haben unsere Hände losgelassen und versuchen jetzt, so zu springen, dass wir abwechselnd vom Trampolin hochfliegen. Eine oben, eine unten. Johanna oben. Ihre Haare fliegen über ihrem Kopf. Jetzt ich oben. Es klappt gut! Ich quietsche vor Vergnügen. Das war knapp! Ich habe Johanna bei der Landung fast gestreift. Ich muss ein wenig zurück, ein wenig nach hinten hüpfen ... Das war zu viel! Ich rudere mit den Händen, komme aus dem Gleichgewicht und treffe nicht das Trampolin, sondern den Rand. Au! Ich rutsche auf dem glatten Metall aus und schlage mit dem Kopf auf die Umrandung. Einen Moment lang weiß ich nicht mehr, wo ich bin. Um mich herum ist alles schwarz. Johannas Gesicht über meinem. „Sabine! Sabine! Was ist los?“ Ihre Stimme klingt ganz verzagt. Doch es geht schon wieder. Mir brummt zwar der Schädel, aber ich kann mich langsam aufsetzen. Durch mein Fußgelenk zuckt ein Schmerz, als ich versuche aufzustehen.

„Oh Gott!“ Johanna schlägt die Hände vor den Mund. Plötzlich merke auch ich, dass etwas nicht stimmt. Von meinem Kopf tropft Blut. Ich drücke die Hand gegen meine Stirn, wische darüber und ziehe sie wieder weg. Alles voller Blut. „Mama! Mama!“, schreit Johanna. Sie läuft weg. Ich kann nicht aufstehen. Sekunden später ist Johannas Mutter auf das Trampolin geklettert und nimmt mich in den Arm. „Wie geht’s dir? Tut dir was weh?“ Sie streichelt mich, tätschelt beruhigend meinen Rücken. Dennoch beginne ich zu schluchzen. „Der Fuß, ich kann nicht aufstehen!“ Johannas Mutter schiebt mein Hosenbein hoch, während sich Johannas Brüder neugierig am Rand des Trampolins drängen. „Wow, so viel Blut!“, sagt

Leo fast bewundernd. „Lass mal sehen!“ Johannas Mama streicht durch meine Haare. „Gott sei Dank nur eine kleine Platzwunde. Das blutet leider manchmal so stark, wenn man sich den Kopf anhaut. Ich trag dich mal rein, dann verbinden wir das.“ Sie springt vom Trampolin und nimmt mich auf ihre Arme.

In der Küche setzt sie mich auf einem Stuhl ab. „Ihr bleibt draußen!“, verscheucht sie Johannas Brüder. Mein Fuß tut schon nicht mehr so weh. Aber meine Mama wird ein fürchterliches Theater machen, das weiß ich jetzt schon. Wieder und wieder hat sie mir erklärt, dass dieses Trampolin brandgefährlich ist. Und wenn Johanna und ihre Brüder draußen waren, hat sie immer wieder die Gardinen beiseitegeschoben, in den Nachbargarten hinübergelugt und den Kopf geschüttelt. „Wie man das den Kindern nur erlauben kann! Umbringen werden sie sich noch. Umbringen!“, hat sie geflüstert. Und mir natürlich strengstens verboten, jemals auf dieses Teufelsding zu steigen.

Johannas Mama kommt mit einem warmen Waschlappen, um mir das Gesicht abzuwischen. „Und dann“, sagt sie, „legen wir einen Waschlappen mit Eiswürfeln drinnen darauf, dann hört das Bluten schnell auf.“ Sie ist ruhig, macht alles ohne Aufregung und ohne herumzuschreien. Das gefällt mir, es ist ganz anders als bei meiner Mama. Gott sei Dank ist die jetzt nicht da. Aber es wird nicht lange dauern, bis sie vom Einkaufen zurück ist. Sie wollte mich ohnehin nicht bei Johanna lassen, während sie weg ist. Aber es ist so schönes Wetter, und ich wollte unbedingt bei meiner Freundin im Garten bleiben. „Fahren Sie ruhig!“, hat Johannas Mama gemeint. „Die unterhalten sich schon im Garten. Wäre doch schade, sie jetzt hineinzuschicken.“

Johanna ist mit ihren Geschwistern immer draußen, fast jeden Tag, sogar bei Regen. Ihre Mama findet, dass das unbedingt nötig ist, für den Ausgleich, sagt Johanna. Sie selber würde oft gerne drinnen spielen. Vor allem, wenn es kalt ist. Aber da gibt es eine Regel in ihrer Familie: eine Stunde am Tag raus! Oft geht ihre Mama mit ihnen in den Wald, oder auch ihr Papa, wenn er Zeit hat. Ich darf da natürlich nicht mit, denn erstens meint meine Mama, dass man sich anderen Leuten nicht aufdrängen darf, und zweitens kann man sich im Wald verkühlen, über Wurzeln stolpern oder von Schlangen gebissen werden. Und, das Allerwichtigste, Schuhe und Kleider werden beim Laufen durch den Wald schmutzig.

„Da!“ Der Waschlappen mit den Eiswürfeln ist da. Kalt! „Drück ihn nur fest dagegen! Das hilft!“ Johannas Mama lächelt. Ich presse den Waschlappen auf die Wunde. Die Finger werden eiskalt, aber der Schmerz lässt nach. Tropfen laufen in meinen Halsausschnitt. Johannas Mama hängt mir ein Handtuch um. „Deine Mama wird so schimpfen!“, sagt Johanna. „Meinst du?“ Ihre Mama beugt sich zu meinem Fuß hinunter. „Das werden wir auch überstehen!“, grinst sie. „Ich schau mir jetzt einmal den Fuß an.“ Sie schiebt die Hose hoch und tastet meinen Knöchel ab. Es tut nur noch ein bisschen weh. „Hm“, sagt sie. „Geschwollen ist nichts. Tut das weh?“ Sie drückt auf verschiedene Stellen an meinem Knöchel. „Tut das weh? Das?“ Jedes Mal schüttle ich den Kopf. „Probier mal, draufzusteigen!“ Ich stehe auf. Als ich den Fuß belaste, tut es ein bisschen weh. „Und?“, fragt Johannas Mama. Ich schüttle wieder den Kopf. „Tut gar nicht mehr weh!“ Besser, sie glaubt, es ist alles in Ordnung. Sie wischt noch einmal mit einem Taschentuch über mein Gesicht.

Plötzlich steht meine Mama in der Terrassentür. Sie ist anscheinend durch den Garten gekommen, ohne dass wir es bemerkt haben. „Was ist denn hier los? Um Gottes willen!“, schreit sie sofort. Sie hat wohl das blutige Taschentuch in der Hand von Johannas Mama gesehen. Und den Waschlappen mit den Eiswürfeln an meiner Stirn.

Sie reißt mich am Arm hoch. „Warst du etwa auf diesem blöden Trampolin?", keift sie. Dann zeigt sie mit dem ausgestreckten Finger auf Johannas Mama. „Dafür werde ich Sie zur Verantwortung ziehen! Das wird Sie teuer zu stehen kommen!" Johannas Mama starrt meine fassungslos an. „Es ist doch nichts Schlimmes passiert! Kinder tun sich halt mal weh beim Spielen." Mama hält mich so fest am Arm, dass es schmerzt.

„Wir fahren jetzt ins Krankenhaus! Und danach werden Sie von meinem Rechtsanwalt hören!" Mama atmet heftig und ist ganz außer sich. Johannas Mama starrt uns ungläubig an. „Aber wegen dem bisschen ..." „Bisschen!", faucht Mama und zieht mich am Arm durchs Vorzimmer zur Haustür. Das Handtuch fällt zu Boden, aber den Eiswürfelwaschlappen lasse ich nicht los.

Als wir im Auto sitzen, wird mir erst klar, dass sich Mama weder für meine Wunde am Kopf noch für meinen Fuß interessiert hat. Sie hat sich die Stellen, an denen es wehtut, nicht einmal angesehen. Ruckartig fährt sie los, reißt am Schalthebel und am Lenkrad, dass es mich durchschüttelt. „So. Und was ist da eigentlich genau passiert?" Immer noch ist ihr Ton schrill und hektisch. „Eigentlich nix", sage ich. „Ich bin halt hingefallen. Und habe mir den Kopf angeschlagen." „Da war überall Blut!", kreischt Mama. Sie fährt, als ob ich ein Notfall wäre. Gerade hat sie waghalsig einen Lieferwagen überholt. Ich betaste die Wunde und fühle eine kleine, eiskalte Beule, aber anscheinend hat das Bluten aufgehört. Die Eiswürfel haben geholfen. Jetzt aber beginnt immer mehr Wasser aus dem Waschlappen zu tropfen, und es ist ein wenig rot gefärbt, vom Blut. Die Tropfen fallen auf meine Jeans und hinterlassen Flecken. „Was soll ich mit dem Waschlappen tun?“, frage ich. „Er tropft!“ „Hoffentlich nicht auf die Polster!“ Mama streckt ihren Arm zwischen den Vordersitzen durch. „Gib her!“ Ich lege den Waschlappen in ihre Hand, sie lässt das Fenster hinunter und wirft ihn mit Schwung hinaus. „Hoffentlich hab ich mir jetzt keinen Fleck auf mein Kostüm gemacht“, schimpft sie. „Das kann mir die blöde Kuh dann auch noch bezahlen!“ „Und den Fuß hab ich mir ein bisschen verknackst“, sage ich. „Weil ich auf den Rand vom Trampolin gesprungen bin.“ „Das auch noch!“, stöhnt Mama.

Sie hält direkt vor dem Haupteingang des Krankenhauses. Da ist ein rotes Kreuz auf dem Boden, und ich glaube nicht, dass sie das darf. „Mama, da ...“ Ich deute auf die Bodenmarkierung. „Du bist ein Notfall! Da darf man alles!“ Sie nimmt mich an der Hand und läuft durch den Eingang. Mir tut mein Fuß jetzt doch ein bisschen weh, ich würde gern langsamer gehen. „Wo ist hier die Notaufnahme?“ Mama klopft hektisch mit dem Zeigefinger gegen die Scheibe des Empfangs.

„Wenn Sie bitte mit dem Klopfen aufhören? Ich bin nicht taub!“ Die ältere Frau hinter dem Glas schüttelt den Kopf und deutet nach rechts. „Folgen Sie bitte der roten Linie. Wo ist denn der Notfall?“ Mama antwortet nicht und hastet weiter. „Au! Mein Fuß!“ Jetzt tut es wirklich weh, ich kann nicht so schnell. „Ja, tragen kann ich dich nicht!“, schimpft Mama und packt mich grob am Oberarm. Gott sei Dank ist es nicht weit bis zu dem Schalter, wo man sich anmelden muss. Gleich daneben sind ein paar Bänke. „Kann ich mich da hinsetzen?“ Ich deute darauf. „Ja, ja!“ Ich humple zu der Bank, während Mama mit der Krankenschwester hinter dem Schalter einen Streit anfängt. Sie weigert sich, ein Formular auszufüllen, bevor mich ein Arzt untersucht hat, und meine Sozialversicherungsnummer weiß sie auch nicht, weil sie ihre Karte nicht mithat. Ich taste noch einmal nach meinem Kopf. Nur ein ganz kleines bisschen Blut bleibt am Finger kleben, aber die Wunde brennt. Meinem Fuß geht es jetzt, wo ich sitze, ganz gut.

Anscheinend hat die Krankenschwester nachgegeben, denn sie kommt durch die Tür neben ihrem Schalter zu mir heraus. Sie lächelt mich an. „Na, was ist los mit dir? Darf ich einmal sehen?“ „Sind Sie für eine Untersuchung überhaupt qualifiziert?“, faucht meine Mama. Die Schwester tut so, als habe sie sie gar nicht gehört, und streicht meine Haare beiseite. „Da haben wir eine kleine Platzwunde. Blutung ist schon gestillt.“ Sie wendet sich Mama zu. „Etwa ein halber Zentimeter. Wird wahrscheinlich nicht nötig sein, das zu nähen, weil es ja unter dem Haaransatz ist.“ Mama atmet heftig. „Und der Fuß?“ Die Schwester macht es genauso wie Johannas Mutter, schiebt die Hose hoch, betastet den Knöchel und fragt mich, ob es wehtut. Ich schüttle den Kopf und sie richtet sich auf und seufzt. „Frau Meißner, ich fürchte, da werden Sie sich ein wenig gedulden müssen. Ein Notfall ist bei uns etwas anderes. In der letzten halben Stunde hatte ich einen Oberschenkelhalsbruch, einen Mann, der sich einen Finger abgesägt hat, und einen Radfahrer, der am ganzen Körper großflächige Schürfwunden hat. Ach ja, und das verbrühte Kleinkind hab ich fast schon vergessen. Also bitte Geduld, wir tun unser Möglichstes.“ Sie wartet keine Antwort ab und verschwindet hinter ihrer Tür, bevor Mama Gelegenheit hat, wieder loszuschimpfen. „Ich werde mich über Sie beschweren!“, schreit sie ihr dann allerdings doch hinterher. Die Krankenschwester scheint sie nicht gehört zu haben, blickt nicht einmal auf. Dann schaut Mama etwas ratlos um sich und lässt sich schließlich neben mir auf die Bank fallen. „Ein Chaos ist das hier!“, schimpft sie und schüttelt den Kopf. Als man plötzlich einen Mann auf einer Trage an uns vorbeischiebt, dessen eine Hand total blutig ist, reißt sie mich wieder hoch. „Hier gehen wir weg!“

Während wir warten, holt sie sich eine Illustrierte und blättert darin. Sie hat sich immer noch kein einziges Mal selber meine Wunde angeschaut, auch nicht meinen Fuß. Eigentlich ist alles schon wieder gut, und wir könnten heimgehen. Wenn Johannas Mama meine Mutter wäre, dann hätte ich wahrscheinlich etwas zu essen und zu trinken bekommen, hätte mich aufs Sofa gelegt und ferngesehen oder gelesen. Und jetzt wäre alles längst wieder gut. „Mama, ich hab Durst!“ Sie sieht kurz von ihrem Magazin auf. „Das hättest du dir früher überlegen müssen. Ich kann jetzt nicht weg – wenn unsere Nummer drankommt, müssen wir da sein!“ Ich traue mich nicht mehr zu sagen, dass ich eigentlich aufs Klo muss.

„Ja, gnädige Frau, ich glaub, da werden wir am besten die Wunde desinfizieren, nicht wahr, und damit lassen wir's gut sein.“ Der Arzt hat einen grauen Bart und lustige braune Augen, die verschmitzt blinzeln. „Ich bestehe aber auf einem Röntgen! Da geht's um Fahrlässigkeit, das brauch ich für die Anzeige!“ Mama schießt von ihrem Stuhl hoch. Der Arzt schüttelt den Kopf. „Frau Meißner“, sagt er ernst und dreht sich zu ihr um. „Die Sabine zeigt keinerlei Anzeichen einer Kopfverletzung, die über die Wunde hinausgeht, keine Kopfschmerzen, keine Übelkeit, keine glasigen Augen. Wenn Ihnen heute Abend oder in der Nacht irgendwas Ungewöhnliches auffällt, dann kommen Sie bitte wieder.“ „Und der Fuß? Der muss auch unters Röntgen!“ Mamas Stimme ist schon wieder schrill. Der Arzt seufzt. „Liebe gnädige Frau“, sagt er noch einmal. „Ich kann, ohne dass eindeutige Symptome vorliegen, Ihre Tochter nicht einfach unters Röntgen schieben. Da muss man auch an die Strahlenbelastung denken.“ Mama schluckt. „Ich bestehe aber …“ Jetzt hebt der Arzt seine Stimme. „Bestehen können Sie gerne. Dann suchen Sie am besten einen Radiologen auf und bezahlen die Aufnahmen privat. Ob Sie allerdings einen finden werden, der ohne Indikation so etwas macht, das bezweifle ich.“ Er geht zur Tür und öffnet sie. „Bitte!“ „Also so etwas!“, faucht Mama. Der Arzt beugt sich zu mir herunter und streicht mir über die Wange. „Mach’s gut! Wird schon wieder!“ „Komm jetzt!“ Mama ist ungeduldig.

„Na, die werden sich anschauen! Dieses Krankenhaus sieht mich nie wieder!“, schimpft Mama, als wir wieder im Auto sitzen. Dabei hat sie den Zettel noch gar nicht gesehen, der hinter dem rechten Scheibenwischer klemmt. Ich schweige. „Du hättest ihm halt sagen müssen, dass dir alles wehtut! Warum sagst du denn nichts!“ Ich antworte nicht. Mir fällt keine Antwort ein. Mama fährt in die Garage des Shoppingcenters. Als sie geparkt hat, lächelt sie mir zu. „So! Jetzt kaufen wir dir eine Belohnung! Weil du so tapfer warst.“ Davor allerdings warte ich fast eine halbe Stunde auf einem Sessel in einem Textilgeschäft auf sie, weil sie in der Auslage so tolle reduzierte Pullover gesehen hat. Ich wünsche mir, jetzt bei Johanna im Garten zu sein.

2

Irgendwann musste sie ihre Eltern wieder einmal besuchen. Schließlich waren sie ihre nahezu einzige Geldquelle, und wer konnte wissen, ob sie weiterhin für ihr Studium zahlen würden, wenn sie sich nie blicken ließ? Es dauerte ja auch schon geraume Zeit länger, als es hätte dauern sollen. Was keineswegs ihre Schuld war. Die Professoren wussten ja meist selbst nicht, was sie wollten.

Missmutig warf sie die Tasche mit den Sachen für das Wochenende in den Kofferraum. Geburtstagsfeier, noch dazu! Wo sich die Oma doch hinten und vorne nicht mehr auskannte und außerdem so eigenartig roch.

Das Gefühl der Beklemmung, das sie immer beschlich, wenn sie sich ihrem Heimatort näherte, war diesmal stärker als sonst. Es wurde eigentlich mit jedem Mal, das sie die Strecke in Angriff nahm, schlimmer. Da die Volksschule, dort die Fleischhauerei, in der sie oft mit ihrer Mutter eingekauft hatte. Fast immer hatte es dabei peinliche Szenen gegeben. Ihrer Mutter war kaum einmal etwas gut genug gewesen, meist hatte sie mehr genörgelt als gekauft. Schließlich die Straßenkreuzung, die Zufahrt durch das Wohngebiet. Hässliche Einfamilienhäuser aus den Fünfziger-, vielleicht Sechzigerjahren. Einige schon umgebaut durch die nachfolgenden Generationen. Carports und Flachdächer.

Seufzend hielt sie vor ihrem Elternhaus an. Warum konnte es bei ihr nicht sein wie bei einigen Freundinnen aus der Stadt, die immer wieder begeistert davon erzählten, wie schön es am Wochenende auf dem Land gewesen war? Wie gut die Mama oder sogar die Oma gekocht hatten und wie wunderbar es war, im Garten zu sitzen und mit dem Hund zu spielen oder durch den Wald zu spazieren. Sabine bedeutete all das gar nichts.

Sie wusste, sie brauchte nicht zu klingeln. Die Haustür war tagsüber selten versperrt. Ihr Vater hielt das für unnötig, was ihre Mutter immer wieder aufregte. Dennoch drückte sie den Klingelknopf kurz, um ihre Ankunft anzukündigen. Ihre Mutter kam ihr im Vorzimmer entgegen, freudestrahlend, und fiel ihr um den Hals. „Dass du endlich wieder einmal da bist! Du bist ja furchtbar dünn geworden!“ Ungelenk erwiderte Sabine die Umarmung. Es wäre ja ein Wunder gewesen, wenn sich in die Begrüßung nicht gleich Kritik gemischt hätte. Seit Jahren meckerte ihre Mutter darüber, dass sie zu mager war. Sabine fand sich okay. Definiert. Man tat schließlich auch etwas dafür, dass man schlank war. Und Sabine erinnerte sich gut daran, wie panisch ihre Mutter reagiert hatte, als sie ihre vierzehnjährige Tochter zu pummelig gefunden hatte. Außerdem hatte ihre Mutter nicht viel mehr auf den Rippen als sie selbst. Ihr Gesicht sah fahl und eingefallen aus. Sabine zwang sich, auf eine spitze Bemerkung zu verzichten.

„Wo ist denn der Papa?“ Ihre Mutter seufzte. „Auf dem Sofa. Du weißt ja. Seine Bandscheiben. Und gestern hat er auch noch einen Hexenschuss bekommen, als er den Rasenmäher starten wollte.“ Sabine stellte ihre Tasche ab und betrat das Wohnzimmer. Gerade versuchte ihr Vater, unter Stöhnen aufzustehen. „Bleib, Papa!“ Sie beeilte sich, ihm entgegenzukommen, beugte sich über ihn und küsste ihn auf die Wange. Die war etwas stoppelig, er hatte sich heute wohl noch nicht rasiert. Am Wochenende ließ er immer ein wenig die Zügel schleifen, es reichte ihm, dass er während der Woche im Anzug herumlaufen musste. „Ich muss“, ächzte er, „sowieso aufstehen. Es gibt gleich Essen.“ Er stemmte die Fäuste gegen das Sofa und drückte sich hoch. „Gut schaust du aus! Wir haben dich so lange nicht gesehen!“

„Ja. Tut mir leid. So viel zu tun." Er umarmte und küsste sie noch einmal auf beide Wangen. Sabine ließ es geschehen. Ihr Vater roch gut, er hatte immer schon gut gerochen, sogar, wenn er gar nicht frisch geduscht war. War wohl irgendeine Kindheitserinnerung. „Und Mama!" Er nickte mit dem Kinn in Richtung Küche, wo ihre Mutter gerade damit beschäftigt war, einen Braten aus dem Backrohr zu holen. Sabine wusste genau, was er mit diesen beiden Worten meinte. Ihre Mutter hasste es, wenn er sich gehen ließ. So nannte sie alles, was nicht dazu diente, Haus und Menschen darin perfekt erscheinen zu lassen. Am liebsten hätte sie es gehabt, wenn ihr Mann nicht nur in Anzug und Krawatte zur Arbeit gegangen wäre, sondern sich so auch zu Hause zum Tisch gesetzt hätte. Den Gefallen tat er ihr nicht. Sonst aber fast jeden. Sabine fragte sich, warum er sein ganzes bisheriges Leben mit ihrer Mutter verbracht hatte. Er hätte es besser haben können. Konnte er immer noch. Er war gerade fünfzig, sah gut aus, hatte einen guten, sicheren Job. Er war auf ihre Mutter nicht angewiesen. Sie auf ihn dagegen schon. Sie hatte ja, wie sie nie zu betonen müde wurde, ihre Karriere für ihn geopfert. Und nicht zuletzt für Sabine.

„Gleich ist es fertig!" Mit einem strahlenden, aber künstlichen Lächeln drehte sie sich zu ihnen um. Der Tisch war bereits gedeckt. „Was trinkst du, Papa?" Sabine ging zum Kühlschrank. „Das mach ich schon!", verscheuchte ihre Mutter sie mit einer Handbewegung. Dennoch öffnete Sabine die Kühlschranktür. „Ich werd mir ja wohl noch ein Mineralwasser holen dürfen!" Schon war ihr Ton gereizt, aggressiv. Konnte sie mit ihrer Mutter nicht anders reden? „Bier, Papa?" Sie sah sich zu ihm um. Er hatte schon auf seinem Stammplatz am Kopf des Tisches Platz genommen und nickte ihr zu. „Er sollte nicht schon zu Mittag ...", begann ihre Mutter. Sabine ignorierte sie und trug Mineralwasser und Bier zum Tisch. Gekonnt schenkte sie ihrem Vater ein. Das hatte sie als Kind schon gedurft, und es gelang ihr immer noch, das Bier mit gerade dem Schwung einzugießen, der für eine dichte Schaumkrone nötig war. „Prost!" „Du trinkst keins?" „Ich trink überhaupt keinen Alkohol. Praktisch." Sie klopfte auf ihren Bauch. „Kalorien!" Ihr Vater nickte. „Braucht man aber auch!" Sie verschwieg ihm, dass in ihrem Zimmer immer eine Flasche Wodka im Kleiderschrank stand. In letzter Zeit war sie beunruhigend oft leer getrunken gewesen.

„So!" Ihre Mutter stellte den Braten auf den Tisch. Schwein. Hatte sie schon lange nicht mehr gegessen. Ihr Vater holte sich eine Scheibe auf seinen Teller. Ein wenig Saft tropfte aufs Tischtuch. „Muss das sein? Kannst du nicht aufpassen?" Natürlich hatte die Mutter es gesehen, als sie die Schüssel mit Knödeln und Kartoffeln brachte. „Ich brauch eigentlich eh kein Tischtuch", murmelte ihr Vater, während er sich den ersten Bissen vom Schweinsbraten schnitt. Warum bloß ließ er sich alles gefallen? Im Beruf war er erfolgreich, aber zu Hause musste er den Blick senken, weil er ein paar Tropfen Bratensaft verspritzt hatte? Sabine nahm sich einen Knödel, schnitt ihn entzwei und legte eine Hälfte wieder zurück. „Du musst essen, Kind!", jammerte ihre Mutter. Sabine fragte sich, wie sie es ihrer Mutter jemals recht machen sollte.

Sie holte sich eine Gabel voll Krautsalat aus der Schüssel. Ihre Mutter schaufelte eine dicke Scheibe Schweinsbraten aus der Pfanne und legte sie ihr auf den Teller. „Den magst du doch so gerne!" „Mama! Das ist mir viel zu viel! Und ich ess eigentlich kein Fleisch. Schon gar kein Schweinefleisch!" Verärgert warf sie das Stück wieder in die Pfanne. Erneut gab es Fettspritzer. Auf das Tischtuch. Und wieder hatte sie es nicht geschafft, wenigstens neutral und sachlich mit ihrer Mutter zu reden. Die Stimmung war beim Teufel. Schweigsam schob ihr Vater einen Bissen nach dem anderen in den Mund. Zu hören war nur das Klappern von Besteck auf den Tellern. Ihre Mutter, so erkannte sie, als sie kurz aufblickte, hatte Tränen in den Augen. Sabine seufzte. „Mama, das musst du einfach akzeptieren, dass ich kein Schweinefleisch esse. Das ist doch meine Entscheidung." „Setzt du dann auch bald ein Kopftuch auf? Oder willst du dich verschleiern?" Wütend warf ihre Mutter das Besteck auf den Teller. Jetzt hieß es ruhig bleiben. Sonst brauchte sie ihre Tasche gar nicht erst auszupacken. Es kostete sie Überwindung, ihrer Mutter die Hand auf den Arm zu legen. Seltsam, dass es einem zuwider war, die eigene Mutter zu berühren. Irgendwas stimmte nicht mit ihr. „Mama, das hat nichts mit Religion zu tun. Sondern mit Gesundheit. Ich esse nur kein rotes Fleisch. Gelegentlich ein bisschen Huhn, auch Fisch. Ich bin nicht einmal Vegetarierin. Das ist doch nichts, worüber man sich so aufregen muss."

Ihre Mutter schlug die Hände vors Gesicht. „Dass man nicht ein Wochenende ... mit seinem Kind ..." Sie begann zu schluchzen. „Lass sie doch essen, was sie mag!", mischte sich ihr Vater ein und leerte sein Bierglas. „Selber schuld, wenn sie auf so einen fantastischen Braten verzichtet!" „Natürlich!", schnaufte ihre Mutter. „Wieder einmal alle gegen mich. Und ich bin die Blöde!" Sie stand auf, nahm ihren halbvollen Teller und trug ihn in die Küche. „Mir ist der Appetit vergangen!" Sie begann, das herumstehende schmutzige Geschirr in die Spülmaschine zu räumen.

„Magst einen Schnaps?" Ihr Vater versuchte, die Situation irgendwie zu retten. Ja, ihr war tatsächlich nach einem Schnaps. Einem großen. Aber sie beherrschte sich und schüttelte den Kopf. „Wie du meinst!" Ihr Vater erhob sich mühsam, humpelte zur Vitrine und holte eine schlanke Flasche vom obersten Bord. „Marille! Direkt vom Weinbauern aus der Wachau!“ Er schenkte sein Schnapsglas großzügig voll, während ihre Mutter in der Küche lauter mit den Töpfen klapperte, als das unbedingt nötig gewesen wäre. „Ich bring dann mal meine Tasche nach oben!“ Sabine stand auf. Keine Minute länger hielt sie es mit den beiden in einem Zimmer aus. Ob sie doch gleich wieder in die Stadt zurückfahren sollte?

In ihrem Zimmer warf sie die Tasche aufs Bett. Sie blickte um sich. Puppen, Spielzeug und Kinderbücher waren an ihren Plätzen. Sogar die Plüschtiere. Anfangs hatte sie, wenn sie nach Hause gekommen war, immer alles weggeräumt, sie konnte es nicht ertragen, in einem Kinderzimmer zu schlafen. Sofort fühlte sie sich in die Zeit zurückversetzt, die sie hier verbracht hatte. Zu viele einsame Nachmittage. Wenn sie dann in die Stadt zurückgefahren war, hatte ihre Mutter alles wieder aus den Kästen geholt und so arrangiert, wie es ihrer Meinung nach auszusehen hatte. Aus purer Erschöpfung hatte Sabine irgendwann aufgegeben.

Sie nahm ein zerlesenes Buch in die Hand. Die Hochreiter-Kinder. Von Hilde Forster. Sie hatte es damals praktisch auswendig gekonnt. Drei Geschwister, die zusammenhielten. Eine liebevolle, verständnisvolle Mutter. Eine andere Welt.

Sie warf sich aufs Bett, ohne ihre Schuhe auszuziehen. Wenn ihre Mutter das wüsste. Man legt sich nicht angezogen ins Bett, hatte es geheißen. Das machen nur Asoziale. Ihr Zimmer war nicht so groß, dass sie sich anderswo hätte hinlegen können. Den Vorstellungen ihrer Mutter nach hätte sie wohl die ganze Zeit steif auf ihrem Schreibtischstuhl sitzend verbringen sollen. Sabine sehnte sich nach dem Sonntagabend, wenn das Wochenende bei ihren Eltern vorüber war. Sie musste endlich ihr

Studium abschließen, Geld verdienen, um hier endgültig herauszukommen. Oder jemanden kennenlernen, der ihr Leben finanzierte.

Zum Kaffee ging sie wieder nach unten. Papa lag auf dem Sofa, im Fernsehen lief ein Motorradrennen. Er war selbst Motorrad gefahren, früher. Doch als Sabine zur Welt gekommen war, hatte er seine geliebte Maschine verkauft. Aber an der Wand im Wohnzimmer, da hingen immer noch zwei Bilder, die ihn mit seinen Motorrädern zeigten. Sabine blieb davor stehen. Auf dem einen war er vielleicht fünfundzwanzig Jahre alt. Das Motorrad, wusste sie, war eine Yamaha, weiß und dunkelblau, mit Verkleidung. Baujahr 1990. Ihr Vater hatte ihr wieder und wieder erklärt, was für ein wunderbares Fahrzeug das gewesen war. Aber alles außer Marke und Baujahr war ihr entfallen. Das andere war eine rote Honda und sah deutlich älter, filigraner und billiger aus. Sie war sein erstes Motorrad gewesen. „Vielleicht", sagte ihr Vater lächelnd und wies auf die beiden Fotos, „kauf ich mir wieder eins. Wenn das mit den verdammten Bandscheiben besser wird!" „Musst du dich eigentlich operieren lassen?", fragte Sabine. Er schüttelte den Kopf. „So weit sind wir noch lange nicht!" Ihre Mutter kam aus dem Garten, schloss die Terrassentür hinter sich und lächelte verkniffen. Offenbar hatte sie beschlossen, dass die Szene vom Mittagessen vergessen war. „Jetzt trinken wir einen Kaffee!", strahlte sie. Gegen Kaffee und Kuchen hatte Sabine nichts einzuwenden. Zu Mittag hatte sie ja tatsächlich fast nichts gegessen.

„Möchtest du vielleicht Hausschuhe?", fragte ihre Mutter, als Sabine gerade das erste Stück Kuchen kaute. Es schmeckte nach nichts. „Super Kuchen, Mama! Nein, danke, keine Hausschuhe." Ihre Schuhe waren doch sauber. Sie hasste es, mit Filzlatschen herumzusitzen. Es sah einfach nicht gut aus. „Weißt du, diese Absätze ... der Parkettboden ... und das kann ja auch nicht gesund sein." Sie schnitt ein zweites Stück Gugelhupf herunter und legte es Sabine ungefragt auf den Teller. Sabine stöhnte. Ihre Mutter ließ wirklich keine Gelegenheit aus, sie zu ärgern. Fast konnte man meinen, sie mache es absichtlich. Sie schluckte eine giftige Bemerkung hinunter, die ihr auf der Zunge lag. „Mama, solche Schuhe trägt man, wenn man gut aussehen will. Und ich will immer gut aussehen. Früher, als du dich noch um meine Kleider gekümmert hast, wolltest du doch auch, dass ich gut aussehe. Und Papa soll ja am liebsten auch daheim einen Anzug tragen. Wenn du willst, ziehe ich andere Schuhe an. Mit flacheren Absätzen. Aber keine Hausschuhe." So lange hatte sie zu ihrer Mutter ewig schon nicht mehr gesprochen. Und so geduldig. Papa warf ihr einen warnenden Blick zu. Sie wusste, sie hatte belehrend geklungen. Sie hatte gesprochen, wie man mit einer Geisteskranken spricht. In schlechten Filmen zumindest. Sie legte die Gabel weg, ohne das zweite Stück Kuchen anzurühren. „Morgen ist ja auch noch die Geburtstagsfeier", sagte sie. „Da gibt's ja wieder so viel zu essen. Ich hab zwei Kilo mehr, nach diesem Wochenende, wenn ich jetzt nicht Schluss mache."

Im Gegensatz zu Sabine konnte sich ihre Mutter nicht beherrschen. Leider. „Du bist viel zu dünn!", brach es aus ihr heraus. „So etwas will kein Mann! Wahrscheinlich bist du sogar magersüchtig!" Sabine befahl sich, zu schweigen. Nichts zu sagen. Alles hinunterzuschlucken. Doch es ging nicht. „Vielleicht", sagte sie so kontrolliert wie möglich, obwohl sie am liebsten den Kuchenteller gegen die Wand geworfen hätte, „bin ich ja magersüchtig. Aber wenn, dann nur wegen deiner verkorksten Erziehung!" Sie wartete die Reaktion ihrer Mutter gar nicht ab, stand auf, stöberte in ihrer Handtasche nach Zigaretten, schnappte sich das Päckchen und ein Feuerzeug und trat vor die Haustür. Sie konnte sich vorstellen, wie ihre Mutter drinnen nach Luft schnappte und Papa wieder einmal nichts sagte, einen Schluck Kaffee trank und ein zweites Stück Kuchen auf seinen Teller schob.

Sie zitterte, als sie sich die Zigarette anzündete. Wenn sie sich was wünschen dürfte, dann war es ein normales, ganz gewöhnliches Verhältnis zu ihren Eltern. Man besuchte einander, tauschte Nichtigkeiten aus, saß ein wenig zusammen, und dann trennte man sich wieder. Doch jeder zweite Satz ihrer Mutter war ein versteckter Vorwurf. Nicht die kleinste Kleinigkeit durfte sie selbst entscheiden, ständig nervte sie mit ihren guten Ratschlägen.

Hinter ihr wurde die Haustür geöffnet. Ihr Vater trat zu ihr auf die Stiege. In Hausschuhen. „Kein so guter Tag, bis jetzt?“ Sie zog hastig an ihrer Zigarette und blies den Rauch in den Wind. Sie schüttelte den Kopf. „Warum kann man mit ihr nicht reden? Warum bloß?“, fragte sie, doch ihr Vater zuckte nur mit den Schultern. „Ich kenne sie jetzt schon dreißig Jahre. Ich weiß es auch nicht.“ „Hast du nie daran gedacht ...“ Sie ließ das Ende ihres Satzes offen. Ihr Vater wusste natürlich genau, was gemeint war. Er atmete tief aus und verschränkte die Arme vor der Brust. Sabine fröstelte. Eine Wolke hatte sich vor die Sonne geschoben, und ein Windstoß fegte trockenes Laub die Straße hinunter. „Es gab Zeiten, da hab ich es gemocht, dass sie sich um alles so kümmert. Dass sie Kleinigkeiten wichtig nimmt. Dass sie sich um ihr Aussehen kümmert und sich schön macht, und das für mich.“ Sabine warf ihm einen skeptischen Blick zu. „Ja, wirklich! Mir hat es gefallen, dass sie sich auch um meine Kleider gekümmert hat. Mich zum Einkaufen geschleppt hat. Sie war stolz darauf, wenn ich gut aussah. Und ich erst recht auf sie. Du hättest sehen sollen, wie andere Männer sie angeglotzt haben, wenn wir in Gesellschaft waren." Er lachte. „Manchen sind fast die Augen rausgefallen. Speziell, wenn wir mit Japanern zu tun gehabt haben. Da musste ich sie immer mitbringen. Das hat ihr auch gefallen." Er hielt inne und atmete tief durch. „Dass da ab einem gewissen Zeitpunkt nur mehr Bitterkeit ... das habe ich nicht geahnt." „Und für was Neues bist du einfach zu bequem", ätzte sie, und noch im gleichen Moment tat es ihr leid. Wenigstens ihren Vater wollte sie auf ihrer Seite behalten. Auch wenn er schwach war. „Nein", verteidigte er sich, „das ist es nicht. Da gibt es auch ... eine gewisse ...", er suchte nach Worten. „So etwas wie Solidarität. Auch, wenn man sich nicht mehr liebt."

„Papa, du bist gerade fünfzig. Du hast noch dreißig Jahre vor dir, mindestens. Du siehst gut aus. Du bist sportlich." Sie lächelte. „Na, jetzt gerade nicht. Du könntest noch einmal ganz von vorn anfangen. Mit jemandem, der dich wirklich mag." Mit einer wegwerfenden Geste drehte er sich zur Haustür um. „Dreißig Jahre! Du hast vielleicht eine Ahnung!" Sie erschrak. „Bist du krank?" „Nein, aber ..." Er schwieg. Sie dämpfte ihre Zigarette in einem Blumentopf aus, der vor der Haustür stand. Von ihr aus konnte die Pflanze drinnen am Nikotin verrecken. Sie drückte den Stummel tief in die Erde.

„Ich hab übrigens zwei gute Nachrichten. Für dich." Sie würde ihrem Vater zwei Lügen auftischen. Warum, wusste sie selbst nicht. Es war auch nicht geplant gewesen. „Ich bin bald fertig mit dem Studium. Nur noch eine Prüfung." Ihr Vater lächelte und drückte sie an sich. So viel Nähe ließ er selten zu, sie kam überraschend. „Wunderbar. Sagst du's Mama?" Sie schüttelte den Kopf. „Kann ich nicht. Sie will dann Einzelheiten wissen. Wann genau. Und wann die Sponsion ist. Und was ich dazu tragen werde. Und was sie tragen soll. Und wohin wir danach gehen. Das ist mir alles zu viel.“ Ihr Vater nickte, nahm die Hände wieder von ihren Schultern und steckte sie in seine Hosentaschen. „Und die zweite?“ „Ich hab einen Freund. Eine Beziehung. Wird vielleicht was.“ Das war nicht gänzlich gelogen. Zwei Kurzzeitbeziehungen hatte sie gerade hinter sich, und eine davon war eine gewesen, die sie wirklich ganz gern weitergeführt hätte. Momentan sah es allerdings so aus, als würde nichts daraus werden. „Schön!“ Ihr Vater nickte und lächelte. Er wusste ganz genau, dass jede weitere Frage als Eindringen in ihre Privatsphäre gewertet würde. Obwohl er, das sah sie ihm an, gerne gefragt hätte.

„Ich versteh ja nicht, dass es unbedingt so ein Heurigenlokal sein muss. Wo es nicht einmal warmes Essen gibt.“ Vorwurfsvolle Blicke trafen Papa. Er seufzte. Sabine konnte förmlich riechen, dass dieses Thema nicht zum ersten Mal auf der Tagesordnung stand. Wäre ja auch ein Wunder gewesen, wenn man einmal in Ruhe hätte frühstücken können.

Sabine legte ein wenig Lachs auf ihren Vollkorntoast. „Und vom Schinken magst du gar nichts?“ Sabine würgte. Es fiel ihr schwer, ruhig zu bleiben, nichts zu sagen und gleichzeitig den Toast zu kauen. Hoffentlich verlangte ihre Mutter nicht auch noch eine Erklärung dafür, dass sie den Orangensaft nicht anrührte, den sie ihr eingeschenkt hatte.

„Du weißt doch, dass Oma sich genau das gewünscht hat. Eine ordentliche Brettljause möchte sie haben, zu ihrem Fünfundsiebzigsten.“ Die Oma, die Geburtstag hatte, war Papas Mutter. An Sabine gewandt fuhr er fort. „Wir haben erst versucht, es ihr auszureden, aber sie ist störrisch geworden. Da hab ich mir gedacht, es ist ja ihr Geburtstag. Wenn sie also Freude daran hat, warum nicht.“

„Schon als wir das Essen bestellt haben, haben uns fast die Fliegen aufgefressen!“, konterte ihre Mutter. „Und nicht einmal Tischtücher!“ Ihr Vater hob die Handflächen und streckte sie seiner Frau entgegen. Die Geste wirkte eher resigniert als drohend. Aber dadurch ließ Mama sich nicht bremsen. „Eigentlich ja irgendwie typisch für deine Familie. Soll ich dann vielleicht im Dirndl antanzen und jodeln?“ Sabine war der Appetit endgültig vergangen. Nur mit Mühe gelang es ihr, den letzten Rest des Lachstoasts mit einem Schluck Tee hinunterzuspülen. „Ich hätte nichts gegen ein Dirndl“, sagte sie. „Aber ich hab keins. Ich hab nicht viel mehr mit, als ich am Leib habe!“ Ihre Mutter versuchte ein Lächeln. „Du siehst wie immer makellos aus.“ Ihre Mundwinkel fielen nach unten. „Nur …“ Sabine stand auf. Sie konnte keinesfalls noch einmal hören, dass ihre Mutter sie zu dünn fand. Wahrscheinlich hatte sie in irgendeinem Frauenmagazin gelesen, dass man eher einen Mann fand, wenn man Riesentitten und einen fetten Arsch hatte. Und einen Mann zu finden, das war schließlich das Wichtigste. Und Sabine war eigentlich schon über der Altersgrenze, die ihre Mutter für die Partnerwahl festgelegt hatte. „Ich hab ja schon mit zweiundzwanzig geheiratet!“ Das hatte sie sich nicht nur einmal anhören müssen.

Sabine trug ihr Geschirr in die Küche. Jetzt eine Zigarette. Ohne dass Mama etwas merkte. Sie goss den Rest Tee aus ihrer Tasse in einen Blumentopf, in dem eine rosa blühende Pflanze sich an einem Stab hochrankte. Hoffentlich verreckte sie vom Tee. Ein bisschen Spülmittel würde der sicher den Rest geben. Sie nahm die Flasche mit Spülmittel und drückte einen Schuss der grünen Flüssigkeit ins Erdreich. Es versickerte, ohne dass sichtbare Spuren zurückblieben. Das würde der Pflanze sicherlich nicht guttun. Ade, schöne rosa Blüte.

Das Lokal war tatsächlich ein bisschen sehr einfach und viel zu rustikal, auch für Sabines Geschmack. Trotzdem, wenn sich Oma das wünschte, dann hatte Mama kein Recht, ständig herumzunörgeln. „Kinderl!", rief die Oma aus. „Wie groß du geworden bist!" Sabine beugte sich zu ihr hinunter, denn die alte Frau schien keine Lust zu haben, aufzustehen, um ihre Gäste zu begrüßen. Sie umarmte Sabine und drückte ihr einen Kuss auf die Wange. Sabine drehte ihren Kopf so, dass sie die Luft küsste. Ihre Oma roch unangenehm. War es der Geruch des Alters, oder trug sie keine frische Wäsche? Manchmal roch auch frisch gewaschene Wäsche so modrig, wenn sie zu langsam getrocknet war. Sie machte sich los.

„Ich bin schon lange so groß, Oma. Seit ziemlich genau zehn Jahren. Nur die Schuhe sind vielleicht ein bisschen höher geworden." Sie hob ein Bein, damit Oma ihre Absätze sehen konnte. Elf Zentimeter. Was sich gerade noch ausging zum Autofahren. Sie fand sich mit flachen Schuhen hässlich und war es schon gar nicht mehr gewohnt, damit zu gehen. Einer ihrer letzten Männer hatte mit ihr wandern wollen, doch schon nach einer Stunde hatte sie unerträgliche Schmerzen in den flachen Turnschuhen gelitten. Die Oma schlug die Hände zusammen. „Dass du dir halt nicht die Füße brichst, Mädel!"

Lustlos stocherte Sabine auf ihrem Teller herum. Es gab fast nur Fleisch. Für sie selbst kamen nur ein paar Aufstriche in Frage. Schon nach einer halben Stunde war ihr entsetzlich langweilig, die Gespräche drehten sich um Fußball, Feuerwehr und den neuesten Kugelgrill, den man sich angeschafft hatte. Die Frauen redeten ausschließlich über die Erfolge ihrer Kinder. Sabine stand auf und drängte sich nach draußen. Jetzt war die Gelegenheit günstig, eine Zigarette zu rauchen, ohne dass ihre Mutter es mitbekam.

Sie verließ den Gasthof durch den Haupteingang. Auf der anderen Straßenseite standen schon zwei Raucher. Sie bog nach links um die Hausecke und stellte sich in den Schatten des Kastanienbaums, der dort in einem viel zu kleinen Loch im Asphalt sein Auskommen finden musste. Was für ein Segen, dass sie heute Abend wieder zu Hause sein würde. Obwohl man ihr Zimmer in der Wohngemeinschaft, in der sie mittlerweile lebte, kaum als wirkliches Zuhause bezeichnen konnte. Es fehlte eigentlich an allem. Vor allem an Sauberkeit.

Sie nahm einen tiefen Zug, sog den Rauch in ihre Lungen ein. Das tat gut. Entspannte. Kaum, dass sie den Rauch wieder ausgeatmet hatte, stand ein junger Mann neben ihr. Er war ihr im Gasthof schon aufgefallen und kam ihr vage bekannt vor.

„Du bist die Sabine", grinste er. Sie wandte sich ab, starrte in die Krone der Kastanie. „Schöne Schuhe!", sagte er. Konnte man hier nicht einmal in Ruhe rauchen? „Erinnerst du dich nicht mehr an mich?" „Sollte ich?" „Michael. Wir sind Cousins. Halt, ich bin dein Cousin. Zweiten Grades. Der Enkel von der Schwester von deiner Oma." „Tut mir leid. Ich hab dich nicht mehr erkannt." „Weil du eben nie zu Familientreffen kommst." Er grinste. „Interessieren dich Familientreffen?" „Nicht die Bohne!" Er schüttelte den Kopf. „Meine Eltern haben mich engagiert. Zum Fahren. Sonst wär ich nie mitgekommen." „Und? Haben sie schon genug getrunken?" Er zuckte mit den Achseln. „Geht so. Es ist ein Geschäft. Ich fahr sie heute, und dafür kriege ich nächste Woche das Auto." „Kein eigenes?", fragte sie. Er schüttelte den Kopf. „Student. Politologie." Er lächelte, fast entschuldigend. Eigentlich, fand Sabine, sah er gar nicht schlecht aus. Die dunklen, gewellten Haare. Charmantes Lächeln. Er war etwas kleiner als sie, wahrscheinlich wegen ihrer Absätze. Und Politologie? Ein

Hungerleiderfach. Er streckte ihr die Handflächen entgegen. „Keine Politologenwitze! Ich kenne sie alle!“ Sabine musste lachen. „Was machst du? Ich meine, du siehst aus, als könntest du dir was leisten. Deine Sachen ...“ Endlich einer, dachte sie, der zu würdigen weiß, dass man sich anständig kleidet. Sie musterte ihn. Sein Anzug war auch nicht schlecht. Sicher von den Eltern bezahlt, aber er saß gut auf einem schlanken, muskulösen Körper. „Auch Studentin“, erwiderte sie. „Germanistik.“ Keinesfalls würde sie zugeben, dass sie Lehramt studierte. War nicht so gut fürs Image, heutzutage.

„Weißt du noch?“, fragte er. „Vor elf Jahren? Im Schwimmbad? Ich hab gesagt, du traust dich nicht mit mir in die Umkleidekabine.“ Sabine überlief es siedendheiß. Der war das? Sie hatten sich damals im Schwimmbad zum ersten Mal gesehen und keine Ahnung gehabt, dass sie verwandt waren. Wenn auch entfernt. Ihre beiden Freundinnen hatten ihn gekannt, so waren sie ins Gespräch gekommen. Sie konnte sich nicht mehr erinnern, wie es zu dieser abenteuerlichen Wette gekommen war, aber schließlich hatte sie der Teufel geritten, sie hatte nicht feige wirken wollen und war mit ihm in die Umkleidekabine gegangen. Mit hochrotem Kopf waren beide aus ihren Badesachen geschlüpft, hatten sich abgetrocknet und wieder angezogen. Alles hatte gejohlt, als sie wieder herauskamen. Sabine war so schnell wie möglich aus dem Bad verschwunden. Mehr war nicht passiert. Aber natürlich hatte er sie angestarrt, das war ja klar. Wie peinlich! „Muss dir nicht peinlich sein“, grinste er. Hatte er ihre Gedanken erraten? Sie befürchtete, zu erröten. „Ist mir auch nicht peinlich.“

„Gehen wir ein bisschen spazieren?“ Sabine nickte. Irgendwie wurde ihr warm. Michael rührte etwas in ihr an. Sie hatte nicht damit gerechnet, heute überhaupt jemanden zu treffen, mit dem man sich unterhalten konnte.

Gleich hinter dem Gasthof begannen die Maisfelder. Sie gingen eine schmale Straße entlang, die sich zwischen einem Bach und den Feldern dahinwand. Er unterhielt sie mit Geschichten aus seiner Kindheit hier auf dem Dorf, die sie zwar nicht zusammen, aber doch gleichzeitig verbracht hatten. Da gab es Gemeinsamkeiten.

Nach ein paar Minuten erreichten sie eine Bank unter einem Wegkreuz. „Setzen wir uns hin?“ Sabine nickte. Sie hatte Spaß daran, Michael zuzuhören, aber keine Lust, viel über sich selbst zu erzählen. Das schien ihm wenig auszumachen. Er war kein Angeber, dafür aber ein guter Beobachter. An wie viele Einzelheiten er sich erinnerte! Es war unglaublich. Sie hatte schon längst vergessen, welche kleinen, interessanten Geschäfte es in ihrem Ort gegeben hatte. Wie lange man sein Geld gespart hatte, um sich ein Comicheft zu kaufen. Wie man danach die ganze Woche pleite gewesen war. Wie billig es gewesen war, am Sonntagnachmittag ins Kino zu gehen, und wie schlecht die Filme gewesen waren.

Sabine selbst sagte nichts. Sie war ohnehin meistens zu Hause gesessen, allenfalls auf der Terrasse, oder von Mama in die Musikschule und zum Ballettstudio in der nächstgrößeren Stadt gefahren worden. Der Ausflug ins Schwimmbad war wohl eine Ausnahme gewesen. Dass sie mit vierzehn ohne Mama ... Jetzt erst erinnerte sie sich. Sie war abgehauen, hatte ihre Badesachen zusammengepackt und war, ohne zu fragen, ins Schwimmbad gelaufen. Es war ja nicht weit weg. Ihre Mitschülerinnen hatten vormittags getuschelt und die Köpfe zusammengesteckt. Was es da alles zu erleben gab. Mit Burschen. Ihre Mutter hatte getobt, als sie nach Hause gekommen war.

Sabine lächelte. „Ich bin damals weggelaufen. Meine Mama hätte mich nie alleine ins Schwimmbad gehen lassen. Viel zu gefährlich. Am Ende wäre ich noch mit einem

Buben in die Umkleidekabine gegangen." Ohne Vorwarnung schlang Michael seine Arme um sie und küsste sie. Zuerst erstarrte sie vor Schreck, dann entspannte sie sich. Sein Kuss war bei weitem nicht so unangenehm wie viele andere, bei denen sich Männer förmlich in ihren Rachen bohrten. Sie legte ihre Arme auf seinen Rücken. Er war weich und warm, roch und schmeckte ein bisschen nach Rauch, die Bartstoppeln kratzten.

Nach dem Kuss sah er ihr in die Augen und lächelte. Sie lehnte sich zurück und ließ sich die Herbstsonne ins Gesicht scheinen. Cousin zweiten Grades. Durfte man so einen überhaupt küssen? Eigentlich egal. Sie kramte in der Handtasche nach ihren Zigaretten. „Magst du auch eine?" Er lächelte immer noch. „Zuerst lieber noch einmal küssen." Sie steckte die Zigaretten weg. Seine Hände verirrten sich nicht auf ihren Po, nicht zu ihren Brüsten. Sie war es gewohnt, das heftige Drängen der Männer abwehren zu müssen, aber nichts dergleichen bei ihm. Ein Windstoß fuhr ihr durch die Haare. Sie legte die Hand auf seinen Hinterkopf und zog ihn näher an sich heran.

Als sie wieder vor dem Gasthof eintrafen, achteten beide darauf, ein wenig Abstand voneinander zu halten. Ihre Mutter stand vor dem Eingang und warf unruhige Blicke in alle Richtungen, bevor sie Sabine erblickte. „Wo warst du denn? Ich schau mir die Augen aus nach dir! Alle haben Oma schon gratuliert! Du hast es verpasst!" Sie fasste nach Sabines Arm, die sich ihrem Griff entwand. „Ich kann ihr doch auch jetzt noch gratulieren!", verteidigte sie sich. „Aber es ist alles vorbei! Das Lied und die Gedichte!" „Ich scheiß auf die Gedichte." Ihre Mutter zuckte zusammen. Noch im gleichen Moment bereute Sabine ihre heftige Reaktion. „Und was willst du überhaupt mit dem da?" Mamas Gesichtsausdruck war abfällig, als sie in Michaels

Richtung nickte. „Der da hat einen Namen. Den du ganz gut kennst. Und der da war mit Sabine spazieren. Weil es da drin unerträglich langweilig ist.“ Michael grinste und schien völlig entspannt, während sich in Sabine alles verkrampfte. War ihre Mutter schon wieder dabei, etwas zu zerstören, was noch nicht einmal begonnen hatte? Hatte sie schon wieder etwas falsch gemacht, wie immer? Michael holte eine Packung aus einer Hosentasche und schnippte lässig eine Zigarette heraus. „Du auch?“ Er hielt ihr die Packung hin. In Sabines Ohren toste es. Sie schob ihre Mutter beiseite und betrat den Gasthof.

Mühsam beherrscht suchte sie ihre Oma und rang sich eine steife Umarmung, zwei Wangenküsse und ein paar Sätze ab, die man eben bei solchen Anlässen von sich zu geben gezwungen war. Darauf, ihren Vater zu suchen, verzichtete sie. Der war sicherlich bereits bei der zweiten Flasche Wein, bestens gelaunt und nicht an ihren Problemen interessiert.

Als sie wieder aus dem Gasthof kam, war Michael verschwunden. Er hatte nicht einmal ihre Telefonnummer. Sie seine auch nicht. Als sie in ihrem Auto saß, musste sie erst einmal durchatmen. „Was willst du überhaupt mit dem da!“ Der Satz hallte immer noch in ihren Ohren wider. Sie wollte nichts, gar nichts, zumindest noch nichts mit Michael. Und schon stellte sich ihre Mutter zwischen sie und ... Sabine ließ die Fenster herunter, startete den Motor. Stickige Luft. Der Fahrtwind blies ihr die Haare ins Gesicht, sie musste ständig mit der freien Hand Strähnen vor den Augen wegwischen. Egal. Ihre Mutter würde bereuen, was sie gesagt hatte. Nicht nur das von heute, auch das von gestern. Jeden einzelnen Satz würde sie bereuen.

Sabine hielt vor ihrem Elternhaus an, stieg aus und schloss die Haustür auf. Zuerst ihre Sachen ins Auto, dann, ja dann ... Als Erstes stach ihr das Regal mit den Kochbüchern ins Auge. Ja. Kochbücher. Heiligtümer ihrer Mutter. Sie konnte zwar nicht kochen, bildete sich aber weiß Gott was darauf ein, die besten Rezepte der berühmtesten Köche zu kennen. Am besten nahm sie eines, das man nicht mehr kaufen konnte. Da! Ein etwas zerlesener Bildband eines Starkochs, der schon in die Jahre gekommen war. Sie blätterte im Buch. Es war zwölf Jahre alt. Zumindest vor zwölf Jahren erschienen. Das war bestimmt vergriffen. Sie ging zum Ofen, öffnete die Klappe und stellte das Buch hinein. So, dass man die Reste des Umschlags, falls es nicht ganz verbrannte, durch die Glasscheibe würde sehen können. Dann suchte sie nach dem Feuerzeug. Es lag gleich unter dem Ofen, in dem kleinen Stauraum für Brennholz. Als sie die Luftzufuhr ganz öffnete, begann es im Ofen zu flackern und zu knistern. Ein schönes Feuer.

Sie sah dem Züngeln der Flammen eine Weile zu, fühlte sich aber noch nicht restlos befriedigt. Eigentlich eine blöde Idee, das Kochbuch. Womöglich würde die Mutter es gar nicht vermissen. Sie hatte ja schon jede Menge neuere. Was war ihrer Mutter wichtig? Schuhe und Taschen, fiel Sabine ein. Genauso wie ihr selbst. Wenn sie eine ihrer wertvollen Designertaschen ...?

Sie wusste genau, wo sie suchen musste. Da standen sie in Reih und Glied. Eine Tasche, so erinnerte sich Sabine, war das Lieblingsstück der Mutter. Sie hatte immer wieder von ihr gesprochen, als Sabine noch zu Hause gewohnt hatte. Und sie sogar einmal zur Reparatur eingeschickt, als eine kleine Quaste irgendwo gefehlt hatte. Da. Braunes Leder. Ziemlich dick. Sie würde ein gutes Messer suchen müssen. Papas Werkstatt. Er hatte gutes Werkzeug. Sicher auch für Leder.

Sie fand eine Art Teppichmesser. Ausgezeichnet. Trotzdem war es Schwerarbeit, die Tasche durch ein paar gründliche Schnitte so zu entstellen, dass sie garantiert nicht mehr repariert werden konnte. Schwer atmend, aber zufrieden stellte Sabine die Tasche auf die Kommode im Vorzimmer, direkt neben das altmodische Festnetztelefon, das ihre Eltern immer noch gelegentlich benutzten. Ihre Mutter würde es sich künftig gut überlegen, bevor sie wieder in ihr Leben eindrang und alles niedermachte, was ihr etwas bedeutete.

Je weiter sie sich von ihrem Elternhaus entfernte und je näher sie ihrer Wohnung kam, desto mehr ließ das Gefühl der Befriedigung nach. Es war fast, wie wenn man etwas kaufte: Der Kick war am stärksten, wenn man es auspackte. Was würde ihr Vater sagen? Würde er sie für völlig verrückt halten, oder würde er verstehen? Vieles sprach dafür, dass er sie verstehen würde. Er war schwach, er handelte nicht. Umso mehr musste er bewundern, dass sie handelte. Sie hatte ihrer Mutter ein für alle Mal die Grenzen aufgezeigt.

Es war bereits dämmrig, als sie sich in ihrem Zimmer aufs Bett warf. Um sich abzulenken, schaltete sie den Fernseher ein, wartete aber gleichzeitig gespannt auf den Anruf. Ihre Eltern mussten sich doch melden nach ihrer Racheaktion. Ihr fiel ein, dass sie gar nicht mehr nachgesehen hatte, ob das Kochbuch im Ofen vollständig verbrannt war.

Plötzlich war wieder die Wärme um sie, die sie bei Michaels Kuss verspürt hatte. Es hatte so gutgetan. Sie verlor sich in Gedanken an sein Haar, sein Lächeln. Ihre Mutter hatte das kaputtgemacht. Eigentlich waren ein Buch und eine Tasche eine viel zu geringe, viel zu harmlose Wiedergutmachung für das, was sie ihr angetan hatte. Sie müsste ihr Papa wegnehmen, dann würde sie spüren, wie das war. Schließlich schlief Sabine in ihren Kleidern ein.

Spätnachts wurde sie wach, weil sie fror. Sie kramte ihr Handy aus der Handtasche. Kein Anruf. Nicht von Papa, nicht von ihrer Mutter, nicht von Michael. Klar, der hatte ja ihre Nummer nicht. Und ihre Eltern danach zu fragen, das hatte er sich sicherlich mit gutem Grund verkniffen.

Sie zog sich schlaftrunken um und wankte ins Bad, um sich die Zähne zu putzen. Schaler Geschmack hatte sich im Mund breitgemacht. Im Bad herrschte die übliche Unordnung. Ihre Mitbewohner waren entweder zu faul oder schlicht unfähig dazu, eine glatte Oberfläche mit einem Lappen abzuwischen, wenn sie sie verschmutzt hatten. Sie brauchte unbedingt eine eigene Wohnung.

Zwei Tage später erst rief ihr Vater an. Zwei Tage. „Hallo“, sagte er bloß, als warte er auf eine Erklärung, bevor er noch eine Frage gestellt hatte. „Mama hat einen ganzen Tag geheult. Und jetzt schweigt sie. Spricht nicht mit mir. So, als ob ich ihr das angetan hätte.“ „Angetan!“, fauchte Sabine. „Die soll sich nicht so aufspielen! Ich hab nur zwei unwichtige kleine Sachen kaputtgemacht. Kann man jederzeit wieder kaufen. Sie hat ... viel mehr zerstört.“ Es war Sabine klar, dass sie pathetisch klang. Es klang immer falsch, wenn jemand klagte, jemand anderer habe sein Leben zerstört. „Ich weiß“, sagte ihr Vater und nahm ihr damit den Wind aus den Segeln. „Und du glaubst, damit kannst du alles wiedergutmachen? Indem du Rache übst?“ Sabine konnte nicht antworten. So, wie ihr Vater das formulierte, hörte sich ihr Handeln völlig irrational, verrückt an. War sie durchgedreht? Es hatte sich gut angefühlt, als sie das Buch angezündet hatte. Das Messer tief in das weiche, glänzende Leder getrieben hatte. Wirklich gut. Und ihre Mutter sollte es auch einmal spüren, auch den Schmerz spüren, wenn einem etwas kaputtgemacht wurde.

Sie schwieg weiter. All das konnte sie ihrem Vater nicht sagen. Er seufzte. „Keine Antwort, Sabine, ist auch eine Antwort. Ich nehme es so, dass du dir auch nicht ganz sicher bist, ob das klug war, was du getan hast. Aber weißt du, von seinen Eltern kann man sich nicht scheiden lassen. Wenn du mal Kinder hast, werden die wohl auch fragen, warum sie die Oma nie sehen, wenn du ..." Er konnte nicht weitersprechen, Sabine spürte, dass ihm gerade die Tränen kamen. Er hatte sich die Zukunft immer wohlgeordnet vorgestellt. Sie würde Kinder bekommen, er und ihre Mutter würden auf sie aufpassen, wenn Sabine keine Zeit hatte. Er würde mit ihnen schwimmen gehen, ihnen das Radfahren beibringen und mit ihnen Ski fahren, denn all das war in der Stadt schwierig oder sogar unmöglich. Nun sah er seine Felle davonschwimmen.

„Papa, ob ich jemals Kinder habe ..." Und im gleichen Moment musste sie an Michael denken. Drei Tage war es jetzt schon her, dass sie sich geküsst hatten, und immer wieder träumte sie mit offenen Augen von ihm. Wenn sie vor dem Einschlafen im Dunklen lag, erschienen seine Augen vor ihr, und wenn sie in der Straßenbahn ihren Gedanken nachhing, fragte sie sich, wo er jetzt gerade wohl war, ob er überhaupt in der gleichen Stadt wohnte und ob sie ihn jemals wiedersehen würde.

Das Gespräch mit ihrem Vater zog sich hin, war immer wieder von Stille unterbrochen, weil jeder seinen Gedanken nachhing, ohne sie auszusprechen. „Gute Nacht, Papa", sagte Sabine schließlich mitten in die Stille hinein und legte auf.

Am nächsten Morgen rief Michael an.

III

„Wir brauchen endlich einen Pool!“ Papa stöhnt. Seit dem Sommer liegt ihm Mama damit in den Ohren. „Ich will mich im Garten sonnen und baden. Und für die Sabine ist es auch …“ „Die Sabine kann ganz gut ins Schwimmbad gehen. Da trifft sie Freunde, und für dich wär's auch gut genug.“ Das geht seit Wochen so, ich kenne ihre Gespräche schon auswendig. Mama vertritt ihren Standpunkt lautstark und vehement, während Papa seine Ansichten vor sich hin nuschelt, sodass man sie kaum versteht. Seine Argumente scheinen Mama ohnehin nicht zu überzeugen.

„Glaubst du, ich geh ins öffentliche Bad? Das ist mir viel zu unhygienisch! Und erst die Leute!“ Papa erklärt, für ihn sei als Kind und als Jugendlicher das öffentliche Bad gut genug gewesen. Und er habe mit seinem Bruder und seinen Eltern großen Spaß dort gehabt, später dann mit seinen Freunden. Die Freundinnen erwähnt er lieber nicht. Worauf Mama erklärt, das könne sie sich schon vorstellen, dass die Familie Meißner im Schwimmbad der Gemeinde glücklich geworden sei. Sie dagegen sei immer nur in Seen geschwommen und im Urlaub im Meer. Freunde ihrer Eltern hätten da einen privaten Badeplatz besessen, und wenn Papa nicht in der Lage sei, das zu finanzieren, dann solle er sich halt wenigstens um einen Pool bemühen. Seine Familie müsse ihm das schon wert sein.

Ich halte mich aus den Diskussionen heraus. Das ist nicht leicht, denn immer wieder versucht Mama, mich auf ihre Seite zu ziehen: „Du wünschst dir doch auch einen Pool, Sabine, oder? Da könntest du dann deine Freundinnen einladen. Pool-Partys machen. Das wär doch super, oder?“ Und Papa probiert es auch. „Aber im Bad kannst du doch auch Freunde treffen! Und einen Sprungturm und eine Wasserrutsche, das gibt es zu Hause auch nicht.“

Woraufhin Mama behauptet, der Sprungturm und die Wasserrutsche seien ohnehin zu gefährlich, dauernd lese man von Unfällen. Papa wirft ihr dann vor, die falschen Zeitungen zu lesen. Ich habe mir angewöhnt, nur mit den Schultern zu zucken. Manchmal sage ich einfach, egal, was sie mir gerade vorschlagen, „Wär schon schön" oder „Gefällt mir auch". Mama wird allerdings wütend, wenn ich so einsilbig bleibe. „Du weißt auch nicht, was du willst!", wirft sie mir dann vor.

Eines Tages wirft Papa Kataloge und Prospekte über Schwimmbäder auf den Wohnzimmertisch. „Damit endlich Ruhe ist!" Begeistert ist er von der Idee immer noch nicht. Wahrscheinlich, weil so ein Pool auch einen Haufen Geld kostet, und meine Mama verdient ja nichts. Obwohl Papa einen guten Job hat, muss man sich so ein Schwimmbecken erst leisten können. Zumindest nehme ich das an, denn da gibt es einen in unserer Klasse, den Gregor, der gibt immer mordsmäßig damit an, dass seine Eltern reich sind und in ihrem Garten ein überdachter Pool steht, in dem man das ganze Jahr baden kann. Und von Pool-Partys redet er auch dauernd, obwohl es keine gibt. Zumindest habe ich noch nichts davon gehört.

In den Katalogen sind hingegen Schwimmbecken zu sehen, die man im Garten einfach aufstellt, ohne dass man eine Grube ausheben muss. Mama wirft nur einen kurzen Blick darauf. „Das meinst du aber nicht im Ernst, dass du uns eine solche Kiste in den Garten stellen willst." Mein Vater zischt ärgerlich: „Dann schau dir halt einmal die Preise an! Irgendjemand muss das ja auch bezahlen, so einen Pool, der in den Boden eingelassen ist! Von den Verwüstungen im Garten ganz zu schweigen!" Mama knallt den Katalog, den sie eben in der Hand gehalten hat, wieder auf den Wohnzimmertisch. „Also so etwas kommt mir nicht ins Haus! Da musst du dich halt ein wenig nach der

Decke strecken!“ Papa mahlt nur mit den Kinnladen. Ich merke, wie es in ihm arbeitet, aber er hält den Mund. Ich weiß aber, was er gerne sagen würde. Wenn Mama auch arbeiten würde und wenn nicht jedes Jahr teure Urlaube im Winter und im Sommer zu bezahlen wären und wenn sie nicht so viel Geld für Schuhe, Taschen und Kleider zum Fenster rauswerfen würde, dann hätten wir vielleicht genug Geld für einen Pool, den man in der Erde eingräbt, so wie Mama sich das vorstellt.

Ich packe meine Sachen für die Hausübung aus. Mama hat gesagt, mit der Mathematik- Hausübung, da kennt sie sich selbst nicht aus, da soll ich Papa fragen. Vielleicht ist dann Schluss mit dem Streit über den Pool, wenn Mama kocht und Papa mit mir Hausübung macht.

Aber ich habe mich getäuscht. Papa hat gerade einen Sessel herangezogen und sich neben mich gesetzt. Ich zeige ihm die Aufgabe im Mathematikbuch, die ich nicht verstanden habe. „Also, was haben wir denn da?“, sagt Papa. Mama steht am Herd und rührt in einem Topf. Plötzlich dreht sie sich um. „Weißt du, die Weisgerbers, die können sich auch einen ordentlichen Pool leisten. Und ich sehe nicht ein, warum ...“ Es fällt ihr kein passendes Ende für ihren Satz ein, sie dreht sich wieder um, rührt weiter. Ihre Stimme hat geklungen, als würden ihr gerade die Tränen kommen. Währenddessen hat Papa begonnen, mir die Aufgabe zu erklären, aber ich höre nicht zu, weil ich zu Mama schaue. Während des Umrührens schimpft sie weiter, jetzt mit tränenerstickter Stimme. „Wirklich, auf alles, auf alles muss man verzichten! Ich frage mich, wozu ...“ Den Rest verstehe ich nicht mehr. Wahrscheinlich wollte sie sagen, wozu sie Papa überhaupt geheiratet hat. Ich habe große Angst davor, dass sich meine Eltern einmal trennen. Bei Mama würde ich es niemals aushalten, wenn ich mit ihr alleine bin. Und Papa hat so wenig

Zeit, er ist ja meistens in der Firma. Durch das Blubbern der Kochtöpfe höre ich sie schließlich noch jammern: „Es ist ja alles nur für das Kind!"

Papa hat nachgegeben. Jetzt steht er draußen im Garten in der Grube und schichtet graue Mauersteine aufeinander. Der Garten ist eine einzige Schlammwüste. Wenn er es macht, hat Papa gesagt, dann noch im Herbst. Damit im Frühjahr alles wieder anwächst. Und um Geld zu sparen, baut er den Pool selber. Zumindest das, was man selber bauen kann. Eine einzige Bedingung hat er Mama gestellt: dass wir nächstes Jahr nicht auf Urlaub fahren. Mama hat zähneknirschend eingewilligt, und Papa hat sich jetzt, wo das Wetter besser geworden ist, ein paar Tage Urlaub genommen, um den Pool zu mauern. Sein Freund Bernhard hilft ihm. Beide stehen sie verdreckt in der Grube und reichen einander Mauersteine zu. Damit sie genau passen, haben sie Schnüre gespannt, die ihnen zeigen, wo die Steine hingehören. Ich stehe mit Johanna am Rand der Grube, obwohl Mama wieder geschimpft hat, als ich gesagt habe, dass ich in den Garten will, um Papa zuzusehen. „Der wird ja riesig!", sagt Johanna. „Kann ich dann auch bei euch schwimmen?" Ich zucke mit den Schultern. „Ich weiß nicht." Ich muss an die Geschichte mit dem Trampolin denken. Mama hat dann zwar doch keinen Rechtsanwalt angerufen und auch ihre anderen Drohungen nicht wahrgemacht, aber geredet hat sie mit den Nachbarn seither nicht. Und wenn ich mit Johanna zusammen bin, dann ohne dass ich meine Mama vorher um Erlaubnis frage.

„Na?", fragt Bernhard. Er hat ein paar Zementspritzer im Gesicht. „Wollt ihr uns vielleicht helfen, ihr zwei Hübschen?" Er grinst. „Was können wir denn tun?", fragt Johanna. „Na, ihr könntet uns einen Kaffee herausbringen. Und vielleicht ein paar Stücke Kuchen." Ich nicke und laufe zur Haustür. Fast hätte ich vergessen, die schmutzigen Gummistiefel auszuziehen. „Mama, Papa und Onkel Bernhard möchten einen Kaffee!“ Mama antwortet nicht. Ich finde sie auf dem Sofa im Wohnzimmer. Sie hat Kopfhörer in den Ohren und ist in eine Zeitschrift vertieft. Als sie mich sieht, zieht sie einen Stöpsel aus dem Ohr. „Was gibt's?“ „Die möchten einen Kaffee. Und Kuchen.“ Ich zeige nach draußen in den Garten. Seufzend steht Mama auf und macht sich in der Küche zu schaffen. Während der Kaffee in die Tassen rinnt, tritt sie zur Terrassentür. „Eine unglaubliche Sauerei, da draußen“, murmelt sie. „Sogar meine Rosen haben diese Vandalen ruiniert. Wenn man da eine seriöse Firma ...“ Sie bricht ab und macht eine wegwerfende Geste in Richtung Garten. Sie füllt den Kaffee in eine Thermoskanne und reicht mir eine Plastikschüssel mit ein paar Stücken Kuchen. Es ist einer aus dem Supermarkt, stelle ich fest. Aber es ist auch für Johanna und mich ein Stück dabei.

Als ich nach draußen komme, beginnt es leicht zu regnen. „Gib her!“, sagt Papa, als er mich mit der Thermoskanne und dem Kuchen sieht. „Wir machen das trotzdem heute noch fertig.“

Im Frühjahr dann sieht unser Garten völlig anders aus. Der Pool ist fertig, aber rundherum ist alles mit Plastikbändern abgegrenzt und schwarz. „Wir müssen erst warten, bis der Rasen gewachsen ist“, erklärt mir Papa. „Erst, wenn er richtig fest ist, kann man ihn betreten.“ Der Pool hat sogar ein Dach bekommen. Ich bin richtig stolz auf meinen Papa. Jetzt braucht Gregor nicht mehr so anzugeben, wir haben auch einen Pool, in dem man das ganze Jahr schwimmen kann.

„War das sehr teuer?“, frage ich Papa, als wir am Rand des leeren Pools stehen und hineinsehen. „Ach Gott!“, seufzt Papa und macht so eine Geste, die wohl bedeuten soll, dass es jetzt ohnehin schon egal ist. „Wir haben halt noch einen Kredit. Und Gott bewahre, wenn ich meine Arbeit verliere."

Davon hat Papa schon öfter gesprochen. In der Wirtschaft, sagt er, da läuft es nicht so gut. Und dass er wahnsinnig aufpassen muss, dass seine Firma nicht krachen geht. So sagt er das. Ich starre auf die himmelblaue Folie hinunter. „Musst du jetzt noch mehr arbeiten?", frage ich. Er zuckt mit den Schultern. „Man muss sich halt noch mehr hineinhängen." Er nimmt einen Schluck aus seiner Bierflasche. Mir kommt vor, Papa trinkt in letzter Zeit mehr als früher.

Plötzlich steht Mama neben uns. „Du trinkst zu viel!", sagt sie zu Papa. Er antwortet nicht. „Ach, wird das herrlich heuer im Sommer! Ich kann's schon gar nicht mehr erwarten!" Papa antwortet wieder nicht. „Kann dann auch Johanna zum Schwimmen kommen?" Ich wollte das eigentlich nicht fragen, zumindest nicht jetzt, aber wenn ich so auf die himmelblaue Folie hinunterstarre, denke ich mir, dass es furchtbar fad sein wird, alleine in dem großen Pool auf und ab zu schwimmen. Was soll ich denn da tun, die ganze Zeit? Mama seufzt. „Für die Fratzen vom Nachbarn haben wir ihn eigentlich nicht gebaut!" „Aber Sabine alleine ... da wird ihr langweilig. So ein Pool ist eben auch ein Anziehungspunkt für die Kinder aus der Nachbarschaft. Damit muss man rechnen." Mama seufzt. „Dass sie Gesellschaft braucht, das seh ich ein. Aber da gibt es ja auch noch andere Kinder als die verdreckten Gören unserer Nachbarn." Jetzt seufzt Papa. Von den Pool-Partys, die Mama mir früher versprochen hat, ist keine Rede mehr.

Wir sind zu dritt. Johanna und Paula und ich. Wir versuchen, die ganze Länge des Pools durchzutauchen. Ich schaffe es auch beim dritten Versuch nicht und komme spuckend wieder hoch. Paula und Johanna sitzen tropfnass auf dem Beckenrand. Mama hat sich zwar über den Lärm beschwert, aber ich bin froh, dass die beiden kommen haben dürfen. Alleine ist nämlich mit so einem Pool überhaupt nichts anzufangen. Und die Brüder von Johanna, die wollten wir selber nicht dabeihaben.

Mama hat sich zuerst gewehrt und alle möglichen Ausreden erfunden. Zum Beispiel, dass sie ja dann auch für die Sicherheit der Mädchen verantwortlich ist. „Aber wir können doch alle super schwimmen!“, habe ich ihr erklärt. Nachgegeben hat sie erst, als sie mit Paulas Mutter telefoniert und herausgefunden hat, dass ihr Vater Arzt ist und ihre Mutter die Ordination leitet. Sie hat dann irgend so was wie „ordentliche Leute“ gemurmelt.

Als ich aus dem Wasser klettere, kommt Mama sofort mit einem Badetuch angerannt. „Dass du dich nicht verkühlst! Es ist noch nicht so warm an der frischen Luft!“ Johanna und Paula sitzen in ihren Bikinis am Beckenrand und schauen verwundert. Mir ist es peinlich, dass Mama mir hinterherrennt, um mich vor einer Erkältung zu bewahren. Die Sonne brennt auf unsere Rücken herunter, wie soll man sich da verkühlen?

Als Mama außer Sicht ist, werfe ich das Badetuch wieder von meinen Schultern. „Machst du auch mal eine Party? Eine Pool-Party?“, fragt Paula. „Zu deinem Geburtstag vielleicht?“ Ich zucke mit den Schultern. „Weiß nicht.“ Dabei weiß ich genau, dass es das Höchste der Gefühle ist, dass Mama Johanna und Paula in unseren Garten lässt. Schon wegen den beiden hat sie ein Theater gemacht, von noch mehr Kindern oder gar Buben will sie nichts wissen. Die machen ihr alles kaputt mit ihren Fußbällen, trampeln durch die Blumenbeete und machen einen Mordskrach, davon ist sie überzeugt. Schon drei Mädchen sind ihr mehr als genug. „Dass ihr euch aber auch ordentlich die Füße wascht, bevor ihr in den Pool hüpft! Sonst verstopft es uns wieder die ganze Filteranlage!“ Die beiden haben große Augen gemacht, als Mama Anweisungen gegeben hat, die für das Benutzen unseres Pools ganz wichtig sind. Aber wir haben uns nicht besonders darum gekümmert. Nur mir war es unangenehm. Mama kann einem ziemlich bei allem den Spaß verderben.

3

Michael hatte den Kopf in ihren Schoß und seine Füße auf die Sofalehne gelegt. Sabine kraulte seinen Kopf. Seine Haare waren lockig und kräftig, fast borstig. Im Fernsehen lief seine Lieblingsserie, die er gebannt verfolgte. Sabine dagegen überlegte. „Wir könnten eigentlich zusammenziehen", sagte sie, mehr vor sich hin als zu Michael. „Ich in einer WG, du auch, und nirgends ist es wirklich gemütlich." Michael antwortete nicht. „He!", erinnerte sie ihn daran, dass sie mit ihm sprach. Aber erst, als sie sich in seinen Haaren festkrallte und seinen Kopf zurückzog, reagierte er. „Das tut weh! Und ich pass gerade auf! Später!" Sabine seufzte. Zum ersten Mal war es ihr passiert, dass sie sich richtig verliebt hatte. Wenn es das war, was sie spürte. Sie wollte diesen Menschen nicht mehr loslassen, keinesfalls mehr ohne ihn sein. Dabei entsprach er so gar nicht dem, was sie sich vorgestellt hatte. Weder war er älter als sie, noch verdiente er viel Geld. Was hieß viel? Er verdiente überhaupt nichts, war genauso wie sie von den Eltern abhängig. Noch dazu Politologie! Da würde eher sie selbst Geld verdienen als er.

Sie sah auf seinen Kopf hinunter. Das war wohl Liebe. Wenn man nicht wusste, warum man jemanden ganz für sich allein haben wollte, sich aber nie mehr von ihm trennen wollte. Warum nur wurde er so einsilbig, wenn sie davon sprach, dass sie zusammenziehen könnten? Es wäre doch für sie beide das Praktischste. Und das Angenehmste.

Als die Melodie erklang, die den Abspann der Serie einleitete, richtete sich Michael auf. „Magst du noch einen Schluck?" Er füllte das Weinglas, das sie sich teilten, noch einmal und musterte die Flasche. „Schon leer?" Er goss auch den letzten Rest ins Glas, das dadurch etwas zu voll wurde. Er hielt es ihr hin, doch sie schüttelte den Kopf. Sie hatte schon genug gehabt. Vor allem wollte sie in Michaels Augen nicht als Trinkerin dastehen, nicht dieses neblige Bewusstsein erleben, das Alkohol bei ihr verursachte. Er nahm einen großen Schluck, legte ihr den Arm um die Schultern und lächelte. Er brauchte nichts zu sagen, dieses Lächeln ... Sanft schob er seine Hand unter ihr T-Shirt, umfasste ihre Brust. Sie warf einen Blick zur Tür. Hatten sie abgeschlossen?

Danach schlief Michael ziemlich schnell ein. Kein Wunder, er hatte den Großteil des Rotweins getrunken. Sabine nahm ihr Handy vom Nachttisch und stellte fest, dass ihre Mutter neuerlich angerufen hatte. Dreimal hatte sie ihre Anrufe heute schon weggedrückt. Eine SMS war gekommen. Warum sie nie erreichbar sei. Und sie solle sich doch endlich einmal melden. Aber was würde passieren, wenn sie sich meldete? Spätestens im dritten Satz würde sie anfangen, ihr Michael auszureden. Er sei einfach nicht der Richtige für sie, fand ihre Mutter. Außerdem seien sie verwandt, zu nahe, wie Mama meinte. Doch Sabine hatte recherchiert. Weder war es verboten, einen Cousin zweiten Grades zu heiraten, noch bestand von der Biologie her ein erhöhtes Risiko. Schließlich teilte man sich nur ein Viertel des gemeinsamen Erbgutes. Oder ein Achtel, so genau hatte sie das nicht verstanden. Aber ihr Vater hatte angedeutet, dass es zwischen ihrer und Michaels Mutter einmal zu einer größeren Auseinandersetzung gekommen war. Vor zwanzig Jahren. Seither standen sich die beiden unversöhnlich gegenüber. Jedenfalls konnte sie mit Mama nicht über ihre derzeitige Beziehung reden. Und wenn es nach ihr ging, würde diese andauern.

Michael bewegte sich im Schlaf und streifte die Bettdecke ab. Sie betrachtete seinen leicht gebräunten Oberkörper. Der Brustkorb dehnte sich bei jedem Atemzug ein wenig. Sogar jetzt roch er noch gut, obwohl er tagsüber geschwitzt hatte. Und vor allem vorhin, als sie sich geliebt hatten. Mehrmals. Sie waren klitschnass gewesen. Manche Männer rochen ranzig. Er nicht. Nicht für sie. Oder war das auch Biologie? Dass der Richtige auch gut roch? Selbst wenn er verschwitzt war? Vorsichtig strich sie über seine Bartstoppeln und erinnerte sich daran, wie ungepflegt sie unrasierte Männer generell fand. Seltsam, dass es sie bei ihm nicht im Geringsten störte.

Freudestrahlend hielt sie ihm die Planskizze unter die Nase. „Ich hab endlich was gefunden!" „Echt?" Ob er sich auch freuen würde? „Sie ist zwar nicht groß, aber wenigstens können wir uns die Wohnung leisten!" Michael begutachtete den Plan, während er mit der anderen Hand den letzten Bissen seines Burgers in den Mund stopfte. Die Wohnung verfügte über ein kleines Wohnzimmer, ein noch kleineres Schlafzimmer und eine winzige Küche, aber sie lag im dritten Stock und hatte einen Balkon. Sogar einen überdachten. Und die Küche war eingerichtet. „Wir könnten nächsten Monat einziehen!", erklärte Sabine. „Und wir sparen uns die Maklergebühren, weil ich den Tipp privat habe, von einer Freundin." Die Lüge war ihr spontan, ganz ungeplant herausgerutscht. Natürlich gab es Maklergebühren, aber wenn sie sie selbst bezahlte und Michael nichts davon erfuhr, war er vielleicht eher bereit, mit ihr in diese Wohnung zu ziehen. „Mhm!" Michael kaute und nickte. „Nächsten Monat schon?" Sabine lächelte gezwungen. „Ja. Nächsten Monat. Freust du dich?" Michael nickte erneut, doch Sabine hatte den Eindruck, dass er eher die Bedienung hinter dem Tresen ansah als sie. Die hatte dunkle Haut und lächelte unergründlich vor sich hin. Außerdem schwang sie die Hüften und summte zur Hintergrundmusik im Lokal.

„Warum schaust du denn so?“ Sabine kramte den Wohnungsschlüssel aus der Handtasche hervor. „Stiegenhaus. Sieht ein wenig abgewohnt aus.“ Seit sie ihm von ihrer Entdeckung erzählt hatte, hatte er sich nur abfällig über die in Aussicht stehende Wohnung geäußert. „Voilà!“ Trotzdem war sie sich sicher, dass er jetzt, wo sie sich die Wohnung zum ersten Mal ansahen, begeistert sein würde. Allein die Aussicht! Die würde über die kleinen Räume hinwegtrösten. „Unseres! Ganz allein unseres!“ Die zwei Zimmer sahen ohne Möbel größer aus, als sie es sich vorgestellt hatte. Michael öffnete die Balkontür. „Ziemlich schmal. Da kann man ja kaum sitzen!“ „Ach was! Zwei Liegestühle und ein Tischchen haben schon Platz!“ Michael zog sie an sich, versuchte, sie zu küssen. Sie schob ihn weg. „Und Abendsonne!“ Sie wies mit großer Geste auf die Aussicht. Das Nachbarhaus nahm zwar einen Großteil des Ausblicks auf die Stadt weg, doch hatte man immerhin Blick auf den Fluss, eine Brücke und die Burg, die sich hoch über das Dach des nächsten Hauses erhob.

„Na ja“, sagte Michael und stützte sich auf die betonierte Balkonbrüstung. „Sieht ja gar nicht so schlecht aus.“ Es war das erste Positive, das er über die Wohnung gesagt hatte. Wirklich die Initiative ergriffen, das musste sie sich eingestehen, hatte er nicht. Männer, sagte sie sich, mussten eben doch oft zu ihrem Glück gezwungen werden. Sie waren von Natur aus beziehungsscheu, hatten Angst, sich auf etwas festzulegen. Zum Beispiel auf eine bestimmte Frau. Jetzt, fand sie, war aber die Zeit gekommen, sich festzulegen. Sie würden hier einziehen. Und sie würden beide ihr Studium abschließen, schnell. Sie würde auch für Michael einen passenden Job finden. Sollte er halt in die Politik gehen. Sekretär in irgendeiner Partei, bei einem aufsteigenden Politiker. Man musste sich nur überlegen, welche Partei in der nächsten Zeit gute Aussichten darauf hatte, mehr Posten vergeben zu können. So viele brauchbare Nachwuchspolitiker gab es ja nicht, wenn man sich die Idioten ansah, die in hohe Ämter gehievt wurden. Zudem sah Michael gut aus. Sie würden das schon hinkriegen.

Sabine wandte sich von der Aussicht ab, ging wieder in die Wohnung zurück und inspizierte die Küche. Ein Geschirrspüler fehlte, aber man konnte sicher einen der Unterschränke durch eine Spülmaschine ersetzen. Sie wollte schließlich nicht den halben Tag mit Geschirrabwaschen verbringen. Auf das Fehlen des Spülers wollte sie Michael, der sich auf dem Balkon eine Zigarette angezündet hatte, vorläufig nicht aufmerksam machen. Das, so dachte sie bei sich, würde auch in Zukunft so bleiben. Geraucht wurde nur auf dem Balkon. Sofern es überhaupt noch nötig war, denn sie hatten sich gemeinsam dazu entschlossen, es aufzugeben. Ebenfalls auf ihre Initiative hin. Die Spüle wies einige Kalkflecken auf, aber das war eine vernachlässigbare Kleinigkeit. Die Wände, so stellte Sabine fest, waren in einwandfrei frisch ausgemaltem Zustand. An den Türen war der Parkettboden etwas abgewetzt und hatte ein paar graue Flecken, aber das musste man bei einer gebrauchten Wohnung wohl in Kauf nehmen.

„Kleine Küche. Werden wir nicht viel kochen müssen." Michael hatte fertig geraucht und war in die Küche getreten. Zu zweit wurde es schon ein wenig eng. Michael drängte sie gegen den Küchenschrank, suchte nach ihrem Hals, küsste sie. Er roch ein wenig nach Rauch. Aber angenehm. „Setz dich da rauf!", drängte er. „Der Rock ist zu eng!", kicherte sie. Er schob ihren Rock hoch, fasste sie um die Hüften, hob sie an und setzte sie auf dem Küchenschrank ab. Die Kante war hart und drückte gegen ihre Oberschenkel. Michael drängte sich zwischen ihre Beine. Sie sah aus dem Fenster, um zu überprüfen, ob sie hier jemand beobachten konnte. Zwei Fenster gab es im Haus gegenüber, aus denen man sie sehen hätte können, doch bei beiden waren die Jalousien heruntergezogen. Michael strich mit seinen warmen Fingern ihre Oberschenkel entlang, und sie spürte, wie auch in ihr Begehren wach wurde.

Sabine war pleite. Die Maklergebühren, der gebrauchte Geschirrspüler, und dazu noch war ihre Autobatterie zusammengebrochen. Sie hatte ihre letzten Ersparnisse zusammenkratzen müssen, und dennoch sah die Wohnung ein wenig kahl aus. Es war März, und bis September mussten sie noch durchhalten. Wenn alles glattging, konnte sie mit Beginn des neuen Schuljahres ihre erste Stelle antreten, und Michael würde sie schon dazu bringen, auch etwas Geld zu verdienen. Obwohl er Fragen nach seiner Diplomarbeit in der Regel nur mit unbestimmtem Gemurmel oder gar Seufzen beantwortete. Es war ein wenig schwierig mit ihm in dieser Hinsicht. Wann immer die Sprache auf Zukunftspläne kam, reagierte er mürrisch oder ging auf den Balkon, um eine Zigarette zu rauchen.

Sie setzte sich aufs Sofa und zog die Beine unter sich. Ein paar schöne Topfpflanzen mussten noch aufs Fensterbrett. Und ein paar Bilder an die Wand. Michael würde sie ins Gartencenter begleiten, schwor sie sich. Er sollte sich schließlich an der Gestaltung der Wohnung beteiligen, damit auch er sich damit identifizieren konnte. Das war er ihr schuldig.

Plötzlich läutete es an der Tür. „Gehst du, Schatz?“ Michaels Stimme vom Balkon. Leider hatte er die schlechte Angewohnheit, die Kippen einfach auf dem Boden auszutreten und dort liegen zu lassen.

„Freust du dich? Ich bin's! Ich muss dich doch einmal in deinem neuen Domizil besuchen!“ Sie brauchte ein paar Momente, bis sich die Schockstarre löste. Mit ihrer Mutter hatte sie wirklich nicht gerechnet. Zwar hatte sie Papa informiert und um seinen Rat gebeten, ob die Höhe der Miete akzeptabel sei, und er hatte ihr sogar beim Transport und Anschließen des Geschirrspülers geholfen. Aber all das, so hatte sie angenommen, hinter dem Rücken ihrer Mutter. Sabine selbst hatte nur in einem kurzen Telefongespräch mit ihr beiläufig erwähnt, dass sie daran dachte, aus der WG auszuziehen. Und nun stand sie vor der Tür. Mit Blumen und einem Korb in der Hand. „Da, etwas zum Einstand. Darf ich reinkommen?“ Sabine trat von der Tür zurück, ohne zu antworten. Ihre Mutter trug immer noch das breite Lächeln im Gesicht, das sie für Anlässe bereithielt, bei denen ihr nicht nach Lachen zumute war. Ihre Augen glänzten kalt. „Ich stell das gleich in die Küche! Mein Gott, ist das eng hier!“

Sabine hatte gerade den Geschirrspüler einräumen wollen. Das ganze Geschirr vom Mittagessen stand noch in der Küche herum, es gab buchstäblich keinen freien Fleck, an dem ihre Mutter ihre Geschenke hätte abstellen können. „Die Essensreste, die gehören aber schon gleich entsorgt, nicht?“ Kopfschüttelnd wies ihre Mutter auf die nicht ganz leergegessene Salatschüssel, stöckelte wieder aus der Küche und lud ihren Korb auf dem Wohnzimmertisch ab. „Mama, ich hab jetzt wirklich nicht mit dir gerechnet!“ Sabine hatte Mühe, den Satz hervorzubringen. Sie war noch nicht einmal zu Wort gekommen, da hatte ihre Mutter schon begonnen, ihre Wohnung zu kritisieren.

„Darf ich?“ Ihre Mutter zeigte auf das Sofa, auf dem etwas unordentlich Polster und Decken herumlagen. Sabine hob resigniert die Arme, während ihre Mutter eine Decke zur Seite schob, einen Polster zur Hand nahm, aufschüttelte und in eine Ecke des Sofas platzierte. Jede Bewegung, jeder Gesichtsausdruck drückte Missfallen aus.

Michael kam vom Balkon herein. „Hallo!“ Er streckte Sabines Mutter die Hand hin. Die nahm sie und schüttelte sie kurz, blickte aber währenddessen zur Seite. Fast konnte man annehmen, sie ekle sich. Michael wusste offenbar nichts mit der Situation anzufangen. „Ja, ich muss dann. Uni.“ Er zog sich Schuhe und Jacke an, schnappte seine Tasche, und in weniger als einer Minute war Sabine alleine mit ihrer Mutter.

Ihr wurde bewusst, dass sie sie weder geküsst noch umarmt hatte. Ihre Mutter zeigte auf den Korb. „Das sind wertvolle Sachen, gell. Das meiste bio. Dass du mir das nicht verkommen lässt!“ Sie sah sich im Raum um. „Wahrscheinlich könnt ihr euch so was ohnehin nicht leisten.“ „Mama!“ Mehr fiel Sabine nicht ein. Sie fühlte sich wie gelähmt, setzte sich jetzt aber wenigstens auf einen Sessel, den sie sich vom Esstisch herangezogen hatte. Neben ihrer Mutter auf dem Sofa zu sitzen erschien ihr unerträglich.

„Und er wohnt jetzt auch da?“ Sie deutete mit dem Kinn nach der Wohnungstür, durch die Michael verschwunden war. „Womöglich von unserem Geld?“ Sabine fragte sich, wie man in so kurzer Zeit so viel Gift verspritzen konnte. Sie musste sich zusammenreißen, um endlich auch einmal zu Wort zu kommen. „Er heißt Michael, wie du weißt. Und er ist mein Freund. Und bevor du ein weiteres Wort darüber verlierst, ich darf mit meinem Cousin zweiten Grades zusammen sein. Da hat weder ein Arzt noch das Gesetz was dagegen!“ Sie spürte, wie sie schwer atmete. Sie hatte laut gesprochen, wild gestikuliert, war sofort in den Rechtfertigungsmodus gesprungen. Ihr Herz klopfte heftig. Hoffentlich verschwand Mama bald wieder. Was musste sie dazu tun? Sie verärgern oder ignorieren? Sich unterwerfen? Doch ihre Mutter ließ ihr keine Zeit, weitere Überlegungen anzustellen.

„Wenn Madame sich schon mit einem Mann zusammentut, kann man dann auch erwarten, dass geheiratet wird? Und dass der Herr in der Lage ist, eine Familie zu versorgen?“ „Es ist nicht mehr so wie bei dir und Papa!“, platzte Sabine heraus. „Dass sich die Frau auf die faule Haut legt und nur mehr ihre Zehennägel lackiert, sobald sie einen Dummen gefunden hat, der ihr alles bezahlt!“ Wieder war es passiert. Sie hatte das gar nicht sagen wollen. Aber ihre Mutter schaffte es, sie mit jedem einzelnen Satz aus der Fassung zu bringen. Mama dagegen schien die Ruhe in Person und rückte sich mit einer affigen Geste die Haare zurecht, während sie an Sabine vorbei gelangweilt aus dem Fenster blickte.

„Mama, warum bist du eigentlich gekommen?“, brachte Sabine schließlich hervor. Ganz ruhig, hatte sie zumindest geplant. Es klang mehr wie ein Krächzen. Sie musste sich räuspern.

„Darf ich mein einziges Kind nicht besuchen? Steht das einer Mutter nicht zu? Und dann bin ich auch noch großzügig!“ Sie wies neuerlich auf den Korb. Natürlich. Am besten, man inszenierte sich selber als Opfer. Darin war ihre Mutter eine Meisterin. Sabine schloss die Augen. Vielleicht würde ihre Mutter verschwinden, wenn sie es sich ganz fest wünschte. Diese Situation sollte vorbeigehen, endlich aufhören.

„Ich muss aufs Klo.“ Statt auf die Toilette verschwand Sabine ins Schlafzimmer, wo in ihrem Teil des Kleiderschranks die Wodkaflasche stand. Gut verdeckt von Wintermänteln. Sie war noch zu etwa einem Drittel gefüllt. Sabine nahm einen tiefen Schluck. Atmete tief durch. Irgendwann würde sie diese Frau noch umbringen. Wenn sie nicht von selber bald starb. Andere Frauen bekamen auch Brustkrebs und verschwanden von der Bildfläche, wieder andere wurden überfahren, und einige stürzten sogar von Kreuzfahrtschiffen ins Meer. Warum nicht ihre Mutter? Nachdem sie ein paarmal tief durchgeatmet hatte, fühlte sie sich wieder in der Lage, ins Wohnzimmer zurückzukehren. Sie musste diese Situation durchstehen, wie ... ja, wie eine Operation. Ohne Narkose.

Sabine hatte es tatsächlich geschafft. Ihre Professorin hatte die Masterarbeit akzeptiert. Mit Stirnrunzeln zwar und ein paar ironischen Bemerkungen, aber schließlich hatte sie doch ein „Befriedigend" daruntergeschrieben. Sabine war nicht stolz auf diese Arbeit, es war ihr bewusst, dass sie mühsam zusammengestoppelt war und wenig mehr enthielt als Zusammenfassungen der gängigen Thesen aus der Sekundärliteratur. Aber wenigstens war sie gut formuliert und frei von Fehlern. Was auch die Professorin erwähnt hatte: „Sie glauben ja gar nicht, was ich manchmal vorgelegt bekomme. Texte wie von Sonderschülern!" Also hätte sie sich, fand Sabine, wegen ihrer Arbeit gar nicht so zieren müssen.

Sie warf die Handtasche mit dem gebundenen Exemplar der Arbeit achtlos aufs Sofa. Einerseits musste der Studienabschluss gefeiert werden, andererseits fühlte sie sich seltsam leer. Sollte sie Papa anrufen? Jetzt nicht. Sie würde ihm eine SMS schreiben, später. Und ihre Mutter? Am besten, sie erfuhr es von Papa. Eigentlich hätte sie sich von Michael erwartet, dass er sie zu Hause gebührend empfing. Vielleicht mit einer Flasche Prosecco, Blumen und ein paar edlen Häppchen. Mussten ja nicht einmal selbst gemacht sein, es hätte genügt, dem Delikatessenladen zwei Straßen weiter einen Besuch abzustatten. Aber der Herr hatte ja einen dringenden Termin an der Uni. Behauptete zumindest die WhatsApp-Nachricht, die sie vor ein paar Minuten erhalten hatte. Die war zwar reichlich mit grinsenden Gesichtern, applaudierenden Händen und Sektgläsern versehen gewesen, aber ein Ersatz für persönliche Anwesenheit waren Emojis nicht.

Egal. Sie öffnete den Kühlschrank. Eine halbe Flasche Weißwein stand drinnen. Die war zwar schon seit ... Sie konnte sich nicht mehr erinnern und goss sich trotzdem ein Glas davon ein. Schmeckte akzeptabel. Auf dem Sofa kamen ihr fast die Tränen. Was sollte das? Sie war jetzt MA. Master of Arts. Sie hatte mehr erreicht als ihre Eltern, zumindest, was die Bildung betraf, die man statistisch messen konnte. Ihre Mutter hatte nicht einmal von einem Studium träumen können, Sabine hatte eines abgeschlossen. Und jetzt saß sie da. Mit einem fad schmeckenden Glas Weißwein, allein und verlassen, in einer winzigen, stickigen Wohnung, und starrte auf das Dach des Nachbarhauses. Dabei sollte sie jetzt mit anderen jungen Leuten zusammen sein, von begehrlichen Blicken umgeben feiern. Sie schaltete den Fernseher ein. Eine Kochshow. Was anderes gab es anscheinend nicht mehr. Kein Wunder, dass alle Welt nur mehr im Internet Serien schaute.

„Hallo, Schatz!" Jetzt tauchte er auf. Wo sie neben der halben Flasche Wein auch schon einen kräftigen Schluck Wodka getrunken hatte. Die kalte Pizzaschnitte von gestern hatte ihre Stimmung auch nicht gerade gehoben. Er grinste, hielt mit der linken Hand eine Flasche Bellini hoch, mit der rechten ein Säckchen Käsegebäck. Na, wenn das seine Vorstellung von Feiern war. „Ich bin so stolz auf dich!" Er fasste sie um die Mitte, hob sie hoch und begann, mit ihr durchs Zimmer zu tanzen. Ihr wurde schwindelig. Immerhin hatte sie schon getrunken. Mehr, als ihr guttat. „Lass mich runter!" Er setzte sie vorsichtig wieder ab, lächelte – und plötzlich war alles wieder gut. Er hatte doch an sie gedacht. „Warte!" Er löste das Stanniol vom Hals der Flasche und drehte den Schraubverschluss auf. Wenig später zischte es. Er hielt ihr die Flasche an den Mund. „Trink!“ Sie trank. Der Bellini war zu süß und lauwarm. Egal, es würde doch noch alles gut werden. Michael stellte die Flasche zur Seite und machte sich an den Knöpfen ihrer Bluse zu schaffen.

Der Mann trug einen billigen Anzug und hatte schütteres graues Haar, genau wie man sich einen Beamten vorstellte. Noch dazu steckte er einen Finger in sein rechtes Ohr, als er Sabines Zeugnisse begutachtete. „Ja, Frau Meißner“, nuschelte er, ohne sie anzusehen. „Ihre Noten sind ja ... und Sie haben auch ziemlich lange ...“ Sabine schwieg und schlug die Beine übereinander. Sie zwang sich zu einem unverbindlichen Lächeln. Wahrscheinlich hatte sie das von ihrer Mutter gelernt. Zu lächeln, wenn es nichts zu lachen gab. Der Mann holte seinen Finger aus dem Ohr und besah aufmerksam das Ergebnis seiner Operation. Angewidert wandte Sabine den Blick ab.

„Ich habe das Studium abgeschlossen. Es ... gab familiäre Schwierigkeiten. Es ist nicht immer leicht, sich auf seine Arbeit zu konzentrieren, wenn ...“ Sie ließ das Ende des Satzes in der Schwebe. „Ja, ja!“, nickte der Beamte. „Sehen Sie. Ich gebe Ihnen zunächst diese Formulare zum Ausfüllen mit.“ Er schob einen Packen Papier über seinen Schreibtisch. „Gibt’s das nicht online?“, fragte Sabine. Der Beamte kicherte resigniert und schüttelte den Kopf. „Sozialversicherung, Dienstvertrag und so weiter. Das brauchen wir alles schriftlich. Wo kämen wir denn da hin!“ Das fragte sich Sabine auch. Wo man ohne den ganzen Papierkram hinkäme. Sie drehte sich ein wenig im Besucherstuhl. Der Beamte konnte nicht anders, als ihre Beine anzustarren. Er verschränkte die Hände auf dem Schreibtisch. „Ich bin sicher, dass sich bis Herbst etwas ergeben wird“, murmelte er schließlich. „Allerdings kann ich Ihnen nicht versprechen, dass es in der Stadt sein wird. Jeder will in der Stadt bleiben!" Den letzten Satz hatte er mit großer Geste so laut ausgesprochen, dass Sabine unwillkürlich zusammenzuckte. „Jeder will natürlich in der Großstadt unterrichten! Und in den Gebirgsgauen, da gibt es einen Mangel, da will ich gar nicht erst davon zu reden anfangen. Natürlich ist es bequemer in der Stadt!" Plötzlich hatte Sabine den Eindruck, als starre er hasserfüllt auf ihre hohen Absätze. Sie stellte ihre Füße nebeneinander und versteckte sie unter ihrem Stuhl. „Sie wollen natürlich alle so weitermachen wie im Studium, nachmittags in den feinen Kaffeehäusern herumsitzen, die große Auswahl an Lokalen nicht missen und so weiter!" Der Mann hatte sich in seinen Zorn verrannt und gestikulierte wild.

„Ich bin auch gerne bereit, einen Posten in der Provinz anzunehmen. Kein Problem", stotterte Sabine gegen ihren Willen. Was sollte sie in der Provinz? Keinen Menschen kannte sie dort. Und Michael würde niemals einen adäquaten Posten finden. „Ja, ja!", konterte der Mann. „Das sagen alle! Und dann sind sie ein Jahr dort, mitten zwischen den Kühen und den Hotelburgen, und wir haben Dutzende Versetzungsansuchen auf dem Tisch!" Sabine war versucht zu sagen, dass auch er selbst einen Posten in der Hauptstadt innehatte, hielt aber den Mund und versuchte, einen möglichst neutralen und interessierten Eindruck zu hinterlassen. Da sie schwieg, kam auch der Beamte bald zum Ende. „Ich versichere Ihnen, ich werde Ihnen keine Schwierigkeiten machen!" Sie versuchte es noch einmal mit einem Lächeln. Der Mann sah auf seine Uhr. „Es wartet eh schon die nächste Bewerberin draußen!" Sabine nahm das als Verabschiedung, erhob sich und schüttelte dem Mann die Hand. Erst jetzt fiel ihr auf, dass er den Computer auf seinem Schreibtisch gar nicht benutzt hatte. Er hatte die Tastatur zur Seite geschoben und sich alle Notizen in ein großformatiges, orange gebundenes Heft gemacht.

Draußen saß die nächste Bewerberin etwas verschüchtert auf einem Sessel. Sie trug billige Jeans und eine unmögliche Frisur. Na immerhin, die war sicher keine Konkurrenz.

Sabine hatte sich vor diesem Tag gefürchtet. Am liebsten hätte sie sich gar nicht zur Sponsionsfeier angemeldet, sondern ihr Zeugnis einfach so entgegengenommen. Dann aber hatte ihr ihr Vater doch leidgetan. Er hatte es nicht verdient, dass dieser Augenblick so sang- und klanglos vorüberging. Er freute sich so, dass sie ihr Studium endlich abgeschlossen hatte. Mit ihrer Mutter hatte sie persönlich noch gar nicht gesprochen. Sie freue sich auch, ungemein, hatte ihr Papa versichert. Sabine hatte Angst davor, ihr nun doch begegnen zu müssen. Warum konnte man sich von seinen Eltern nicht scheiden lassen? Oder zumindest von einem Elternteil? Auf dem Gang vor dem Festsaal wimmelte es von ausgelassenen, festlich gekleideten Menschen. Alle, wirklich alle, schienen gut aufgelegt. Sie kam sich völlig deplatziert vor. Michael tat wenig dazu, ihre Stimmung zu verbessern. Er war gestern spät nach Hause gekommen, hatte eine unglaubwürdige Entschuldigung vorgebracht, sich heute nur widerwillig dazu bequemt, einen Anzug anzuziehen, und die Krawatte verweigert. Irgendwas von „bürgerlicher Scheiß“ und „Spießertum“ hatte er gemurmelt. Obwohl sie ihm klargemacht hatte, dass dieser Tag für sie wichtig war. Für sie beide und ihre Beziehung.

Sie war mit den anderen Studenten in einen eigenen Raum gebracht worden, wo man ihnen die Abfolge der Feier erklärte und sie mit Liedtexten ausstattete. Sabine hatte nicht vor zu singen. Als sie dann hinter den akademischen Würdenträgern den Saal betraten und auf der Bühne Aufstellung nahmen, erspähte sie ihre Mutter im Publikum. Sie hatte ihr kaltes Lächeln angeknipst und trug einen ziemlich ausladenden Hut. Sabine fand diese Kostümierung unerträglich übertrieben und wandte den Blick ab. Michael konnte sie nirgendwo ausmachen.

Nach dem abschließenden Lied blieb keine Wahl, als von der Bühne hinunter zu ihren Eltern zu gehen. Wenigstens diesmal, so hoffte Sabine, würde ihre Mutter nicht sofort etwas zu kritisieren haben. Schließlich war es ja angeblich ihr sehnlichster Wunsch gewesen, dass Sabine ein Studium abschloss. Papa nahm sie in die Arme. Dort fühlte es sich gut an, dort konnte man bleiben. Er tätschelte ihr den Rücken. „Gut gemacht, meine Große!" Mama musste vor so viel Publikum natürlich eine Show abziehen, breitete die Arme weit aus, strahlte übers ganze Gesicht, in dem feuchte Augen glänzten. Sogar das brachte sie zustande. Die Umarmung fiel hölzern aus, fast ungeschlacht. Sabine löste sich so schnell wie möglich wieder.

Michael war nirgends zu sehen. Erst draußen auf dem Gang tauchte er plötzlich auf, mit einer Sektflasche und vier Gläsern. Papa reichte ihm die Hand und klopfte ihm anerkennend auf die Schulter. „Gut gemacht! Wo hast du den her?" Michael zuckte nur mit den Schultern. „Beziehungen." Er ließ den Korken knallen und schenkte ein, ohne Blickkontakt mit ihrer Mutter aufzunehmen. „Genügt!", sagte die scharf, als ihr Glas noch nicht einmal halb voll war. „Es muss ja nicht immer gleich gesoffen werden, oder?" Sicher war es Absicht, dass sie so laut in Papas Ohr geflüstert hatte, dass Sabine es nicht überhören konnte.

Im Lokal, in dem sie für die Feier einen Tisch reserviert hatten, ließ Sabine es gar nicht erst zu einem Eklat kommen. Nachdem sie bestellt hatte, hatte ihre Mutter der Reihe nach ihre Schuhe, ihre Strümpfe, ihren Rock – der zu kurz war –, ihr Make-up – zu auffällig – und ihre Frisur – zu schlampig – kritisiert. Michael hatte geschwiegen, Papa ihre Mutter lediglich mit Augenrollen und Gesten zum Schweigen zu bringen versucht. Sabine hatte schließlich ihre Handtasche geschnappt, sie wolle nur kurz aufs Klo, ihrem Papa eine SMS geschrieben und war nicht mehr an den Tisch zurückgekehrt. Nun saß sie in ihrer Wohnung, heulte und wartete auf Michael. Der Wodka war leer.

„Du musst dich aber auch nicht gleich so aufführen!" Michael schien beleidigt. „So lustig war es nicht, mit deinen Eltern zu essen. Die haben kein Wort mehr miteinander geredet, nachdem du weg warst." Er ging zum Kühlschrank, holte sich ein Bier und nahm einen Schluck aus der Flasche. „Hast du noch nicht genug getrunken? Zuerst der Sekt, dann im Restaurant ..." Michael stöhnte auf. „Du bist genau wie deine Mutter!" Er stellte die Bierflasche auf den Tisch und verschwand ins Schlafzimmer. Sabine starrte die Flasche an, nahm sie und trank einen großen Schluck. Das Bier würgte sie in der Kehle, kaum hatte sie es hinuntergeschluckt, musste sie rülpsen. So war das also. Sie war wie ihre Mutter. Dabei hatte er recht, das war das Schlimmste überhaupt. Er war nach Hause gekommen, und sie hatte begonnen, ihn zu kritisieren. Dabei hatte er mit ihren Eltern ausgeharrt. Obwohl Mama ihn hasste. Wie hatte sie nur so ekelhaft sein können?

Sabine lag auf dem Sofa und wollte so vieles tun, aber zu allem hätte sie Kraft gebraucht. Sich entschließen müssen. Sie wollte ihren Vater anrufen, um sich bei ihm zu entschuldigen. Ihm alles erklären. Michael wieder versöhnen. Ihre Mutter umbringen. Zu nichts davon konnte sie sich entschließen. Noch ein Schluck Bier. Der Wodka war ja leer. Auf dem Tisch lag noch eine angebrochene

Zigarettenpackung von Michael. Sie nahm sich eine heraus, trat auf den Balkon und zündete sie an. Unten auf der Straße spielten ein paar dunkelhaarige Kinder mit einem Plastikball, riefen einander in einer ihr fremden Sprache etwas zu. Sie könnte jetzt auch da hinunterspringen, dachte sie. Aber das würde die Kinder erschrecken.

IV

Ich sitze vor einem leeren A4-Zettel. Außer „Hausübung“ und dem heutigen Datum steht nichts auf der Seite. Ich kaue auf meiner Füllfeder herum, während Mama aufräumt. „Die Küche ist dermaßen schäbig!“, schimpft sie. „Ich bin gespannt, wann Papa sich endlich einmal entschließen kann, eine neue anzuschaffen.“ Sie knallt die Tür eines Oberschranks zu. „Total abgeschabt! Da hilft nicht einmal mehr Putzen!“ Trotzdem kratzt sie mit der rauen Seite des Schwamms auf den Küchenmöbeln herum. Kein Wunder, dass sie abgeschabt sind, so oft, wie sie das macht.

„Warum schreibst du nicht?“ „Mir fällt nichts ein.“ Dass mich ihre Hektik ablenkt, das kann ich Mama nicht sagen. Und in meinem Zimmer darf ich meine Aufgaben nicht machen. Da fällt mir aller mögliche Blödsinn ein, sagt Mama. Hier hat sie mich unter Kontrolle, da kann ich nicht spielen oder mich ins Bett legen und die Decke über den Kopf ziehen. „Was habt ihr denn auf?“ Ich zeige Mama das Bild, zu dem wir eine Geschichte schreiben sollen. Es zeigt einen jungen Mann, der durch eine Glasröhre rutscht. Die führt durch ein Aquarium, in dem sich ein paar Haifische tummeln. „Wir waren doch schon oft genug in einem Erlebnisbad!“ Mamas Stimme klingt vorwurfsvoll. „Wozu fahren wir hin, wenn du dich dann an nichts erinnerst!“ „Ja, aber doch nie auf einer Rutsche durch ein Haifischbecken!“ „Na, dazu hast du ja schließlich das Bild. Und deine Phantasie. Jetzt schreib schon!“, herrscht sie mich an. Mir fällt aber immer noch nichts ein. Mama setzt sich neben mich. „So! Jetzt fangen wir an! Also schreib!“ Ich weiß aber nicht, was. Und dass Mama neben mir sitzt, macht mich ganz nervös. Ich kann nicht nachdenken. „Schreib halt, dass du dich schon wahnsinnig auf den Ausflug ins Erlebnisbad gefreut hast. Und dann schreibst du über das

Erste, was dir dort aufgefallen ist.“ Langsam kriecht meine Feder über das Papier. „Ich habe mich schon wansinnig auf den Ausflug ins erlebnisbad gefreut“, schreibe ich. „Als wir ankamen, fielen mir gleich die vielen Wasserrutschen auf.“ Mama beugt sich über mich. Ich kann ihr Parfum riechen, und ihre Armreifen klimpern. „Wahnsinnig schreibt man mit h“, sagt sie. „Und Erlebnisbad groß. Das gibt’s ja nicht, dass man das in der zweiten Klasse Gymnasium nicht hinkriegt!“ Ihre Stimme ist ein wenig schrill geworden. Ich hole den Tintenkiller aus der Federschachtel und bessere die beiden Wörter aus.

Dann muss ich wieder nachdenken, und ganz automatisch beginne ich, auf meiner Füllfeder herumzukauen. „Nimm die Feder aus dem Mund!“, keift Mama. „Was glaubst du denn, was die gekostet hat! Wenn wir dir Qualitätsware kaufen, erwarten wir von dir auch, dass du sie entsprechend behandelst!“ Ich nehme die Feder aus dem Mund und setze zum Schreiben an. Mama geht in die Küche und wischt über die Küchenplatte, obwohl sie blitzsauber ist. „Zuerst mussten wir drei Eintrittskarten kaufen. Die waren sehr teuer. Dann habe ich aufs Klo müssen. Papa hat gesagt, wenn die Karten schon so teuer sind, dann können wir nicht Zeit mit dem Klogehen verschwenden.“

„Das kannst du doch nicht schreiben! Das interessiert doch niemanden!“ Ich schrecke zusammen. Mama ist plötzlich wieder hinter mir aufgetaucht. Gerade, als ich mich richtig gut in die Geschichte hineinversetzen konnte. „Das streichst du durch! So ein Blödsinn, das mit den teuren Eintrittskarten!“ Ich weiß, Mama ist es wichtig, dass jeder weiß, dass wir uns alles leisten können. Niemand darf es wissen, wenn das Geld einmal knapp wird, und deswegen darf man auch nicht darüber jammern, dass etwas teuer gewesen ist. Zu Hause schon, aber nicht gegenüber Fremden. Auch der Oma gegenüber nicht.

„Glaubst du, ich hab ewig Zeit?“, schimpft Mama. „In deinem Alter sollte man so etwas schon allein können! Mir hat nie jemand geholfen!“ Sie verschwindet und lässt die Tür hinter sich zufallen. Ich höre noch, wie sie die Stiege hinaufstapft. Dann fängt der Staubsauger zu heulen an. Jetzt kann ich wenigstens in Ruhe nachdenken. Solange der Staubsauger läuft, kommt sie nicht mehr herunter. Ich streiche alle vier Sätze durch, die Mama nicht gefallen haben.

Es dauert mehr als eine Stunde, bis ich die dreihundert Wörter beisammenhabe, die Frau Professor Mühlauer verlangt hat. Beim Durchlesen komme ich drauf, dass ich nur ganz wenig über die Rutschpartie durch die Glasröhre geschrieben habe, bei der man Haie sehen kann. Stattdessen habe ich über die Umkleidekabinen, über die Duschen und das Kleinkinderbecken geschrieben. Da drinnen ist nämlich ein Kind umgefallen, und weil die Mutter es nicht gleich aus dem Wasser geholt hat, hat eine alte Dame zu kreischen begonnen und der Bademeister musste kommen. Ich lasse den Zettel auf dem Tisch liegen und warte, bis Mama kommt. Ich darf nämlich die Hausübung nicht ins Heft schreiben, bevor sie sie kontrolliert hat.

Der Staubsauger ist zwar vor einiger Zeit verstummt, aber Mama ist noch nicht aufgetaucht. Ich sehe aus dem Fenster. Die Nachbarskinder sind alle schon draußen. Ich sehe Johanna auf dem Trampolin hüpfen. Seit meinem Unfall hüpfe ich nur mehr mit, wenn Mama weg ist. „Tu dir bloß nicht noch mal weh!“, warnt Johannas Mama dann immer.

„So! Gib her, deinen Zettel! Wie viele Wörter?“ Mama wirkt gestresst, hektisch. Sie reißt den Zettel an sich, überfliegt meinen Aufsatz und schüttelt immer wieder den Kopf. Manchmal stößt sie mit dem Finger nach dem

Blatt. Als sie fertig gelesen hat, fährt sie sich durch die Haare und zischt ärgerlich. Ich kann mir schon vorstellen, was jetzt kommen wird. Es ist nämlich immer das Gleiche. „Das darf ja nicht wahr sein! Was schreibst du denn da für einen Unsinn zusammen! Das sieht ja ein Blinder, dass das fast nichts mit dem Bild zu tun hat!“ Das weiß ich selber, aber es ist mir halt während dem Schreiben ganz etwas anderes eingefallen. Das brauche ich Mama aber gar nicht erst zu erklären.

Plötzlich hat sie Tränen in den Augen. „Da habe ich so viel Arbeit, dass ich nicht weiß, wo mir der Kopf steht! Und dann kann ich deinen blöden Aufsatz auch noch schreiben!“ Sie schreit mich an, dass ich zurückzucke. Ich bin mir sicher, Frau Mühlauer hätte sich nicht so aufgeregt. Natürlich hätte sie unter meinen Aufsatz geschrieben, dass ich mehr über das Bild schreiben muss, aber sie hätte mich nicht angeschrien. Und vielleicht sogar gelobt, weil ich die andere Geschichte mit dem Baby, das der Bademeister aus dem Wasser retten musste, gut erzählt habe. Sie lobt einen eigentlich immer, weil sie in jedem Aufsatz was Schönes findet.

Vor Wut zerknüllt Mama den Zettel. Jetzt laufen die Tränen schon ihre Wangen hinunter. Ich würde mich am liebsten in mein Zimmer verdrücken, aber ich wage es nicht. Mama setzt sich zum Tisch und streicht den zerknüllten Zettel wieder glatt. „Ich schreib dir jetzt vor, was du abgibst!“, sagt sie. „Obwohl du nicht glauben brauchst, dass es einfach ist, den Stil einer Zwölfjährigen nachzuahmen.“ Sie zieht den Block an sich heran und beginnt zu schreiben. Wie immer muss ich ihren Text dann abschreiben. Wort für Wort. Und es klingt dann nicht so, wie ich es geschrieben hätte. Gar nicht.

Jetzt, glaube ich, ist ein guter Zeitpunkt, zu verschwinden.

In meinem Zimmer nehme ich eine meiner Barbie-Puppen aus dem Campingstuhl, in dem sie gesessen hat. Der steht vor dem rosaroten Campingbus, den ich zum Geburtstag bekommen habe. Sie hat ein buntes Kleid in poppigen Farben an, das eigentlich gar nicht zum Camping passt. Ich ziehe es ihr aus und suche etwas Passendes. Einen Schottenrock, eine rote Strumpfhose, ein schwarzes T-Shirt. Und die Gummistiefel. Vielleicht gehen sie und Peter später noch zum Fischen. Damit sie sich zum Abendessen einen Fisch grillen können. Meine Barbie heißt Heidi, und ihr Mann heißt Peter. Sie sind schon lange zusammen. Seit sie geheiratet haben. Ich habe auch ein Brautkleid und einen Hochzeitsanzug. Jetzt bekommt Peter ein kariertes Hemd und braune Shorts angezogen. Und die Bergschuhe, weil ein zweites Paar Gummistiefel habe ich nicht.

Ich weiß nicht, wie viel Zeit vergangen ist, als Mama plötzlich in der Tür steht. „Also weißt du! Ich plage mich für dich, und du spielst mit den Puppen!“ Sie ist immer noch wütend und wirft mir einen Zettel hin. „Das schreibst du ins Hausübungsheft! Wort für Wort! Und ich kontrolliere nachher noch einmal, wegen der Fehler! Und achte drauf, dass du schön schreibst! Nicht so ein Geschmier wie letztes Mal, da kannst du es gleich noch einmal schreiben!“ Ich hebe den Zettel auf. Mamas Handschrift ist schwer zu lesen.

„Bleibst du noch einen Moment da?“ Eigentlich müsste ich in den Turnsaal. Aber wenn Frau Professor Mühlauer mich aufhält, brauche ich keine Entschuldigung. Ich nicke. Sie wartet, bis der Letzte mit seinem Turnbeutel aus der Klasse verschwunden ist. „Sabine“, sagt sie ernst und schiebt die Brille die Nase hinunter, sodass sie über deren Rand blicken kann. „Das, was du da abgegeben hast ...

Das ist zwar eine nette Geschichte, aber …" Sie zögert und seufzt. „Ich denke nicht, dass du das selber geschrieben hast. Wie kommt das denn?" Ich stehe stumm vor ihr und weiß nicht, was ich sagen soll. Mein Herz schlägt so heftig, dass ich es im ganzen Kopf spüren kann. Es beginnt, in meinen Ohren zu rauschen. Sie schlägt mein Heft auf. „Weißt du, es ist ja okay, wenn einem die Eltern ein wenig helfen. Aber das, was du abgegeben hast, das klingt so völlig anders als das, was du ablieferst, wenn wir hier in der Schule was schreiben." Sie klopft mit dem Zeigefinger auf meinen Aufsatz. „Ich …", fange ich an, aber ich weiß nicht weiter. Ich kann ihr ja schließlich nicht erzählen, dass meiner Mama meine Aufsätze nicht gut genug sind und dass ich schreiben muss, was ihr eingefallen ist.

Frau Professor Mühlauer seufzt noch einmal. „Möchtest du nichts dazu sagen? Wenigstens irgendwas? Wer macht denn das für dich?" Sie schlägt das Heft zu und schiebt es achtlos über den Tisch, von sich weg. So, als ob sie sich davor ekeln würde. „Meine Mama …", fange ich an, aber das war ein Fehler. Frau Mühlauer blitzt mich über ihre Brille hinweg an. „Ich hab euch schon so oft gesagt: Ich will in der Schule keine Sätze hören, die mit ‚Meine Mama' beginnen! Ihr seid in einem Alter, wo man selbständig denken und handeln lernen muss, wenn man's nicht schon früher gelernt hat! Du schreibst doch in der Schule auch so nette Geschichten! Zwar nicht immer ganz zum Thema, aber …" Sie lächelt. „Daheim fällt mir nichts ein", murmle ich schließlich. „Weil …" Gerade rechtzeitig denke ich noch daran, dass ich Mama nicht erwähnen soll. „Weil ich da nicht denken kann", sage ich schließlich und starre zu Boden.

Frau Professor steht auf. Ich starre auf ihren Schottenrock. Er sieht fast so aus wie der meiner Barbie-Puppe. Frau Mühlauer hat aber viel dickere Schenkel als meine

Puppe. „Ich hab's oft schon erlebt", sagt sie, „dass Mütter nicht zufrieden sind mit dem, was ihren Kindern einfällt. Sie meinen, das, was die Kinder schreiben, ist nicht gut genug für die Schule. Zumindest nicht für einen Einser. Und dann setzen sie sich selber hin, damit alles perfekt und fehlerlos ist." Sie legt einen Finger unter mein Kinn und hebt es an, sodass ich ihr in die Augen sehen muss. Sie lächelt, aber mir verschwimmt ihr Gesicht vor den Augen, weil sie sich mit Tränen füllen. Ich möchte nicken. Stattdessen drehe ich mich um und haste davon. Fast stürze ich über meinen Turnbeutel, der vor meinen Füßen über den Boden schleift.

4

„Michael, wir müssen jetzt endlich etwas buchen. Sonst ist es zu spät, und wir kriegen nur irgend so ein Last-Minute-Angebot." Papa hatte ihr versprochen, anlässlich ihres Studienabschlusses einen Urlaub zu bezahlen. Sie wollte nach Sardinien, das wünschte sie sich schon lange. Es waren ein paar faszinierende Kalenderbilder gewesen, die ihr diesen Wunsch ins Hirn gepflanzt hatten.

„Ja, ja! Gleich!" Seit Tagen war es immer dasselbe. Entweder hatte er keine Zeit, sich mit ihr gemeinsam Hotels anzuschauen, oder er hatte etwas daran auszusetzen. Das eine war viel zu weit weg von einer interessanten Stadt, das andere zu spießig, das dritte hatte keine Sportangebote. Wozu wollte er Sportangebote? Er konnte ja im Meer schwimmen. Und notfalls Kajak fahren oder windsurfen. „Hab ich dir nicht schon gesagt, dass ich eigentlich keine Lust habe, nach Sardinien zu fahren?" Plötzlich stand er mit nacktem Oberkörper hinter ihr und kratzte sich die Brust. „Und vor allem, so früh am Morgen – da bin ich geistig gar nicht in der Lage, solche Entscheidungen zu treffen." Er drehte sich wieder um und machte sich an der Kaffeemaschine zu schaffen. „Kopfweh!", jammerte er noch. Weder hätte er gestern so lange fortbleiben noch so viel trinken müssen. Sie hasste diese Männerabende, zu denen er fast jeden Samstag, angeblich nur mit männlichen Freunden, aufbrach. Zuerst ging es zum Fußball oder Eishockey, danach noch in irgendwelche Lokale. Nie erfuhr sie genau, was er eigentlich tat. Vor allem jetzt, wo die Fußballsaison schon vorbei war. Angeblich gab es Leichtathletikweltmeisterschaften oder Radrennen oder was auch immer.

„Weißt du was?", rief sie in die Küche. „Ich buch jetzt einfach eine Woche. Es wird dir schon gefallen." Er antwortete nicht. Und wenn er nicht mitfahren wollte, würde sie schon jemand anderen finden, der bereit war, eine Woche mit ihr auf Sardinien zu verbringen. Hinter ihr klapperte eine Espressotasse auf ihrem Untersetzer. Er stellte den Kaffee auf dem Tisch ab, beugte sich von hinten über sie und fasste in ihren Ausschnitt. „Ich wüsste schon, was mich wieder auf Vordermann bringt. Und dann schau ich mir garantiert auch dein Hotel an." Als er begann, ihre Brust zu massieren, schüttelte sie ihn ärgerlich ab. „Nein, mein Lieber. Zuerst die Entscheidung für den Urlaub, dann kriegst du, was du willst." Manchmal hatte sie das Gefühl, das Einzige, was Michael an ihr interessierte, war, dass er ständig jemanden hatte, der für Sex verfügbar war. Ohne dass er sich dafür großartig anstrengen musste.

Michael hatte seinen Laptop vergessen. Er lag aufgeklappt auf dem Bett, ein Bildschirmschoner lief. Typisch. Es verging kaum ein Tag, an dem er nicht irgendwas verbockte. Er hatte sich doch mit einem Kollegen wegen der Recherchen für die Masterarbeit treffen wollen. Und da kam er wohl nicht ohne seinen Laptop aus. Sabine berührte das Touchpad, und der Bildschirm erwachte zum Leben. Er hatte sogar sein Mailprogramm offengelassen.

Die letzte Mail war keineswegs von einem Kollegen gekommen, sondern von einer gewissen Lucy. Das wollte sich Sabine genauer ansehen. Sie kletterte aufs Bett und nahm den Laptop auf den Schoß. Was schrieb Lucy? Sie habe ein paar neue Quellen über Bruno Kreisky aufgetan. Es folgten ein paar Details, die Sabine nichts sagten. Dann bestätigte sie ein Treffen in der Uni-Bibliothek um 15:00, heute. Sabine sah auf die Uhr. Es war gerade 16:00 durch. Wenn er also tatsächlich zur Uni-Bibliothek gegangen war ... Vielleicht aber war das Ganze nur ein Code und die Bibliothek stand eigentlich für etwas anderes. Zumal die Mail mit ein paar Smileys endete, von denen einer die Zunge herausstreckte. Sabine hatte zwar keine Ahnung, was das genau bedeutete, aber auch das musste ein Code sein. Sollte sie zur Bibliothek fahren, um zu überprüfen, ob Michael tatsächlich dort war? Unsinn. Das konnte sie sich sparen. Wenn er mit einer Frau zusammen gewesen war, dann würde sie das spüren. Sogar riechen können. Obwohl – bisher hatte sie nie etwas in dieser Richtung bemerkt. War sie zu vertrauensselig gewesen? Ihr Magen verkrampfte sich. Zumindest fühlte es sich so an. Es durfte nicht sein, dass sie Michael verlor. Gerade waren sie doch auf einem guten Weg gewesen, er hatte sich mit dem Urlaub einverstanden erklärt. Zwar nicht gerade enthusiastisch, aber doch mit seinem typischen unwiderstehlichen Lächeln. „Wenn du dir das wünschst, Schatz, dann fahren wir nach Sardinien. Zumindest gibt es dort etwas Gutes zu essen." Oder hatte sie das falsch verstanden? War er nur deswegen auf ihre Vorschläge eingegangen, weil schließlich ihr Vater bezahlte? Weil er auf gut gebaute, sonnengebräunte Italienerinnen hoffte? Ihr wurde übel. Sie dachte an den Wodka im Kleiderschrank, scheute aber davor zurück, aufzustehen und einen Schluck zu nehmen. Manchmal konnte sie sich nicht beherrschen, und bevor sie zu Bett ging, war die Flasche leer. Das durfte nicht passieren. Nicht heute. Sie wollte hellwach sein, wenn Michael nach Hause kam.

Als er tatsächlich auftauchte, spät erst, natürlich ohne angerufen zu haben, mied sie den Blickkontakt mit ihm. Er schien aber nicht zu merken, dass es ein Problem gab, und pfiff vor sich hin, als er den Kühlschrank öffnete. „Haben wir was ...?" „Was du im Kühlschrank findest." Sie merkte selbst, dass ihre Stimme schneidend klang. Aber Michael? Keine Reaktion. Er schnappte sich Käse und Wurst und setzte sich an den Tisch. „Du hast deinen

Laptop vergessen", erinnerte ihn Sabine. Er zuckte nur mit den Schultern. „Ja, ich weiß. Ich hab mir halt alles notieren müssen, war nicht so schlimm. Den Rest schickt mir ..." Er zögerte fast unmerklich. „Lukas." Es reichte, um Sabine zusammenzucken zu lassen. Sie hatte das Gefühl, als setze ihr Herzschlag aus, nur für wenige Augenblicke. Er log. Er hielt es für nötig zu lügen. Sie wollte, verdammt noch einmal, wissen, wer diese Lucy war. Und er hatte sich Notizen gemacht? Lächerlich! Wo er doch sogar seine Einkaufszettel ins Handy eintippte, weil er Stifte und Papier für vorsintflutlich hielt. „Wer ist diese Lucy?", wollte sie schreien, aber stattdessen presste sie die Lippen zusammen und schaltete den Fernseher ein. Ohne dass sie etwas vom Programm mitbekam, starrte sie auf das helle Rechteck des Bildschirms. Sollte sie um ihn kämpfen? Lohnte sich das? Und wie ging das? Oder sollte sie ihn hochkant zur Tür hinauswerfen, damit er sich bei seiner Lucy verkroch? Dann wäre sie wieder allein. Sie spürte, wie ihre Augenwinkel nass wurden. Das fehlte jetzt gerade noch, dass sie zu heulen anfing. Michael schmatzte ungerührt vor sich hin, fast nach jedem Schluck Bier rülpste er hörbar. Auf ein Glas hatte er verzichtet, zu Hause trank er immer aus der Flasche. Eigentlich unmögliches Benehmen. War er zu faul, ein Glas aus dem Schrank zu holen und es nachher in den Spüler zu stellen?

„Du bist so still, Mäuschen?" Mit halbvollem Mund. War ihm doch endlich etwas aufgefallen. Sie hatte keine Ahnung, was sie antworten sollte. Schwankend zwischen Verzweiflung und Wut stand sie auf. „Bin müde!" Sie zog sich ins Schlafzimmer zurück. Ohne sich auszuziehen, fiel sie ins Bett und zog die Decke über den Kopf.

Sie wurde im Dunklen wach. Das Bett neben ihr war leer. Wie spät war es? Erst halb zehn. Sie hatte nur zwei Stunden geschlafen, doch inzwischen war es dunkel geworden. Plötzlich funktionierte ihr Hirn ganz klar. Sie stand auf, öffnete die Tür und musste wegen des starken Lichts im Vorzimmer blinzeln. Michael saß vor dem Fernseher, vor sich ein Säckchen mit Kartoffelchips und eine Flasche Bier. „Wer ist Lucy?", fragte sie. „Hä?" Er starrte sie verständnislos an, ein paar Chips zwischen den Fingern, die er gerade in den Mund hatte schieben wollen. „Wer ist Lucy?", wiederholte sie. „Du hast das Mailprogramm offengelassen. Sie hat dir Mails geschickt. Wer ist Lucy?", wiederholte sie. Michael wirkte verlegen und steckte die Chips in den Mund. Erst, nachdem er ein paarmal gekaut hatte, entschloss er sich unter Schulterzucken zu einer Antwort. „Sie ist ... eine Kollegin. Ich mache zusammen mit ihr Recherchen. Sie ..." Er brach ab und versuchte sein Lächeln. Diesmal erschien es Sabine nicht charmant, sondern schief und verschlagen. „Warum lügst du dann? Warum redest du von einem Lukas?" Er lachte, wieder verlegen. Ein Schuldbekenntnis. „Weil ich doch weiß, Mäuschen, wie eifersüchtig du bist. Da habe ich ... Du siehst übrigens süß aus, so verschlafen!"

Plötzlich sah Sabine rot. Zunächst spürte sie noch, wie ihr die Kontrolle entglitt, dann übernahm ihre Wut das Kommando. Sie griff nach der Bierflasche auf dem Tisch, holte damit aus und zielte auf Michaels Kopf. Er hatte es verdient. Doch anstatt dass die Flasche auf seinem Kopf zersplitterte, zuckte ein scharfer Schmerz durch ihren Arm. Er fiel kraftlos an ihre Seite, die Flasche zersprang irgendwo hinter dem Tisch auf dem Boden. Michael hatte ihren Schlag mit seiner Handkante abgewehrt, war aufgesprungen und hatte sie umarmt. „Nicht, Schatz! Reg dich nicht auf! Es war nichts mit Lucy! Es war nichts und es wird nichts sein! Ich liebe doch nur dich!" Er presste sie kraftvoll an sich. Sabine stand da, von sich selbst erschrocken. Sie hätte ihn schwer verletzen können. Wegen nichts. Weil er mit einer Frau in der Bibliothek gewesen war. Plötzlich flossen die Tränen, die sie zuvor zurückhalten hatte können. Michael wiegte sie sanft. Wie ein Kind. Es tat gut. Sie hätte beinahe ... Sie wagte gar nicht, den Gedanken nochmals zu Ende zu denken. Was war bloß mit ihr los? Wie konnte man so durchdrehen?

Sabine hatte sich getäuscht. Nach der Szene mit der Bierflasche hatte sie gehofft, alles würde sich wieder einrenken. Michael war so liebevoll gewesen. Wenn nun wirklich nichts mit dieser Lucy war? Doch es ging weiter wie zuvor, er war häufig weg. Zu häufig. Zu häufig allein. Oder mit Lucy? Sabine schickte ihm WhatsApp-Nachrichten, zusätzlich sicherheitshalber auch SMS. Konnte ja sein, dass er gerade kein Internet hatte. „Ich hab Sehnsucht", textete sie. Später etwas drängender. „Bitte melde dich. Brauche dich." Kaum jemals antwortete er. Wenn, dann knapp. Es kam ihr vor, als komme er immer später nach Hause. Und immer wortkarger.

Sabine brauchte Gewissheit. Es blieb ihr nichts anderes übrig, als ihm nachzuschleichen. „Ich muss nochmal zum Landesschulrat", log sie nach dem Frühstück. Ihre Hand mit der Kaffeetasse zitterte. Michael merkte nichts. „Tschüs!" Gestern hatte sie es schon einmal versucht, aber Michael war auf sein Rad gestiegen und verschwunden. Das hatte sie nicht bedacht. Sie selbst war schon seit Monaten nicht mehr Rad gefahren. Dennoch hatte sie ihr altes Rad aus dem Kellerabteil geholt und abgestaubt. Ein größeres Problem war die fehlende Luftpumpe, denn beide Reifen waren platt gewesen. Gott sei Dank hatte eine Nachbarin aushelfen können, und die Luft hatte in beiden Reifen gehalten. Bis heute zumindest.

Sie wartete im Kellerabteil ab, bis sie Michael hörte, der sein Rad immer im Ständer vor der Haustür abstellte. Als sie ihr Rad endlich die Stiege hinaufgeschleppt und aus der Haustür geschoben hatte, war Michael schon zu weit weg, als dass es ihm noch auffallen hätte können, dass sie ihm folgte. Es war nicht einfach. Er fuhr täglich, war geübt und hatte ein gutes Rad. Nach wenigen hundert Metern schon kam sie ins Schwitzen, und als sie einen Blick nach vorn warf, um zu sehen, ob Michael noch in Sichtweite war, übersah sie eine Ausfahrt. Sie blickte einem wild hupenden und gestikulierenden Fahrer mit Glatze und grauem Haarkranz ins Gesicht. Nun war Michael sicher weg. Doch nein, er war an einem Kiosk stehen geblieben. Sie bremste abrupt ab und suchte Deckung. Ein Plakatständer mit Werbung für die bevorstehende Wahl bot ihr Schutz, mehr schlecht als recht. Er kaufte sich schon wieder was zu essen. Unglaublich. Wo sie doch gerade erst gefrühstückt hatten. Im Gewirr der Altstadtgassen verlor sie Michael aus den Augen, doch sie wusste mittlerweile, wohin die Fahrt ging. Zur Universitätsbibliothek. Sie verlangsamte ihre Fahrt, stieg ab und gewährte ihm ausreichenden Vorsprung.

Im Innenhof der Bibliothek inspizierte sie die Reihen abgestellter Fahrräder zunächst aus der Ferne. Michael war schon weg. Sie näherte sich und fand sein Rad nach kurzer Suche. Mit wem er wohl da drin war? Wahrscheinlich mit dieser Lucy. Zuerst eine Nachricht schreiben, mal sehen, ob er schon auf sie vergessen hatte. „Ich wünsch dir einen schönen Tag!" Noch ein Herz hinterher. Dann die Stiege hinauf. Sie sah auf den Bildschirm. Natürlich keine Antwort. Lesesaal. Ausleihe. „Kann ich Ihnen behilflich sein?" Eine Bibliothekarin. „Nein!", schüttelte sie den Kopf. „Ich such nur jemanden." Sie versuchte sich an einem verbindlichen Lächeln. Die Bibliothekarin nickte und ging ihres Wegs. Ausleihe. Kopierstation. Ständig sah sie sich um, lugte um jede Ecke, bevor sie einen Gang betrat. Sie musste auffallen. Damenklo. Rasch hinein. Immer noch keine Antwort am Handy. Ärger stieg in ihr hoch. Der konnte ja wohl eine Nachricht beantworten, noch dazu eine mit einem Herz. Das gehörte sich doch so.

Michael war nirgends zu finden. Es gab nur eine Erklärung. Er war mit Lucy irgendwohin verschwunden. Sie hatten sich nur hier getroffen, um zu tarnen und zu täuschen. Wahrscheinlich lagen sie schon knutschend in irgendeiner Wiese. Oder gar in ihrem Bett.

Sabine ging zurück zum Fahrradständer. „Wo bist du?“, tippte sie ärgerlich und war sich im gleichen Moment darüber klar, dass diese Nachricht ein Eingeständnis ihrer Suche nach ihm war. Doch es war zu spät, sie war weg. „Ich liebe dich“, schickte sie noch nach. Vielleicht ärgerte sich Lucy darüber, konnte ja sein, dass sie sein Display sah.

Sie ging zurück zu Michaels Rad und kramte in ihrer Handtasche nach dem Maniküre-Set. Mit der Nagelfeile müsste es gehen. Sie sah sich um. Niemand, der sie beobachtete. Ein kurzer Stich. Nein, der war nicht durchgegangen. Noch einer. Jetzt! Die Luft wich langsam aus dem Reifen. Das hatte er nun davon. Sie zerstach auch den anderen Reifen. Bevor sie ihr Rad suchte, versetzte sie dem von Michael noch einen Tritt, sodass es scheppernd gegen das nächste im Ständer abgestellte Rad flog. Das tat gut. Wirklich gut. Er musste bestraft werden. Vielleicht kam er ja zur Besinnung und begriff, dass er ihr gehörte. Dass er *sie* liebte und nicht diese verdammte Lucy.

Michael tauchte erst auf, als es schon dunkel war. „So eine Sauerei!“, schimpfte er. „Heute hat mir wer bei der Uni-Bibliothek die Reifen aufgestochen!“ „Warst du bei der Polizei?“, fragte Sabine. Michael pfiff verächtlich durch die Zähne. „Macht doch überhaupt keinen Sinn. Aber wenn ich den erwische ...“ Sabine ging ins Bad und setzte sich auf den Toilettensitz. Dreiunddreißig Nachrichten hatte sie Michael heute geschickt. Und er hatte kein einziges Mal geantwortet. Nicht einmal über den Angriff auf seine Reifen hatte er geschrieben. Wahrscheinlich, weil er den ganzen Tag mit Lucy gevögelt hatte. Sie beschloss, heute nicht zu fragen, wo er gewesen war. Er würde sowieso nur lügen.

Sie musste herausfinden, wo diese Lucy wohnte. Das konnte ja nicht so schwer sein. Auf Facebook wurde sie nicht fündig. Lucys gab es zuhauf, selbst wenn sie die Suche auf ihre Stadt eingrenzte und überprüfte, ob darunter Politologiestudentinnen waren, kam sie nicht weiter. Wo war Michael? Es war so ruhig in der Wohnung. Schlief er? Vorsichtig lugte sie ins Schlafzimmer. Er lag auf der Seite und atmete ruhig, sein Arm hing über den Bettrand. Er hatte nicht einmal das Licht eingeschaltet. Leise schlich sie zurück ins Wohnzimmer.

Michaels Handy lag auf dem Tisch. Sie hob es auf, doch sie konnte es nicht entsperren. Er hatte es mit irgendeinem grafischen Code gesichert, den sie nicht kannte. Warum tat er das?

Neben dem Tisch lag die abgewetzte Tasche, die er immer mit sich trug, wenn er mit dem Fahrrad unterwegs war. Da war ein Notizbuch. Vielleicht fand sich darin die Adresse dieser Lucy. Sabine blätterte es durch. Es war praktisch leer, nur einige Kritzeleien auf den ersten Seiten. Warum auch sollte er sich die Adresse seiner Geliebten aufschreiben, das war ja hirnrissig. Da fand er auch so hin. Ein paar Kugelschreiber, Papiertaschentücher, ein Messer. Ein Messer? Das hatte sie noch nie bei ihm gesehen. Ein Korkenzieher und ein Flaschenöffner waren auch dran. Aber nichts, was ihr weiterhalf. Sie warf die Tasche wieder weg. Der Name. Sie wusste ja nicht einmal Lucys Familiennamen. Sie nahm noch einmal das Notizbuch zur Hand. Kein Name. Dann holte sie auch die letzten zerknüllten Zettel aus der Tasche. Ein oranges Post-it fiel ihr auf. Sie zog es vorsichtig auseinander. „Danke!“, stand drauf. Mit einem fetten Rufzeichen und einem Herz. Ihr eigenes stockte. Das war der Beweis. Er hatte was mit dieser Lucy. Warum sonst sollte sie ihm Zettelchen mit Herzchen drauf zustecken? Eine unbändige Wut auf Lucy erfasste sie. Die wollte ihr Michael wegnehmen. Wie kam sie eigentlich dazu? Er musste ihr doch gesagt haben, dass er mit seiner Freundin zusammenwohnte.

Es dauerte mehr als eine Woche, bis es ihr endlich gelang, Michael mit Lucy zu erwischen. Keine ihrer Verfolgungsfahrten hatte irgendein Ergebnis erbracht, entweder hatte sie Michael verloren oder er war in der Uni verschwunden, vor der sie manchmal stundenlang vergeblich gewartet hatte. Vor seinem Lieblingscafé konnte sie sich niemals lang aufhalten, wenn er es aufsuchte, denn da war die Gefahr zu groß, dass jemand vorbeikam, der auch sie kannte. Schließlich waren sie häufig zusammen dort gewesen. Allerdings vertrug die Sache keinen Aufschub mehr. Michael fragte nicht einmal mehr nach, warum sie abends nicht mit ihm ausging, und wenn sie ihn im Bett in Stimmung gebracht hatte, wirkte er dennoch geistesabwesend und lustlos, so, als müsse er lediglich seine Pflicht erfüllen. So sehr sie sich auch abmühte, die Leidenschaft von früher war dahin.

Dann kam ihr der Zufall zu Hilfe. Die Tage waren heiß geworden, der Sommer endlich da, und sie hatte sich einen neuen Badeanzug besorgt – genauer gesagt, gleich zwei. Als sie aus dem Geschäft kam, sah sie Michael direkt auf sich zukommen. Mit einer Eistüte in der Hand, neben sich eine Frau. Sie prallte zurück, drehte sich um und huschte zurück ins Geschäft. Die Verkäuferin lächelte.

„Doch noch einen Wunsch?“ Sabine schüttelte den Kopf und kramte nach ihrer Sonnenbrille. Michael passierte samt seiner Begleiterin den Eingang. Vorsichtig trat sie wieder auf den Gehsteig und ließ eine Weile verstreichen, ehe sie den beiden folgte.

Bald hatten die beiden ihre Eistüten fertig geschleckt. Michael deutete auf einen kleinen Gastgarten, wenige Tische auf einem breiten Gehsteig. Diese Lucy nickte, ihr blonder Pferdeschwanz hüpfte. Was wollte er mit dieser Tussi? Die konnte ihr doch nicht das Wasser reichen! Schon allein diese abgelatschten Schuhe! Sabines Herz pochte heftig, als sie sich ein Versteck suchte. Es gab da eine Straßenbahnhaltestelle mit Bank. Sie konnte mit dem Rücken zu den beiden sitzen und hie und da einen Blick durch ihren Make-up-Spiegel werfen, ohne aufzufallen. Die beiden bestellten Kaffee. Zuerst Eis, dann auch noch Kaffee! Die dämliche Lucy kicherte und schlug die Beine übereinander. Fette Waden. Es konnte einfach nicht sein, dass die Michael besser gefiel als sie. Es dauerte. Sabine ließ eine Straßenbahn vorüberfahren, dann eine zweite. Irgendwann würde sie hier auffallen. Doch dann erhob sich Lucy. Michael und sie umarmten sich. Küsse auf die Wangen. Am liebsten wäre Sabine hingestürmt und hätte Lucy an den Haaren gerissen, zu den Schienen geschleift und vor die nächste Straßenbahn geworfen. Michael ging in die Richtung zurück, aus der die beiden gekommen waren. Sie musste Lucy folgen. Die würde es büßen müssen, sich zwischen sie und Michael gedrängt zu haben.

Lucy kam auf die Haltestelle zu. Schnell stand Sabine auf und suchte Deckung hinter einer Dönerbude. Lucy stieg in die nächste Straßenbahn ein. Sabine folgte ihr. Wie dumm, dass sie sich keinen Fahrschein besorgt hatte. Jetzt musste sie auch noch vor Kontrolloren auf der Hut sein. Doch Glück im Unglück – Lucy stieg nach drei

Stationen aus. Sabine konnte ihr relativ unbesorgt folgen, Lucy kannte sie nicht.

In dieser Gegend war Sabine nie gewesen. Zwei-, dreimal ging es um Straßenecken, dann bog Lucy in einen Hauseingang ein. Verdammt. Wenn jetzt die Tür zuschlug! Sabine rannte die paar Schritte, doch die Tür fiel vor ihrer Nase ins Schloss. Doch wieder ein bisschen Glück: Sie war nicht versperrt. Sabine betrat den Gang und horchte. Lucy war auf der Stiege, man konnte ihre Schritte deutlich hören. Sie musste also im ersten, höchstens zweiten Stock wohnen. Sonst hätte sie den Lift benutzt, der sich direkt neben Sabine befand.

Sabine hörte einen Schlüsselbund klappern. Lucy konnte nur bis in den ersten Stock gekommen sein. Der Schlüssel rastete im Schloss ein, es klickte, kurz danach fiel die Tür zu. Sabine betrat die Stiege. Im ersten Stock gab es zwei Türen, auf einer stand ein Name, auf der anderen standen drei. Das war wohl die WG, in der Lucy wohnte. Eine Wohnung für sich allein, das war bei einer Studentin unwahrscheinlich. Drei Namen. Der Vorname jeweils mit einem Buchstaben abgekürzt. Kein L dabei. Wahrscheinlich war Lucy nur ein Kosename. So weit waren sie also schon gekommen. Sollte sie läuten? Noch bevor sie sich wirklich überlegt hatte, was sie nun tun wollte, hatte sie schon den Klingelknopf gedrückt. Sie hastete zur Wohnung gegenüber zurück. „Gruber“ stand dort auf dem Schild. Schritte gegenüber. Sabine trat wieder vor Lucys Tür, als die sich öffnete. „Ja?“ „Entschuldigung“, stieß Sabine hervor. „Wohnt hier die Familie Gruber?“ Lucy zog die Stirn in Falten. In der Hand hielt sie ein Sandwich. So eines, das man fertig zubereitet im Supermarkt kauft, in Plastik eingeschweißt. Sie kaute. „Können Sie nicht lesen?“ Sie deutete auf die Tür gegenüber und warf ihre wieder zu. Sabine wandte sich der Stiege zu und schlich so leise wie möglich hinunter. Blöde Kuh. Unfreundlich. Und dann noch dieses Sandwich. Zuerst ein Eis, dann Fast Food. Die Frau hatte sich überhaupt nicht unter Kontrolle. Kein Wunder, dass sie so unförmige Beine hatte. Was Michael nur an der fand? Sie konnte es sich beim besten Willen nicht vorstellen.

Eines war aber klar, diese Lucy musste in ihre Schranken verwiesen werden. Sabine würde ihr klarmachen, was es bedeutete, sie zu hintergehen und ihr den Mann wegzunehmen. Was konnte sie tun? Von einem Auto wusste sie nichts, es würde auch schwer herauszufinden sein, ob Lucy eines besaß. Schlagen würde sie sich mit ihr keinesfalls. Sabine erinnerte sich an einen Film, in dem jemand aus Rache die Tür und die Gänge eines Wohnhauses besprüht hatte. Ja. Das war nachhaltig, deutlich. Und es tat weh. Lucy würde ganz schön zu tun haben, die Farbe wieder wegzuputzen. Das würde ihr eine Lehre sein.

„Wir schauen dann beim Ferdi Champions League. Kommst du mit?“ Sabine schüttelte den Kopf. Der Ferdi, das war ein Stammlokal von Michael, in das er sie früher auch manchmal mitgeschleift hatte. Drinnen stank es nach Rauch und wer weiß nach was noch allem, und sogar der Wirt schien ständig angetrunken. Eigentlich hatte sie geglaubt, Michael davon abgebracht zu haben, in solchen Lokalen zu verkehren. Aber heute kam es ihr gerade recht. Sie schüttelte den Kopf, und Michael fragte nicht nach. „Ich schau, dass es nicht zu spät wird!“ Ja. Wer's glaubte.

Sie wartete unruhig und auf der Stuhlkante sitzend fünf Minuten ab. Konnte ja sein, dass er irgendwas vergessen hatte. Sich entschied, doch noch einmal aufs Klo zu gehen. Was auch immer. Doch alles blieb ruhig. Sie hatte die beiden Sprühdosen im Schlafzimmer. Neben ihrer

Wodkaflasche versteckt. Zuerst ein Schluck. Tat gut. Dann die beiden Dosen in die Tasche. Schwarz und rot. Sicherheitshalber ging sie zu Fuß. So konnte sie kein Straßenbahnfahrer oder ein anderer Passagier wiedererkennen. Es war noch nicht einmal dunkel. Sie hatte weiche, bequeme Sportschuhe angezogen. Die waren auf Stiegen leiser.

Sabines Herz klopfte. Natürlich war es nicht auszuschließen, dass plötzlich jemand ins Stiegenhaus kam und sie erwischte. Dann musste sie schnell sein. Als sie in die Nähe von Lucys Haus kam, setzte sie die schwarze Wollmütze auf und zog sie bis über die Ohren. Ihre Haare hatte sie ohnehin zu einem Knoten aufgesteckt. Die Haustür war wieder unversperrt. Ob sie es wirklich tun sollte? Konnte sie so etwas überhaupt?

Im Stiegenhaus angekommen, lauschte sie. Nichts, kein Geräusch. Ob Michael zu Lucy gegangen war anstatt ins Ferdi? Ob er hier im Haus war? Womöglich vögelte er sie gerade. Unbändige Wut stieg in ihr auf. Sie trat auf die erste Stufe, als sich plötzlich der Lift in Bewegung setzte. Sie zuckte zurück, verschwand durch die Haustür. Die fiel mit einem lauten Schlag ins Schloss, was sie aber nicht weiter störte. Wenig später trat ein Pärchen auf den Gehsteig. Lucy war das nicht, das konnte Sabine auch in der Dunkelheit erkennen, obwohl ihr die Frau den Rücken zukehrte. Die hatte nämlich schlanke Beine. Zweiter Versuch. Sie schaffte es bis in den ersten Stock. Kein Geräusch. Dosen heraus. Eine in die linke, eine in die rechte Hand. Schütteln. War da nicht was? Sie lauschte. Rückzug? Jetzt nicht mehr. Es würde nur zehn Sekunden dauern.

Ohrenbetäubend erschien ihr das Zischen der Dosen im leeren Stiegenhaus. Ein großes X auf die Eingangstür. Keine umständlichen Zeichen oder gar Erklärungen. Rückzug. Schwarz und rot übereinander an der Wand im

Stiegenhaus. Immer noch kein Geräusch. Die Farbsprays immer noch in beiden Händen haltend, drückte sie die Haustür auf, wandte sich nach rechts. Die Dosen mussten schleunigst zurück in die Handtasche, bevor sie jemand sah. Erledigt. Der Gestank des Farbsprays begleitete sie noch auf den ersten hundert Metern des Rückwegs. Niemand begegnete ihr.

Eine halbe Stunde später war sie zu Hause. Alles gut gegangen. Niemand hatte sie gesehen, niemand würde ihr auf die Spur kommen. Es dauerte eine Ewigkeit, bis sie die Lackreste von ihren Fingern abgeschrubbt hatte.

Michael reagierte nicht. Nicht am nächsten Tag und auch nicht am übernächsten. Es war, als hätte es Lucy nie gegeben, als hätte sich Sabine ihre Sprühaktion nur eingebildet. Sie musste sich vergewissern. Tatsächlich standen da die beiden Dosen in ihrem Kleiderschrank neben der Wodkaflasche. Man sah ihnen sogar an, dass sie benutzt worden waren. Ein wenig Lack war an den Außenseiten herabgeronnen, Sabine hatte auch farbige Fingerabdrücke zurückgelassen. Was hatte die ganze Aktion für einen Sinn gehabt, wenn niemand darauf reagierte? Hatte Lucy ihre Lektion gelernt? Sie musste etwas unternehmen, um es zu erfahren. Sie stellte die beiden Dosen auf den Küchentisch und wartete, bis Michael nach Hause kam. Wenn er kam. Er hatte sich in den letzten Tagen kühl und abweisend verhalten und war kaum zu Hause gewesen. Das aber war in den letzten Wochen generell so gewesen.

„Haben wir was zu essen im Haus?“ Ohne sie zu grüßen, warf Michael seine Tasche im Vorzimmer auf den Boden und begab sich in die Küche. Vom Sofa aus hörte Sabine, wie er die Kühlschranktür öffnete und darin herumkramte. Dann Stille. Sie hörte die Kühlschranktür zufallen.

Michael stand in der Tür. „Das ist ja krank. Megakrank. Was hast du dir denn dabei gedacht?“ Er hielt ihr die beiden Sprühdosen entgegen. Sabine starrte in den Fernseher. Krank war jemand anderer. Nämlich jemand, der nicht begriff, dass er ihr Freund war, zu ihr gehörte und mit niemand anderem herumzuvögeln hatte. Schon gar nicht mit jemandem, der viel unattraktiver war als sie selbst.

Michael stellte die beiden Sprühdosen auf den Tisch, nahm die Fernbedienung in die Hand und schaltete den Fernseher ab. Stille breitete sich im Wohnzimmer aus. Unangenehme Stille. Sabine starrte auf den erloschenen Bildschirm. „Das ist ganz allein deine Schuld“, sagte sie schließlich. „Du hast mich hintergangen. Du hast dich auf eine schmutzige Affäre eingelassen. Mit dieser Lucy. Sei froh, dass nicht mehr passiert ist!“

Michael war kurz sprachlos. „Weißt du eigentlich, was du da getan hast? Weißt du das?“ Die letzte Frage hatte er gebrüllt. „Eigentlich müsste ich sofort zur Polizei gehen!“ Sabine zischte verächtlich. „Wegen ein paar Farbspritzern – mach dich doch nicht lächerlich!“ „Farbspritzer! Denise hat das bei der Polizei angezeigt! Und die haben sich schon ihre beiden Mitbewohner und zwei andere vorgenommen, zwei Exfreunde von Denise! Die sind stundenlang beim Verhör gesessen! Wegen der paar Farbspritzer!“ Michael war aufgestanden. Er hatte seine Anschuldigungen zur Balkontür hin gebrüllt. Die Nachbarn konnten das alles hören. Es war peinlich. „Warum Denise? Heißt sie nicht Lucy, deine Angebetete?“ Michael drehte sich zu ihr um. „Was heißt Lucy? Natürlich hab ich mit Lucy zusammengearbeitet. Das Opfer deines Angriffs war aber Denise! Das ist bloß eine Studienkollegin!“ „Mit der du Eis essen und Kaffee trinken musst!“ Jetzt brüllte Sabine zurück, ohne einen Gedanken an die Nachbarn zu verschwenden. Das konnte ja alles nicht wahr sein. Zuerst Lucy, dann Denise. War ja völlig egal, welche von den Schlampen sie mit ihrer Aktion erwischt hatte. Michael wusste jedenfalls jetzt, wo er hingehörte. „Ich hasse diese Schlampen!", schrie sie. „Alle! Wahrscheinlich hast du sie alle gevögelt! Jede einzelne! Aber du gehörst zu mir! Hoffentlich kannst du dir das jetzt endlich merken! Oder muss noch mehr passieren?"

Michael ballte die Fäuste und näherte sich ihr. Zu nahe. Würde er sie schlagen? Zwischen zusammengebissenen Zähnen presste er hervor: „Ich habe niemanden gevögelt! Aber wenn ich es mir so überlege, es wäre gescheiter gewesen, als jeden Abend zu dir zurückzukommen, in diese verdammte Bude. Mit deiner Paranoia zu leben, monatelang! Das ist ja nicht auszuhalten!" Er drehte sich um und verschwand im Schlafzimmer. Sie hörte ihn im Kleiderschrank rumoren, schließlich plumpste ein Koffer aufs Bett. Nein. Das durfte nicht sein. Sie lief ihm nach, schnappte sich den Koffer, begann zu weinen. „Bitte nicht! Bitte geh nicht. Ich liebe dich doch so sehr. Ich brauche dich!" Er schüttelte den Kopf und nahm ihr den Koffer wieder aus den Händen, die schlaff an ihre Seite sanken. „Du bist komplett verrückt. Es tut mir leid, aber du brauchst einen Arzt. Ich mein das ernst." Er wandte sich wieder seinen Kleidern zu und warf sie achtlos in den Koffer.

Sabine begann zu zittern, unfähig, zu reagieren. Es gelang ihr gerade noch, sich auf das Sofa im Wohnzimmer zu flüchten. Sie zog die Decke über den Kopf und heulte wie ein kleines Kind. Schlotterte wie im Schüttelfrost. War nicht in der Lage, irgendeinen klaren Gedanken zu fassen. „Ich komm dann nochmal, meine restlichen Sachen holen!" Er warf irgendwas auf den Tisch. Dann fiel die Wohnungstür ins Schloss. Am besten, sie stieg jetzt ganz hinauf, aufs Dach, und stürzte sich auf die Straße hinunter. Aber nicht einmal dazu brachte sie genug Energie auf. Als sie wieder in der Lage war, die Augen zu öffnen und sich aufzusetzen, sah sie Michaels Wohnungsschlüssel auf dem Küchentisch liegen.

„Ja, viel lesen hilft natürlich auch. Und eben nicht nur Bücher, sondern gerne auch Comics, Zeitungen, Jugendzeitschriften, ich hab's ja schon am Elternabend gesagt." Frau Professor Mühlauer bemüht sich, mit Mama besonders freundlich zu sein, das merkt man ihr an. Und sie hat kein böses Wort über mich gesagt, im Gegenteil, sie hat mich sogar gelobt. Und gemeint, meine Rechtschreibschwäche, das würden wir schon in den Griff bekommen. Ein Dreier sei schließlich keine Katastrophe, im Gegenteil, ganz was Normales. „Für uns nicht!", hat Mama gleich dazwischengeredet. Frau Mühlauer hat nur die Augenbrauen hochgezogen, aber nichts gesagt. Ich solle halt ein paarmal in der Woche einige zusätzliche Übungen machen, damit ich mich sicherer fühle. Und viel schreiben, hat sie noch gemeint.

Frau Professor Mühlauer steht auf und schüttelt meiner Mama die Hand. „Da sind wir ja ganz auf einer Linie!", lächelt Mama. Die Frau Professor sollte merken, wie falsch ihr Lächeln ist. „Auf Wiedersehen!" Sie schütteln sich die Hände, Frau Professor Mühlauer gibt auch mir die Hand und streicht mir über den Kopf. „Wirst sehen, das wird!"

„Da werden jetzt andere Saiten aufgezogen!", zischt Mama auf dem jetzt ganz leeren und stillen Gang. „Ein Dreier ist für uns eben nicht gut genug! Weil danach kommt der Vierer, wenn man nichts tut, und schwuppdiwupp ist man beim Fünfer. Aber nicht mit mir!" Es klingt wie eine Drohung, und es ist auch eine.

Wieder einmal geht es ins Shopping-Center, weil wir ja Übungsmaterial kaufen müssen. Das Einkaufen in der Buchhandlung dauert zehn Minuten, Mama nimmt alles, was ihr die Verkäuferin empfiehlt. Mit drei oder vier

Übungsbüchern kommen wir wieder aus dem Geschäft. Mama hat mehr als 50 Euro dafür bezahlt. „Seit wir den Euro haben, ist alles ständig teurer geworden!", jammert sie.

Dann allerdings braucht sie neue Schuhe, weil gerade Ausverkauf ist. Das dauert eine Stunde. Sie drückt mir eins der Übungshefte in die Hand. „Schau dir das gleich einmal an!" Weil ich wirklich nicht weiß, was ich sonst tun könnte, schlage ich das Übungsbuch auf. Es ist quadratisch und gelb. In einer Übung soll man Reimwörter finden. Alle schreibt man mit einem stummen „h". Was reimt sich auf „prahlen"? Und auf „verhöhnen"? Ich weiß nicht einmal, was die Wörter bedeuten. Mama kommt auf mich zu. Sie strahlt. „Ich hab wunderbare Schuhe für dich entdeckt! Und du brauchst fürs Frühjahr eh neue!" Sie schleppt mich in die Abteilung für Kinderschuhe.

Leider geschieht dort wieder das, was immer geschieht. Die Regale mit den hübschen Turnschuhen darf ich mir erst gar nicht anschauen. Da gibt es welche mit Glitzerstreifen und Sternen und so weiter. Ich wäre sogar mit ganz normalen Turnschuhen zufrieden, wenn sie irgendeine bekannte Marke haben. Nicht, weil ich die Marke brauche, ich will nur nicht dumm angemacht werden. Die Elli hat einmal Schuhe von einem Diskonter angehabt, ganz billige. Tagelang hat sie sich bitterbösen Spott anhören müssen, weil ihre Eltern kein Geld für die richtigen Schuhe haben. Am Ende haben die Buben sie sogar ins Klo geworfen. Die Schuhe, nicht Elli.

„Sind die nicht süß?", quietscht meine Mama. Natürlich sind es wieder Ballerinas. Es gibt sie in Lack und in matt, in mehreren Farben. Mama hält die lackierten schwarzen hoch. „Mit denen wirst du fantastisch aussehen!" Ich beschließe, auch einmal etwas zu sagen. Manche dürfen in meinem Alter schließlich schon allein entscheiden, welche Schuhe sie anziehen. „Ich hätte aber lieber die lila Turnschuhe!“ Ich zeige mit dem Finger auf das Regal. Mama runzelt die Stirn. „Das ist Mist. Völlig geschmacklos. So etwas ziehst du mir nicht an.“ Das war’s dann. Wir verlassen das Geschäft mit schwarzen und gelben Lackballerinas. Die letzten, die Mama gekauft hat, haben mich fürchterlich an der Ferse gewetzt.

Zu Hause muss ich mich gleich an den Esstisch setzen. Mama verstaut die Lebensmittel im Kühlschrank und beginnt mit dem Kochen. „Wo soll ich denn anfangen?“ „Egal!“, sagt sie. „Du machst sowieso alles bis zur nächsten Schularbeit.“ Ich sehe entsetzt hoch. „Ein ganzes Buch?“, frage ich zweifelnd. „Nein. Alle Bücher.“ Mama sieht nicht einmal her. Ich blicke zum Fenster hinaus. Von hier aus kann ich zwar nicht in Johannas Garten sehen, aber dass draußen die Sonne scheint, das sehe ich natürlich schon. Geräusche höre ich keine. Wahrscheinlich sind die Nachbarn in den Wald gegangen. Oder wenigstens zum Spielplatz.

Ich schlage das gelbe Buch auf. Bei den meisten Übungen muss man nur etwas ins Buch eintragen. Das könnte ganz schnell gehen. Ich blättere zum Ende. 118 Seiten, und auf jeder Seite mindestens eine Übung. Mir fällt kein Reimwort zu „prahlen“ ein. „Was heißt eigentlich ‚prahlen‘?“, frage ich. „Angeben“, sagt Mama. „Wer prahlt, gibt an.“ Reimt sich „malen“ damit? Ich glaube schon. Aber das schreibt man doch nicht mit „h“? Ich radiere das Wort wieder weg. Wenn ich so weitermache, brauche ich bis zu den Ferien mit dem Buch. Wahrscheinlich eher bis nach den Ferien. Ich nehme meine Füllfeder in den Mund und sehe zu, wie der Wind durch die Blätter des Baumes vor dem Fenster fährt. Ich glaube, jetzt läuft gerade meine Lieblingssendung im Fernsehen.

Plötzlich lässt sich Mama auf den Sessel neben mir fallen. „Zeig mal!“ Die erste Übung ist schon beinahe fertig. Mir ist doch zu fast jedem Wort ein Reim eingefallen. „Das ist falsch, das, und das auch! Das darf ja nicht wahr sein!“ Mama hat mir die Füllfeder aus der Hand gerissen und drei Wörter durchgestrichen. Zornig wirft Mama die Feder wieder aufs Buch und wendet sich dem Herd zu, auf dem Wasser zu kochen begonnen hat. Ich habe „verkülen“, „spühren“ und „Blumenbeet“ geschrieben. Aber ich glaube, es ist kein guter Zeitpunkt, Mama danach zu fragen, wie man das richtig schreibt. Sie knallt so laut mit den Töpfen und den Schranktüren, dass ich mich ein bisschen vor ihr fürchte. Mir fällt einfach nicht ein, was falsch sein könnte. Doch! Blumenbeet passt nicht, weil es ja kein h hat. Aber schreibt man „Blumenbeht“? Das dauert ewig. Ich würde so gerne draußen spielen oder wenigstens fernsehen.

Die Haustür fällt ins Schloss. Papa ist nach Hause gekommen. „Hallo!“ Er ist anscheinend gut aufgelegt. „Was gibt’s zu essen?” „Naturschnitzel“, antwortet Mama. „Mit Gemüse. Und Salat.“ Papa stutzt. Er geht noch einmal raus und hängt seine Jacke auf. Er hat natürlich schon am Ton von Mama gehört, dass sie wütend ist. „Gibt’s irgendein Problem?“, fragt er. Mama dreht sich um und schwingt drohend den Kochlöffel. „Ein Problem?“, keift sie. „Das Kind kann überhaupt nicht rechtschreiben. Ich tu alles für sie, renn in die Schule, kauf ihr Übungsbücher, wo ich doch eh so viel um die Ohren habe!“ Sie dreht sich wieder zum Herd um. Ihre Stimme klingt nun tränenerstickt. „Und jetzt sitzt sie schon mehr als eine halbe Stunde bei einer Übung! Und bringt nichts weiter! Und die Hälfte ist wieder falsch! Ich weiß nicht mehr, was tun!“ Sie rührt heftig in einem Topf. „Deckt wenigstens den Tisch!“ Papa sieht mich ratlos an. Er versucht, eine komische Grimasse zu ziehen, aber es gelingt ihm nicht recht. Ich stehe auf und hole Servietten aus der Tischlade. Während Papa den Saft und das Wasser auf den Tisch stellt, bringe ich das Besteck. Das ist meine Aufgabe.

Ich habe überhaupt keinen Hunger und mir ist schlecht. Wenn sich Mama wegen mir so aufregt, bekomme ich immer Bauchweh. „Ich muss aufs Klo“, sage ich und verschwinde, verriegle die Tür hinter mir und setze mich auf die Klobrille. Ich muss gar nicht, ich halte es nur mit meinen Eltern im Zimmer nicht mehr aus. Wenn Papa jetzt irgendwas sagt, was ihr nicht passt, dann gibt es sicherlich wieder Streit und Geschrei, nur wegen mir. Und dann wird das Bauchweh noch schlimmer. Letztendlich bleibt mir aber nichts anderes übrig, als wieder zurückzukommen und mich an den Esstisch zu setzen. Ich starre mein Schnitzel an. Es sieht grau aus, und an den Rändern hängt ein wenig gelblich-braunes Fett. Ich will das nicht essen. Wenn ich es länger ansehe, muss ich mich übergeben, ich bin mir sicher. Ich kann das gut. Als ich noch kleiner war, habe ich immer gespuckt, wenn meine Eltern weggehen und mich mit dem Babysitter alleine zu Hause lassen wollten.

Ich stochere ein wenig im Gemüse herum. Das grüne geht, die roten Paprika mag ich nicht, Mama hat die Haut drangelassen, die schmeckt so seltsam. „Such nicht schon wieder im Essen herum!“ Ich zucke zusammen. Meine Mama kann sich nicht beherrschen. „Jetzt lass sie halt!“, mischt sich Papa ein. Das hätte er lieber nicht tun sollen. Er hat anscheinend nicht gemerkt, wie geladen Mama ist. „Lass sie halt!“, keift sie und wirft ihr Besteck auf den Teller, dass es klirrt. „Das ist alles, was dir einfällt. Sie bringt schlechte Noten heim, lass sie halt. Sie isst nichts, lass sie halt. Willst du eine magersüchtige Idiotin haben?“

Papa verteidigt sich nicht, verteidigt mich nicht. Er will nur seine Ruhe haben. Mir kommen die Tränen, und ich glaube, ich muss mich jetzt wirklich übergeben. Ich stehe auf, laufe zur Tür hinaus, die Stiege hinauf, schließe mich oben im Klo ein, beuge mich über die Schüssel, würge. Aber es kommt nichts. Mein Herz klopft heftig, und ich atme, als ob ich gerade einen Berg hinaufgeklettert wäre anstatt einer kurzen Stiege. Unten höre ich Stimmen. Mamas Stimme ist lauter als die Papas. Ich stecke mir die Zeigefinger in die Ohren. Es dauert nur wenige Minuten, dann höre ich unten ein Auto starten. Ich schaue aus dem Fenster und sehe Papas Auto, wie es im Rückwärtsgang aus der Einfahrt schiebt. Das passiert nicht zum ersten Mal. Wenn sie streiten, fährt Papa oft weg. Dann geht er manchmal auf einen Berg, auch wenn es finster ist. Er hat immer seine Bergschuhe und eine Stirnlampe im Auto, auch eine Tasche mit Sportsachen. So, als ob er wüsste, dass er sie manchmal braucht. Ich wünschte, er würde mich mitnehmen. Stattdessen lässt er mich immer mit Mama allein.

Was jetzt kommt, kenne ich schon. Sie wird heute kein Wort mehr mit mir reden. Zuerst wird sie die Küche putzen, das dauert sicher eine halbe Stunde. Und danach wird sie sich einen Kognak einschenken und beim Fernsehen bügeln. Und wütend darüber sein, dass niemand da ist, bei dem sie sich beklagen kann, wie überlastet sie ist. Ich frage mich, wie Johannas Mutter das macht. Die hat drei Kinder und geht auch noch arbeiten. Sicher, bei ihnen zu Hause ist es nicht immer so sauber wie bei uns, und die T-Shirts und Jeans von Johanna werden nicht gebügelt. Zumindest nicht oft. Aber eigentlich ist das völlig egal, finde ich.

Als ich von unten Geschirrgeklapper höre, wage ich mich aus dem Klo heraus. Ich gehe ins Bad und stelle mich vor Mamas Kosmetikschrank. Da ist so viel Zeug drinnen, das kann kein Mensch brauchen. Obwohl sie mir schon erklärt hat, dass ich auch bald daran denken soll, mich mit einer Nachtcreme einzuschmieren. Damit ich keine Falten bekomme. Sie hat nämlich keine Falten, sagt sie, weil sie sich immer entsprechend gepflegt hat.

Ich nehme eine Körpermilch aus dem Schrank, schraube den Deckel auf und lasse die zähflüssige Masse ins Waschbecken tropfen. Bald rinnt es schneller. Ich drücke die Flasche fest zusammen. Es duftet nach ... weiß ich nicht. Gut jedenfalls. Ganz ausleeren will ich sie nicht, also drehe ich sie wieder um, schraube sie zu und stelle die Flasche zurück. Dann spüle ich sorgfältig das Waschbecken mit Wasser aus. Jetzt fühle ich mich besser, der Druck im Magen ist weg. Der Geruch ist noch da, aber Mama wird das nicht merken, weil sie immer so viel Parfum aufträgt.

Danach putze ich mir die Zähne und lege mich ins Bett. Eigentlich sollte ich noch meine Schultasche für morgen einräumen, aber ich habe keine Lust mehr dazu. Ich versuche, ein Buch zu lesen, so lange, bis Papa wieder zurückkommt. Aber ich schlafe ein, bevor ich das Motorengeräusch seines Autos höre.

5

Sie hatte den ganzen Sommer gebraucht, um über die Sache mit Michael hinwegzukommen. Zuerst hatte sie noch tagelang versucht, ihn mit Nachrichten umzustimmen. Sie würde sich ändern, hatte sie versprochen. Von Grund auf. Doch er hatte nicht einmal geantwortet. Sie hatte ihn ein paarmal verfolgt, um herauszufinden, wo er jetzt wohnte. Er war in eine WG gezogen, nicht zu Lucy und auch nicht zu Denise. Dennoch hatte sie ihn ein-, zweimal in Begleitung einer Frau gesehen. Kichernd. Lachend. Händchenhaltend. Es hatte ihr fast das Herz gebrochen. Dann hatte Michael mit der Polizei gedroht, wenn sie nicht aufhörte, ihn mit Nachrichten zu bombardieren und auf der Straße zu verfolgen. Es hatte sie unglaubliche Energie gekostet, seine Nummer aus dem Speicher ihres Handys zu löschen. Und immer noch träumte sie von ihm.

Natürlich hatten auch ihre Eltern mitbekommen, dass es mit Michael aus war. Obwohl sie ihnen keine Silbe erzählt hatte. In der Familie hatte die Nachricht aber wohl die Runde gemacht. Sicherlich waren alle auf Michaels Seite und hielten sie für verrückt. Ihre Mutter hatte sie beglückwünscht, als sie doch einmal ein Gespräch von ihr angenommen hatte. Jetzt sei sie wieder frei für was Besseres. Sie habe schon ein paar interessante Kandidaten an der Hand. Sabine hatte sie reden lassen, ohne zu antworten, was ihrer Mutter nicht aufgefallen war. Irgendwann hatte Sabine dann aufgelegt, mitten in einer uninteressanten Tirade über einen Elektrohändler, der ihre Mutter beim Kauf einer Kaffeemaschine beinahe über den Tisch gezogen hätte.

Heute musste sie erstmals in die Schule, der sie als Unterrichtspraktikantin zugeteilt war. Wohl war ihr bei dem

Gedanken nicht. Aber was blieb ihr übrig, sie musste irgendwie ihre Wohnung finanzieren. Und das alleine, seit Michael ausgezogen war.

Sie wurde ins Büro des Direktors gebeten, wo um den großen Besprechungstisch vier weitere Praktikantinnen saßen. Und ein Praktikant, der Sabine interessiert musterte, aber für sie nicht in Frage kam. Schäbig gekleidet, bereits schütteres Haar, ein Piercing in der Unterlippe. Die Frauen waren keine Konkurrenz für sie, teils sicherlich ein paar Jahre jünger, aber ohne jeden Stil. Eine sehr schlanke Blondine war die Einzige, die man als einigermaßen attraktiv bezeichnen konnte. Der Direktor hieß sie herzlich willkommen, wünschte ihnen ein erfolgreiches Jahr und äußerte einige weitere Belanglosigkeiten. Er kündigte an, sie nun den Betreuern vorstellen zu wollen, denen sie für dieses Jahr zugeteilt waren. Sabine wusste, dass davon einiges abhing. Die Betreuer mussten am Jahresende ein Gutachten über die Praktikanten erstellen, von dem letzten Endes abhing, ob man einen Job bekam oder nicht.

„Frau Magistra Meißner, für Englisch habe ich Sie Frau Oberstudienrat Pokorny zugeteilt und für Deutsch Herrn Professor Deutsch. Deutsch – Deutsch. Witzig, nicht wahr?“ Er lachte meckernd und entblößte dabei gelbliche Zähne, die dringend nach einem Zahnarzt zu verlangen schienen. Sabine zwang sich zu einem Lächeln. Wenn er es für witzig hielt, dass ein Deutschlehrer Deutsch hieß, dann war es sicher angebracht, darüber zumindest zu schmunzeln. Und Oberstudienrat? Die musste ja uralt sein. Der Direktor sah auf die Uhr. „Ja, ich habe Ihre Betreuer ins Besprechungszimmer gebeten, wenn Sie mir bitte folgen wollen?“

„Nenn mich Harry, einfach Harry.“ Professor Deutsch schüttelte ihr die Hand. Kräftig und viel zu lang. Dabei griff er noch mit der anderen Hand nach ihrem Handgelenk, sodass Sabine sich wie festgenommen vorkam. Harry trug einen Pullunder mit Karomuster, der sicher irgendwann in den Achtzigerjahren modisch gewesen war. Dazu eine graue Hose mit Bügelfalten, etwas schütteres graues Haar, kurz geschnitten. Er machte einen drahtigen Eindruck, mochte vielleicht Marathonläufer sein. Mit Sicherheit war er schon über fünfzig.

Harry musterte sie lächelnd. Wahrscheinlich malte er sich in seinen kühnsten Träumen aus, dass sie sich für ihn interessieren könnte. Sie blickte suchend um sich. „Und die Frau Oberstudienrat ...?“ „Kommt gleich!“, grinste Harry. „Setz dich doch zu mir! Du heißt ...?“ „Sabine. Meißner.“ Sie setzte sich und stützte die Ellenbogen auf die Tischplatte. Obwohl ihr Ausschnitt sehr dezent war, konnte Harry seine Blicke nicht von dem goldenen Sternzeichenanhänger lassen, der darin glitzerte. Mit ihm würde sie leichtes Spiel haben. „Welche Klasse bekomme ich denn?“, fragte sie. „Die 3B!“, verkündete Harry in einem Ton, als hätte sie soeben das große Los gezogen. „Ganz liebe Kinder! Fünfzehn Knaben und sieben Mädchen. Du wirst sie mögen!“ Er hatte tatsächlich „Knaben“ gesagt. Wer verwendete heute noch so ein Wort?

Die Tür zum Besprechungszimmer öffnete sich. Das konnte nicht die Oberstudienrätin sein. Die Frau hatte dunkle, lange Haare, die sie offen trug, war groß, vermutlich größer als sie selbst, und sah keinen Tag älter aus als vierzig. Sabine stand auf. „Sie müssen ...?“ „Ach was!“ Die Frau vollführte eine wegwerfende Handbewegung. „Ein ‚Sie‘ gibt’s bei mir nicht! Ich bin Sylvia, Sylvia Pokorny, und du musst die Sabine sein. Ich seh schon, wir werden uns prima verstehen.“ Sie umarmte Sabine, drückte sie an sich und gab ihr Küsschen auf beide Wangen. Sabine fühlte sich überrumpelt. Harry, der sitzen geblieben war, räusperte sich. „Ja, unsere Sylvia. Immer herzlich!“ Sylvia stützte die Arme in die Hüften. Sie trug Designerjeans mit aufreizenden Rissen an den Oberschenkeln. So hatte sich Sabine eine Oberstudienrätin nicht vorgestellt. „Und unser Harry. Immer eine Spur zu traditionell.“ Sie beugte sich vor und zupfte an seinem Pullunder. „Den kenn ich an dir schon fast dreißig Jahre lang. Wann wirst du endlich ein seriöser älterer Herr, hm?“ Harry musste sich neuerlich räuspern.

Die Positionen, fand Sabine, waren bezogen. Eine hyperaktive, sehr jung gebliebene Oberstudienrätin und ein etwas verzopfter Marathonmann. Schwieriger, dessen war sie sich sicher, würde es mit Sylvia werden. Die würde ihr Leistung abverlangen. Harry dagegen würde sie um den Finger wickeln, so viel war klar.

Als sie das erste Mal vor der 3B stand, fühlte sich ihre Kehle an wie zugeschnürt. Obwohl sie sich, wie sie meinte, perfekt vorbereitet hatte. Harry saß in der letzten Reihe und räusperte sich. Das hätte sie auch gerne getan, wenn es ihr denn gelungen wäre. „So, na dann sagt mir doch einmal, ob heute jemand fehlt.“ Das war mehr gekrächzt als gesprochen. Aber sie spürte, wie es langsam besser wurde. „Ich möchte euch gerne so schnell wie möglich kennenlernen“, sagte Sabine. „Deswegen bitte ich euch, euch dem Alphabet nach aufzustellen. Der oder die Erste beim Waschbecken, der oder die Letzte beim Kasten. Alle anderen dazwischen.“ Die Schüler begannen aufgeregt durcheinanderzuplappern, Harry sah unbeteiligt aus dem Fenster.

Sabine hatte die Namen der Reihe nach auswendig gelernt. „Du musst dann Alexander sein“, sagte sie. „Lukas, Hannah, Tim, Veronika.“ Die Kinder schienen beeindruckt. Sie machte keinen einzigen Fehler. „Bilal, Jakob,

Thomas, Amina." Das Mädchen nickte. Der Letzte in der Reihe hieß Gregor. Sabine erinnerte sich. In ihrer Volksschulklasse hatte es auch einen Gregor gegeben. Der, der immer mit dem Pool seiner Eltern geprahlt hatte. Sabine hatte ihn gehasst. Als sie Gregors Namen aussprach, starrte er sie mit undurchdringlichen, kalten Augen an und verzog keine Miene. Die anderen Kinder hatten alle genickt, als sie ihren Namen ausgesprochen und auf sie gezeigt hatte. Die meisten sogar gelächelt. Nicht so Gregor.

Als nächsten Punkt hatte sie sich ein Kommunikationsspiel ausgedacht. „Ihr ändert jetzt bitte die Reihenfolge und stellt euch nach dem Geburtsdatum auf, der Älteste ganz vorne, der Jüngste ganz hinten. Ihr dürft dabei aber nur mit euren unmittelbaren Nachbarn sprechen und mit ihnen tauschen, mit niemandem sonst." Sie hatte darauf vertraut, dass die Kinder zwar die Daten ein paar näherer Freunde wussten, sicherlich aber nicht alle. Innerhalb kürzester Zeit wurde der Lärmpegel ohrenbetäubend. Die meisten Kinder brüllten ihr Geburtsdatum in den Raum, nicht ohne die Hände wie einen Trichter vor ihren Mund zu halten. Von einem geordneten Platztausch unter Einhalten der Regeln war keine Rede mehr. Nur Gregor blieb, ohne mit jemandem zu sprechen, auf seinem Platz. Sie warf Harry einen hilfesuchenden Blick zu. Der aber hob nur die Augenbrauen und lächelte. Sie musste wohl alleine zurechtkommen.

„Du solltest mit deiner Nachbarin sprechen!" Sabine zeigte auf das Mädchen, das gerade nach einem Platztausch an Gregors Seite gelandet war. Sie war einen halben Kopf größer als er und trug eine große, schwarz gerahmte Brille. Er schüttelte den Kopf und verzog keine Miene. „Ich weiß schon, dass ich der Jüngste bin." Das Mädchen, bemerkte Sabine, bemühte sich, Abstand von

Gregor zu suchen. Kein Wunder. Der Bub jagte ihr selbst kalte Schauer über den Rücken.

Als sie am Ende der Stunde ihre Sachen zusammensuchte, spürte Sabine, dass ihr Rücken schweißnass war. Harry trat auf sie zu und lächelte. „Gut gehalten! Ich habe in meiner ersten Stunde nicht so viel zustande gebracht. Ich kann mich noch genau daran erinnern." Er klopfte ihr anerkennend auf die Schultern, was ihr vor den Schülern peinlich war. Ein schwarzhaariges Mädchen trat auf sie zu. Sie hieß Shirin, erinnerte sich Sabine. „Sind Sie nächstes Jahr auch unsere Lehrerin? Oder bekommen wir dann wieder ihn?" Völlig ungeniert deutete sie mit dem ausgestreckten Zeigefinger auf Harry und lächelte. Sie konnte es nicht böse gemeint haben. „Mal sehen!", sagte Sabine und warf Harry einen Blick zu. Der lachte. „Magst du mich nicht, Shirin?" Das Mädchen bekam große Augen. „Doch. Schon. Aber ich will's einfach wissen!"

„Du kannst ruhig manchmal ein wenig härter dazwischenfahren, wenn's chaotisch wird", sagte Harry auf dem Gang zu ihr. Er kam ihr zu nahe. Täuschte vor, dass er entgegenkommenden Schülern Platz machen müsse, um sie berühren zu können. Geschickt wich sie jedes Mal aus. Fast.

„Was ist mit Gregor?" Sie waren im Lehrerzimmer angekommen. Die Tische waren so eng gestellt, dass man kaum einen Platz fand, wo man im Stehen mit jemandem reden konnte, ohne im Weg zu sein. Hier sollte man arbeiten?

Harry zuckte mit den Schultern. „Ich vermute, schwierige Familiensituation. Ich kenne die Mutter von zwei Gesprächen. Sehr harte Frau. Scheint Alleinerzieherin zu sein. Der Bub findet keinen rechten Kontakt zu seinen Klassenkameraden. Außer, wenn er sie kontrollieren und manipulieren kann. Ich muss!“ Harry steuerte auf seinen Platz zu, um seine Utensilien für die nächste Stunde zusammenzupacken. Die Glocke zum Pausenende hatte bereits geläutet.

Die Pausenaufsicht, das war tatsächlich das Tor zur Hölle. Man musste die Schüler am Laufen hindern, damit sie sich nicht gegenseitig niederrannten. Weiters solle man auf Einhaltung verschiedenster anderer Regeln achten, hatte es geheißen. Der Geräuschpegel war infernalisch. An der Tür einer Klasse kam es zu Auseinandersetzungen, die Beteiligten überschrien sogar den allgemein herrschenden Lärm. Sabine näherte sich vorsichtig. „Was ist denn hier los?“ Keine Reaktion. Sie musste ihre Frage noch zweimal wiederholen, mit jeweils gesteigerter Lautstärke. Es stellte sich heraus, dass Schüler dabei gewesen waren, ihren Klassenraum zu verlassen, während andere, die in der nächsten Stunde dort Unterricht hatten, mit Vehemenz hineingedrängt hatten. So war es zu Rempeleien gekommen. Sie versuchte, die Parteien auseinanderzudrängen, und wandte sich an die vor der Tür Wartenden. „Wartet doch, bis alle draußen sind! Dann könnt ihr in Ruhe hinein!“ Sie musste mit sich überschlagender Stimme brüllen, um sich verständlich zu machen. Die Schüler starrten sie verständnislos an. Keiner antwortete. Als sie sich umdrehte, ging innerhalb von Sekunden das Gedränge neuerlich los. Wie die Tiere, dachte sie sich. Ob ich dieses Jahr überleben werde?

Plötzlich schlug ein Schüler direkt vor ihr hin. Als sie aufblickte, stand Gregor nur wenige Schritte von ihr entfernt. Starrer Blick. Der Schüler am Boden vor ihr stöhnte. „Er hat mir ein Bein gestellt!“ Er jammerte und hielt sich sein Knie. Was sollte sie bloß machen, wenn er zu weinen begann? Sie trat auf Gregor zu. „Du hast ihm ein Bein gestellt?“ Gregor nickte. „Er hat meinen Freund beleidigt!“ Gregor zeigte auf einen Buben, der hinter ihm stand, sich aber abgewandt hatte. „So? Was hat er denn zu deinem Freund gesagt?“ „Dass er seine Mutter fickt.“ Gregor blieb ohne jede Gefühlsregung. Was war hier los? Sie hatte es mit Zwölfjährigen zu tun! War das hier Kriegsgebiet, oder was? Sabine merkte, wie Wut in ihr hochstieg. Am liebsten hätte sie dem kleinen Arschloch eine geknallt, das hätte sicher geholfen. Aber es war ihre erste Woche an dieser Schule. Ihre Finger krampften sich zu Fäusten zusammen, sie konnte sich nicht entscheiden, was zu tun war.

Das Opfer war inzwischen wieder auf die Beine gekommen und versteckte sich hinter ihr. „Er hat angefangen!“, heulte der Bub und streckte seinen Finger anklagend nach Gregor aus. „Er hat gesagt, ich stinke!“ Die Situation war unklar, überfordernd. An der Tür in ihrem Rücken war es neuerlich zu Kampfgetümmel gekommen. Sabine entschloss sich, gar nichts zu tun. Sie musste erst einen klaren Kopf bekommen. Was angesichts des Lärms, der hier in der Aula herrschte, völlig unmöglich schien. Sollten sie sich doch gegenseitig die Köpfe einschlagen. Die Klingel erlöste sie schließlich, sie konnte die Streithähne ihrem Schicksal überlassen.

„Du solltest bei solchen Übungen die Grammatik immer in eine bestimmte Situation einbetten, eine kommunikative Situation. Sieh mal, diese Übungsblätter hab ich extra zu unserem neuen Lehrbuch erstellt, das Vorhandene war mir alles zu banal, didaktisch nicht ausgereift.“ Lächelnd schob Sylvia Sabines Arbeitsblatt, für das sie eineinhalb Stunden gebraucht hatte, zurück über den Tisch. Ihr eigenes schob sie gleich nach und fuhr fort, in allen Details zu erklären, welche kommunikative Situation sich hinter den Übungssätzen verbarg. In Sabines Ohren rauschte das Blut. Sie hatte sich bemüht. Sogar Bilder eingebaut, um die Schüler zu motivieren. Alles in Farbe kopiert. Und dann war es nicht einmal zehn Sekunden Aufmerksamkeit wert. Pflichtschuldig nickte sie, als Sylvia nicht aufhörte zu erklären. Ja, natürlich. Die Frau Oberstudienrat war ein Genie. Und sah auch noch gut aus. Nach dreißig Jahren Unterricht. „Du kannst mein Arbeitsblatt verwenden. Man muss ja nicht jeden Tag die ganze Welt neu erfinden, nicht?" Sylvia stand auf. „Ich muss zur nächsten Stunde." Sabine blieb zurück. Mit ihrem schäbigen Arbeitsblatt und Sylvias Geniestreich. Langsam begann Sylvia, sie an ihre Mutter zu erinnern. Alles für die Praktikantin, die aber selber – natürlich – nichts zustande brachte. Unter die Fittiche genommen werden musste, keinesfalls aber ernst zu nehmen war. Sabine krampfte ihre Hand um ihr eigenes Arbeitsblatt, zerknüllte es und warf es in den Papierkorb. Eineinhalb Stunden Arbeit für nichts und wieder nichts.

„Das dürfen Sie gar nicht." Schon wieder dieses kleine Arschloch. Gregor. Wollte der ihr sagen, was sie durfte und was nicht? Sabine war seinem eisigen Blick ausgewichen, solange sie konnte, hatte ihn ignoriert. Die Stunde war so weit gut gelaufen. Außer, dass die Schüler so träge und gelangweilt waren, dass sie auf nicht mehr als zwei, drei aus der Klasse konzentriert war, die ihren Gedankengängen folgten, die antworteten, auf ihre Vorschläge eingingen. Der Rest wirkte wie abgeschaltet. Bewusstlos. Dann hatte Gregor plötzlich sein Handy hochgehalten und sie gefilmt. Sie war zu ihm gestürmt und hatte das Handy an sich gerissen. „Was erlaubst du dir eigentlich?" Sie keuchte. Warum bloß brachte sie dieser schmächtige Kerl so aus dem Konzept?

„Das dürfen Sie gar nicht!" Die Klasse, so schien ihr, wartete gespannt auf den Fortgang dieser Auseinandersetzung. Plötzlich waren sie aufgewacht. „Was darf ich nicht?", schnappte sie zurück. „Mein Handy wegnehmen. Sie haben Gewalt angewendet. Ich habe es nicht freiwillig hergegeben." „Gewalt! Dass ich nicht lache!" Sabine merkte, dass sie zu heftig gestikulierte. Gregor blieb völlig unbewegt. „Alle haben es gesehen. Sie haben mir das Handy mit Gewalt genommen." Er wandte sich seinen Nachbarn zu. Wortlos. Die nickten. Der rechts und die links. Auch die in der Reihe dahinter. Sabine merkte, wie ihr heiß wurde. Schweißperlen liefen ihr den Rücken hinunter. „Ich lege es jetzt auf den Lehrertisch. Wenn der Rest der Stunde in Ruhe verläuft, bekommst du es wieder." Sie hatte völlig vergessen, den Buben darauf hinzuweisen, dass er es gewesen war, der etwas getan hatte, das er nicht durfte. Sie zu filmen. Und nun hatte sie auch versprochen, das Handy zurückzugeben, ohne dass sie Gelegenheit haben würde, herauszufinden, was er gefilmt hatte.

„Ja, es gibt Probleme. Mit diesem Gregor. Er hat heute behauptet, dass ich ihm sein Handy mit Gewalt abgenommen habe. Aber er hat mich gefilmt." Vielleicht konnte Harry ihr helfen. Immerhin hatte er schon zwei Jahre mit Gregor zurechtkommen müssen. Doch er zuckte nur die Schultern. „Dieser Gregor. Wird sich über kurz oder lang selbst entsorgen. Solche Typen stolpern meist über ihre eigenen psychischen Störungen. Irgendwann rastet er aus, verletzt jemanden, wird von der Schule suspendiert, die Eltern suchen eine andere. Weil er hier ja von den Lehrern gemobbt wird." Harry schlug die Beine übereinander, öffnete eine Plastikschüssel und begann, sein Obstmüsli zu löffeln. Es roch etwas säuerlich. „Schüler kommen und gehen, Lehrer bleiben!" Er lächelte. Das war keine große Hilfe. Dabei hatte es Sabine unendlich viel Überwindung gekostet, überhaupt die Sprache auf das Thema zu bringen. Wer gab schon gerne zu, mit Schülern Schwierigkeiten zu haben? Sie musste die Angelegenheit selber in die Hand nehmen, helfen würde ihr niemand. Sylvia würde sicherlich enorm hilfreiche psychologische Taktiken aus ihrem Erfahrungsschatz hervorkramen und sie mitleidig belächeln, wenn Sabine sich an sie wandte. Aber nicht mit ihr. Sie hatte ihre eigenen Methoden, mit Gregor fertigzuwerden. Wer nicht hörte, würde fühlen.

„Ich möchte mich gerne mit dir aussprechen. Kommst du bitte mit mir ins Sprechzimmer?" Dass Gregor nicht gleich merkte, wie falsch die Einladung klang, überraschte sie. Er grinste sogar. Glaubte er etwa, sie würde zu Kreuze kriechen und sich bei ihm entschuldigen? Sie ließ die Tür zufallen, steckte den Schlüssel ins Schloss und drehte ihn herum. „So, mein Freund!" Sie bemühte sich, ihre Stimme möglichst drohend klingen zu lassen. Die Jalousien waren heruntergelassen. Hervorragend. „Jetzt gibst du mir erst einmal dein Handy." Sie streckte die Hand aus. Gregor starrte sie an. Mit steinerner Miene, wie üblich. Dann schüttelte er langsam seinen Kopf. Sie trat einen Schritt auf ihn zu. „Ich nehme es mir auch mit Gewalt", flüsterte Sabine. „Was denkst du, wem man glauben wird, wenn ich Gewalt anwenden muss? Dir oder mir? Ich werde einfach behaupten, du hast mich angegriffen, als ich ein Gespräch mit dir führen wollte. Im Guten." Sie lächelte. Seine Miene bröckelte ein wenig. Kleine Unsicherheiten. Er griff nach seiner Gesäßtasche. „Ja keine falsche Bewegung!", zischte Sabine. „Du holst nur das Handy heraus!" Zu ihrer eigenen Überraschung tat Gregor, was sie verlangte. Er hielt nun sein Handy in der rechten Hand, ließ sie aber an seiner Seite sinken. „Ich hole es mir!", flüsterte Sabine. Was würde Gregor tun? Langsam bewegte sich seine Hand nach vorne. Sie schnappte nach dem Gerät, ließ es zu Boden fallen und trat mit dem Absatz darauf.

Es knirschte. Noch einmal. Kräftiger. Sabine atmete heftig. „So. Du gehst jetzt." Sie öffnete die Tür. Mit Gregors steinerner Miene war es vorbei. Seine Gesichtszüge zuckten. Er schoss an ihr vorbei zur Tür hinaus. Sabine schloss wieder ab.

Sorgfältig sammelte sie alle Bruchstücke des Handys auf, auch die kleinsten Scherben. Das Display war zersplittert und dunkel. Wenn sie hier keine Spuren hinterließ, konnte ihr niemand etwas nachweisen. Wer würde Gregor glauben, wenn er die Wahrheit erzählte? Lächerlich. Sie hatte dem Buben eine Lektion erteilt, die er nicht vergessen würde. Anders konnte man mit solchen Kindern nicht umgehen, für einen wie ihn war es zu spät, durch Güte oder Verständnis zu lernen. Das brauchte man ihm gar nicht erst vorzuheucheln. Sie suchte mit feuchten Fingerspitzen nach den letzten kleinen Splittern. Diese Sprache verstand er, keine andere. Es gelang ihr, das Sprechzimmer unbemerkt zu verlassen.

Zu Hause erwartete sie eine unangenehme Überraschung. Als sie die Tür zu ihrer Wohnung aufschloss, strömte ihr Zitronenduft entgegen. Zitrone? „Hallo!" Plötzlich stand ihre Mutter vor ihr. Strahlendes, kaltes Lächeln – wie immer. Sabine ließ ihren Einkaufsbeutel fallen. Irgendwas klirrte. Hoffentlich war das Glas mit den getrockneten Tomaten nicht zerbrochen. „Was machst du da?", stammelte sie. „Ich hab geputzt, aufgeräumt! Wo du doch jetzt so viel Arbeit hast!" „Geputzt und aufgeräumt", wiederholte Sabine, ohne einen klaren Gedanken fassen zu können. Geputzt und aufgeräumt. In ihrer Wohnung. Sie trat in die Küche. Die Spüle und die Arbeitsfläche glänzten. Kein Krümel, kein Stäubchen. Zitronenduft. Sie fühlte sich wie vergewaltigt. So, als ob jemand in ihr Innerstes eingedrungen sei, ohne dass sie es gewollt oder gemerkt hatte. Sie ging zurück ins Vorzimmer, hob wortlos den Einkaufsbeutel auf. „Freust du dich gar nicht?“ Sie senkte den Blick, um ihrer Mutter nicht in die Augen sehen zu müssen, warf die Einkäufe auf die Küchenplatte und begann auszuräumen. Gott sei Dank war das Glas unversehrt. „Wie bist du hier hereingekommen?“ „Also!“ Sie sah nicht hin, konnte sich aber den leidenden Gesichtsausdruck ihrer Mutter und die in die Hüften gestemmten Arme lebhaft vorstellen. „Du hast uns doch einen Schlüssel gegeben. Als du weg warst, auf diesem Seminar, und Papa zwei Tage in der Stadt übernachten wollte. Wegen dieser Untersuchungen.“ „Ich habe Papa den Schlüssel gegeben, nicht dir!“ Fast hatte sie geschrien. Wie kam es, dass die Anwesenheit ihrer Mutter sie in solche Panik versetzte? War das normal? Nein, war es nicht. Gar nichts war hier normal. Nicht, dass ihre Mutter hier eindrang, nicht, wie sie darauf reagierte. Zitternd räumte sie die Einkäufe in den Kühlschrank, drängte sich dann an ihrer Mutter vorbei zurück in den Vorraum, ging ins Schlafzimmer. Hatte sie etwa auch dort ihre Spuren hinterlassen? Tatsächlich. Das Bett war gemacht, das Nachtkästchen staubfrei, die Bücher ordentlich gestapelt. Sogar die Briefe neben dem Computer waren sorgfältig, Kante an Kante, am Schreibtischrand angeordnet. Sabine versuchte zu schlucken, brachte aber nicht einmal ihren Speichel hinunter. „Du kannst das nicht machen!“, krächzte sie. „Du kannst nicht einfach hier, ohne zu fragen, reinkommen, alles durcheinanderbringen, meine Sachen durchwühlen!“ Sie hob die Bettdecke auf, zerknüllte sie und warf sie wieder aufs Bett.

„Du könntest ruhig deine Bettwäsche ein bisschen öfter waschen. Und andere wären froh, wenn sich ihre Mutter ein bisschen um sie kümmert.“ Du hast dich nie um mich gekümmert, dachte Sabine. Du hast mich immer behandelt wie ein Haustier, das zu blöd ist, ein eigenständiges Leben zu führen. Aber sie war nicht das Kuscheltier ihrer Mutter. Und jetzt wieder dieser selbstmitleidige Ton. Sie, Sabine, war nicht dankbar genug. Dankbar hatte man zu sein, wenn sich die Mutter um einen „kümmerte". Tief ins innerste Privatleben vordrang, das sie nichts anging. Weil sie jede Einzelheit, die sie erfuhr, sofort gegen sie verwenden würde. „Und diese Rechnung vom Arzt, die würde ich gleich bezahlen. Und dann bei der Krankenkasse einreichen. Obwohl ich sowieso nicht verstehe, warum du nicht zu einem Kassenarzt gehst. So viel verdienst du ja auch nicht, oder?" Sabine suchte aus dem Stapel neben der Tastatur die entsprechende Rechnung heraus, hielt sie ihrer Mutter vor das Gesicht und zerriss sie in möglichst kleine Fetzen. Die ließ sie auf den Boden fallen. „Lass dir ja nicht einfallen, das wegzuputzen!", zischte sie. Ihre Mutter schüttelte den Kopf, richtete sich mit der Linken die Haare und stöckelte ins Wohnzimmer. Es überraschte Sabine, dass sie nicht zu schreien begann. Früher, als sie noch ein Kind gewesen war, hatte ihre Mutter sie häufig angeschrien. Zumindest waren das ihre Erinnerungen an die Kindheit. Eine schreiende Mutter bei der Geburtstagsparty, wenn das Tischtuch angekleckert wurde. Schreien zu Weihnachten, wenn sie mit den Vorbereitungen für die Bescherung am Heiligen Abend nicht zurechtkam. Geschlagen, so erinnerte sich Sabine, hatte ihre Mutter sie selten. Schließlich war ihr pädagogisch vorbildliche Erziehung ein Anliegen. Aber einmal, am Heiligen Abend, da hatte sie Sabine eine kräftige Ohrfeige verpasst. Eine, die wehgetan hatte. An den Grund konnte sich Sabine nicht mehr genau erinnern.

„Ich habe Papa einen Schlüssel gegeben. Nicht dir. Und ich möchte, dass du jetzt gehst. Und nie mehr diese Wohnung betrittst." Sabines Stimme versagte, als sie im Rahmen der Wohnzimmertür stand. Mit gesenktem Kopf.

Sie konnte Augenkontakt mit ihrer Mutter nicht ertragen. Ohne eine Reaktion abzuwarten, ging sie in die Küche. Starrte den Messerblock an, den sie sich erst kürzlich gekauft hatte. Fünf silbrig glänzende Messer staken darin. Eines länger als das andere. Was, wenn sie eines davon herausnahm? Wenn sie dafür sorgte, dass ihre Mutter nie mehr ungebeten in ihr Leben eindringen konnte? Sie näherte sich dem Messerblock. Tastete nach einem Messergriff. Schloss ihre Hand fest um das Gemüsemesser. Rechts, das zweite von oben. Zog die Klinge langsam aus dem Holzblock. Metallisches Singen, als die Klinge aus dem Holz glitt. „Ich habe gedacht, wir gehen vielleicht noch auf einen Kaffee? Diese Pads da", ihre Mutter zeigte auf Sabines Kaffeemaschine, „die mag ich ja nicht. Teuer und nicht nachhaltig. Und schmecken auch nicht so. Du solltest dir ..." Sabine ließ das Messer los und fuhr herum. „Bitte sag mir nicht, was ich sollte. Und ich habe keine Lust, mit dir auf einen Kaffee zu gehen!"

Sie riss die Knöpfe ihrer Bluse auf, streifte sie ab. Ihre Mutter starrte sie verständnislos an, als sie im BH vor ihr stand. Langsam drehte sich Sabine um. Ihrer Mutter entfuhr ein Schreckensschrei, als sie Sabines Rücken sah. „Um Gottes willen!" Sabine starrte zum Fenster hinaus, als sie hörte, wie ihre Mutter ihre Handtasche an sich raffte, zur Wohnungstür stöckelte und sie hinter sich zuwarf.

Sabine ging ins Bad und sah ihren Rücken im Spiegel an. Sie hatte sich einen Skorpion auf den Rücken tätowieren lassen. Dreiundzwanzig Zentimeter war er lang, samt Schwanz. Sie hoffte, ihre Mutter damit endgültig verscheucht zu haben. Sie hatte so ein Tattoo irgendwann in einem Film gesehen, und die Vorstellung, selbst ein solches zu besitzen, hatte sie seither nicht mehr losgelassen. Sieg über Feinde, Macht, Warnung, Isolation waren die Hauptbedeutungen dieses Symbols. Das hatte sie zumindest gelesen. Ein Skorpion war zwar klein, lebte allein und isoliert, aber er konnte sich wehren. Gegen viel größere Feinde. Das hatte sie fasziniert. Zumindest hatte der Skorpion jetzt schon einmal ihre Mutter in die Flucht geschlagen.

Als Sabine am nächsten Morgen losfuhr, merkte sie, dass etwas mit ihrem Auto nicht stimmte. Das Lenkrad vibrierte, und die Lenkung zog nach links. Sie hielt auf dem Parkplatz eines Supermarkts. Noch bevor sie aussteigen konnte, deutete ein junger Mann kopfschüttelnd auf ihren linken Vorderreifen. „Da raucht's schon!", bemerkte er, als sie die Tür öffnete. Tatsächlich, der linke Vorderreifen war platt, und der Reifen qualmte. „Oh Gott!" Sabine legte die Hände an die Wangen. „Was tu ich jetzt? Ich muss in die Schule!" Der Mann lächelte. Er hatte zwar eine Glatze, war aber jung, vielleicht dreißig, muskulös und trug nur ein weißes T-Shirt, obwohl es noch ziemlich kalt war. Irgendwie der Typ Leibwächter. Sein Lächeln aber ...

„Wissen Sie, wie man einen Reifen wechselt?" Sabine starrte ihn an und schüttelte den Kopf. Sie wusste nicht einmal, ob sie ein Reserverad besaß. Und wo ein Wagenheber war. Der Mann sah auf seine Uhr. Ein wuchtiges Stück mit zahlreichen Digitalanzeigen. „Eigentlich hab ich keine Zeit, aber ... das müssten wir in zehn Minuten hinkriegen!" Sabine nickte. „Danke! Aber das kann ich nicht ..." Der Mann winkte ab. „Machen Sie mal hinten auf!" Während Sabine danebenstand und fror, holte der Mann mit sicheren Griffen das benötigte Werkzeug aus dem Kofferraum, auch das Reserverad wurde unter der Kofferraumabdeckung sichtbar. „Ein Radkreuz fehlt?" Sabine zuckte mit den Schultern. Er grinste, stapfte zu seinem eigenen Auto und kam mit einem schweren Radkreuz zurück.

Tatsächlich war er nach zehn Minuten fertig. Als er sich die Hände an einem Tuch abwischte, schwitzte er nicht einmal. „Henderson!“ Er streckte ihr die Hand hin. „Trotz des Namens geborener Österreicher. Vater ist aus Amerika gekommen. Und bald wieder gegangen!“ Er lachte. Sabine schüttelte ihm die Hand. Fast war ihr der Händedruck zu kräftig.

„Übrigens!“, sagte er noch. „Ich glaube, da hat Ihnen jemand den Reifen aufgestochen. Zumindest ist nirgends ein Nagel oder so etwas drinnen. Und an einer Stelle, da war ein ganz feiner Riss. Sie sollten das beim Reifenhändler noch genauer anschauen lassen.“ „Ja, danke!“ Etwas verwirrt sah Sabine auf ihre Uhr. Sie musste sich beeilen. Aufgeschlitzt? Wer konnte so etwas getan haben? Wenn sie es sich recht überlegte, gab es in der Nachbarschaft schon ein paar Gestalten, denen sie so etwas zutraute. Aber warum?

„Kann ich Ihre Telefonnummer haben?“ Henderson riss sie aus ihren Gedanken. Lächelnd streckte er ihr einen schwarzen Stift entgegen. Sie nickte. „Wo ...?“ Henderson hielt ihr seinen Unterarm hin. Gebräunt, behaart. Sabine wusste nicht recht, wie sie reagieren sollte. War es nicht unhöflich, ihm die Nummer nicht zu verraten? Er hatte ihr schließlich geholfen. Und das sehr effizient und ohne lang zu fragen. Kurz zögerte sie. Sollte sie eine falsche Nummer angeben? Nein. Sie schrieb. Feste, muskulöse Arme. Sie hielt sich mit der Linken an seinem Oberarm fest. Warm. Sie lächelte, als sie den Stift zurückgab. „Ich rufe an!“, sagte Henderson, als er zurück zu seinem Auto ging. Achtlos warf er das Radkreuz in den Fußraum des schwarzen Geländewagens. Das Auto passte zu ihm, fand Sabine.

Auf dem Weg zur Schule wurde ihr schlagartig klar, wer ihr den Reifen aufgeschlitzt hatte. Es konnte nur Gregor gewesen sein. Es war genau sein Stil, sich so zu rächen. Nicht heulend zu den Eltern zu laufen oder gar zum Schuldirektor, um sie dort tränenreich anzuklagen.

Nein. Er hatte sich gerächt. Und ihr eine klare Botschaft mit auf den Weg gegeben. Aber er hatte nicht damit gerechnet, dass sie sich wehren würde. Dass man mit ihr nicht spielen durfte. Sie beschloss, Gregor noch eine Lehre zu erteilen. Der Skorpion würde seinen Stachel noch einmal ausfahren.

„Da hat der Herr recht gehabt!“ Der Reifenmonteur hatte die Stelle mit einem Farbstift gekennzeichnet. „Hier hat jemand hineingestochen. Mit einem sehr scharfen Messer wahrscheinlich. Man kann es so nicht genau sehen, aber sehen Sie – wir haben den Gummi abgehoben.“ Er zog tatsächlich die obere Gummischicht vom Reifen, um das darunterliegende Gewebe freizulegen. Und da sah auch Sabine genau den Stich. Er war nur etwa einen halben Zentimeter lang. „Und das reicht dann, dass über Nacht die ganze Luft rausgeht!“ Er deutete mit einem ölverschmierten Finger auf den kleinen Stich. „Sie könnten das bei der Polizei anzeigen.“ Sabine schüttelte den Kopf. „Bringt ja nichts!“

Es würde tatsächlich nichts bringen. Deutete sie bei der Polizei ihren Verdacht an, würde Gregor leugnen und sie im Gegenzug beschuldigen, sein Handy zerstört zu haben. Umständliche Ermittlungen würden folgen. Sagte sie nichts von ihrem Verdacht, würden die gar nicht erst beginnen, nach einem Täter zu suchen. Wegen einem einzigen Autoreifen? Niemals. Aber sie hatte den ganzen Vormittag überlegt. Sich nicht auf den Unterricht konzentrieren können. Gott sei Dank hatte sie schon zuvor vorgehabt, die 3B einen Aufsatz schreiben zu lassen. „Das, was sie von zu Hause mitbringen, kannst du vergessen“, hatte Harry ihr erklärt. „Das schreibt die Mutter oder die ältere Schwester. Oder sie sagen es ihnen zumindest an. Ich lasse alles, was mich interessiert, in der Schule schreiben.“ Sabine erinnerte sich an ihre eigene Kindheit und hatte sich an diesen Ratschlag gehalten. Und jetzt hatte sie einen Plan. Einen Plan, der diesen Gregor davon abhalten würde, sich jemals wieder in irgendeiner Weise an sie heranzumachen.

Ein Zufall, so hatte sie sich überlegt, musste ihr zu Hilfe kommen. Und er kam. Harry fluchte. „Ich soll heute in dieser Scheiß-Nachmittagsbetreuung eine Vertretung machen! Da kann ich das Lauftraining gleich abschreiben!" Lauftraining, das war sein Ein und Alles. Oft genug hatte er Sabine mit Details zu seinen Trainingsplänen für einen Halbmarathon gelangweilt. „Ich könnte die Vertretung für dich übernehmen. Wenn ich darf." Harry hob die Augenbrauen. „Das würdest du wirklich tun?" Sabine sah es in seinen Augen glitzern. Er sah wohl seine Chancen bei ihr steigen, wenn sie sogar dazu bereit war, ihm einen Nachmittagsdienst abzunehmen. „Abgemacht!" Er reichte ihr die Hand, und Sabine schlug ein. Sie würde bei dieser Nachmittagsbetreuung auf Gregor treffen. Wenn er nicht, was oft vorkam, die Schule schwänzte.

Gregor war da, und Sabine war vorbereitet. Sie wusste allerdings nicht recht, wie die üblichen Abläufe bei diesem Betreuungsjob waren. Durften die Kinder machen, was sie wollten? Ein Mädchen kam ihr zu Hilfe. „Ich habe Hausübungen in Englisch und Mathematik." Sie zeigte ihr ein Heft, in das man die fälligen Hausübungen eintragen konnte. „Wenn ich fertig bin, dann müssen Sie hier unterschreiben." Sie deutete auf ein Kästchen am Rand einer Tabelle. Sabine nickte. Also machten jetzt alle einmal ihre Hausübungen. Sie ging durch die Reihen. Gregor, natürlich, saß stocksteif da, hatte keine Schulsachen auf dem Tisch und starrte mit leerem Blick zum Fenster hinaus, als sie sich näherte. „Keine Hausübung?" Er wich ihrem Blick nicht aus, deutete ein Kopfschütteln an. Sie würde ihn vorerst in Ruhe lassen. Später, wenn die meisten Kinder schon gegangen waren, konnte sie sich um ihn kümmern.

Aus der Anwesenheitsliste konnte sie allerdings ersehen, dass Gregor nicht als Letzter gehen würde. Ein gewisses Risiko war mit ihrem Plan also verbunden, aber auch das hatte sie vorhergesehen. Als nur mehr vier Kinder gelangweilt herumsaßen, von denen zwei gerade ein Kartenspiel begonnen hatten, stand sie auf. „Gregor, ich möchte mit dir gern etwas besprechen. Unter vier Augen." Möglichst ruhig bleiben. Freundlich und mütterlich wirken. Ob das gelang? Er sah zu ihr auf. Keine Reaktion. „Nicht hier", sagte sie. „Unter vier Augen." Gregors Mund zuckte. Er konnte nicht vergessen haben, was das letzte Mal passiert war, als sie unter vier Augen mit ihm gesprochen hatte. Langsam schüttelte er den Kopf. „Wir können es auch hier machen", sagte Sabine leise. Die beiden Kartenspieler hatten aufgehört zu spielen, saßen mucksmäuschenstill mit ihren Karten in den Händen da und versuchten aufzuschnappen, was da gerade vor sich ging. „Es wird allerdings nicht angenehm für dich werden."

Gregors Blick wurde unsicher. Hinter seiner Stirn arbeitete es. Langsam stand er auf, deutete ein Nicken an. Die Kartenspieler folgten ihnen mit ihren Blicken, als sie die Klasse verließen. „Da hinein!", kommandierte Sabine, nachdem sie die Tür zum Besprechungszimmer aufgestoßen hatte. Sie blickte links und rechts den Gang entlang. Kein Mensch zu sehen. Nicht einmal zu hören. Die Schule war am späten Nachmittag so gut wie ausgestorben. Gregor blieb vor der Tür stehen, schob die Unterlippe vor und schüttelte den Kopf. Sabine zögerte nicht, packte ihn am Oberarm und schob ihn in den Raum. „Au! Sie tun mir weh!" Hoffentlich hatte das niemand gehört. Sie sah nochmals nach links und rechts, bevor sie die Tür hinter ihnen schloss.

Sabine drehte den Schlüssel herum, sah ein panisches Aufflackern in Gregors Augen. Kampfbereit streckte er seine Fäuste vor. „Setz dich da hin!“ Zu ihrer Überraschung leistete er der Aufforderung widerspruchslos Folge. Sie musste allerdings, darüber war sich Sabine im Klaren, jederzeit mit einem Überraschungsangriff rechnen. Gregor schien Verdacht zu schöpfen, denn er warf argwöhnische Blicke auf Sabines Handtasche. Natürlich musste er sich fragen, warum sie die mitgebracht hatte.

Sie zog einen Stuhl zu sich und setzte sich Gregor gegenüber hin. Näher, als man das normalerweise tun würde. Gregor versuchte, seinen Stuhl ein wenig zurückzuschieben. Sie beobachtete ihn, rückte nach. „Du hast die Reifen von meinem Auto aufgestochen?“ Im gleichen Moment fiel ihr ein, dass er das Messer auch jetzt in seiner Hosentasche haben konnte. Sie musste seine Hände im Auge behalten, damit ihr auch nicht die kleinste Bewegung entging.

Gregor schüttelte den Kopf. Noch hatte er nicht ein Wort mit ihr gesprochen. „Ich könnte zur Polizei gehen. Dich anzeigen. Ihnen erklären, warum ich dich verdächtige.“ Sie pokerte hoch. Wenn Gregor eins und eins zusammenzählte, musste er wissen, dass auch sie kein Interesse haben konnte, dass die Angelegenheit polizeibekannt wurde. Tat er aber offensichtlich nicht. „Ich war das nicht!“, stieß er hervor. „Ich hab das nicht getan!“ „Was nicht getan?“ Jetzt hatte sie ihn ein wenig verwirrt. Denken war offenbar doch nicht Gregors Stärke. „Was hast du nicht getan?“ Er blickte zu Boden, um ihr nicht in die Augen sehen zu müssen. „Ihre … Reifen aufgeschlitzt! Und außerdem war’s nur einer!“ Sabine lächelte. „Für so dumm hätte ich dich nicht gehalten.“ Jetzt wusste Gregor nicht mehr, wie ihm geschah. Er schaute zur Tür, danach zum Fenster. Sie nutzte seine Unaufmerksamkeit, zog einen Plastikbeutel aus ihrer Tasche und stülpte ihn Gregor blitzschnell über den Kopf. Zog am Hals zu. Nicht zu fest. Es durften keine Spuren zurückbleiben. Und es musste ein transparenter Plastiksack sein. Er musste sie sehen können. Ihr in die Augen blicken können. Lange hatte sie überlegt und recherchiert, wie sie Gregor dazu bringen würde, Ruhe zu geben, ohne dass man ihr etwas nachweisen konnte.

Seine Hände schossen nach vor, krallten sich in ihre Unterarme. Nach wenigen Sekunden ließ er wieder los, versuchte, den Beutel zu fassen zu kriegen und ihn sich vom Kopf zu ziehen. Er rutschte ab. Starrte sie aus weit aufgerissenen Augen an. Seine Hände verkrampften sich um ihre, die den Beutel an seinem Hals zudrückten. Er ließ wieder los, zappelte. Versuchte zu atmen. Der Beutel saugte sich an seinem Mund fest. Er merkte, dass er keine Luft bekam. Griff wieder nach ihren Händen. Sabine spürte seine Kräfte erlahmen. Matt lagen seine Hände auf den ihren. Der Beutel war innen beschlagen, sie konnte seine Augen nicht mehr deutlich sehen. Als seine Hände endlich abrutschten und kraftlos an seine Seite sanken, ließ sie los und zog den Beutel von Gregors Kopf. Er war noch nicht bewusstlos. Sein Haar war schweißnass, gierig sog er Luft ein, verschluckte sich, hustete, Speichel troff aus seinem Mund.

„Ich denke, du wirst es dir künftig überlegen, mir Schwierigkeiten zu machen. Noch dazu, wo ich jetzt deine DNA in meinen Wunden habe." Sie deutete auf die Kratzer an ihren Unterarmen, die ihr Gregor zugefügt hatte. Aus einem davon am rechten Arm floss ein schmales Rinnsal Blut. Gregor atmete nach wie vor schwer, sah sie nicht an und reagierte nicht auf ihre Ansprache.

Plötzlich zuckte seine Hand in Richtung Hosentasche, doch Sabine war schneller. Schon hatte er wieder den Plastikbeutel über dem Kopf. Er hatte noch nicht genug gelernt.

Gregor fasste sie erneut an den Handgelenken, versuchte, ihre Arme von seinem Hals wegzuzerren. Diesmal versuchte er gar nicht erst zu atmen. Er entwickelte unglaubliche Kräfte, obwohl er keine Atemluft hatte und eher schmächtig gebaut war. Es gelang ihm, ihren Griff zu lockern, doch im selben Moment noch ließ er nach, gab ihren Arm frei, sodass sie wieder zudrücken konnte. Zu fest, es würde womöglich Spuren geben. Gregors Körper erschlaffte, sie merkte, wie er zusammensank, nach unten rutschte. Sie gab seinen Hals frei, zog den Beutel von seinem Kopf. Nun war er bewusstlos, sein Oberkörper sank zur Seite.

Sabine geriet in Panik. So schnell konnte einer doch nicht sterben. Wenn er hier starb, war alles aus. Dabei war sie doch so vorsichtig und planvoll vorgegangen. Was war jetzt zu tun? Wenn er starb, musste die Leiche so schnell wie möglich verschwinden. Allerdings hatten ja zumindest drei Schüler gesehen, wie sie mit ihm die Klasse verlassen hatte. Machte es Sinn, aus dem Fenster zu springen? Oder, noch besser, Gregor hinunterzuwerfen? Es war bloß der zweite Stock. In diesem Moment begann Gregor zu husten, nach Luft zu schnappen. Sie sank auf ihren Stuhl zurück. Wartete ab. Er würde nicht sterben. Gregor hechelte, schien Angst zu haben, nicht genug Luft in seine Lungen bekommen zu können. Er beugte den Oberkörper seitlich über die Armlehne des Stuhls. Spuckte. Etwas Blut. Dann beruhigte sich sein Atem, ging regelmäßiger, der Husten ließ nach.

„Siehst du, was passiert, wenn man sich mit mir anlegt?“ Keine Reaktion. „Und du brauchst gar nicht zu glauben, dass du mir jetzt deinen großen Bruder auf den Hals hetzen kannst oder irgend so etwas.“ Sabine musste an Henderson denken. Er hatte noch nicht angerufen. Sie kannte nicht einmal seinen Vornamen. „Ich habe einen Freund“, flüsterte sie. „Der ist groß und sehr kräftig. Leibwächter. Und der isst solche wie dich zum Frühstück!" Natürlich klang das jetzt wie im schlechten Film. Aber, so war sie überzeugt, das war gerade die Sprache, die solche Bürschchen wie Gregor verstanden.

Er richtete sich auf, blickte ihr hasserfüllt in die Augen. Sie versuchte zu erkennen, ob an seinem Hals Spuren zurückgeblieben waren. Aus der Entfernung, mit freiem Auge, sah man nichts. Sie konnte, so beruhigte sie sich, wohl davon ausgehen, dass Gregor nicht sofort zu einem Arzt gehen würde, der ihm Würgespuren bestätigte. Und wenn, dann konnten die genauso gut von einer Rauferei stammen, in die er verwickelt gewesen war.

„Du kannst jetzt gehen", sagte Sabine. „Und kein Wort!" Sie erhob sich, sperrte die Tür auf und spähte nach links und rechts. Alles ruhig, alles leer. „Raus!", zischte sie Gregor zu. Er rappelte sich hoch, stand etwas wackelig, ging auf die Tür zu wie ein Betrunkener. Sabine wich zurück, um ihn durchzulassen. Man konnte ja nie wissen. Doch Gregor entfernte sich, ohne sie noch eines Blickes zu würdigen.

Sabine betrachtete ihre Unterarme. An zwei Stellen hatte Gregor sie blutig gekratzt. Sollte sie zu einem Arzt gehen und ihn anzeigen? Sie konnte es sich noch überlegen, zumindest, bis die Nachmittagsbetreuung zu Ende war.

Als sie in den Klassenraum zurückkehrte, war Gregor verschwunden. Samt seiner Schultasche. Sabine fühlte sich ruhig. Überlegen. Gregor würde nicht mehr wagen, ihr irgendetwas anzutun, dessen war sie sich sicher. Er würde sich auch keinem Erwachsenen anvertrauen, höchstens nachdenken, ob es doch noch eine Möglichkeit gab, sich an ihr zu rächen. Doch davor hatte sie keine Angst. Sie hatte ihm gezeigt, wie es war, wenn ein Skorpion seinen Stachel ausfuhr.

VI

Ich weiß nicht, was mit Paula los ist. Sie dreht sich die ganze Zeit von mir weg, wenn ich irgendwas zu ihr sagen will. Dabei war sie mindestens dreimal bei uns im Pool baden. Da haben wir so viel Spaß miteinander gehabt. Und jetzt tut sie, als ob ich Luft für sie wäre. Als es zur Pause läutet, springt sie auf und läuft zu den anderen Mädchen. Sie stehen in einer Ecke und tuscheln irgendwas hinter vorgehaltener Hand. Ich stehe auch auf, schaue zu ihnen hin. Als sie merken, dass ich zu ihnen kommen will, ruft Janina: „Schnell! Weg!“, und sie laufen kichernd an mir vorbei auf den Gang hinaus. Ich setze mich wieder auf meinen Platz und packe mein Jausenbrot aus. Wieder einmal hat Mama mir bröckeliges Vollkornbrot mit so einem ekligen Gemüseaufstrich mitgegeben. Ich koste, aber es schmeckt nicht. Klebt am Gaumen. Die Einzige, die noch in der Klasse geblieben ist, ist unser Fettkloß, die Julia. Sie mampft ein Schinkenbrot. In ihrer Dose liegt noch ein zweites.

„Magst du tauschen?“, frage ich sie und halte ihr mein angebissenes Brot hin. Eigentlich muss sie tauschen. Sie kann ja froh sein, dass überhaupt jemand mit ihr redet. Die ist so eklig mit ihren fettigen Haaren und ihrem Schwabbelbauch, dass niemand sie mag. Tatsächlich grabscht sie nach meinem Brot. „Kannst dir nehmen!“ Sie nickt mit dem Kopf in die Richtung, wo ihre pinkfarbene Dose mit dem Schinkenbrot steht. Ich nehme es mir und gehe auch auf den Gang hinaus. Keines der anderen Mädchen ist dort. Das Schinkenbrot schmeckt nicht schlecht, aber nicht so gut wie eine Pizzaschnitte vom Schulbuffet. Die würde ich mir gerne kaufen, aber meine Mama gibt mir kein Geld, ich muss immer die gesunde Jause von zu Hause mitnehmen.

In der Zeichenstunde lande ich plötzlich wieder neben der dicken Julia, Sabrina und Kim haben sich mit ausgebreiteten Armen vor den letzten freien Sessel an ihrem Sechsertisch gestellt. „Der ist nicht für dich!“ Paula sitzt schon dort, schaut einfach weg und kichert. Julia mampft noch immer. „Gar nicht so schlecht, dein Brot!“ Sie grinst. Das hat mir gerade noch gefehlt, dass die meine Freundin werden will. Während der Zeichenstunde versuche ich zu hören, was am Mädchentisch gesprochen wird. Sie kichern immer wieder und werfen Blicke zu mir herüber. Ich beuge mich tief über meine Zeichnung und versuche zu lauschen. Manchmal schnappe ich etwas auf. „Nackt“ oder „fast nackt“, hat Paula gesagt. Lautes Gekicher. „Mäuschen!“, höre ich jemanden flüstern. Und Sabrina wiederholt laut: „Mäuschen!“ Alle prusten los. Ich sehe gar nicht hin. Jetzt weiß ich, wovon sie reden. Paula hat ihnen von ihren Besuchen bei mir erzählt. Und wahrscheinlich hat die blöde Kuh den anderen gesagt, dass sich meine Mutter manchmal nackt im Garten sonnt. Oder eben fast nackt. Damit ihr Busen und ihr Hintern nicht blütenweiß unter den Sommerkleidern hervorleuchten. Und dass Papa immer „Mäuschen“ zu meiner Mutter sagt, hat Paula bei den blöden Gänsen auch unbedingt ausplaudern müssen. Sie ist eine Verräterin. Keine Freundin. Warum tut sie so etwas? Auf jeden Fall wird sie es büßen. Bitterlich. An einer Verräterin darf man sich rächen. Muss man. Ich überlege, was ich tun kann.

In der Pause fällt mir ein, dass der Zeichensaal eigentlich ideal für eine Rache an Paula ist. Wo ist ihr Rucksack? Da drüben. Ein hässliches lila Ding, das es vor einiger Zeit bei einer Bank für das Eröffnen eines Jugendkontos gratis gegeben hat. Dass sie sich nicht schämt damit. Ich rühre mit meinem Pinsel kräftig in der roten Farbe und spüle ihn anschließend in meinem Malwasser ab, bis der Inhalt des Bechers auch grellrot leuchtet. „Was machst du denn da? Du malst ja gar nicht?“ Julia isst schon wieder. Diesmal muss es ein Käsebrot sein, ich kann es bis zu mir herüber riechen. Wie kann man nur so stinkigen Käse in die Schule mitbringen?

Als die Mädchen sich auf den Gang verzogen haben, stehe ich auf, nehme meinen Becher und öffne Paulas Rucksack. Sehr schön. Englisch- und Mathematikbücher. Und die Federschachtel. Ich kippe das rot gefärbte Wasser darüber. Wunderbar. Das alles wird nicht mehr zu gebrauchen sein. Hat mich jemand gesehen? Die Buben vielleicht, die werfen einander wieder einmal den staubigen Schwamm zu. Bis auf die, die mit ihren Handys spielen, obwohl sie es nicht dürfen. Aber die interessieren sich nicht einmal am Rande dafür, was ein Mädchen macht.

„Ich hab’s gesehen!“, strahlt Julia, als ich mich wieder auf meinen Platz setze. „Ich hab’s genau gesehen!“ Ihre fettigen Lippen grinsen mich an. Das hat mir gerade noch gefehlt, dass mich dieser Fettwanst verpfeift. „Du hältst den Mund, sonst ...“ Sie nickt eifrig. Mir ist schon klar, dass sie jetzt eine Chance sieht, meine Freundin zu werden. Schließlich haben wir ein gemeinsames Geheimnis.

Nach der Pause passiert zunächst gar nichts, aber mitten unter der Stunde merkt Paula plötzlich, dass sich unter ihrem Rucksack ein rosaroter, nasser Fleck gebildet hat. Sie reißt ihn hoch, macht ihn auf und kreischt wie von Sinnen. Frau Professor Lentsch springt auf. „Was ist denn los?“ Paula hält ihr heulend den Rucksack entgegen. Vor lauter Erregung bringt sie kein Wort heraus und stottert: „Da ... da ... da!“ Ich beuge mich wieder tief über meine Zeichnung und ziehe konzentriert meine Pinselstriche. Die Rache ist gelungen. Paula wird es sich gut überlegen, mich noch einmal zu verraten.

„Alles nass! Und alles voll Farbe!", heult Paula. Sie zieht ihr Englischbuch aus der Tasche. Es ist völlig durchnässt. Ich muss mich beherrschen, um ein Kichern zu unterdrücken. Julia neben mir gelingt das nicht so gut, und Frau Professor Lentsch wirft ihr einen schneidenden Blick zu. Paula ist wieder auf ihren Stuhl gesunken, die durchnässten und eingefärbten Schulsachen liegen auf dem Boden verstreut. Frau Professor Lentsch hat ihr den Arm um die Schulter gelegt und streicht ihr über die Wange. Das hat die Verräterin gar nicht verdient. „Wer war das? Hat jemand was gesehen?" Frau Lentsch hat sich wieder aufgerichtet und sprüht vor Zorn. „Ihr wisst genau, dass ich so etwas in meinem Unterricht nicht dulde! Also! Wer hat was gesehen?" Ich schaue sie an, so unschuldig wie möglich, und schüttle den Kopf. Niemand meldet sich. Ich sehe zu Julia. Hoffentlich hält die den Mund. Wenn nicht, kann sie sich auf was gefasst machen.

„Die war es! Die Sabine! Ich weiß es genau!", brüllt Paula, steht auf und stürzt auf mich zu. Frau Lentsch kann sie gerade noch festhalten, doch Paula wehrt sich gegen ihren Griff und streckt die Arme nach mir aus. „Du warst es! Du hast das getan! Du blöde Kuh!" „Na, na!" Frau Lentsch versucht sie zu beruhigen, streicht ihr über die Haare. „Wir werden schon herausfinden, wer das war." „Die Sabine war's! Wirklich!", sagt Kim plötzlich und zeigt mit dem Finger auf mich. Mir schießt die Hitze ins Gesicht. „Du blöde Kuh!", schreie ich. „Du warst doch in der Pause gar nicht herinnen!"

„Ruhe jetzt!", brüllt nun auch Frau Lentsch, und zwar so laut, dass alle zusammenzucken. „Wir kriegen raus, wer das war! Und jetzt zurück an die Arbeit!" Sie sammelt Paulas verstreute Schulsachen auf. „Komm, Paula! Wir versuchen zu retten, was zu retten ist." Die nächsten Minuten verbringen sie gemeinsam am Waschbecken.

Paula schnieft, während Frau Lentsch versucht, einzelne Buchseiten trocken zu reiben. Nur manchmal blicke ich hoch. Böse Blicke der anderen Mädchen treffen mich.

In der Pause sehe ich zu, dass ich länger als die anderen im Zeichensaal bleibe. Ich lasse mir viel Zeit beim Zusammenpacken meiner Sachen, denn es ist besser, wenn ich keiner der anderen auf dem Gang begegne. Erst als Frau Lentsch mit dem Schlüsselbund klappert, schnappe ich meine Schultasche und meinen Malkarton und will hinaus. Bei der Tür allerdings hält mich Frau Professor Lentsch auf. „Und du weißt auch nicht, wie das Wasser in Paulas Schultasche kommt?“ Ich schüttle den Kopf und versuche, mich an ihr vorbei durch den Türrahmen zu drücken. Doch Frau Lentsch verstellt mir den Weg. „Ich dachte, Paula und du, ihr wärt Freundinnen?“ Wieder schüttle ich den Kopf. „Kannst du nicht reden, oder willst du nicht?“, probiert es Frau Lentsch noch einmal. Ich versuche, ihren Blicken auszuweichen. „Ich war’s nicht!“, sage ich mit so fester Stimme wie möglich. Wenn Julia dichthält, kann mir niemand etwas nachweisen.

Bevor ich in die Klasse gehe, muss ich noch aufs Klo. Niemand drin. Ich verriegle die Kabinentür und ziehe meine Hose hinunter. „Da ist sie hinein! Ich hab sie gesehen!“ Sabrinas Stimme. Die Klotür wird aufgerissen, aufgeregte Stimmen durcheinander. Es sind mehrere. Plötzlich hämmert jemand gegen die Tür meiner Kabine. „Komm raus, du Sau! Wir machen dich fertig!“ Es ist Sabrina. Die anderen? Wahrscheinlich Kim. Vielleicht auch Paula. Ein Stimmengewirr. Plötzlich muss ich nicht mehr. Ich ziehe meine Hose hoch, schließe Reißverschluss, Knopf und Gürtel und verhalte mich mucksmäuschenstill. Vielleicht geben sie auf. Vielleicht denken sie doch noch, dass sie sich getäuscht haben.

„Sie muss da drin sein!“, schreit Sabrina und hämmert wieder gegen die Tür. „Hilf mir rauf! Räuberleiter!“ Wenige Sekunden später erscheint Sabrinas Kopf über der Kabinentür. „Na, hast du schon in die Hose gemacht, du Baby?“ Ich hoffe, sie versucht nicht, über die Tür zu klettern. Doch dazu ist sie nicht geschickt genug. Plötzlich dreht sich das Türschloss langsam. Jemand versucht, die Tür von draußen aufzumachen. Ich kann vor Angst nicht atmen, bekomme keine Luft. Unter der Zwischenwand taucht ein Arm auf, ich trete danach. Und treffe. Jemand schreit. Paula. „Sie hat mich getreten!“ Die Tür zum Gang öffnet sich, man hört den Lärm von draußen. Mehr Mädchen strömen in die Toilette. Offenbar hat sich die Nachricht von der Auseinandersetzung hier herinnen schnell verbreitet. Sabrinas Kopf verschwindet. „Was ist denn hier los?“ Die Stimme von Frau Mühlauer. Kreischen, Getrappel. Wenige Sekunden später ist es ruhig. Langsame Schritte. Das muss Frau Professor Mühlauer sein. Zaghaft klopft sie an die Tür meiner Kabine. „Alles in Ordnung da drinnen?“ Soll ich die anderen verraten, oder soll ich meinen Mund halten? Ich denke an Frau Lentsch, die sicher noch genauer nachforschen wird, wer das Wasser in Paulas Tasche geschüttet hat. Wahrscheinlich habe ich bessere Karten, wenn ich jetzt als Opfer dastehe. Ich ziehe Rotz durch die Nase auf. „Sind sie weg?“, schluchze ich. „Sind sie wirklich alle weg?“ Jetzt muss ich tatsächlich weinen, ich schlottere sogar vor Angst. „Ganz ruhig!“, ermutigt mich Frau Mühlauer. „Ich bin alleine! Du kannst aufmachen!“ Mit zitternden Fingern drehe ich den Riegel um und öffne die Tür. Es macht sicher Eindruck, wie ich so völlig verheult der Frau Professor gegenübertrete. Sie kniet sich hin und nimmt mich in die Arme. „Das wird schon wieder. Alles gut!“ Nun heule ich erst recht.

Es hat geklappt. Frau Lentsch und Frau Mühlauer haben es eine „Aussprache" genannt. Dabei haben sich die drei Mädchen in Widersprüche verwickelt und schließlich gestehen müssen, dass keine von ihnen gesehen hat, wer das Malwasser in Paulas Tasche gekippt hat. Dafür gibt es jede Menge Zeugen dafür, dass sie mich auf dem Klo angegriffen haben. Und die fette Julia hat niemand mehr gefragt, was sie gesehen hat. Und die ist so froh, dass sie neben mir sitzen darf, dass sie garantiert die Klappe hält.

Gestern Abend war Paula mit ihrer Mutter bei uns. Sie hat schon wieder geheult, wie sie vor der Tür gestanden sind. „Die Paula möchte sich entschuldigen", hat ihre Mutter gesagt und ganz betreten dreingesehen. Paula hat nur genickt und mir ein kleines Paket entgegengehalten, das in Geschenkpapier eingewickelt war. Es war ein langweiliges Buch drinnen. Meine Mama hat Paula und ihre Mutter hereingebeten, denn das sind schließlich respektable Leute, ich glaube, sie wäre gern mit einem Arztehepaar befreundet. „Davon hab ich ja gar nichts mitbekommen! Ich hab gedacht, ihr wärt die besten Freundinnen!" Mama ist erstaunt, als sie von Paulas Mama die ganze Geschichte hört. Die erzählt aber Sachen, die von der Wahrheit ziemlich weit entfernt sind. Ich weiß nicht, was Paula ihr für Blödsinn erzählt hat. Jedenfalls nicht, dass sie über meine Mama hergezogen ist. Übrig bleibt nur, dass Paula gemeint hat, ich hätte ihr das Malwasser in die Tasche geschüttet, weil sie nicht mehr mit mir geredet hat. Was ja auch stimmt, irgendwie. Dann haben die Mütter zu tuscheln begonnen und sich zur Küchenanrichte gestellt. Ich habe das langweilige Buch ausgepackt, und Paula hat auf die Tischplatte gestarrt. Ich habe ihr die Schale mit den Keksen hinübergeschoben, sozusagen als Friedensangebot. Man kann immer Leute gebrauchen, die auf der eigenen Seite sind.

Unsere Mütter haben sich Prosecco eingeschenkt, und dann habe ich irgendwie mitgekriegt, dass Paulas Mutter erzählt hat, dass die Paula nur deswegen so komisch ist, weil sie das erste Mal ihre Tage gekriegt hat. Ich habe so getan, als ob mich das Buch von Paula wahnsinnig interessiert.

6

Henderson war gerade gegangen. Sie nannte ihn bei sich immer noch mit seinem ungewöhnlichen Familiennamen, mit dem er sich zum ersten Mal vorgestellt hatte. Inzwischen wusste sie natürlich, dass er Josef hieß und Joe gerufen wurde. Joe Henderson. Dabei konnte er nicht einmal gut Englisch, hatte es nur in der Hauptschule gelernt, vier Jahre lang. Sie hatte erst ein paar Wochen nach dem Beginn ihrer Beziehung erfahren, dass er praktisch keine Bildung hatte, obwohl er fast alles konnte. Er arbeitete in einer Firma, die „facility management" betrieb. Praktisch hieß das, eine Hausverwaltung. Henderson war dort Mädchen für alles. Installationen, vom Abfluss bis zum Computernetzwerk, waren seine Spezialität. Und damit verdiente er auch ganz gut, weil er auch am Samstagabend kam, wenn irgendwo etwas nicht funktionieren wollte. In Sabines Wohnung funktionierte jetzt alles. Das Internet, die Klospülung und die lästige Steckdose in der Küche, die zuvor manchmal Funken gesprüht hatte. Henderson war ein Glücksgriff. Vor allem, weil er sie niemals bedrängte. Er war zärtlich, konnte beim Sex manchmal ungestüm sein, ließ sie in Ruhe, wenn sie nicht reden wollte, verschwand, wenn sie zu tun hatte. Hörte ihr sogar zu, wenn sie etwas zu erzählen wusste. Bewunderte ihren Skorpion. Er selbst hatte vier Tattoos, weitere wollte er nicht haben. „Ist gut so", sagte er. Das war überhaupt sein Standardsatz: Ist gut so.

Momentan war allerdings gar nichts gut. Weihnachten nahte. Sabine hatte keine Wahl, sie musste zu ihren Eltern. Papa hätte es nicht verstanden, wenn sie zum ersten Mal seit ihrer Geburt nicht mit den Eltern gefeiert hätte. Neunundzwanzig Weihnachten waren es bisher gewesen. Seit sie sich erinnern konnte, Angst. Angst davor, dass ihrer Mutter das Geschenk nicht gefiel, das Sabine für sie besorgt hatte. Ihre Mutter konnte, ohne es auszusprechen, überdeutlich zeigen, wenn ihr etwas nicht gefiel. Sie bedankte sich dann überschwänglich, verzog den Mund zu einem hässlichen Grinsen, ähnlich wie manche Damen aus der sogenannten „society“, wenn sie im Fernsehen interviewt wurden. Sabine wusste dann genau, was los war. Und ihr Geschenk genügte den Anforderungen ihrer Mutter praktisch nie.

Dann musste auch noch das Geschenk ausgepackt werden, das ihre Mutter für sie besorgt hatte, Begeisterung musste geheuchelt werden, neuerlich mussten Küsse und Worte der Dankbarkeit ausgetauscht werden. Danach hatte Papa meistens schon eine Flasche Wein intus und schlief vor dem Fernseher ein. Unter den missbilligenden Blicken ihrer Mutter, die sich aufgebrezelt hatte, als ob sie auf einem Laufsteg in Mailand erwartet würde, während Papa in Jeans und Poloshirt auf dem Sofa lümmelte.

Sie hatte schon überlegt, ob sie Henderson bitten sollte, Weihnachten mit ihr zusammen zu verbringen. Von ihr aus auch bei ihren Eltern. Möglicherweise hätte er ihrer Mutter etwas Respekt eingeflößt. Aber dazu, fiel ihr ein, war ja sein Bildungsstandard zu niedrig. Mama hätte sicherlich sofort versucht, herauszufinden, ob er ein Studium oder wenigstens Matura hatte. Und dann die Nase gerümpft. Nein, von Henderson durfte sie nichts wissen. Und der hatte sowieso schon klargemacht, dass er von Feierlichkeiten zu Weihnachten nichts hielt. „Macht nur alle unglücklich“, hatte er kopfschüttelnd gesagt und abgewunken. „Zu hohe Erwartungshaltung. Kann nicht erfüllt werden. Meine Mutter weint zu Weihnachten immer. Weil Daddy sie verlassen hat. Vor dreißig Jahren!“ Das Thema war für ihn erledigt.

Sabine setzte sich in ihr Auto. Auch das hatte Henderson auf Vordermann gebracht. Gratis. Sie hatte nur die entsprechenden Ersatzteile bezahlt, die Henderson in einem Automarkt besorgt hatte. Alles schnurrte, nichts quietschte. Wenn Henderson in ihrem Auto saß, sah das komisch aus. Man hatte das Gefühl, ein Erwachsener säße in einem Karussell-Spielzeugauto. Er zog den Kopf ein, stieß überall an, sogar das Lenkrad schien zu klein für seine Hände.

Es war so kalt im Auto, dass sie die Handschuhe anbehielt. Bevor sie losfuhr, wartete sie eine Weile, bis das Gebläse die Windschutzscheibe wenigstens so weit freigemacht hatte, dass man etwas Blick auf die Straße hatte. Sie seufzte. Mit Papa alleine wäre es ja erträglich. Er hörte ihr zu und fand alles okay. Sie und Papa alleine, das wäre eine gute Familie. Sogar Henderson würde zu ihnen passen. Nur Mama war im Weg. Dabei war es Papa, dem es in letzter Zeit schlecht gegangen war. Allerhand Blutwerte stimmten nicht bei ihm, der Internist hatte zunächst vermutet, es gäbe ein Problem mit der Leber, aber nichts gefunden. Dann hatte man auf das Herz getippt. Mittlerweile musste Papa so viele Medikamente einnehmen, dass er sich einen Spender mit sieben Fächern besorgt hatte. Eines für jeden Tag der Woche. Damit er keine Tablette vergaß. Obwohl er eigentlich ein sportlicher Typ war und nie erhebliches Übergewicht gehabt hatte.

Sie fuhr los. Ein warmer Luftstrom strich aus dem Gebläse über ihre Hände auf dem Lenkrad. Das Schlimmste für Papa, dessen war sich Sabine sicher, waren die ewigen Vorhaltungen ihrer Mutter. Er dürfe dies nicht essen, das nicht trinken, solle sich endlich einen anderen, sinnvolleren Sport suchen anstatt des stupiden Radfahrens, das nur unnötig die Wirbelsäule belaste, solle seinem Chef endlich zu diesem oder jenem Thema die Meinung sagen und überdies mehr Gehalt einfordern. Und so weiter und so fort. Sabine war sich sicher, dass Papa nur deswegen krank war, weil die Mutter ihn keine Minute in Ruhe ließ.

Die Autobahn vermieste ihr die Stimmung nur noch mehr. Kolonnen auf beiden Spuren, feiner Nieselregen, kaum Sicht. Es wurde schon dunkel. Wahrscheinlich war sie wieder zu spät. Der Weihnachtsbaum musste nämlich, einer Familientradition folgend, am 23. geschmückt werden. Damit am 24. nicht mehr so viel Arbeit zu erledigen war.

Am besten wäre es, so überlegte Sabine, wenn Mama allein dastehen würde, wenn sie Papa verlöre. Wenn er sie einfach verließe. Als Strafe dafür, dass sie es nicht lassen konnte, sich in ihr Leben einzumischen. Und es zu zerstören. Es fiel ihr nichts Schlimmeres ein, das sie ihrer Mutter antun konnte. Sie sollte Schmerz spüren, brennenden, schneidenden Schmerz. Sie würde niemand anderen mehr finden, mit ihrer quengeligen, pedantischen Art. Jeder Mann würde sofort Reißaus nehmen, sobald er sie ein wenig näher kennengelernt hatte.

Sabine nahm die Abfahrt von der Autobahn. Die Beklemmung nahm zu. Sie fühlte sich wie jemand, der vor einer schwierigen, womöglich lebensbedrohenden Operation stand. Dabei hatte sie überhaupt keinen Plan, wie das gehen sollte, ihrer Mutter den Mann wegzunehmen. Wieder und wieder hatte sie überlegt. Wenn er eine neue, liebevolle Frau fand? Eine, die ihn so mochte, wie er eben war? Die ihn dazu brachte, Mama zu verlassen? Aber wie, so hatte sie sich gefragt, konnte er eine solche Frau kennenlernen? War er überhaupt interessiert daran? Schließlich hatte sie den Gedanken, der ganz hinten, im Dunkel ihres Bewusstseins gewispert hatte, nicht mehr verdrängen können. Was, wenn Papa starb? Er war krank. Schwer krank. Er konnte sterben, jederzeit. Mama wäre dann ganz allein, denn auf sie, Sabine, durfte sie ihre Hoffnungen nicht setzen. Sie würde ihr die kalte Schulter zeigen. Der Gedanke hatte sich immer mehr in den Vordergrund gedrängt. War lauter geworden. Warum, fragte sich ein Teil ihrer Persönlichkeit, warum soll denn bitte Papa sterben, damit Mama bestraft wird? Papa mochte sie. Er schränkte sie nicht ein, half ihr sogar. Wenn er auch oft verständnislos den Kopf geschüttelt hatte über ihr Verhalten. Und sie wollte, dass er starb? Vielleicht sogar nachhelfen?

Ja, natürlich, wisperte der Gedanke. Das ist die Höchststrafe für deine Mutter. Sie hat ihn ein Leben lang gequält, genau wie dich. Du bist fortgegangen, er ist geblieben. Wenn er geht, brauchst du nie mehr dorthin zurückgehen, und sie hat niemanden mehr, den sie quälen kann. Deine Mutter kann dann in ihrer Einsamkeit verschimmeln. Und dein Vater wäre erlöst. Sabine schüttelte den Kopf. Sie wollte diese Idee loswerden. Obwohl ihr bewusst war, dass sie in ihrem Kopf immer mehr Platz einnahm. Was hatte Papa von seinem Leben? Tabletten fressen, von einem Arzt zum anderen laufen, sich schikanieren lassen. Zu Hause von Mama, in der Firma von seinen Chefs. Sie konnte ihn von diesem Elend befreien und gleichzeitig ihre Mutter bestrafen.

Sabine bog in die Einfahrt des Einfamilienhauses ein. Zweckarchitektur der siebziger Jahre. Vier Wände, ein Giebel, ein Dach. Vier Fensterlöcher vorne, zwei an jeder Seite. Terrassentür und Fensterloch hinten. Der Garten war einer von der Sorte, wo man das Gefühl bekam, jeder einzelne Grashalm müsse bestimmten Befehlen gehorchen und sich in Reih und Glied mit den anderen ausrichten. Mamas Werk. Oder, besser gesagt, das der Schwarzarbeiter, die sie sich immer dafür kommen ließ. Die Büsche sorgsam in Form geschnitten. Planen überzogen einzelne davon. Waren das die Rosenbüsche? Eine große Plane über der Hollywoodschaukel. Ihre Mutter rümpfte schon seit Jahren die Nase darüber. Man könne statt diesem völlig aus der Mode gekommenen Monstrum eine Rattangarnitur anschaffen, mit einer Markise darüber. Dafür müsse doch Geld da sein. Dass man von Zeit zu Zeit ein wenig modernisiere. Aber Papa gefiel die Schaukel, immer noch. Er hing an alten Dingen, interessierte sich nicht einmal am Rande dafür, welche Neuerungen bei den Nachbarn Einzug hielten. So gab es auch immer noch einen massiven Grillkamin anstatt eines modernen Kugelgrills, wie er in allen anderen Gärten stand.

Sabine konnte sich nicht dazu entschließen auszusteigen. Langsam wurde es kalt im Auto. Außerdem musste drinnen auffallen, dass sie angekommen war. Sie seufzte und öffnete die Tür. Ließ sich Zeit beim Herausholen des Koffers. Stellte ihn auf den Boden, zog den Griff heraus. Den Koffer hatte sie sich erst kürzlich zugelegt. Er hatte mehr gekostet als so mancher Wochenendtrip. Aber wenn man schon reiste, dann mit Stil, fand sie.

Seufzend drückte Sabine die Haustür auf. Papa schloss nie ab, Mama regte sich darüber auf. Seit schätzungsweise dreißig Jahren. Stille. Nein, doch nicht. In der Küche hörte sie jemanden hantieren. Im Wohnzimmer lief leise der Fernseher. „Ich bin da!" Jeder, der nur ein wenig sensibel war, musste schon an ihrem Ausruf hören, dass sie gern anderswo gewesen wäre. Aber irgendwie musste sie sich ja bemerkbar machen.

Ihre Mutter kam strahlend aus der Küche, beide Arme ausgestreckt, den Kopf leicht zur Seite geneigt. Wie in einer schlechten amerikanischen Fernsehserie. „So schön, dass du da bist!" Sabine blieb nichts anderes übrig, als die Umarmung zu erwidern. Hölzern, steif fiel sie aus. Es war kein schönes Gefühl. Aus dem Wohnzimmer kam ein leises Stöhnen, dann das Knarren des Sofas, das Sabine schon seit ihrer Schulzeit kannte. Auch das hätte Mama schon längst ausgetauscht, wenn Papa nicht so daran hinge. Da, wo sein Hintern gewöhnlich lag, war es schon jahrelang durchgelegen.

Papa kam aus dem Wohnzimmer geschlurft. Er sah blass aus. Blass und unrasiert. Und es kam Sabine so vor, als seien seine Wangen ein wenig eingefallen, seit sie sich zuletzt gesehen hatten. „Willkommen! Herzlich willkommen!“ Er legte ihr eine Hand auf die Schulter und küsste sie auf beide Wangen. Kratzig, aber warm waren sie. Irgendetwas stimmte mit Papa nicht, er sah noch kränker aus als zuletzt.

„Möchtest du dir nicht was Hübsches anziehen, Walter? Und du möchtest dich sicher frischmachen?“ Mama wirkte so unpersönlich wie die Rezeptionistin eines Mittelklassehotels.

Sabine sah die Stiege hinauf. „Wir schmücken dann zusammen den Christbaum, nicht?“ „Ja, natürlich.“ In Sabines Ohren klang es wie ein Befehl. Ihr machte es keinen Spaß, dieses Christbaumdekorieren. Jedes Mal erzählte ihre Mutter, von welcher Reise sie dieses Stück oder jene Kugel mitgebracht hatte. Und wie teuer sie gewesen waren und dass natürlich alles echte und unverfälschte Handwerkskunst war. Sie konnte das auswendig und wollte es nicht mehr hören. Es würde eine Tortur werden. Sie nickte und stapfte die steilen Stufen hinauf, ihren Trolley hinter sich herziehend. Auf jeder Stufe schlug der Koffer dumpf gegen die Stiege. Weder Mama noch Papa hatten einen Kommentar zu ihrem neuen Koffer abgegeben, anscheinend war er ihnen gar nicht aufgefallen.

Tief aufatmend wuchtete sie den Koffer auf ihr Bett. Das übliche Bild. Puppen, Kinderbücher. So, wie sich ihre Mutter ein Mädchenzimmer vorstellte. Es erinnerte Sabine an ein Puppenhaus. Ihre Mutter hatte darin alles arrangiert, und jeder, der es betrat, hatte sich darin ihren Vorstellungen gemäß zu verhalten. Und, seltsam, das schien ihrer Mutter auch zu gelingen. Immer, wenn sie sich länger in diesem Raum aufhielt, schien alle Eigenständigkeit, alle Energie aus ihr zu weichen, und sie fühlte sich wieder wie damals, als sie hier gewohnt hatte.

Das durfte diesmal nicht passieren. Sie holte die kleine Thermosflasche aus ihrem Koffer, hoffte, dass sie nicht auffallen, gleichzeitig aber reichen würde. Für die Weihnachtsfeiertage. Sie schraubte die Flasche auf und nahm einen kleinen Schluck. Nicht nur aus Sparsamkeit, nein, sie durfte auch nicht riskieren, aus dem Mund nach Wodka zu riechen. Sie hatte zwar mehrmals gelesen oder gehört, Wodka verursache keine Alkoholfahne, aber darauf wollte sie sich lieber nicht verlassen. Sabine sank aufs Bett. Der Schluck hatte sie etwas beruhigt.

Papa war eine Karikatur seiner selbst. In seinem Zustand konnte er weder joggen noch Ski fahren oder Motorrad fahren, was er sich ja immer wieder vorgenommen hatte. Dabei war er erst fünfzig! Sie überlegte, ob sie andere Fünfzigjährige kannte. Da war natürlich Sylvia Pokorny, ihre Betreuungslehrerin. Die sah eher wie Mama aus, war aber sicher schon über fünfzig. Der gegenüber wirkte Papa wie ein Greis. Sie fragte sich, ob sie Papa vermissen würde. Wie sie sich fühlen würde, wenn er nicht mehr da war und sie jeden Kontakt zu ihrer Mutter abbrach. Dabei fiel ihr ein, dass sie in diesem Fall nie Zeugin des Leidens ihrer Mutter sein würde. Vielleicht würde sie doch ab und zu vorbeischauen, um zu sehen, wie schlecht es ihr ohne Papa ging. Ja, das musste sie sogar.

Inzwischen war es draußen völlig finster geworden. Sie musste hinunter, es würde bald Essen geben. Am Abend vor dem Heiligen Abend kochte ihre Mutter immer Fisch. Gebackenen Fisch mit Kartoffelsalat. Wegen der Gesundheit gab es auch grünen Salat dazu. Sabine seufzte und schwang sich vom Bett.

Papa sah etwas munterer aus, er hatte sich tatsächlich eine andere Hose und ein frisches Poloshirt angezogen. Sabine lächelte ihm zu, als er die Weinflasche auf den Tisch stellte. Ihre Mutter zog die Stirn in Falten, Papa zögerte, die Flasche abzustellen. „Ich habe gedacht, zur Feier des Tages …?“ „Für mich nicht“, kam scharf die Antwort ihrer Mutter. „Für dich gibt's wohl jeden Tag etwas zu feiern.“ Papa zuckte mit den Schultern und schenkte zuerst Sabine, dann sich ein. „Prost!“, sagte Sabine. Papa hob sein Glas in ihre Richtung und nahm einen großen Schluck. Sabine nippte und verzichtete darauf, die Reaktion ihrer Mutter durch einen Blick in ihre Richtung zu erkunden. Doch die Heftigkeit, mit der sie in der Salatschüssel nach den einzelnen Blättern stieß, war deutlich genug. Sabine fragte sich, ob das so sein musste, ob das in allen Familien so war, dass man sich am Esstisch vorkam wie in einem Gefängnis, wie eingesperrt in einem Käfig, eingeschnürt in ein Korsett. Der Fisch war gar nicht schlecht, so wie halt das Freitagsmenü in jedem beliebigen Ecklokal, sicherlich tiefgefroren.

„Bitte, Walter, dass du nicht auf deine Tabletten vergisst!“, mahnte ihre Mutter mit erhobener Gabel. Er nickte, schob sich eine Gabel Kartoffelsalat in den Mund und spülte mit einem großen Schluck Weißwein nach. Sabine griff ebenfalls zum Glas, während Papa gehorsam eine Tablette aus seinem Spender nahm, in den Mund warf und schluckte. So viele Tabletten. Wahrscheinlich würde es schon reichen, wenn er ein paar zu viel davon nahm. Oder zum falschen Zeitpunkt. Sie konnte welche in einem Getränk auflösen, sodass es zu einer Überdosis kam. Niemandem würde etwas auffallen, bei seiner geschwächten Konstitution. Sie hatte natürlich nachgelesen. Rein aus theoretischem Interesse, denn dass sie im Begriff war, einen Mordplan zu schmieden, gestand sie sich selbst nicht ein. Man konnte ja einmal nachsehen, wie diese Pillen so wirkten. Am ehesten kam bei Papa ein Blutdrucksenker in Frage, den er sowieso regelmäßig einnahm. Eine Überdosis, so hatte sie gelesen, konnte zum plötzlichen Herztod führen. Er würde nicht einmal leiden müssen.

„So! Da ist der Christbaumschmuck. Walter, du holst den Baum. Sabine, du schaust dann, ob er auch gerade steht!" Mama konnte ihr gekünsteltes Lächeln nicht abschalten. Sie versuchte immer noch, auf heile Familie zu machen. Tatsächlich kam Papa mit Baum und Ständer zurück. Mama hielt den Baum, Papa kniete sich schwer atmend hin und drückte den Hebel, der den Seilzug betätigte. „Steht er gerade?" Sabine nickte. Ihr war es völlig egal, wie der Baum stand. Zudem konnte man wegen des Netzes, in das er eingehüllt war, den Stamm gar nicht sehen.

Gott sei Dank war Mama zufrieden, als das Netz aufgeschnitten war. Papa lag bereits wieder auf dem Sofa. Er schien jetzt schon erschöpft zu sein. Sabine überlegte sich, ob es nicht das Beste wäre, das Medikament heute noch in seinen Wein zu mischen. Halt, nein. Zu Weihnachten gab es doch immer Irish Coffee. Der starke Geschmack würde das Medikament sicher viel wirksamer verbergen als Wein. In dem dunklen Gebräu würde man nicht einmal eine eventuelle Trübung erkennen können. Bald würde Papa erlöst sein.

Sabine öffnete mechanisch einige Schachteln mit Christbaumschmuck, während Mama mit ihren alten Geschichten begann. „Sieh mal, diesen Elefanten, den haben wir auf unserer Reise nach Rothenburg gekauft, erinnerst du dich noch, Walter?" Papa nickte, ohne richtig hingehört zu haben. Er drückte auf der Fernbedienung herum und suchte seinen allabendlichen Krimi.

Sabine schrak auf, als plötzlich eine Christbaumkugel auf dem Boden zersplitterte. „Um Gottes willen!", kreischte ihre Mutter und hielt sich die Hand vor den Mund. Sie starrte zum Sofa. Papa rang nach Atem und verdrehte die Augen. Sein Gesicht war schweißnass und womöglich noch grauer als zuvor. Sie hatte doch gar nichts getan, nichts in sein Getränk gemischt, nichts in sein Essen! Das waren doch alles nur Phantastereien gewesen, nichts Konkretes. Mama stürzte zum Sofa, während Sabine nach ihrem Handy griff, zitternd den Notruf zu wählen versuchte und zweimal daran scheiterte, weil ihre Finger ihr nicht gehorchten. Erst beim dritten Mal meldete sich eine Stimme. „Mein Papa hat einen Herzinfarkt, glaube ich", hauchte sie ins Telefon. „Adresse?", fragte die Stimme ruhig. Sabine nannte sie. „Wir sind unterwegs. Bleiben Sie dran. Bei Herzstillstand Massage machen. Wissen Sie, wie das geht? Sind noch Helfer vor Ort?" „Ja", sagte Sabine. „Ja."

Mama hatte sich neben Papa hingekniet und strich ihm über das Gesicht. Er atmete. Stoßweise, offenbar unter Schmerzen. Sein Körper bäumte sich immer wieder auf. Sabine konnte nicht hinsehen. Sie hatte ihn töten wollen. Nun war der Tod gekommen, ohne dass sie ihn gerufen hatte, und sie war vor Schreck wie erstarrt. War sie daran schuld? Hatten womöglich allein ihre bösen Gedanken dazu geführt, dass Papas Herz versagt hatte? Sie lief zur Haustür, öffnete sie, trat hinaus in den Nieselregen, um an der Gartentür nachzusehen, ob die Rettung schon nahte. Fast im gleichen Moment hörte sie ein Folgetonhorn, sah Blaulicht zucken. Das Auto tauchte am Ende der Straße auf, sie winkte, und dann wich ihre Starre, als sie die geschäftsmäßige Eile der Sanitäter verfolgte. Sie liefen ins Haus, mit Rucksäcken und allerlei Gerätschaften, scheuchten Mama beiseite, die keinerlei Widerstand leistete, schoben den Couchtisch weg, wobei sie fast den Christbaum umwarfen, und beugten sich über

Papa. Sabine fiel auf einen Stuhl und verfolgte tatenlos das Geschehen vor ihren Augen, ohne recht zu begreifen, was da vor sich ging.

„Hallo!“ Jemand hatte ihre Hand genommen. „Geht es Ihnen gut? Brauchen Sie Hilfe?“ Sie sah auf. „Ich bin die Notärztin. Wir konnten den Mann stabilisieren. Ist es Ihr Vater?“ Sabine nickte. „Kommen Sie zurecht? Oder wollen Sie ins Krankenhaus mitfahren?“ Sabine nickte zur ersten Frage, schüttelte zur zweiten den Kopf. Die Ärztin stand auf, betrachtete sie einen Moment skeptisch und verließ dann raschen Schritts das Wohnzimmer. Sie hatte wohl keine Zeit mehr, um sich um Sabine zu kümmern. Das Folgetonhorn heulte los. Plötzlich saß sie allein vor dem halbfertig dekorierten Christbaum. Im Fernsehen lief noch immer ein Krimi, niemand hatte sich die Mühe gemacht, ihn abzuschalten. „Das ist schon die dritte Tote!“, sagte der Kommissar.

Dann Stille. Sabine war allein im Haus. Ihre Mutter hatten sie wohl mit in den Rettungswagen verfrachtet, sie hatte es gar nicht mitbekommen. Ohne zu begreifen, worum es ging, starrte sie auf den Bildschirm. Stand auf, öffnete die Vitrine, in der die Schnapsflaschen standen. Suchte einen Irish Whiskey heraus. Den, der immer für den Irish Coffee verwendet wurde. Goss sich ein Glas ein. Fast voll. Nahm einen Schluck. Sank wieder auf das Sofa. Was konnte sie jetzt tun? Den Christbaum fertig dekorieren? Was sollte sie denn sonst anfangen? Hier, in diesem Dorf, konnte man ja nirgends hin, niemanden treffen, den sie sehen wollte. Und wenn sie irgendwo auftauchte, dann würden alle sie anstarren, als Fremde, die sie seit langem war. Sich hinsetzen, auf ihr Handy glotzen und darauf warten, dass ihre Mutter sie anrief? Ihr die Ohren vollheulte? Sie nahm das Körbchen zur Hand, in dem ihre Mutter die Lebkuchen vorbereitet hatte, die an den

Baum gehängt werden sollten. Ohne dass sie sich danach wirklich erinnerte, was sie getan hatte, hängte sie einen Lebkuchen nach dem anderen an die Äste. Tannenbäumchen, Kometen, Bären, Sterne. Bald war das Körbchen leer. Noch fehlten die Kerzen. Doch auch mit dem Einstecken der Kerzen in die Halter und deren Befestigen an den Ästen war sie bald fertig, zu bald. Stille. Bis auf den Fernseher. Sie rückte den Couchtisch zurecht, setzte sich aufs Sofa und drehte lauter. Starrte auf die Mulde, die Papas Po hinterlassen hatte.

Henderson. Sie konnte Henderson anrufen. Er meldete sich nach dem zweiten Klingeln. „Mein Vater hat einen Herzinfarkt gehabt. Er ist im Krankenhaus", hörte sie sich sagen. „Soll ich kommen? Wollen wir zusammen ins Krankenhaus?" Sabine schüttelte energisch den Kopf, wurde sich erst Sekunden später der Tatsache bewusst, dass Henderson das nicht sehen konnte. „Nein", sagte sie. „Auf keinen Fall." Sie durfte Henderson ihrer Mutter nicht ausgerechnet in dieser Situation präsentieren. Nicht im Krankenhaus. „Ich will nur ... ein bisschen reden", sagte sie. Ihr Tonfall klang weinerlich. So, wie man es von einer Tochter erwartete, deren Vater gerade mit dem Notarztwagen ins Krankenhaus gebracht worden war. „Soll ich dich abholen? Wie geht es deinem Vater?" Sein Ton war mitfühlend. So, als läge ihm wirklich etwas an Sabine. „Was machst du denn gerade?", fragte sie statt einer Antwort. Er lachte auf. „Bin wieder mal in einer unserer Wohnanlagen. Kabelfernsehen macht Probleme." „Kriegst du sicher wieder hin. Gerade jetzt, zu Weihnachten!" „Ja", antwortete er. „Obwohl ich keine Ahnung habe, warum die Leute gerade zu Weihnachten ständig vor der Glotze hocken müssen. Man sollte meinen, sie wollen vielleicht zur Abwechslung mal miteinander reden." „Ja", sagte Sabine. Ihr fiel nichts ein, was sie sagen hätte können. Aber es tat gut, Henderson zu hören. Wenigstens atmen, wenn er gerade nichts sagte. Sie hatte ihren Vater umbringen wollen. Womöglich hätte sie jetzt schon die Medikamente zerrieben und in seinen Irish Coffee gestreut. Fast wäre sie zur Mörderin geworden, das wurde ihr jetzt erst bewusst. Nun erledigte die Natur die Angelegenheit für sie. Bald würde ihre Mutter allein, ganz allein sein. Sie nahm noch einen Schluck Whiskey.

„Ja“, sagte Henderson. „Kann ich noch was für dich tun? Ich wäre gern bei dir. Ich würde dich gerne streicheln. Dir die Bluse ausziehen. Meinen Kopf auf deinen Bauch legen.“ „Kann dich auch niemand hören?“, fragte Sabine. Ihr wurde warm. Ob vom Whiskey oder von Hendersons Stimme, das wusste sie nicht zu sagen. Er kicherte. „Bin am Dachboden. Komplett eingestaubt. Da hört mich niemand. Soll ich dir noch ein bisschen davon erzählen, was ich gerne tun würde?“ „Warum nicht?“, sagte Sabine. „Wenn du gleichzeitig dein Kabelfernsehen hinkriegst?“ „Keine Angst“, antwortete er. „Ich hab ja die Freisprecheinrichtung. Beide Hände frei.“ Und Henderson erzählte.

Bis Sabine hörte, dass ein anderes Gespräch auf ihrem Handy ankam. Es war ihre Mutter. „Ich muss aufhören!“, hauchte sie. „Meine Mutter ...“ Henderson lachte. Sabine nahm das andere Gespräch an und versuchte gleichzeitig, ihre Hose zuzuknöpfen. Die Lust war genauso schnell gegangen, wie sie gekommen war. Ihre Mutter brachte vor lauter Schluchzen kaum ein Wort heraus. Es dauerte, bis sie Sabine erklärt hatte, ihr Vater sei auf der Intensivstation. Sein Zustand sei stabil. Was auch immer das hieß. Die Ärzte hätten ihr geraten, nach Hause zu fahren. Sie könne nichts tun. Das komme aber für sie überhaupt nicht in Frage, sie bleibe an der Seite ihres Mannes.

Sabine schielte nach ihrem Whiskeyglas. Ob sie noch fahren durfte, wenn ihre Mutter irgendwann doch abgeholt werden wollte? Zuerst der Schluck Wodka, dann der Weißwein, schließlich der Whiskey? Sie merkte selbst, dass sie nicht mehr nüchtern war. „Okay“, sagte sie. „Okay.“ Und legte auf. Gut, wenn ihre Mutter noch im Krankenhaus blieb. Das gab ihr Zeit zum Nachdenken. Sie nahm noch einen Schluck Whiskey.

Um halb zwölf riss ihr Handy sie aus einem unruhigen Schlaf vor dem Fernseher. Wie zu erwarten, Mama wollte jetzt doch nach Hause und war zu geizig für ein Taxi. Sabine versprach, so schnell wie möglich zu kommen. Es waren zwölf Kilometer zum Landeskrankenhaus, oder fünfzehn, vielleicht. Sabine fühlte sich desorientiert, verspürte Schwindel. Das Whiskeyglas war leer. Sie konnte nur hoffen, dass sie in keine Polizeikontrolle geriet. Keinesfalls konnte sie ihrer Mutter sagen, sie sei betrunken, könne nicht mehr Auto fahren, und Mama solle sich doch gefälligst ein Taxi nehmen. Unmöglich.

„Dir ist es wohl völlig egal, wie es deinem Vater geht?“ Ihre Mutter war vor nicht einmal einer Minute ins Auto gestiegen. Während dieser Zeit hatte sie es geschafft, Sabines Musikgeschmack zu kritisieren, die daraufhin wortlos das Autoradio abgeschaltet hatte. Danach hatte sie moniert, dass sie zu ruckartig angefahren sei. Eine Minute. Sabine wusste nicht, was sie erwidern sollte. Sollte sie sich tränenüberströmt hinters Lenkrad setzen? Während der Fahrt vor sich hinwimmern? Was erwartete ihre Mutter eigentlich?

„Wie wär’s, wenn du mir einfach sagst, wie es ihm geht?“, presste sie hervor. Sie musste sich Mühe geben, die Konzentration für die Fahrt aufzubringen. Es hatte zu schneien begonnen, die Sicht war miserabel. „Dass dich das überhaupt interessiert!“ Sabine sagte nichts, wartete. Hielt an einer roten Ampel an. Achtete darauf, nicht ruckartig anzufahren. „Die Ärzte sagen, es ist ein Infarkt. Ein mittelschwerer. Erst morgen, im Lauf des Tages, wollen sie eine Prognose abgeben." Plötzlich schluchzte ihre Mutter auf und hielt sich ein Taschentuch unter die Nase. „Wenn er die Nacht überhaupt überlebt!" Sabine fand Mama lächerlich in der Dramatik, die sie hier zur Schau stellte. Wollte sie sie beeindrucken?

In ihr keimte ein Gedanke. Gleichzeitig wunderte sie sich, dass er ihr nicht schon viel früher gekommen war. Mama musste gehen, nicht Papa. Mit Papa war auszukommen, und schließlich war er ein freier Mann, wenn Mama ging. Er musste den Herzinfarkt nur überleben. Aber da gab es doch tausende, die auch nach einem solchen Infarkt noch Jahrzehnte ein erfülltes Leben führten! Nein. Den Gedanken musste sie schnell wieder verdrängen. Sie konnte froh sein, nicht zur Mörderin ihres Vaters geworden zu sein.

Ihre Mutter schniefte weiter vor sich hin. Sabine hatte das Gefühl, als lauere sie gleichzeitig auf einen Fehler, den sie machen konnte. Nicht traurig genug dreinzusehen. Zu wenig oft und ausdauernd zu weinen. Aber immer, wenn sie mit ihrer Familie zusammen war, kamen ihr die Tränen einfach abhanden. Vor allem, wenn ihre Mutter dabei war. Seltsamerweise waren es oft ganz andere, meist absurde Situationen, die ihr nahegingen. Solche, bei denen große Menschenmengen zusammenkamen. Wahrscheinlich geriet sie dann unter den Einfluss einer Art Massenpsychose. So was gab es ja.

Plötzlich tauchte vor ihr eine rote Kelle auf. Sie erschrak, trat zu heftig auf die Bremse, ihre Mutter wurde nach vor geschleudert. „Bist du denn wahnsinnig geworden?", herrschte sie sie an. Sabine blinkte, blieb hinter dem Polizeiwagen stehen. Jetzt war sie ihren Führerschein los.

Und das noch dazu in Gegenwart ihrer Mutter. Bis an ihr Lebensende würden sie Mamas Vorwürfe verfolgen. Sich betrinken, wenn der Vater auf der Intensivstation lag. Betrunken Auto fahren. Noch dazu zu Weihnachten.

Der Polizist bedeutete ihr, die Scheibe hinunterzulassen. „Guten Abend. Verkehrskontrolle. Ihre Papiere, bitte!" Der Polizist war jung, hatte einen Vollbart und freundliche Augen. Er zwinkerte Sabine zu. Sie suchte in ihrer Handtasche nach dem Führerschein, nahm den Zulassungsschein aus dem Fach in der Sonnenblende. Der Polizist warf einen flüchtigen Blick auf die Papiere und nickte. „Haben Sie etwas getrunken?" Sabine schüttelte den Kopf und lächelte. „Nein", sagte sie. „Wir kommen gerade aus dem Krankenhaus." Hoffentlich hatte er ihren Atem nicht riechen können. Wenn sie blasen musste, war sie geliefert. „Mein Mann liegt im Sterben!", keifte ihre Mutter. „Und Sie ..." Der Polizist schrak zurück. „Ist ein Unfall passiert?" Sabine schüttelte den Kopf. „Er hat einen Herzinfarkt gehabt." „Und Sie haben nichts Besseres zu tun, als harmlose Bürger zu erschrecken!"

Der Polizist vollführte eine beruhigende Geste mit beiden Handflächen. Schneeflocken setzten sich auf seine Dienstmütze. „Das war keinesfalls meine Absicht, gnädige Frau. Ihre Tochter hat nur etwas heftig gebremst, da hab ich gedacht ..." „Schon gut", sagte Sabine. „Sie ist ein wenig durch den Wind!" Der Polizist nickte und winkte. „Fahren Sie weiter. Gute Fahrt!" Er hielt das nächste ankommende Auto an und winkte sie auf die Fahrbahn. Wieder gelang Sabine kein ruckfreies Anfahren.

Den gesamten Rest des Weges schimpfte ihre Mutter über die Polizei, kam dabei vom Hundertsten ins Tausendste. Kein Wort mehr über ihren Vater. „Du bist aber auch tatsächlich gefahren wie der erste Mensch. Kein Wunder, dass er dich angehalten hat." War ihr doch noch etwas eingefallen, was sich gegen Sabine richtete. Ihre Mutter besaß zwar einen Führerschein, war aber kaum noch gefahren, nachdem sie es endlich aufgegeben hatte, Sabine täglich zur Schule zu bringen. Das musste so ungefähr am Ende der dritten Klasse gewesen sein. Erst dann hatte sie durchsetzen können, mit dem Bus fahren zu dürfen. Solange Papa im Krankenhaus war, würde Mama nicht einmal zum Shoppen kommen, dachte sie. Der Gedanke erheiterte sie.

Sabine schlug die Augen auf. Wo war sie? In einem Puppenmuseum? Warum war es so hell? Erst Sekunden später begann ihr Gehirn seine gewohnte Arbeit und machte ihr klar, dass sie zu Hause war. Oder in dem Haus, das man halt Zuhause nannte. In ihrem Mädchenzimmer. Es musste schon spät sein, ein Wunder, dass Mama sie nicht aufgeweckt hatte. Sie setzte sich auf. Papa war auf der Intensivstation. Er hatte einen Herzinfarkt gehabt. Sie schob den Vorhang zur Seite. Kein Laut im ganzen Haus. Ob Mama schon ins Krankenhaus gefahren war? Sie nahm ihre Armbanduhr vom Nachtkästchen. Halb neun. Warum hatte sie so lang geschlafen? In der Stadt wurde sie immer spätestens um halb sieben wach. Und das, obwohl sie ihr Schlafzimmer verdunkelt hatte. Hier war es hell. Zu hell. Sie sah aus dem Fenster. Das Wetter hatte sich seit gestern nicht geändert. Grau in grau. Nebel. Nieselregen. Phantastisches Weihnachtswetter. Sie wäre am liebsten irgendwo hingefahren, wo es warm war. Wo sie ihre Mutter nicht sehen musste und auf ganz andere Gedanken kam. Aber Henderson hatte ihr kein Angebot gemacht, und sie war ziemlich knapp bei Kasse, und so ...

Unten hörte sie den Schlüssel im Schloss der Haustür. „Du bist immer noch im Pyjama?“ „Wie geht es Papa? Hast du heute schon was aus dem Krankenhaus gehört?“ Ihre

Mutter stand im Vorzimmer, zwei Einkaufstaschen in den Händen. Sie musterte Sabine missbilligend. „Ein Horror, das Einkaufen an einem Heiligen Abend.“ „Was ist jetzt mit Papa?“ Sie redeten schon wieder aneinander vorbei. War es eine solche Katastrophe, wenn sie an ihrem ersten Ferientag einmal ausschlief?

Ihre Mutter zuckte mit den Schultern. „Stabil, sagen sie immer noch. Und er hat eine ruhige Nacht gehabt, meinen sie.“ Sabine atmete auf. Wenn sie ihren verrückten Plan tatsächlich ausgeführt hätte, wäre Papa jetzt tot. Sie versuchte, den Gedanken wegzuschieben. Wie hatte sie nur auf so eine absurde Idee verfallen können? Aber wenn sie stattdessen ihre Mutter ...

„Fährst du mich ins Krankenhaus? Ich kann heute sowieso nicht ... Wir müssen dann eben ... Es wird eben heute anders.“ Was sie nicht konnte und stattdessen musste, erklärte sie nicht. Sabine schlich wieder die Stiege hinauf, sperrte sich im Bad ein und ließ warmes Wasser auf ihren Körper prasseln. Sie freute sich darauf, Papa zu sehen. Und ob es ein Weihnachten werden würde wie immer, das war ihr scheißegal.

Nach dem Abtrocknen drehte sie sich um und betrachtete ihren Skorpion im Spiegel. Ob er heute stechen würde, das war noch völlig unklar. Aber ja, dachte sie dann. Sie musste ihrem neuen Plan treu bleiben. Mama musste bestraft werden. Musste aus ihrem Leben verschwinden. Alles würde besser werden. Sie war ja an allem schuld. An allem.

„Wir nehmen unseren Wagen. In deiner Blechschüssel kann man sich ja gar nicht rühren. Und da krieg ich Angst, da hast du ja gar keinen Schutz, wenn was passiert!“ Es war schwierig, Papas Auto aus der Garage zu fahren. Erstens war sie die Automatik nicht gewohnt, und zweitens war das Garagentor fast zu schmal. Wenigstens konnte sich ihre Mutter diesmal nicht über zu ruckartiges Anfahren beschweren. „Pass bitte gut auf das Auto auf. Es ist fast neu. Und es war schweineteuer!“ Wäre ja ein Wunder gewesen, wenn sie Sabine einmal zugetraut hätte, etwas ohne ihre Anweisungen richtig zu machen.

Papa lächelte. Aber er sah keinesfalls besser aus als gestern. Struppiges, wirres Haar, das ein wenig fettig glänzte. Natürlich, er hatte wohl noch keine Gelegenheit gehabt, sich die Haare zu waschen. Er lag zwar nicht mehr auf der Intensivstation, dennoch führten einige Schläuche unter die Bettdecke, darüber hing ein Infusionsbeutel und anstatt eines Nachtkästchens gab es einen Wagen mit verschiedenen Apparaturen und einem Monitor. Mama hatte nach dem Einkaufen mehr als eine halbe Stunde gebraucht, um sich für den Krankenhausbesuch umzuziehen und zu schminken. Sie duftete intensiv. Theatralisch küsste sie Papa auf beide Wangen, strich ihm über Gesicht und Stirn. „Du Armer! Mein Armer! Werd bald wieder gesund, hörst du?“ Ein fettleibiger Mann im Bett neben Papa hatte sich umständlich zur Seite gewälzt und betrachtete interessiert die Szene. Sabine kam sich vor wie in einer Seifenoper. Endlich trat ihre Mutter zur Seite, sie konnte Papas Hand nehmen und drücken. Er lächelte. „Kein schönes Weihnachten, heuer. Für euch.“ Sie winkte ab. „Völlig egal. Hauptsache, dir geht’s wieder besser.“ Sabine fehlten Worte, die nicht verlogen und kitschig klangen. Sie schluckte und strich weiter über Papas Hand. Mama drängte sich auf die andere Seite des Bettes, zwischen Papa und seinen Nachbarn. Der konnte jetzt nur noch Mamas Hintern bewundern.

Mama plapperte drauflos, kam vom Hundertsten ins Tausendste, erzählte Einzelheiten, die Papa sicher nicht wissen wollte. Sogar über die Polizeikontrolle von gestern

Abend. Die stellte Mama etwas anders dar, als Sabine sie im Gedächtnis hatte. Zuerst, natürlich, wiederholte sie, dass Sabine unmöglich gefahren sei und dass sie nur wegen ihres unsicheren Fahrstils aufgehalten worden seien. Dann habe sie den Polizisten energisch zurechtgewiesen, weil er unverschämt geworden sei. Papa sah Sabine an und zwinkerte ganz vorsichtig, so, als wolle er andeuten, dass er Mama gar nicht zuhöre. Und schon gar nicht glaube. Mama faselte weiter, während Sabine den Eindruck hatte, Papa dämmere weg. Wahrscheinlich hatte er irgendein Beruhigungsmittel bekommen. Mama schien das nicht zu merken.

„Wir kommen am Abend noch einmal, damit du nicht ganz alleine Weihnachten feiern musst." Das konnte man, fand Sabine, auch als Drohung auffassen. Papa lächelte matt und nickte kaum merklich. Sabine überlegte, wie die Welt morgen aussehen würde, verdrängte diesen Gedanken aber schnell wieder.

„Was ich heute noch alles zu tun habe!", jammerte Mama, als sie wieder im Auto saßen. Hektisch blickte sie auf ihre Uhr. „Wegen mir brauchst du dir keine Mühe zu geben", antwortete Sabine, der es jetzt schon leichter fiel, mit dem großen Wagen zurechtzukommen. „Du hast ja keine Ahnung!", beschied ihre Mutter sie. Na, dann war es halt so. Sie hatte eben keine Ahnung. War zu blöd für alles. Konnte sich zu nichts entschließen, brachte nichts fertig. Ihre Mutter würde sich noch wundern.

Sabine lag auf ihrem Bett, versuchte, ein Buch zu lesen. Der Stil war hölzern, die Handlung langweilig. Draußen heulte der Staubsauger. Ihrem Gefühl nach schon stundenlang. Ob sie einen Spaziergang machen sollte? Sie stand auf und schob die Gardinen beiseite. Der Regen hatte wohl aufgehört, aber es war so feucht draußen, dass noch nicht einmal die Straße aufgetrocknet war. Früher hatte sie am Heiligen Abend immer fernsehen dürfen. Den ganzen Tag, damit ihr das Warten auf das Christkind verkürzt wurde. Natürlich war es nicht erlaubt gewesen, das Wohnzimmer zu betreten, denn dort warteten ja der geschmückte Christbaum und die Geschenke. Es hatte einen kleinen, orangen Schwarzweißfernseher gegeben, den hatte man ihr ins Kinderzimmer gestellt. Eigentlich unvorstellbar, heutzutage. Alle Kinder hockten in ihren Zimmern, glotzten auf ihr Handy und zogen sich Videos aus dem Internet rein, meist solche, in denen ununterbrochen bizarre Unfälle passierten. Sie hingegen hatte Pippi Langstrumpf gesehen.

Sabine seufzte. Der Staubsauger hörte nicht auf zu heulen. Sie musste hier raus. Ihre Mutter saugte gerade die Stiege, als sie hinunterstürmte. „Ich geh kurz mal spazieren!“ Sie wartete die Reaktion ihrer Mutter nicht einmal ab. Wahrscheinlich Kopfschütteln.

Direkt vor der Haustür begegneten ihr zwei Kinder mit einer Laterne. „Möchten Sie ein Friedenslicht?“ Sabine schüttelte den Kopf und hastete an den Kindern vorbei. Sie hatte ja nicht einmal Geld eingesteckt, die beiden würden sicher um eine Spende bitten. Sabine stapfte los, ohne ein bestimmtes Ziel im Auge zu haben. Plötzlich stand sie am Friedhofstor. Da waren sie früher auch immer hingegangen, am Heiligen Abend. Es hatte romantisch ausgesehen mit den vielen Lichtern, auf manchen Gräbern waren sogar kleine Christbäume gestanden. Wenn es trocken und windstill war, hatten die Leute auf ihnen auch Kerzen angezündet. Sie trat durch das Tor. Stille. Nur aus der Ferne konnte sie einzelne Menschen durch den Nebel huschen sehen, die noch rasch ein Grablicht oder ein Tannenbäumchen zum Familiengrab bringen wollten.

Wenige Minuten später stand sie vor dem Grab des Großvaters. Papas Vater. Sie konnte sich nur noch dumpf an ihn erinnern, er war gestorben, als sie noch im Kindergarten gewesen war. Sie betrachtete die im Grabstein eingravierten Daten. Für heutige Begriffe war er noch jung gewesen, dennoch hatte sie ihn als alten Mann in Erinnerung, der ständig gelächelt, aber wenig gesprochen hatte. Dafür hatte er ununterbrochen geraucht und gehustet.

Sabine ging weiter, durch das Ortszentrum, das heute auch nicht schöner war als in ihrer Kindheit. Ein paar hässliche Zweckbauten waren hinzugekommen, an einer Stelle war ein alter Bauernhof abgerissen und durch eine Bankfiliale ersetzt worden. Dort war ein Gemischtwarenladen gewesen, in dem sie immer Eis gekauft hatte. Nach den Schulferien hatte es dort oft Eis zum halben Preis gegeben, ein absoluter Höhepunkt im Jahreslauf. Man hatte sich das teuerste Eis leisten können, sogar um ein geringes Taschengeld.

Sabine ging weiter, wollte nicht wieder zu ihrer Mutter zurückkehren. Hatte Sehnsucht nach Henderson. Ging aus dem Ort hinaus, einen Schotterweg entlang, der zum Waldrand führte. Fühlte sich plötzlich allein, viel zu allein. Rundherum nur Wiese, Waldrand, Nebel. Sie wählte Hendersons Nummer. Der hob nicht ab.

Es war Weihnachten, und sie spürte gar nichts von dem in sich, was da gewesen war, als sie ein Kind gewesen war. Sie musste hier weg. Am besten gleich zurück in die Stadt, wo es eigentlich egal war, ob Weihnachten war oder nicht. Sie konnte ja auf einen Weihnachtsmarkt gehen, Punsch trinken und das Leben um sich herum genießen. Oder sperrten die auch am Heiligen Abend zu? Missmutig sah sie nochmal auf ihr Handy. Henderson hatte nicht zurückgerufen. Langsam lenkte sie ihre Schritte auf das Haus zu, das sie nicht mehr Zuhause nennen wollte.

Vor der Haustür blieb sie lauschend stehen. Das Staubsaugergeheule war verstummt. Sie musste klingeln, denn sie hatte ihre Schlüssel vergessen, und Mama hatte abgesperrt. „Wo warst du denn?“ Der Vorwurf in Mamas Stimme war unüberhörbar. „Wozu hättest du mich denn gebraucht?“, entgegnete Sabine. Ihre Mutter fauchte nur entrüstet und kehrte zurück in die Küche, wo Sabine sie am Herd hantieren hörte. Wofür machte sie so viele Umstände? Für sich selbst und Sabine? Nicht der Mühe wert, sicher nicht. Das Abendessen würde furchtbar werden. Sie würden sich gegenübersitzen und einander anschweigen. Wenn Mama nicht irgendein Vorwurf einfiel, den sie ihr noch nicht gemacht hatte. Der Vorrat, das wusste Sabine, war unerschöpflich.

Mama hatte wieder ihr kaltes Grinsen aufgesetzt, als sie das Essen auf den Tisch stellte. Pflichtschuldig hatte Sabine den Tisch gedeckt. Es gab, wie immer, Bratwürste mit Sauerkraut und geröstete Kartoffeln. Papa hatte immer Bier dazu getrunken. „Nur Wasser“, hatte Sabine auf die Frage geantwortet, was sie trinken wolle.

„Wir dürfen Papa auf keinen Fall aufregen!“ Ihre Mutter hob warnend den Zeigefinger. „Hast du ein Geschenk für ihn? Wir bringen es ihm dann mit.“ Natürlich hatte sie. Aber passend war es sicher nicht. Papa sammelte alte Whiskys, und sie hatte ihm einen fünfundzwanzigjährigen mitgebracht, den sie in einem Fachgeschäft in der Stadt gefunden hatte. Allerdings, wenn sich darüber jemand aufregen würde, dann würde das ihre Mutter sein. Papa würde das Geschenk freuen, dessen war sie sich sicher.

Papa sah ein wenig frischer aus, als sie später in sein Zimmer traten. Man hatte versucht, mit ein paar Keksen und einem Gesteck mit einer Kerze ein wenig Weihnachtsstimmung im Zimmer zu verbreiten, was aber, so fand Sabine, misslungen war. „Ich hab dir auch was ganz Tolles besorgt, etwas, das dir hilft, schnell wieder gesund zu werden.“ Mama lächelte. Der Übergewichtige aus dem Nachbarbett hatte sich wieder herumgerollt, um Mama auf den Hintern zu starren. Papa riss das Kuvert auf. Sein Lächeln war verlegen, als er den Gutschein in Augenschein nahm, den ihre Mutter ihm geschenkt hatte. „Ein Wellnesswochenende! Das wird uns beiden sicher guttun!“ „Danke! Das ist lieb von dir!“ Ihre Mutter schien nicht zu merken, dass Papa etwas gequält aussah. Wahrscheinlich war das Geschenk eher nach Mamas Geschmack als nach seinem. Wellness, darüber hatte sich Papa immer wieder lustig gemacht, soweit Sabine sich erinnerte. Vor allem hasste er alles, was auch nur annähernd nach Esoterik roch. Und auf dem Gutschein konnte Sabine deutlich einen Rücken sehen, auf dem eine Klangschale balancierte.

Sabine holte ihr Geschenk aus einer mitgebrachten Plastiktasche. „Aber bitte vorsichtig damit umgehen!“, warnte sie. Papa riss das Geschenkpapier vom Karton. „Fünfundzwanzig Jahre! Der muss ein Vermögen gekostet haben! Du spinnst ja!“ Sabine sah seinen Augen an, dass der Whisky ihn begeisterte. Ihre Mutter schnalzte ungehalten mit der Zunge und schüttelte den Kopf. „Was dir da wieder eingefallen ist! Willst du ihn umbringen?“ Ja, dachte Sabine, das wollte ich eigentlich. Damit er von dir erlöst wird. Aber vielleicht lässt sich das Problem ja andersherum anpacken.

„Aber geh!“, beruhigte ihr Vater. „So etwas trinkt man nur fingerhutweise! Das ist ein Lebenselixier! Weißt du denn nicht, dass ‚Whisky‘ vom irischen ‚uisce beatha‘ kommt, das heißt ‚Wasser des Lebens‘!“ Tatsächlich schien er Sabine belebter, als sie ihn in den letzten beiden Tagen erlebt hatte. Definitiv war ihr Geschenk besser angekommen als das ihrer Mutter. Was die aber nicht zu spüren schien. Sabine sah ihr an, dass sie überlegte, ob sie ihr Geschenk weiter heruntermachen sollte, es aber dann doch bleiben ließ, um ihren Vater nicht aufzuregen. Das durfte ja keinesfalls sein, wie sie selbst betont hatte.

Eine Stunde später saßen sie beide vor dem Fernseher im Wohnzimmer. Mama hatte Irish Coffee gemacht, natürlich mit Instantkaffee und einem süßlichen Likör anstatt des Whiskys. Weihnachtsgebäck stand auf dem Tisch, das Sabine nicht anrührte. Ihre Mutter knabberte lustlos an einem Zimtstern herum. Niemand sagte etwas. Im Fernsehen lief eine dümmliche amerikanische Weihnachtskomödie mit Santa Claus und Rentieren. „Das gehört eigentlich verboten“, schimpfte ihre Mutter. „Bei uns gibt es immer noch das Christkind. Und dauernd zeigen sie uns diese Amerikaner mit ihrem Weihnachtsmann.“ „Du kannst gern umschalten“, konterte Sabine. „Ich muss den Film nicht sehen!“ Ihre Mutter schwieg, knabberte weiter und starrte auf den Bildschirm.

Natürlich hatte es beim Austausch der Geschenke auch wieder Verstimmung gegeben. Sabine hatte einen Pullover besorgt, der ein in Goldfäden gesticktes Motiv trug. Dazu eine passende Brosche, Modeschmuck. „Kann man vielleicht schon mal anziehen!“, hatte ihre Mutter gemeint und kalt gelächelt. Dabei hatte sie in ihrem Schrank zahllose Oberteile, die mit Glitzerzeug bestickt oder verziert waren. Sabine hatte gedacht, ihren Geschmack genau getroffen zu haben.

Sie selbst hatte sechs Speiseteller bekommen, die sicher sehr teuer gewesen waren. Zudem waren sie hässlich. „Für deine Aussteuer. Falls du jemals heiraten solltest.“ Sabine hatte Begeisterung nicht einmal heucheln können.

Ihr Handy piepte. Henderson hatte ihr irgendetwas geschickt. Sie stand auf. „Ich muss mal kurz nach draußen." Sie ging vor die Haustür. Das Haus gegenüber war üppig mit Lichterketten geschmückt. Im Garten stand ein Rentierschlitten samt Rentieren, auch aus zahllosen kleinen Lämpchen bestehend. Darüber hatte sich Mama sicher schon zu Tode geärgert.

Henderson hatte ihr eine Buchungsbestätigung geschickt. Er hatte für Ostern ein Hotelzimmer in London gebucht. Für fünf Nächte. Nicht schlecht. Er hatte an sie gedacht. Und sich daran erinnert, dass sie schon öfter von London geschwärmt hatte. Als Schülerin war sie zuletzt dort gewesen. „Happy X-mas, Honey!", hatte er geschrieben. Sogar korrektes Englisch. Ja, sie sollte am besten sofort in die Stadt zurückfahren. Hier gab es für sie nichts mehr zu tun, nichts mehr zu erledigen, nichts mehr zu erleben. Oder vielleicht doch?

Bevor sie wieder ins Wohnzimmer zurückkehrte, stieg sie die Stiege hinauf und holte aus dem Kasten in ihrem Zimmer die Thermosflasche. Ein großer Schluck, um zu überleben. Jetzt war es ihr auch schon egal, ob Mama den Alkohol riechen konnte. Sie kehrte zurück ins Wohnzimmer. Der Film ging gerade in sein Finale. Mama stand auf. „Ich lege mich jetzt hin. Ich nehme eine Schlaftablette. Sonst bekomme ich heute kein Auge zu!" „Gute Nacht." Sabine setzte sich aufs Sofa, nahm ihr Handy zur Hand, sah sich noch einmal das Hotel an, das Henderson gebucht hatte. Es war nicht billig und hatte sehr gute Bewertungen bei dem Internetportal, wo er gebucht hatte. Er schien sie wirklich zu mögen. Hatte sich bemüht, ihr etwas zu schenken, was sie wirklich freute. Am klügsten war es, hier alle Brücken hinter sich abzubrechen. Sie wollte auch schlafen gehen, früh aufstehen, noch einmal Papa besuchen und dann zurück in die Stadt fahren. Sie hatte zwar nichts eingekauft, aber irgendein Lokal würde sich schon finden, das sie und Henderson morgen Abend noch aufnahm.

In ihrem Zimmer legte sie sich in den Kleidern aufs Bett. Sie war unruhig, aufgekratzt. An Schlaf war nicht zu denken. Was hatte Mama gesagt? Sie würde eine Schlaftablette nehmen? Irgendwas im Wohnzimmer hatte bei Sabine eine Idee ausgelöst. Sie wagte gar nicht, daran zu denken, gleichzeitig ließ sie ihr keine Ruhe. Sie stand auf, stieg die Stiege hinunter, sah, woran sie sich nicht mehr in allen Einzelheiten erinnert hatte. Der Adventkranz stand auf einer Kommode im Wohnzimmer. Alle vier Kerzen waren benutzt, natürlich verschieden weit heruntergebrannt. Hinter dem Adventkranz hing ein Wandteppich. Darüber die holzvertäfelte Decke. Papa hatte das selber gemacht, als sie noch ein Kind gewesen war. Holzvertäfelte Decken waren damals groß in Mode gewesen. Der Wandteppich zeigte ein Pflanzenmotiv, aus einem verkrüppelten Stamm wuchsen allerlei verschiedenfarbige Blüten. Der Stamm wand sich in Schlangenlinien über den gesamten Teppich. Eigentlich ein scheußliches Motiv, völlig unrealistisch. Sie wunderte sich, dass ihre Mutter das Stück hatte hängen lassen. Adventkranz, Kerzen, Teppich, Holzvertäfelung. Schlaftablette. Nein. Sie konnte das nicht tun. Es war ein verrücktes Hirngespinst. Am besten, sie packte sofort ihre Sachen zusammen und machte sich auf den Heimweg, obwohl es bereits mitten in der Nacht war. Wahrscheinlich waren die Menschen im Dorf gerade auf dem Weg zur Christmette. Sie stieg nach oben, lauschte an der Tür des Schlafzimmers ihrer Eltern, hörte keinen Laut. Sie konnte ihre Mutter für immer loswerden. Keine Vorwürfe mehr, niemand, der ihr ständig erklärte, dass sie versagt hatte. Wie sie dennoch einen reichen Mann finden konnte, zu einer Familie kam. Endlich Ruhe.

Als Letztes noch die Thermosflasche in den Koffer. Nein, zuerst einen kleinen Schluck. Dann war alles gepackt. Sabine seufzte. Sie trug ihren Koffer hinunter, öffnete leise die Haustür, legte ihn in den Kofferraum des Autos. Drückte so leise wie möglich die Heckklappe zu. Ging wieder ins Haus. Nahm ihre Daunenjacke vom Haken. Sollte sie den Hausschlüssel gleich hierlassen? Nein. Sie würde jedenfalls zusperren. Auf den Stufen vor der Haustür zögerte sie. Die Kirchenglocken hatten zu läuten begonnen. Jetzt begann die Christmette. Alle, die hinwollten, waren schon in der Kirche. Niemand mehr auf den Straßen.

Sabine schloss die Haustür wieder auf. Suchte in der Küche nach Streichhölzern. Fand sie in der gleichen Schublade, in der sie schon vor zwanzig Jahren gelegen hatten. Kehrte ins Wohnzimmer zurück. Entzündete ein Streichholz. Hielt es über die erste Kerze, bis sich der Docht entzündete. Wiederholte den Vorgang bei den drei anderen Kerzen. Drehte den Adventkranz so, dass die kürzeste Kerze dem Wandteppich am nächsten war. Rückte den Kranz näher an den Wandteppich heran. Steckte die Streichholzschachtel ein. Betrachtete die im leichten Luftzug flackernden Kerzen. Verließ ihr Elternhaus, schloss die Haustür ab. Setzte sich in ihr Auto, hörte ihr Herz klopfen.

Sie startete, legte den Rückwärtsgang ein und stieß zurück. Warf von der Straße noch einmal einen Blick auf das Haus. Legte den ersten Gang ein und fuhr los. Kein Mensch begegnete ihr auf den Straßen des Dorfes. Es begann zu schneien.

VII

„So einen billigen Fetzen ziehst du auf keinen Fall an! Wie sieht denn das aus! Da muss man sich ja schämen!“ Mit aufgeregter Geste drückt Mama der Verkäuferin den Kleiderbügel wieder in die Hand. Mir gefällt das blaue Kleid, ich würde es gern anprobieren. Es hat hübsche Spitzen am Ausschnitt und einen Gürtel, der mit Strasssteinen besetzt ist. Die Verkäuferin rollt die Augen. „Vielleicht sind wir dann doch nicht das richtige Geschäft für Sie?“ Mama faucht entrüstet. „Komm, wir gehen!“

Ich bin müde. Das ist jetzt schon das vierte oder fünfte Geschäft, in dem wir nach einem Kleid für meine Firmung suchen. Ich habe Durst und bin ganz verschwitzt. Mir hätte gleich das erste Kleid gefallen, das ich probiert habe, es war blassrosa und hatte ein hübsches Blumenmuster auf dem Rock. Aber für Mama war es viel zu gewöhnlich, viel zu billig. Nicht gut genug für ihre Tochter. „Für dich, mein Schatz, brauchen wir was wirklich Einmaliges. Was ganz Besonderes. Alle sollen sehen, wie hübsch du bist und was für einen guten Geschmack du hast.“ Mama drückt mich an sich. Ich komme fast nicht nach, sie geht zu schnell für meine müden Füße.

Ich will überhaupt kein Kleid, in dem ich auffalle. Ich finde mich auch in gewöhnlichen Sachen schon auffällig genug. Meine Beine sind viel zu dünn, und ich habe nicht einmal die Spur eines Busens. Da wird Mama sicher auch noch was einfallen. Sie hat schon angedeutet, dass man mich für die Firmung ein wenig wird ausstopfen müssen.

„Da gehen wir hinein! Da gibt’s wenigstens Designerkleider!“ Mama biegt scharf links ab, ich übersehe es, sie reißt mich an der Hand heftig herum. „Nur keine Müdigkeit vorschützen!“, meint sie forsch, als ich zu jammern beginne.

„Die junge Dame braucht ein Kleid für ihre Firmung", sagt Mama zu der Verkäuferin, die auf hohen Absätzen daherstöckelt und sehr intensiv duftet. „Aber bitte was Exklusives, nicht nullachtfünfzehn!" Die Verkäuferin hebt zwar die Augenbrauen, lächelt aber verbindlich. Dann streckt sie den Zeigefinger hoch. „Da habe ich sicher etwas für Sie! Kommen Sie mit!" Sie dreht sich um und geht in den hinteren Teil des Geschäfts voran. Sie nimmt ein weißes Kleid von einem Ständer. Es ist durchgehend mit Spitze überzogen und hat lange Ärmel. Das ist sicher furchtbar heiß. Mama verzieht den Mund. „Na ja", sagt sie, „du kannst es ja einmal probieren." „Ich mag aber keine langen Ärmel!", verteidige ich mich. Mama grinst, drückt mir das Kleid in die Hand und schubst mich in eine Umkleidekabine. „Schönheit muss leiden!", sagt sie. Die Verkäuferin kichert. „Eines unserer beliebtesten Modelle!", sagt sie, als ich den Vorhang zuziehe. „Heißt das, Sie haben es auch schon anderen verkauft?" Mama wird misstrauisch. „Nein, nein!", höre ich die Verkäuferin. „Wir haben heuer nur ein einziges in dieser Farbe und diesem Schnitt geordert!" „Ich weiß nicht", höre ich Mama. „Wenn dann eine andere das gleiche hat, das wäre eine Katastrophe!" Katastrophen sind, finde ich, etwas anderes. Zum Beispiel, wenn meine Eltern sich wieder streiten, weil wir mit einem sündteuren Kleid nach Hause kommen, das mir gar nicht gefällt.

Ich ziehe das Kleid an und beginne sofort zu schwitzen. Es ist zu dick, und die langen Ärmel sind viel zu warm. Die Firmung ist doch im Mai. „Schon fertig?" Mama lugt durch den Vorhang. „Warte, ich helfe dir beim Reißverschluss!" Ich drehe mich um, sie zieht zu. Das Kleid ist eigentlich ein wenig zu weit. Ich trete wieder vor die Kabine hinaus. Mama rümpft die Nase. „Da brauchen wir aber einen Wonderbra drunter!", meint sie und zupft an der Brust des Kleids herum. „Sehen Sie?“, sagt sie zur Verkäuferin. „Die junge Dame ist leider noch flach wie ein Bügelbrett. Ich in ihrem Alter …“ „Da hätten wir sicher auch etwas Passendes. Viele wären froh, wenn sie einen kleineren Busen hätten. Was glauben Sie, wie viele Übergewichtige …“ „Ja, ja!“, unterbricht meine Mutter, aber ich bin der Verkäuferin dankbar.

„Wie wäre das?“ Die Verkäuferin zieht ein helles Kleid vom Ständer, das mir sofort gefällt. Es hat ein Blumenmuster wie das erste, aber auch auf dem Oberteil, und Rüschen um den Halsausschnitt. Als ich es anziehe, merke ich sofort, dass es mir zu groß ist. Die Schultern sind zu weit und rutschen mir über die Arme hinunter. „Zu groß!“, sage ich, aber Mama scheint mich nicht zu hören, denn sie hat sich von mir abgewandt, stöbert an einem Kleiderständer und kreischt plötzlich auf. „Das ist es!“ Sie zieht ein Kleid vom Ständer. Es ist lang und schwarz. Ich ziehe den Vorhang zu, schlüpfe aus dem hellen Kleid. Mama reicht mir das schwarze durch den Vorhang. „Das musst du probieren!“ Ich nehme den Kleiderbügel, suche nach dem Preisschild. Mama reißt den Vorhang auf, obwohl ich nur in Unterwäsche dastehe. „Das ist es! Das ist es!“ Ich halte das Kleid vor mich, denn mir ist es peinlich, dass die Verkäuferin mich in Unterwäsche sieht. „Stell dich nicht so an!“, schimpft Mama. „Zieh das an!“

Ich ziehe den Vorhang zu und schlüpfe nochmals aus meinen Sachen. Das schwarze Kleid hat ein enges Oberteil. Der Rock hat zwar ein Blumenmuster, aber zwischen Oberteil und Rock ist ein durchsichtiger Teil eingearbeitet. Ich mag nicht mit einem Kleid zur Firmung gehen, in dem man meinen Bauch sieht.

Ich ziehe den Vorhang einen Spalt weit auf. „Das ist durchsichtig!“, sage ich und deute auf den transparenten Streifen. „Das ist sexy!“, jubelt meine Mama. „Das ist supercool! So etwas wird niemand tragen!“ „Wirklich eines unserer exklusivsten Modelle. Das Oberteil ist zur Gänze aus Seide gearbeitet!“ Die Verkäuferin will das Ding anscheinend auch loswerden. Ich ziehe den Spalt wieder zu, seufze und ziehe es an. Es fühlt sich angenehm auf der Haut an und passt auch gut, nur der Rock ist ein bisschen zu lang. Ich betrachte den Streifen Bauch, der durchscheint, als Mama den Vorhang aufreißt. „Entzückend!“, quietscht sie. „Das nehmen wir!“ Ich darf nicht einmal meine Meinung sagen. „Es ist zu lang!“, wage ich mich vor. „Du ziehst sowieso Schuhe mit Absätzen an. Und wenn es dann nicht passt, lassen wir's noch kürzen.“ Es ist das teuerste Kleid, das ich bisher probiert habe. Es kostet fünfmal so viel wie das erste Blumenkleid, das mir so gut gefallen hat.

„Schwarz?“, fragt Papa, ein wenig verblüfft, als ich zu Hause das Kleid vorführen muss. „Ich hab gedacht, eher was Helles ...“ „Du hast ja keine Ahnung!“, faucht Mama. „Das ist etwas ganz Exklusives!“ Papa zuckt mit den Schultern. „Na, dann ...“ Er zieht sich wieder hinter seine Zeitung zurück. Kleider haben ihn noch nie interessiert. Außer, Mama gibt wieder einmal zu viel Geld für Klamotten aus. Was das Kleid gekostet hat, hat er nicht gefragt.

„Wir sollten wirklich an einen Wonderbra denken.“ Mama zupft am Oberteil herum. „Damit du ein bisschen erwachsener aussiehst.“ Ich schüttle den Kopf. Ich will mich nicht künstlich ausstopfen lassen.

Ich habe tatsächlich auch noch Schuhe mit hohen Absätzen bekommen. Es sind Damenschuhe, denn meine Füße sind schneller gewachsen als der Rest von mir, ich habe Mama bei der Schuhgröße schon übertroffen. Natürlich hat sie bei der Anprobe wieder geseufzt und gejammert. „Wenn die Füße noch weiterwachsen, kriegst du gar keine ordentlichen Schuhe mehr!" Ich komme mir vor wie ein Monster. Nicht richtig gewachsen, obenherum nicht und unten auch nicht. Zudem sind meine Fingernägel abgekaut. Mama hat gedroht, mir zwei Wochen zuvor die Hände zu verbinden, damit ich zur Firmung schöne Fingernägel habe. Das hat sie dann aber doch nicht wahrgemacht, stattdessen wollte sie mich in ein Nagelstudio schleppen, damit ich mir künstliche Fingernägel aufkleben lasse. Da hat sich dann Papa aber einmal durchgesetzt. Er hat sogar Oma angerufen, die ist meine Firmpatin. Gemeinsam haben sie Mama überzeugen können, dass künstliche Fingernägel nicht nötig sind. Es hat sogar einen kleinen Streit gegeben zwischen Oma und Papa. Er ist viel zu nachgiebig gegenüber Mama, hat sie ihm vorgeworfen.

Heute, am Morgen der Firmung, sieht mich Oma zum ersten Mal in meinem Kleid und meinen hohen Schuhen. Sie runzelt die Stirn und sagt: „Kindgerecht ist das aber nicht wirklich. Und die Schuhe ..." Sie schüttelt den Kopf. Ich weiß selber, dass ich in den hohen Schuhen ungelenk gehe. Mama hat gemeint, ich solle jeden Tag ein bisschen üben, und sie hat mir vorgemacht, wie man mit solchen Schuhen geht. Sie hat dabei so affige Laufstegschritte gemacht. Sie hat ja ein paar Jahre ein wenig gemodelt, und sie bildet sich weiß Gott was darauf ein. Die Schwangerschaft ist ihr dann dazwischengekommen, sonst wäre sie ein professionelles Model geworden, sagt sie. So bin ich daran schuld, dass es nicht geklappt hat.

Ich bin die Einzige mit einem dunklen Kleid und hohen Schuhen. Die Buben starren mich an. Mama hat mir noch dazu Korkenzieherlöckchen gedreht, mit denen ich mir nicht gefalle. Oma beruhigt mich. „Du bist wunderhübsch. Die starren dich nur an, weil du so gut aussiehst!" Schade, dass Oma nicht meine Mama ist. Dann sehe ich Miriam. Sie hat genau das Kleid an, das ich eigentlich wollte. „Hallo, Sabine! Du siehst super aus!“ Ich bedanke mich und bin ein wenig beruhigt. Leider ist das Wetter schlecht, gar nicht so, wie man es sich im Mai vorstellt. In der Kirche friere ich, denn meine Arme und Schultern sind nackt. Die meisten anderen Mädchen tragen ein Jäckchen, aber daran hat Mama nicht gedacht.

Später gehen wir in ein Lokal, in dem ich noch nie war. „Das hat zwei Hauben!“ Meine Mama ist ganz stolz. Oma setzt sich neben mich und schlägt die Speisekarte auf. „Na, die Preise sind aber auch ... und ob das wirklich was für die Sabine ist?“ Mama bekommt schon wieder diesen scharfen, kritischen Blick. „Das sind wir der Sabine schuldig! Dass wir zu diesem Ehrentag in ein ordentliches Lokal gehen! Wir können ja nicht immer beim Heurigen feiern!“ Oma seufzt tief, sagt aber nichts. Papa auch nicht. Es ist ziemlich still am Tisch, und fröhlich ist es kein bisschen.

„Ein Gruß aus der Küche!“ Der Kellner stellt etwas vor mich hin, was ich nicht bestellt habe. Es sieht glibberig aus. „Das ist ein Stück Sulz“, erklärt mir Oma. „Das haben wir früher selber gemacht. Nach dem Sauschlachten. Da ist Schweinefleisch drin und Gemüse, und das Ganze in Gelee.“ „Das ist ein Tafelspitzsülzchen, gnädige Frau“, bessert sie der Kellner aus. „Mit Steinpilzen.“ Ich schiebe den Teller weg. Ich mag das Glibberige nicht, und ich mag auch keine Pilze. Die sind womöglich giftig. Genauso giftig, wie Mama mich ansieht. „Prost! Auf deinen Ehrentag!“ Sie lächelt mit gebleckten Zähnen.

Oma steht auf. „So geht das nicht!“ Sie nimmt mich an der Hand. „Wir müssen kurz aufs Klo.“ Ich weiß zwar nicht, was Oma will, aber ich folge ihr. Sie führt mich nicht aufs Klo, sondern in die Küche. Sie marschiert mitten hinein und tippt einer Frau mit Kochmütze auf die

Schulter. „Das ist ja sicher wunderbar, was Sie da kochen!“ Erstaunt dreht die Frau sich um. „Aber Kinder ... Sie wissen ja. Was können Sie der jungen Dame denn anbieten? Sie ist heute gefirmt worden!“ Die Köchin zieht erst die Stirn in Falten, beginnt dann aber zu lachen. „Wie wär's mit Spaghetti? Die machen wir selber, und das Ragout ist vom Biorind.“ Ich nicke. „Ich brauche gar kein Biorind“, sage ich. „Normales tut's auch!“ „Du bist ja superhübsch!“, sagt die Köchin und nimmt mich an der Hand. „Komm, ich zeig dir noch, welches Eis wir haben, für den Nachtisch!“ Sie zieht mich zu einer Gefriertruhe und öffnet sie. Die Eissorten haben alle Stückchen drin. „Ich mag keine Stückchen“, sage ich. „Dann kann ich dir nur Schoko und Vanille anbieten. Die haben keine Stückchen.“ Ich bedanke mich, und sie streicht mir über die Wange. „Dann guten Appetit!“

Die Spaghetti sind super, bis auf die grünen Blätter die in der Soße schwimmen. „Das ist Basilikum“, erklärt mir Oma. „Schmeckt gut, aber das merkst du gar nicht!“ Die Portion ist beinahe zu viel für mich. Das Eis bringe ich gerade noch hinunter, dann habe ich das Gefühl, ich platze. Oma grinst zufrieden, aber Mama hat die ganze Zeit nichts gesagt, sondern nur böse geschaut und nervös auf ihrem Teller herumgestochert.

Ich bin gespannt, was zu Hause passiert, wenn wir wieder allein sind.

7

Es läutete. Schrill. Sabine fuhr hoch. Hatte sie das Klingeln im Traum gehört oder in der Wirklichkeit? Sie war doch gerade erst eingeschlafen. Immer wieder hatte sie von Flammen geträumt, die vom Boden hochzüngelten. Der Adventkranz. Wahrscheinlich waren die Kerzen friedlich heruntergebrannt und danach einfach ausgegangen. Schon fielen ihr wieder die Augen zu. Da. Schon wieder. Das war ihre Türklingel. Es war stockdunkel. Wo war das Handy? Sie tastete auf dem Nachtkästchen danach. Vier Uhr dreiunddreißig? Wer läutete um vier Uhr dreiunddreißig? Schlaftrunken ließ sie die Beine aus dem Bett fallen, tastete nach ihrer Brille. „Ja, hallo?“ In der Gegensprechanlage knisterte es. „Wir sind von der Polizei. Könnten Sie bitte aufmachen?“ Eine weibliche Stimme. Sanft. Einfühlsam. So, als ob sie eine schlimme Nachricht zu überbringen hätte. Sabine drückte auf den Türöffner. Es klickte, sie legte auf und spähte durch den Türspion. Schließlich konnte sich ja jeder als Polizei ausgeben. Sie rannte zurück ins Schlafzimmer, um sich Jeans und ein T-Shirt überzuwerfen.

Schritte im Stiegenhaus. Wenn nur Henderson bei ihr wäre. Zwei Uniformen schoben sich ins Blickfeld. Die Frau mit einem blonden Pferdeschwanz, der Mann mit kurzgeschorenem, fast kahlem Schädel. Sie hatten ihre Dienstmützen unter die Arme geklemmt und wirkten echt. Sabine öffnete. Die Polizistin blickte ihr unsicher ins Gesicht, hielt ihr einen Dienstausweis unter die Nase. „Ich weiß, es ist eine sehr ... ungewöhnliche Zeit. Können wir trotzdem kurz zu Ihnen hineinkommen?“ Sie nickte und öffnete die Tür. Im Vorzimmer standen sie einander nun gegenüber. Was musste man in so einer Situation sagen? „Ist was passiert? Was ist los?“, krächzte Sabine. Ihre

Stimme war noch nicht ganz aufgewacht. Sie räusperte sich hinter vorgehaltener Hand. „Vielleicht sollten wir uns besser hinsetzen." Wie im Film, dachte Sabine. „Sagen Sie mir bitte, was los ist!" Es konnte doch nicht sein, dass ihr Elternhaus tatsächlich abgebrannt war. Sie hatte das doch nicht ernst gemeint, mit den Kerzen. Nicht wirklich. Sie erinnerte sich nicht einmal, ob sie die Kerzen tatsächlich angezündet oder nur davon geträumt hatte.

Nun räusperte sich die Polizistin, sah ihren Partner an. Anscheinend sollte er es aussprechen. „Es ist ... wir haben Grund zu der Annahme ... also, sind Sie Frau Magister Sabine Meißner?" Sabine nickte. „Also, es scheint so, als ob ..." Er konnte nicht weiter. Seine Partnerin übernahm. „In Ihrem Elternhaus ist ein Brand ausgebrochen. Wir haben ... die Feuerwehr hat ... Es hat ein Todesopfer gegeben." Sabine taumelte, die Knie knickten ein. Die Polizistin konnte sie mit einer raschen Bewegung gerade noch abfangen, sodass ihr Kopf nicht auf dem Boden aufschlug. „Fass mit an!", instruierte sie ihren Partner. Sabine ließ es mit sich geschehen, dass der Polizist sie an den Knöcheln packte, während die Frau sie unter den Armen festhielt. Gemeinsam schleppten sie sie ins Wohnzimmer. „Ich kann schon ...", flüsterte Sabine, aber da lag sie auch schon auf dem Sofa. „Halt mal den Kopf hoch!", sagte die Polizistin. Während der Polizist ihrer Anordnung Folge leistete, schob sie einen Polster unter Sabines Hals. Die Frau setzte sich zu ihr aufs Sofa, der Mann nahm gegenüber im Lehnstuhl Platz.

„Die Nachbarn haben gesagt, eigentlich sind drei Personen im Haus. Ihre Eltern und Sie." Sabine wollte erklären. „Papa ist ..." Ihr Gaumen war völlig ausgetrocknet. „Könnten Sie mir ein Glas Wasser ...?" Die Polizistin nickte ihrem Partner zu, worauf sich der erhob. „Wir haben schon herausgefunden, dass Ihr Vater im Krankenhaus ist. Wir müssen also davon ausgehen, dass die Tote ... das Todesopfer ...“ Schimmerten da Tränen in den Augenwinkeln der Polizistin? Sie schien Sabine noch sehr jung, vielleicht sogar jünger als sie selbst. Womöglich war es das erste Mal, dass sie eine Todesnachricht überbringen musste. „Meine Mutter?“, hauchte Sabine. Der Polizist erschien wieder, mit einem Glas Wasser. Sie stützte den Ellenbogen auf dem Sofa ab, hob den Kopf und nahm das Glas entgegen. Das tat gut. „Das ist doch nicht möglich!“, sagte Sabine. „Das kann doch nicht ...“ Plötzlich musste sie selbst mit den Tränen kämpfen. „Wo meine Mutter doch immer so vorsichtig war!“ Im gleichen Moment merkte sie, dass sie sich möglicherweise verraten hatte. Tatsächlich kniff der Polizist die Augen zusammen. „Wobei?“, fragte er.

Sabine war unsicher, was sie jetzt antworten sollte. „Ja, glauben Sie nicht, dass es irgendwas mit Kerzen zu tun hat? Dass deswegen der Brand ... wegen Weihnachten und so.“ Das Erstaunen, fand sie, war ihr gut gelungen. Die Polizistin nickte. „Wahrscheinlich. Das heißt, noch ist natürlich gar nichts klar. Der Brand ist ja noch nicht einmal gänzlich gelöscht, soweit wir wissen. Wir sind eigentlich hergeschickt worden, um sicherzustellen, ob Sie sich in dem Haus aufhalten oder nicht. Nachdem wir aber Ihr Kfz unten vorgefunden haben ...“

Stille breitete sich aus. Sabine nahm einen weiteren Schluck. Bilder traten ihr vor die Augen. Flammen. Die ihr Zimmer verzehrten. Die Puppen, die Vorhänge, die kitschigen Möbel. Die Mädchensachen. Die Vorstellung befriedigte sie. Allerdings – davon durften die beiden Beamten nichts merken. „Ist sie denn ... ist sie ...“ Die Polizistin verstand und schüttelte den Kopf. „Nein, wir sind informiert worden, dass Ihre ..., also, das Opfer, dass es durch eine Rauchgasvergiftung verstorben ist. Wahrscheinlich ist sie nicht einmal mehr aufgewacht. Das geht schnell.“ Sabine nickte. „Sie hat Schlafmittel genommen. Wegen der Aufregung. Wegen Papa.“ „Darf ich fragen, weswegen ...?“ „Er hat einen Herzinfarkt gehabt. War aber schon wieder auf dem Wege der Besserung. Ich ... wir waren gestern Abend noch bei ihm. Hat er ... weiß er ...?“ Diesmal schüttelte der Polizist den Kopf. „Wir wissen nicht, ob Ihr Vater schon informiert worden ist. Aber ich denke, dass, in Anbetracht der Tageszeit und seiner ... seines Zustands ...“ Auch dieser Satz blieb unvollendet. Die beiden Polizisten sahen einander an.

Sabine schwieg. „Soll ich Ihnen vielleicht noch ein Glas Wasser bringen? Oder einen Schnaps?“ Die Polizistin lächelte scheu. Sabine schüttelte den Kopf. „Ja, dann ... sollen wir jemanden vorbeischicken? Vom Kriseninterventionsteam, vom Roten Kreuz? Die können ...“ Sabine winkte ab, versuchte sich in einem Lächeln. „Danke. Ich komm schon allein zurecht.“ „Sie sollten aber keinesfalls, jetzt, allein mit dem Auto, das wäre schon ein bisschen riskant.“ Ihr Partner drehte seine Mütze in den Händen. Sabine schüttelte den Kopf. „Nein, nein. Ich habe einen Freund. Der kann mich hinfahren. Ich muss mich ja um meinen Papa kümmern.“ Die beiden Polizisten nickten einander zu und erhoben sich. Sabine machte Anstalten, ebenfalls aufzustehen. „Sie bleiben besser liegen!“ Die Polizistin streckte ihr beide Handflächen entgegen. „Wir finden schon hinaus!“ Sie entfernten sich langsam. Die Frau drehte sich in der Tür noch einmal um, lächelte. „Und alles Gute. Bleiben Sie stark. Es wird jetzt nicht einfach für Sie.“ Sabine nickte.

Stille. Sie stand auf, Schlafzimmer, Schrank, Flasche. Ein kräftiger Schluck Wodka. Sie war ein Monster. Ein Scheusal. Eine Mörderin. Sie sprach es aus, um den Klang des Wortes nicht nur in ihrem Kopf zu hören. „Mörderin“, flüsterte sie. „Muttermörderin." Ein Schauer überlief sie. Nicht nur, weil sie ihre Mutter getötet hatte. Auch, weil sich irgendwo ein Gefühl bemerkbar machte, das gar nicht zu der Katastrophe passte, die sie ausgelöst hatte. Sie fühlte sich frei. Befreit. Von ihrer Mutter befreit. Von einem Druck befreit, der schwer auf ihren Schultern gelastet hatte. Nie mehr würde das Telefon vorwurfsvoll aufleuchten, nie mehr würde ihr das kalte Lächeln entgegenstarren, die gerunzelte Stirn, das skeptische Kopfschütteln, das alles begleitet hatte, so lange, wie ihr Gedächtnis zurückreichte.

Sie ließ ihr Glas an der Spüle wieder volllaufen, stürzte gierig einen großen Schluck Wasser hinunter. Was musste man jetzt tun? Wie musste gehandelt werden, wenn man die schockierte Tochter, die hysterische Hinterbliebene glaubwürdig darstellen wollte? Man rief zuallererst seinen Freund an. Henderson. Nein. Man wartete. So lange, bis man seinem Freund glaubwürdig versichert hatte, man könne nicht mehr weinen, man habe alle Tränen aufgebraucht, man sei innerlich leer. Außerdem war es erst fünf Uhr früh. Sie würde um sieben bei Henderson vor der Tür stehen. Ungeschminkt, unfrisiert. Mit nachlässig im Nacken zusammengebundenen Haaren.

Sabine legte sich noch einmal ins Bett. Zog die Decke über den Kopf. Die Bilder kamen zurück, die Flammen. Sie meinte, den Rauch riechen zu können. Bekam kaum Luft. Hatte Angst zu ersticken. Warf die Decke von sich. Stellte fest, dass sie schwitzte. Musste duschen, unbedingt duschen, bevor sie zu Henderson fuhr. Wo war es, das Gefühl der Freiheit? Sie versuchte, sich darauf zu konzentrieren. Zog sich aus, stellte sich unter den warmen Strahl der Dusche. Sah sich ihre Hände an. Die Hände einer Mörderin. Was würde man mit ihr machen, wenn die Wahrheit herauskam? Wenn sie alles zugab?

Es als Nachlässigkeit hinstellte, als Gedankenlosigkeit? Wenn sie behauptete, sie könne sich an nichts mehr erinnern? Habe getrunken, weil ihr der Herzinfarkt des geliebten Vaters so zusetzte? Die ganzen Spekulationen hatten keinen Sinn. Sie musste jetzt einen kühlen Kopf bewahren.

Tatsächlich stand sie um drei viertel sieben vor Hendersons Tür. Sie hatte nicht angerufen, wollte ihm gegenüberstehen, sich von ihm in den Arm nehmen lassen. Immerhin war heute ein Feiertag, fiel ihr im letzten Moment ein. Er musste ja gar nicht zur Arbeit. Wenn nicht in einem der Häuser, die er betreute, ein Christbaum abgebrannt war. Abgebrannt.

Die Fenster des Hauses waren dunkel, alles war ruhig. Man verdaute das Festessen von gestern. Schlief einen Rausch aus. Sie läutete. Stille. Dann ein Knacken, eine schlaftrunkene Stimme, ungehalten. „Ja, bitte?" „Ich bin's. Mach auf!" Der Türöffner summte. Oben stand Henderson im Schlafanzug in der offenen Tür. „Sabine! Was machst du denn hier?" Henderson nahm sie in den Arm. Er spürte, dass etwas passiert war. „Komm herein! Du wolltest doch bei deinen Eltern ...?" Er schob sie von sich, um ihr ins Gesicht sehen zu können. Henderson roch ein wenig nach Bett, nach abgestandenem Rauch, ein kleines bisschen nach Alkohol. „Es ist ...", stotterte Sabine. Henderson nahm sie erneut in den Arm, streichelte ihren Rücken. Es war typisch für ihn, dass er nicht lange fragte. Sich sicher war, dass sie reden würde, sobald sie dazu bereit war. Er hielt sie einfach nur fest. Wie schön das war. Ihre Mutter hätte sofort wieder zu insistieren begonnen. „So red doch schon!", hätte sie gequengelt. „Warum redest du denn nicht? Jeder normale Mensch redet!" Das war vorbei. Henderson nahm sie hoch, als wäre sie ein Kleinkind. Trug sie mit sich in sein Bett. Es roch ein wenig muffig im Schlafzimmer, nach Schlaf eben, und nach ihm. Er ließ sich auf sein Bett fallen, nahm sie im Fallen mit, ließ sie auf sich liegen, streichelte ihren Rücken. Sabine war so unendlich müde. Dennoch dauerte es eine Zeitlang, bis sie in einen unruhigen Schlaf fiel.

„Bitte fahr hier rechts. Sonst kommen wir an unserem Haus vorbei. Also dort, wo ..." Sie musste den Satz nicht beenden. Henderson nickte. Sabine wollte die Brandruine nicht sehen. Jetzt nicht und auch in Zukunft nicht. Sie fuhren durch das Dorf, weiter, zum Krankenhaus. Ihr Vater war schon informiert worden. Der Arzt, mit dem Sabine telefoniert hatte, hatte es für das Beste gehalten, ihm gleich selbst die schlimme Nachricht zu überbringen. „Irgendwie wird er es sowieso erfahren, aus dem Fernsehen, durch den Tratsch der Besucher oder aus irgendeiner anderen Quelle. Da ist es schon gescheiter, ich rede selbst mit ihm. Immerhin bin ich der behandelnde Arzt und kann einschätzen, was zu tun ist, wie er reagiert." Sabine war beruhigt gewesen. Seither hatte sie nichts aus dem Krankenhaus gehört. Was bedeuten musste, dass nichts passiert war, dass Papa die Nachricht verkraftet hatte. Vielleicht war er sogar froh, dass er Mama endlich los war. Eigentlich müsste er es sein.

Vor dem Krankenhaus waren jede Menge Parkplätze frei. Am Morgen des Weihnachtstages schien es nicht viele Leute zu geben, die jemanden besuchen wollten. Auch in der Eingangshalle war es ruhiger, leerer als gestern. In einer Ecke des Foyers glitzerte ein riesiger Christbaum, mit viel Silber und elektrischen Lichtern.

Papa starrte an die Decke, als sie das Zimmer betraten. Das Bett, in dem der dicke Nachbar gelegen hatte, war leer und frisch bezogen. Sabine setzte sich darauf. Sie griff nach Papas Hand, während Henderson nahe der Tür stehen blieb. Papa drehte den Kopf und warf ihr einen Blick zu. In seinen Augen schimmerten Tränen. Sabine schluckte. Schwieg. Er drückte ihre Hand. Fest. „Papa, wie geht es dir?“ Sie wusste, dass der Satz ein einziges Klischee war, aber ihr fiel nichts Besseres ein. Was konnte man in einer solchen Situation sagen? Papa sah ihr in die Augen. Da war etwas Unruhiges, fast Vorwurfsvolles. Er räusperte sich. „Sag mir, wie es passiert ist!“, forderte er. Sabine schaute kurz zu Henderson, der immer noch stumm an der Tür stand. Papa hatte ihn anscheinend nicht gesehen. „Ich weiß es nicht, Papa. Ich weiß es nicht.“ „Warum bist du weggefahren?“

Sabine überlegte. Es gab niemanden, der sie einer Lüge überführen konnte. Mama war tot. „Wir haben uns gestritten, Papa. Das Übliche. Sie hat mir Vorwürfe gemacht. Dass ich so schlecht Auto fahre, und dann ...“ Ihr Blick fiel auf den Nachttisch, in dem sie Papas Whisky bei ihrem ersten Besuch versteckt hatte. Das war gestern erst gewesen. Die Welt war heute eine andere, der Besuch schien ihr unendlich weit entfernt. „Und dann wegen dem Whisky. Du weißt, wie Mama sein kann. Vor allem zu mir ...“ Sie wandte den Blick ab. „Ich will mich jetzt nicht beschweren, nur erklären, warum ... ich es zu Hause nicht mehr ausgehalten habe. Ich musste weg. Zu mir. In meine Wohnung. Vielleicht ...“ Vielleicht hätte sie daran gedacht, die Kerzen auszublasen, wenn ... So etwas Ähnliches hatte sie sagen wollen, brachte es aber nicht heraus. „Mama hat eine Schlaftablette genommen.“ Papa nickte. „Das hat sie fast jeden Tag gemacht. Jeder Tag hat sie so erschöpft, und obwohl sie immer müde war, hat sie nicht schlafen können.“ Sie hatte zwar nichts gearbeitet, war aber jeden Tag erschöpft gewesen. Solchen Luxus, dachte Sabine, hätte ich mir auch gern geleistet. Papa löste seine Hand aus der Sabines und legte sie auf die Bettdecke.

Henderson trat ans Bett. „Das ist ... mein Freund“, sagte Sabine. Sie merkte selbst, dass sie kurz gezögert hatte. Es war kein guter Zeitpunkt, Henderson Papa vorzustellen. Doch der streckte sogar seine Hand aus. „Wie heißt du? Ich darf doch du sagen?“ Henderson nickte und ergriff Papas Hand. „Josef. Aber alle sagen Joe zu mir.“ Papa lächelte. „Stark sieht er aus, dein Joe!“, meinte er, zu Sabine gewandt. „Wie lange kennst du ihn schon?“ „Ein paar Wochen.“ „Seit dem siebzehnten November“, half Henderson aus. Sabine war überrascht, dass er sich genau an das Datum erinnerte, das ihr längst entfallen war. „Ihre ... deine Tochter hat eine Reifenpanne gehabt. Ich habe ihr geholfen, das Auto wieder flottzumachen.“ Papa nickte. „Gut. Gut. Ein guter Moment, einen guten Mann kennenzulernen.“ Sabine war gerührt. Es schien Papa zu gefallen, dass sie einen Freund hatte. Und Henderson schien ihn zu beeindrucken. Sabine war sich sicher, dass Papa nicht sofort wissen wollen würde, was er war, was er studiert hatte und wie viel er verdiente. Bei Mama wären das die ersten Gedanken, die ersten geflüsterten Fragen gewesen. Wieder dachte sie mit Schaudern und gleichzeitig klammheimlicher Freude daran, dass ihre Mutter jetzt tot war. Nie wieder lästige Fragen stellen würde. Den Mund halten musste.

„Gehst du kurz einmal hinaus?“, fragte Papa mit einem Nicken zu Henderson. „Ich muss mit Sabine was Privates besprechen.“ Sabine verstand nicht ganz, doch Henderson nickte, entfernte sich und ließ die Tür hinter sich zufallen.

„Du musst dich jetzt um alles kümmern. Beerdigung, Versicherung, alles. Es wird dir helfen, über die Sache hinwegzukommen. Wenn man beschäftigt ist, ist man abgelenkt.“ Papa zog sich am Trapez, das über seinem Bett hing, hoch, sodass er etwas aufrechter saß. „Ich dagegen ... Ich habe viel zu viel Zeit zum Grübeln. Und wenn man so ins Nachdenken kommt ...“ Er brach seinen Satz ab und sah Sabine forschend in die Augen. Sie wandte den Blick ab, sah auf Papas Hände. „Und wenn man so nachdenkt", begann er wieder, „dann komme ich drauf, dass Mama sehr vorsichtig mit Kerzen war. Sie hatte Angst vor Feuer. Hat die Kerzen am Christbaum keine fünf Minuten brennen lassen und immer nachgefragt, wenn sie nicht im Wohnzimmer war, ob ich nicht endlich den Adventkranz löschen will. Sie hat sich sogar aufgeregt, wenn ich vor dem Haus Teelichter aufgestellt habe, damit unsere Stiege beleuchtet ist. Und sie soll vergessen haben, die Kerzen auf dem Adventkranz zu löschen, bevor sie ins Bett gegangen ist?"

Papa ließ seine Frage in der Luft schweben. Sabine sah zum Fenster hinaus. Es schneite. Der Rasen vor dem Krankenhaus war sogar schon mit einem dünnen weißen Schleier überzogen. „Wieso Kerzen?", fragte Sabine. „Ist das Haus wegen Kerzen abgebrannt? Weiß man das schon?" Ihr Vater nickte. „Genau natürlich nicht. Aber der Brandsachverständige ... es besteht eben hohe Wahrscheinlichkeit, sagt er, dass Kerzen im Wohnzimmer der Auslöser waren. Da hängt ... hing ein Wandteppich. Und Reste des Adventkranzes haben sie dort gefunden. Da liegt also die Schlussfolgerung nahe ..."

„Sie hat eine Schlaftablette genommen. Vielleicht ..." Papa machte eine wegwerfende Geste mit der Hand. „Kann es nicht sein, dass du vielleicht darauf vergessen hast, die Kerzen zu löschen? Dass du sie angezündet hast und dann davongefahren bist?" Vorwürfe. Hatte Papa sich vorgenommen, jetzt an Mamas Stelle zu treten? Dabei ahnte er gar nicht, wie nahe er der Wahrheit gekommen war. Sie hätte tatsächlich einfach nur vergessen können, die Kerzen zu löschen. Das war ja kein Verbrechen, das war beinahe jedem schon einmal passiert. Sie wusste nicht, wie sie auf Papas Vorwürfe reagieren sollte. Schüttelte den Kopf. „Nein, ich hab gar nichts angezündet. Ich weiß nicht einmal, ob die verdammten Kerzen gebrannt haben, als ich raus bin!“ Was sie sagte, klang falsch, heiser, gelogen. Jeder musste das merken. Besonders Papa.

Der jedoch beugte sich zu ihr und tätschelte ihre Hand. „Ich will dir ja keine Vorwürfe machen. Die Katastrophe ist nun einmal passiert. Wir müssen nach vorn schauen, wir beide!“ Konnte es sein, dass er sie durchschaut hatte, dass seine plötzliche Freundlichkeit nur ein Ablenkungsmanöver war? „Hol jetzt deinen Freund wieder herein!“ Sabine stand auf, froh, irgendwas tun zu können, erleichtert, nicht mehr mit Papa alleine zu sein. Henderson stand an die der Tür gegenüberliegende Wand gelehnt, kam sofort zu ihr, nahm sie in die Arme, küsste sie auf den Nacken. Seine Bartstoppeln kratzten, kitzelten. Lenkten sie davon ab, nachzudenken. Sie kicherte. „Gehen wir wieder hinein.“

Aaron war der illegitime Sohn des Dorfpfarrers. Jeder wusste davon, Aarons Mutter war die Pfarrhaushälterin. Immer noch. Witzig, dass ausgerechnet er jetzt bei der Polizei gelandet war. Tränen standen in seinen Augen, als er Sabine den Besucherstuhl an seinem Schreibtisch anbot. „Ausgerechnet deine Mutter! So ein lieber Mensch!“ Sabine versuchte, ihren Gesichtsausdruck neutral zu halten, schwieg und schlug die Beine übereinander. An Aaron war auch ein Priester verloren gegangen. Dennoch riskierte er einen Blick auf ihre Beine. „Du musst verstehen, wir müssen eine Befragung ... ich muss ein Protokoll ... im Falle eines nicht natürlichen Todesfalls ...“ Aaron stotterte und wischte sich die Augenwinkel trocken. Dann zog er den Bildschirm seines PC näher an sich heran.

„Deine persönlichen Daten, die kenne ich ja. Nur der Geburtstag?“ „Ich habe auch eine andere Adresse. Ich wohne ... nicht mehr hier im Ort." „Ach so, ja." Aaron schien verwirrt. Sie nannte ihre Daten. Aaron tippte langsam und begann zu schwitzen. Er benutzte nur drei Finger. „Könntest du mir bitte den Ablauf des gestrigen Abends darstellen? Möglichst genau?" Sabine sprach langsam, machte lange Pausen. Sie hatte Zeit zu überlegen, Aaron Zeit zu tippen. Sie habe mit ihrer Mutter gestritten, erklärte sie wahrheitsgemäß. Sie habe fast immer mit ihr gestritten, fügte sie hinzu, als Aaron ungläubig zu ihr aufsah. „Sie hat mich ständig kritisiert, nichts war ihr recht." Mehr Details nannte sie nicht, Aaron fragte auch nicht nach. Erst jetzt nahm er seine Dienstmütze ab und legte sie neben die Tastatur. Er hatte lockiges, fast krauses Haar und für sein Alter schon eine sehr hohe Stirn.

Sie habe ferngesehen, erklärte Sabine weiter. Ihre Mutter sei ins Bett gegangen, habe eine Schlaftablette genommen. Papas Herzattacke sei zu viel für sie gewesen. Sabine habe es nicht mehr ausgehalten, sei schlaflos auf ihrem Bett gelegen. Habe sich um circa halb elf auf den Weg nach Hause in die Stadt gemacht. Sie blieb bei der Wahrheit. Jemand konnte sie oder ihr Auto gesehen haben. An den Adventkranz könne sie sich nicht erinnern. Ihre Mutter habe die Kerzen zu Weihnachten immer angezündet und in der Aufregung wohl vergessen, sie wieder zu löschen. Aaron nickte zu allem und tippte.

„Wann ist denn die Feuerwehr alarmiert worden?", fragte Sabine. Aaron öffnete irgendeine Datei auf seinem Computer und starrte mit zusammengekniffenen Augen auf den Schirm. „Um ein Uhr neununddreißig. Da hat euer Nachbar etwas gehört, ein Knacken. Waren wohl die Eternitplatten am Dach, die es zerrissen hat." Aaron schrak auf. „Entschuldige, ich ... vielleicht willst du gar keine Einzelheiten ..." Sabine nickte. „Doch. Ich will Gewissheit. Das halte ich aus." „Er hat dann zum Fenster hinausgesehen. Feuerschein und Rauch. Und sofort die Feuerwehr angerufen. Die sind …" Er scrollte mit dem Mausrad nach unten. „… um ein Uhr sechsundvierzig eingetroffen. Der Nachbar hat gesagt, es sind drei Personen im Haus. Die Feuerwehr konnte noch ins Erdgeschoß, hat dort aber niemanden aufgefunden. Eine zweite Nachbarin hat dann erklärt, dein Vater sei mit der Rettung weggebracht worden. Am Vorabend. Und du seist mit einem Auto gekommen, einem weißen Ford Fiesta, und der sei nicht mehr da. So haben wir dann relativ schnell deinen Vater und dich ausfindig gemacht." Aaron lächelte verlegen und zuckte mit den Schultern. Sabine stand auf. „Wenn ich dir sonst irgendwie helfen kann …" Aaron erhob sich ebenfalls, schüttelte ihr die Hand.

War das schon alles gewesen? Oder musste sie noch einmal mit einem Besuch der Polizei rechnen? Oder gar mit einer Vorladung? Sie fragte lieber nicht. Draußen stand Hendersons Wagen, von ihm selbst war nichts zu sehen. Sie wählte seine Nummer. Er meldete sich sofort. „Ich habe mir einen Kaffee gekauft, gleich gegenüber, also … fast." Sabine nickte. Sie wusste, wo man Kaffee trinken konnte, sogar am Weihnachtstag. So viele Möglichkeiten gab es im Ort ja nicht. Als sie die Straße überquerte, kam Henderson schon aus der Tür des Cafés.

„Ich habe völlig vergessen, Papa zu fragen, wo er jetzt wohnen wird. Er wird ja irgendwann aus dem Krankenhaus herauskommen, und dann?" Sabine hatte mehr mit sich selbst als mit Henderson gesprochen. Sie waren schon fast am Ortsausgang, als Sabine ihn bat, noch einmal umzudrehen. „Ich will jetzt doch hin. Zu unserem … also, zum Haus. Das abgebrannt ist." Henderson nickte. „Du kannst hier links fahren, dann noch einmal links, dann kommen wir fast direkt hin."

Sabine hielt sich die Augen zu, bis Henderson anhielt und den Motor abstellte. „Wir sind da", sagte er. Überflüssigerweise. Sabine schaffte es nicht, die Hände von den Augen zu nehmen. „Soll ich wieder fahren?" Sie schüttelte den Kopf, spreizte die Finger, spähte hindurch. Das Haus stand noch. Unten, am Sockel, war die Farbe der Fassade fast unverändert, ab der Unterkante der Fenster war alles schwarz. Es stank durchdringend nach kaltem Rauch. Der Rauch, in den auch ihre Mutter aufgegangen war. Sie nahm die Hände von den Augen, stieg aus, verschränkte die Arme, um sich zu wärmen. Vom Dach war kaum mehr etwas übrig, rund um das Haus im Garten lagen Trümmer von Eternitplatten. Der Gartenzaun war an mehreren Stellen einfach umgefahren worden, tiefe Spuren hatten sich in den Rasen gegraben. Wahrscheinlich die Autos der Feuerwehr. Sie hatten auch noch ein Schild aufgestellt, das das Betreten des Grundstücks verbot. Schweigend setzte sich Sabine wieder ins Auto. Es war alles weg. Jetzt erst dachte sie nicht nur an ihre Mutter, sondern auch an das, was mit ihr verschwunden war. Die Fotos, alle Familienfotos. Papa hatte bis vor zehn Jahren noch analog fotografiert, die Abzüge waren natürlich mit verbrannt. Sabine schwankte zwischen Trauer und Genugtuung. Die Kinderfotos würde sie nie mehr sehen. Sie hatte sie gehasst, war jedes Mal deprimiert gewesen, wenn Mama die Alben hervorgeholt hatte. Auf fast allen Fotos war sie mehr dekoriert als angezogen, nur das Beste war gut genug gewesen. Fast immer hatte ihre Mutter besitzergreifend den Arm um ihre Schulter gelegt, wie um sie zu erdrücken. Sie hatte in ihrem eigenen, kindlichen Gesicht dasselbe kalte Lächeln gesehen, das ihre Mutter stets zur Schau getragen hatte, das hatte sie am allermeisten erschüttert. Würde sie auch einmal so werden, wenn sie ein Kind hatte? Am besten, sie würde nie Mutter.

Die nächsten Tage hatte Sabine kaum Zeit, Atem zu schöpfen oder sich Gedanken zu machen. Sie hetzte von ihrer Wohnung ins Dorf, zum Bestatter, zum Gärtner, besuchte Papa im Krankenhaus, der sich Hoffnungen machte, bald entlassen zu werden. Es gab eine Betriebswohnung in seiner Firma, in der er vorübergehend unterkommen konnte. Früher war es eine Hausmeisterwohnung gewesen, doch einen solchen gab es schon lange nicht mehr.

Am liebsten hätte sie das Begräbnis geschwänzt oder wäre allein am Grab gestanden. Aber nein, das ganze Dorf hatte es nötig gefunden, neugierig zu begaffen, wie sie dort stand. Sie wusste genau, dass jede Regung taxiert werden würde. Weinte die Tochter auch genug? Zeigte sie genügend Erschütterung? War sie dem Anlass entsprechend gekleidet? Keine zu hohen Absätze? Kein zu kurzer Rock? Sie hatte beschlossen, den Schaulustigen jeden Spaß zu verderben, indem sie einen schwarzen Hosenanzug und flache Schuhe ausgesucht hatte.

Henderson, an dessen Arm sie hinter dem Sarg her schritt, war das Einzige, was von der Dorfbevölkerung ausgiebig bestaunt wurde. Man würde sich über ihn das Maul zerreißen. Ein bulliger Typ mit Glatze? Wahrscheinlich ein Leibwächter. Schlimmer noch, ein russischer Mafioso. Sabine war es egal. Der Pfarrer redete nur Blödsinn. Sie hörte Worte wie „herzensgut", „Aufopferung", „nur für die Familie". Sie blickte zu Boden, hätte gute Lust dazu gehabt, dem Kaplan das Mikrophon aus der Hand zu reißen und den Dörflern zu erzählen, wie ihre Mutter wirklich gewesen war. Drückte Hendersons Arm ganz fest, um nicht schreien zu müssen. Musste achtgeben, dass ihre Miene nicht zornig, sondern tieftraurig wirkte. Wusste, dass sie das nicht schaffte. Ihre Zehen waren eiskalt. Der Boden unter ihren Füßen schmatzte, wenn sie ein Bein hob. Es hatte zu tauen begonnen, sie standen mitten im Dreck. Ihre Schuhe würden voll Schlamm sein, wenn sie hier herauskam. Den anderen aber würde es nicht besser ergehen. Langsam sank der Sarg in die Grube. Was da wohl drinnen sein mochte? Sie hatte nicht nachgefragt, den Gedanken beiseitegeschoben. Seltsam, dachte Sabine, sie hatte fast schon vergessen, dass sie beim Tod ihrer Mutter die Hand im Spiel gehabt hatte. Den Gedanken, dass sie sie tatsächlich getötet hatte, ließ sie gar nicht erst zu. Nicht mehr.

In der Stadt wurden an allen Ecken und Enden Buden aufgebaut, für die große Party zum Jahreswechsel. Auch vor dem Haus, in dem Sabine wohnte. Sie brauchte gar nicht erst daran zu denken, ihr Auto zu benutzen, bis der Spuk vorbei war. Sie würde keinen Parkplatz mehr finden. „Sollen wir zu Silvester ausgehen?", fragte Henderson, der in zweiter Spur stehen geblieben war. Sabine seufzte. „Ich weiß nicht. Einerseits könnte ich auf andere Gedanken kommen, andererseits ..." Sie ließ offen, was danach kam. Ein Arbeiter klopfte ans Seitenfenster des Wagens. „Sie können hier nicht stehen bleiben!" Henderson stieg aus, baute sich vor dem Mann auf. „Die Dame wohnt hier! Ich habe sie nach Hause gebracht! Und ich werde wohl noch ein paar Worte mit ihr wechseln dürfen, bevor ich wieder fahre!" Der Mann wich eingeschüchtert zurück. „Was kann ich sonst noch für Sie tun?" Henderson ging einen Schritt auf den Mann zu. Er wirkte bedrohlich. So hatte ihn Sabine noch gar nicht kennengelernt. Manchmal war es doch gut, jemanden um sich zu haben, der stark war und für einen eintrat.

Am 2. Jänner wurde Papa aus dem Krankenhaus entlassen. Sabine hatte versprochen, ihn abzuholen. Auf der Fahrt zum Krankenhaus wurde ihr bewusst, dass Papa nichts besaß. Keine Kleider, keine Bettwäsche, keine Küchenutensilien, keinen Fernseher, gar nichts. Nur eine Zahnbürste, einen Rasierapparat und ein Handy. Alles, was ihm von fünfzig Jahren Existenz geblieben war. Und krank war er noch dazu. Trotzdem lächelte er, als Sabine sein Zimmer betrat. Er trug die Sachen, in denen er eingeliefert worden war. Jeans, ein schwarzes Poloshirt, einen grauen Pullover. Sabine erinnerte sich, dass Papa den teuren Kaschmirpullover gar nicht gewollt hatte. Dennoch trug er ihn, weil Mama es für richtig befunden hatte.

„Was machen wir jetzt, Papa?" Er drückte sich mit geballten Fäusten vom Bett hoch und umarmte Sabine. Von dem bisschen Bewegung war er außer Atem geraten. „Wir fahren jetzt erst einmal einkaufen. Ich habe ja nicht einmal eine Winterjacke!" Er deutete aus dem Fenster. Der wenige Schnee war zwar geschmolzen, unter einer dicken Nebeldecke lag die Umgebung jedoch grau in grau in strengem Frost. An den Bäumen hatte sich Raureif gebildet.

Mit Papa ging das Einkaufen schnell. Er suchte ein paar Garnituren Wäsche, ein paar Hosen und Hemden aus. „Ich brauch auch einen Trainingsanzug. Reha. Bewegung." Wieder lächelte er schwach. Sabine merkte, wie ihn das Einkaufen anstrengte. Als sie nach etwa einer Stunde das Einkaufszentrum verließen, stand Papa kalter Schweiß auf der Stirn. „Ich fahre jetzt alleine Lebensmittel einkaufen. Du musst dich ein bisschen hinlegen." Ihr Vater nickte. Sein Atem ging stoßweise, Sabine hatte Angst, dass er sich überanstrengt haben und gleich wieder einen Herzinfarkt bekommen könnte.

Erst als sie die Lebensmittel in den Kühlschrank und die Küchenschränke geräumt hatte, fiel ihr auf, wie trist die Wohnung war. Vom Küchenfenster aus sah man auf den Parkplatz der Firma, den Ständer für Räder und Mopeds und die Einfahrt samt Pförtnerhäuschen. Dahinter die Straße. Auf der anderen Seite konnte man über die Dächer der Werkshallen blicken, dahinter verschlang der Nebel alles, was man eventuell sonst noch hätte sehen können.

Sabine sah eine Teekanne in einem der Küchenschränke. „Magst du Tee?“ „Gerne!“ Papa hatte sich im Wohnzimmer auf das schäbige Sofa gelegt und den Fernseher eingeschaltet. Es war ein kleiner Flachbildschirm, der nicht einmal HD-Programme empfangen konnte.

Als Sabine mit dem Tee ins Wohnzimmer trat, lächelte Papa nicht mehr. Er schaltete den Fernseher ab und setzte sich auf. „Ich habe etwas Ernstes mit dir zu besprechen. Etwas sehr Ernstes.“ Sabines Herz begann schneller zu schlagen, sie schenkte Tee ein, zitterte dabei und verschüttete etwas davon auf die Untertasse. „Ich hol schnell ein Stück Küchenrolle, damit ...“ Ihr Vater unterbrach sie. „Nein. Setz dich hin.“ Seine Stimme war ungewöhnlich scharf. Sabine tat, was er verlangte.

„Ich hab dir schon einmal gesagt, dass ich nicht glaube, dass Mama die Kerzen hat brennen lassen. Du kennst sie. Kanntest sie“, verbesserte er sich. Er betrachtete seine Teetasse, drehte sie in der Untertasse von einer Seite auf die andere. Seine Fingernägel waren lang und schmutzig unter den Rändern. „Das passt einfach nicht zu ihr. Ich habe mehr als dreißig Jahre mit ihr zusammengelebt, und als ich sie kennengelernt habe, hatte sie noch nie ein Streichholz angezündet. Aus Angst vor dem Feuer.“ Er sah auf. Sabine wich seinen Augen aus. „Ich weiß aber nicht ...“, begann sie. „Doch, du weißt genau“, beharrte ihr Vater. Seine Stimme war laut, ungewöhnlich bestimmend geworden. Jede Schwäche, jede Müdigkeit waren aus ihr gewichen. „Ich glaube, dass du die Kerzen angezündet hast. Und dann weggefahren bist. Nur, was ich nicht weiß, wolltest du, dass das Haus abbrennt und Mama stirbt?

Hast du das geplant? Oder ist dieser Wunsch irgendwo in deinem Unterbewusstsein versteckt gewesen, und es war bloß Leichtsinn? Du hast ja, im Gegensatz zu ihr, immer Spaß am Feuer und an Kerzen gehabt."

Das stimmte. Sie hatte in ihrem Zimmer oft Kerzen und Teelichter entzündet. Als Vierzehn-, Fünfzehnjährige war ihr das romantisch vorgekommen. Mama war fassungslos gewesen, als sie immer wieder Kerzenreste in Sabines Zimmer entdeckt hatte. „Du wirst noch einmal das ganze Haus anzünden!", hatte sie geschrien und alles nach Teelichtern und Feuerzeugen durchsucht. Nun hatte sie es tatsächlich getan.

Sabine wusste, dass ihr Vater spürte, was in ihr vorging. Sie brauchte gar nichts zu sagen. Immerhin hatte er ihr einen Weg offengelassen – sie konnte zugeben, die Kerzen am Adventkranz aus Freude an den Lichtern angezündet und aus Leichtsinn nicht gelöscht zu haben. Wenn ihr dazu nur eine glaubwürdige Geschichte eingefallen wäre. Sie schwieg, trank einen Schluck aus ihrer Teetasse. Er war noch zu heiß, sie verbrannte sich die Unterlippe.

„Wie kannst du so was nur glauben!", stieß sie schließlich hervor. „Fängst du jetzt an, mir ständig Vorwürfe zu machen, wo Mama es nicht mehr kann?" In diesem Moment hasste sie ihren Vater. Sie stand auf, riss ihre Jacke vom Haken in der Garderobe und schlug die Wohnungstür hinter sich zu. Ihr war klar, dass Papa sie durchschaute. Er wusste, was ihr Schweigen und ihr Abgang zu bedeuten hatten. Außer, sie überlegte es sich anders, ging noch einmal zurück, spielte ihm überzeugend etwas vor. Überzeugender als bisher.

Sie trat auf den Parkplatz, stellte sich unter den Fahrradständer, so, dass ihr Vater sie nicht sehen konnte, wenn er aus dem Fenster blickte. Dann holte sie eine Zigarette aus ihrer Handtasche, zündete sie an, sog hektisch den

Rauch ein. Sie musste sich beruhigen, Papa davon überzeugen, dass sie die Kerzen nicht angezündet hatte. Irgendeine Idee musste her, die glaubhaft schien. Mama selbst hatte die Kerzen angezündet. Warum nur? Um ihr eine Freude zu machen? Weil sie durch Papas Herzinfarkt so durcheinander gewesen war, dass sie nicht mehr wusste, was sie tat? Nein. Sie warf die halb gerauchte Zigarette zu Boden, trat mit dem Absatz darauf, ging zur Wohnungstür, läutete. Nach geraumer Zeit meldete sich Papa an der Gegensprechanlage. Hatte er so lange gebraucht, um aufzustehen und bis ins Vorzimmer zu gelangen? Er schien außer Atem. „Wer ist da?" „Ich bin's noch einmal, Papa. Ich muss nochmal mit dir reden." Sabine schöpfte Atem, bevor sie die enge Stiege hinaufstieg. Er wartete an der Wohnungstür. „Papa, ich hab die Kerzen nicht angezündet." Sie warf ihre Jacke auf die Ikea-Kommode im Vorzimmer, schritt an ihm vorbei ins Wohnzimmer. „Wir trinken jetzt einen Whisky", sagte sie und lächelte. Sie fühlte sich sicher. Papa würde ihr glauben.

Er schüttelte den Kopf. „Ich bleibe beim Tee." „Papa, ich wollte dir nur noch einmal sagen, dass ich die verdammten Kerzen nicht angezündet habe. Was weiß ich, welcher Teufel Mama geritten hat. Sie war ja wegen deines Herzinfarkts völlig durch den Wind. Du kannst mir jetzt nicht einfach die Schuld an ihrem Tod aufhalsen, es ist so schon alles schlimm genug!" Sie fand, sie hatte überzeugend geklungen.

Papa setzte sich hin, führte die Teetasse zum Mund, nahm einen Schluck. Noch einen. Setzte die Tasse ab. Blickte sie müde an. So müde, als wolle er nichts als Ruhe haben, schlafen, nie mehr aufwachen. „Kind", sagte er. „Ich glaube, du brauchst professionelle Hilfe. Es ist ja nicht wegen mir, ich weiß ja, was passiert ist und warum. Aber du kannst nicht dein ganzes Leben vor dieser

Schuld davonrennen. Du musst reinen Tisch machen.“ Sabine starrte ihn an, ohne zu verstehen. Ohne verstehen zu wollen. Papa legte sich hin, zog eine fleckige Decke über sich, bis unter die Achseln. Nahm die Fernbedienung zur Hand. „Ich muss mich jetzt ablenken“, sagte er und drückte den Einschaltknopf. „Irgendein alter, dämlicher Film. Am besten mit Peter Alexander.“ Er zappte der Reihe nach die Sender durch. Sabine stand auf und ging. Er glaubte ihr nicht. Er wusste, was sie getan hatte. Er schien auch zu wissen, warum. Und jetzt wollte er womöglich das „Weiße Rössel“ im Fernsehen ansehen. Sie stürzte die Stiege hinunter. Als sie zu Hause ankam, konnte sie sich an keinen einzigen Kilometer der ganzen Fahrt erinnern.

Sabine saß am Computer und ging nochmals alle Medikamente durch, die sie bei Papa gesehen hatte. Welche wirkten wie? Welche hatten Nebenwirkungen, an denen man sterben konnte? Welche davon nahm er gerade? Die Blutdrucksenker, an die sie zuerst gedacht hatte, waren wohl doch nicht optimal. Sie hasste die Vorstellung, etwas gegen ihren Vater unternehmen zu müssen. Aber womöglich kam er noch auf die Idee, sie solle sich der Polizei stellen. Oder beichten oder eine Psychotherapie machen, mit ihrer Schuld leben lernen. Bei ihm konnte man nie wissen, als junger Mann, so hatte zumindest Mama immer behauptet, war er sehr religiös gewesen.

Alles Blödsinn. Sie konnte doch ihren Vater nicht umbringen. Niemals. Wenn er sie nur in Ruhe lassen würde, wenn er einfach vergessen würde, dann … Ja. Er würde sich beruhigen. Vergessen, was er ihr vorgeworfen hatte. Er musste sich doch um so viel kümmern. Die Feuerversicherung, den Abbruch der Brandruine, die Räumung des Grundstücks. Sabine fragte sich, ob im Haus irgendwas zurückgeblieben war, das man noch retten konnte.

Im Keller vielleicht. Wenn dort nicht alles durch das Löschwasser der Feuerwehr zerstört worden war. Das war sicherlich auch gefroren. Sie verscheuchte diesen Gedanken. Sie durfte gar nicht an die Vergangenheit zurückdenken, nur nach vorne schauen. Henderson, das war ihre Zukunft. Und, viel unangenehmer, Harry Deutsch und Sylvia Pokorny, ihre Betreuungslehrer. Sie musste sich zusammenreißen, um dieses Jahr zu einem guten Abschluss zu bringen.

Ihr Vater vergaß nicht. Schon zwei Tage, nachdem sie ihn aus dem Krankenhaus abgeholt hatte, läutete das Telefon. Sabine hatte gestern nicht mit ihm gesprochen, nicht einmal nachgefragt, wie es ihm ging und wie er in der neuen Wohnung zurechtkam. „Papa, wie geht's?" Sie bemühte sich, unbeschwert zu klingen. „Geht so. Ich war spazieren, zwei Stunden lang. Im Nebel. Ist jetzt nicht so wahnsinnig aufregend. Aber gesund." „Du musst halt irgendwo hinfahren. Vielleicht in die Berge. Ins Salzkammergut, zum Beispiel. Wo es keinen Nebel gibt." Sie wusste, ihre Stimme klang überdreht. Beide, so spürte sie, wollten sie über etwas anderes sprechen. Ihr Vater ließ sich auch nicht lange Zeit damit. „Sabine, es bedrückt mich etwas. Ich komme von diesem Gedanken nicht los. Du weißt schon, welcher. Du musst mir noch einmal alles haarklein erzählen. Genau. Minute für Minute. Damit ich verstehen kann, was da passiert ist." Er atmete tief und hörbar durch. Sabine schwieg. Was konnte sie sagen? Am besten das, was Papa hören wollte. „Ich komm zu dir hinaus ... morgen vielleicht, ich weiß noch nicht. Spätestens übermorgen. Ich habe ... ich muss noch Schularbeiten korrigieren. Die habe ich mir für die Weihnachtsferien aufgehoben." „Lass dir nicht zu viel Zeit", antwortete ihr Vater. „Ich will dich ja nicht beschuldigen, aber ..." Er beendete seinen Satz nicht. Das „aber" hallte in Sabines Ohren nach. Er wollte, dass sie zugab, das Haus angezündet zu haben. Absichtlich. Eher würde er keine Ruhe geben. Was hatte er davon, wenn sie das tat? Würde er zur Polizei gehen und sie anzeigen? Würde sie ins Gefängnis gehen? Sabine hatte ein- oder zweimal Fernsehdokumentationen gesehen, über Frauengefängnisse. Die Frauen steckten in tristen Löchern, zu dritt oder zu viert, und die meisten von ihnen waren spindeldürre Drogensüchtige, die sich noch dazu prostituiert hatten. Oder ... sie versuchte, den Gedanken wegzuschieben. Ging nicht. Mörderinnen. Die ihre Männer, Väter, Mütter, Kinder umgebracht hatten. Aus nichtigen Motiven. Die konnten sich wahrscheinlich nicht einmal vorstellen, wie ihre Mutter sie gequält hatte. Die hatten keine Ahnung. Sie würde nicht in so einem Rattenloch verrecken. Niemals. Und ihr Vater konnte das auch nicht wollen. Er hatte doch nur noch sie. Sonst niemanden. Wo sollten denn Enkel herkommen, wenn nicht von ihr? Und er wollte sie der Polizei ausliefern?

Sabine ging ins Badezimmer, öffnete die Schubladen, in denen sie Medikamente aufbewahrte. Sie hatte nicht viel davon. Etwas gegen Schnupfen, ein Nasenspray, ein paar Schmerztabletten, etwas gegen eine Blasenentzündung, die sie sich vorigen Sommer eingefangen hatte. Ganz unten in der Schublade lagen noch andere Tabletten. Antidepressiva. Das war schon mehr als zwei Jahre her, dass sie die verschrieben bekommen hatte. Eigentlich war sie wegen Prüfungsangst zum Arzt gegangen, hatte um Beruhigungsmittel gebeten. Der Arzt hatte sie stundenlang ausgequetscht, zumindest war es ihr so vorgekommen. Mit diesen Tabletten war sie dann nach Hause gekommen, hatte sie ein-, zweimal ausprobiert, keine Wirkung gespürt und sie fast vergessen.

Sie nahm die Packung mit und setzte sich vor den Computer. Die Tabletten schienen tatsächlich ein ganz schönes Risiko zu bergen. Sehstörungen, Übelkeit, Herzrhythmusstörungen und allerhand weitere häufige Nebenwirkungen waren beobachtet worden. Sie las weiter, kämpfte sich durch einen Wust großteils unverständlicher Fremdwörter. Bis sie zu einem Satz kam, der sie stutzen ließ. Das Mittel durfte bei Patienten, die kürzlich einen Herzinfarkt gehabt hatten, nicht verwendet werden. Warum, stand hier nicht. Sabine suchte weiter, in verschiedenen Foren. Sie gab als Suchbegriffe den Namen des Medikaments und „Herzinfarkt" ein. Die Tabletten konnten schon in normaler Dosis tödlich wirken, wenn das Herz vorgeschädigt war, las sie. Es konnte zu rasantem Blutdruckabfall kommen. Sinustachykardie konnte entstehen. Das musste, ergab ihre Suche, so etwas wie Herzrasen sein. Sie wollte das nicht, keinesfalls, aber wenn Papa einfach nicht aufhörte, sie zu beschuldigen, nachzubohren, dann ...

Nein, hatte sie zu Henderson gesagt, nein, er brauche nicht mitzukommen. Sie müsse nur einfach noch einmal nach ihrem Vater sehen. Wie er mit allem zurechtkam, mit der neuen Wohnung, mit den Verhandlungen mit der Versicherung, mit der Baufirma, die entscheiden sollte, ob der Keller stehen bleiben und man darauf eventuell wieder ein Haus errichten konnte. Die Tabletten hatte sie in ihrer Tasche. Wenn Papa ... Sie verdrängte den Gedanken. Sie musste ihm nur glaubwürdig erklären, dass sie die Kerzen nicht angezündet hatte. Er musste ihr glauben. Sie war seine einzige Tochter.

„Steht denn überhaupt schon fest, dass die Kerzen am Adventkranz die Ursache des Feuers waren?" Papa nickte. Er hob einen Schnellhefter an, der auf dem Tisch gelegen war, und klopfte mit dem Zeigefinger darauf. „Der Bericht des Brandsachverständigen ist eindeutig." Sabine schüttelte den Kopf. „Ob man das so schnell ... und ob das wirklich stimmen muss ...“ „Ich glaube, dass es stimmt.“ Papa ließ den Schnellhefter wieder fallen. „Und du musst mir einfach nur erklären, warum Mama, ganz gegen ihre Gewohnheiten, Kerzen angezündet hat. Die du dann brennen lassen hast.“

Sabine schnappte nach Luft. „Ich habe keine Kerzen angezündet! Und schon gar keine brennen lassen! Warum glaubst du mir denn nicht?“ Sie stützte ihren Kopf in die Hände. Die wurden feucht. Es waren Tränen der Wut, die sie benetzt hatten. Sie sah auf. Vielleicht konnten Tränen Papa überzeugen. „Dass du weinst, ist ein Anfang“, sagte er. „Du hast schon im Volksschulalter kaum mehr geweint. Das hat mir damals schon Sorgen gemacht, sehr. Du warst immer so verschlossen.“ Kein Wunder, dachte Sabine. Wenn jede Äußerung als überflüssig oder gar dämlich abgewertet wird, wie soll man als Kind dann nicht verschlossen sein? Dennoch verzichtete sie darauf, ihm das ins Gesicht zu sagen. Es konnte ihr zum jetzigen Zeitpunkt höchstens schaden.

„Ich muss aufs Klo.“ Sie stand auf, zog sich auf die Toilette zurück. Sogar die war schäbig. Verkalkte Ränder an der Toilettenschüssel, kackbraune Fliesen aus den Sechzigerjahren an den Wänden. Wann würde Papa Ruhe geben? Sie schloss den Toilettendeckel und setzte sich drauf. Warum war er so hartnäckig? Warum konnte er sich nicht einfach damit abfinden, dass es ein Unfall gewesen war, ein Missgeschick, eine Verkettung unglücklicher Umstände? Warum musste er sie quälen? Wo war sein Gewinn? Sie konnte sich all diese Fragen nicht beantworten. Mama hatte doch auch ihn gequält, nicht nur sie. Er sollte ihr dankbar sein. Sie stand auf und drückte den Spülknopf.

„Ich mach uns jetzt einen Tee.“ Sabine ging in die Küche. Hoffentlich kam er ihr nicht nach. Ihre Handtasche mit den Tabletten! Sie stand im Wohnzimmer. „Muss nur schnell was holen.“ Sie huschte wieder in die Küche zurück, ohne ihrem Vater in die Augen zu sehen. In der Handtasche war auch ein winziger Parfumflakon, in den sie Wodka gefüllt hatte. Sie schraubte ihn auf und stürzte den gesamten Inhalt hinunter. Dann stand sie da, mit den Tabletten in der Hand, während der Wasserkocher zu rauschen begann. Sechs Tabletten mussten es sein. Das war die Höchstdosis, die man im Krankenhaus verabreichen durfte. 150 Milligramm. Besser sieben. Wie konnte man hier Tabletten zerstoßen? Zu Hause hätte sie es im Mörser gemacht. Warum hatte sie das nicht vorbereitet? Weil da immer noch Hoffnung gewesen war, es nicht tun zu müssen. Sie dachte wieder an das Frauengefängnis, suchte nach einem Schneidbrett und einem Löffel, zerdrückte die Tabletten. Sie rutschten davon. Man musste sie zuerst mit einem Messer zerteilen, dann die Hand schützend darum halten. Das Wasser kochte, sie goss den Tee auf. „Sabine?“ „Gleich, Papa, ich komm gleich!“

War der Tee ein wenig trüb geworden, als sie das Pulver hineingeschüttet hatte? Sie sah noch einmal genau hin. Man konnte ein paar kleinere Stücke der äußeren Schicht der Tabletten wahrnehmen, wenn man ganz genau hinsah. War die nicht aus Zucker? Sie würden sich auflösen. Ob der Tee seltsam schmeckte? Sie würde sicher nicht davon kosten. Außerdem, Papa brauchte eine Lesebrille, wenn er etwas genau sehen wollte, das direkt vor seinen Augen war. Zum Teetrinken würde er sie nicht aufsetzen. „Zucker?“, rief sie. „Einen Löffel!“ Ausgezeichnet. So konnte sie die Tassen nicht verwechseln, und es war auch nicht auffällig, dass sie ihm eine bestimmte Tasse gab. Sie trank Tee immer ohne Zucker.

Sie musste jetzt einfach abschalten, den Dingen ihren Lauf lassen. Sie nahm einen Schluck. Noch zu heiß.

Sabine beobachtete, wie ihr Papa seinen ersten Schluck schlürfte. „Heiß!" Sonst schien ihm nicht viel aufzufallen. Sabine trat ans Fenster. Draußen begann es zu schneien. Der Wetterbericht hatte zwar Hoffnung gemacht, dass der Nebel durch eine Kaltfront vertrieben werden würde, zunächst war aber Regen angekündigt worden. „Es schneit", sagte sie. „Früher hat dir der Winter immer gefallen", antwortete ihr Vater.

Auch diesmal hat sich Mama durchgesetzt. Papa wollte keinen Cluburlaub, er wollte zu Hause bleiben. Wegen dem Pool, der so viel gekostet hat. Und wenn, dann will er lieber einfach so durchs Land reisen. Ein bisschen Städtebummel, interessante Dinge anschauen, am Meer spazieren gehen. Vorzugsweise im Norden irgendwo, denn Papa mag die Hitze nicht so sehr. Und wenn er den ganzen Tag am Pool liegen muss, dreht er vor Langeweile durch. Sagt er. Jetzt sind wir also in der Türkei. „Auf das bisschen Geld für den Urlaub kommt es auch nicht an", hat Mama gemeint. „Ist ja schließlich nur einmal." In einem All-inclusive-Club sind wir gelandet, den Mama ausgesucht hat. Und ob Papa durchdreht oder nicht, das bekomme ich nicht mit, weil ich den ganzen Tag im Kinderclub bin.

„Warum kann die Sabine eigentlich nicht einfach mit uns am Strand liegen und lesen oder sandspielen? In dem Kinderclub geht's mir zu wild zu." Sandspielen? Mit fast vierzehn? Was denkt sich Mama eigentlich dabei? Diesmal aber hat sich Papa durchgesetzt. „Da hast du auch mehr Zeit für dich selber, wenn die Sabine mit Gleichaltrigen beschäftigt ist", hat er gesagt. Das hat Mama anscheinend überzeugt.

Dabei hätte ich sie sicher nicht gestört, wenn sie sich täglich die Finger- und Zehennägel anmalt und dann stundenlang am Pool herumliegt. Ob sie das Meer schon einmal aus der Nähe gesehen hat, weiß ich gar nicht. Ich übrigens auch nicht. Denn der Kinderclub befindet sich ebenfalls am Pool. An einem anderen natürlich, damit die Erwachsenen ihre Ruhe haben und nicht gestört werden.

Am ersten Tag war es ja noch lustig, aber irgendwann wird auch die Wasserrutsche langweilig, und den Animateuren fallen leider auch nicht jeden Tag neue Spiele ein.

Heute gibt es einen Kochkurs. Wenigstens einmal etwas anderes. Deswegen macht Mama sich wieder einmal Sorgen. Beim Frühstück fängt sie plötzlich an zu jammern. „Ich weiß nicht, Walter“, sagt sie zu Papa. „Das mit dem Kochkurs – ist das nicht gefährlich? Wo die Sabine doch oft so ungeschickt ist. Wegen der Messer, und dann die heißen Herdplatten ...“ Papa rollt die Augen. „Ich wär froh, wenn ich einen Kochkurs machen könnte. Das ewige Herumliegen ...“ Mama schneidet eine Melonenspalte in Stücke. Ich hätte es mir denken können. Sie hält mich für zu dämlich für einen Kochkurs. „Vielleicht sollte ich in der Nähe bleiben, falls etwas passiert?“ Mama runzelt die Stirn. Wenn sie das tut, dann renn ich davon. In meiner Gruppe gibt es keinen, auf den die Eltern aufpassen. Obwohl sie mich zu den Dolphins gesteckt haben, wo ich die Zweitälteste bin, weil alle Kinder von elf bis vierzehn in dieser Gruppe beisammen sind.

„So, wir teilen uns jetzt in Zweiergruppen auf, jeder braucht einen Partner. Dann verteilen wir die Aufgaben.“ Auch das noch. Die doofe Svenja, die immer so munter ist und ständig kichert, ist die Leiterin. Wie sie mir auf die Nerven geht. Schon klatscht sie wieder in die Hände. „Hopp, hopp! Wir wollen schließlich auch noch etwas zu essen haben!“ „Möchtest du mit mir ...“ Kai ist der einzige Bub in meinem Alter in der Gruppe. Ich habe zwar noch kaum mit ihm geredet, aber er ist mir immer noch lieber als eines von diesen Babys. Ich lächle ihm zu. „Klar!“

„Was geben wir euch?“ Svenja spricht auch viel zu laut. So, als ob unbedingt alle Leute, die rund um den Pool liegen, sie hören müssten. „Ihr beide seid die Ältesten. Euch kann ich die großen Messer anvertrauen.“ Sie führt uns zu zwei Schneidbrettern, vor denen Karotten, Zwiebeln und noch ein paar andere Gemüse in Schüsseln darauf warten, kleingeschnitten zu werden. Ich kenne nicht einmal alle.

Svenja zeigt es vor. „So, so und so! Die Finger zu einer Kralle formen, vorne an den Fingern gleitet das Messer hinunter. Nie ausstrecken, dann hackt ihr euch die Finger ab!“ Sie kichert schon wieder.

„Warst du schon im Meer schwimmen? Oder Wasserski fahren?“ Kai hat sich die Zwiebeln vorgenommen, ich mir die Karotten. Ich schüttle den Kopf. „Heute Morgen waren tolle Wellen! Da war es ganz krass im Wasser!“ Ich habe keine Lust, ihm zu erklären, dass meine Mama nicht erlaubt, dass ich bei hohem Wellengang im Meer schwimmen gehe. Weil sie sich selber nicht hineintraut und daher nicht auf mich aufpassen kann. „Kommst du mal mit?“ Ich nicke. „Vielleicht.“ Kai redet ständig. Ich glaube, er hat auch schon Blicke auf meinen Busen geworfen. Obwohl es da nicht viel zu sehen gibt. Ob er in mich verliebt ist?

Wenig später bekommen wir die Aufgabe, das geschnittene Gemüse in einer großen Pfanne anzurösten. Gemeinsam rühren wir um, jeder mit einem eigenen Kochlöffel, damit das Gemüse nicht anbrennt. „Ob das nicht zu heiß ist?“ Plötzlich steht Mama hinter mir und lächelt. „Mama? Was machst du da?“ Es ist mir peinlich, dass sie sich hier einmischt. „Und wer ist der junge Mann da? Möchtest du ihn mir nicht vorstellen?“ „Mama! Das ist der Kinderclub! Da hast du nichts verloren!“ Langsam werde ich wütend und rühre schneller und heftiger. Ein paar Gemüsestücke fliegen über den Pfannenrand. „Ich bin Kai. Guten Tag.“ Ich glaube, er hat sich sogar ein wenig verbeugt. Was soll das? „Du musst …“, beginnt meine Mutter und ich höre auf zu rühren, drehe mich um und strecke ihr drohend den Kochlöffel entgegen. „Mama, lass mich in Ruhe!“ Am liebsten würde ich ihr den Kochlöffel um die Ohren schlagen. Mama zuckt zurück. Auf ihrer Stirn erscheint eine tiefe senkrechte Falte. Dann nimmt ihr Blick etwas Spöttisches an. „Ich geh schon. Ich sehe ja, wenn ich wo störe!" Was denkt sie jetzt schon wieder?

„Hast du ein Problem mit deiner Mutter?", fragt Kai ganz direkt. Ich nicke, ohne dass ich es eigentlich will, und muss die Tränen zurückhalten. Ich beuge mich über die Pfanne, damit Kai nichts merkt. „So, genug!" Svenja ist so plötzlich hinter uns aufgetaucht, dass ich zusammenzucke. „Das kommt jetzt in den großen Topf, Tomatensoße drüber, und dann darf das eine Zeitlang kochen. Und ihr macht jetzt Pause! Hinein in den Pool!" Ich lasse den Kochlöffel fallen und löse die Masche meiner Kochschürze. Mir ist ohnehin schon viel zu heiß. Ich laufe die paar Schritte und lasse mich in den Pool plumpsen. Kai taucht neben mir auf und grinst. Der ist heute anscheinend nicht abzuschütteln. Aber immerhin, jemand, mit dem ich ein bisschen reden kann. Eine ausführliche Antwort auf seine Frage bleibe ich ihm allerdings schuldig. Beim Schwimmen wird er lästig. Er hält mich an den Füßen fest, zieht an meinen Armen und einmal fasst er mich sogar um die Taille und drückt mich unter Wasser. Obwohl es eigentlich eine Grobheit ist, habe ich dabei ein seltsam warmes Gefühl.

Beim Abendessen sitze ich da, ohne mir etwas vom Buffet zu holen. Ich weiß nicht, warum, aber ich halte ständig Ausschau nach Kai. Ich habe keine Ahnung, wo er mit seiner Familie sitzt. Und mit wem er überhaupt da ist. „Magst du nichts essen? Es wären noch Steaks da und Grillspieße!" Mama setzt sich mit ihrem Teller hin, auf dem nur ein Stück Fisch und ein wenig Gemüse liegen. Ich habe nachmittags so viel von den selbstgekochten Spaghetti gegessen, dass mir jetzt noch schlecht ist. Dazu noch Eis mit Fruchtsalat. „Wer war denn der kleine Kavalier?", fragt Mama mit einer Mischung aus Interesse und Sorge. Ich tu so, als ob ich sie nicht gehört hätte, und sauge geräuschvoll die letzten Tropfen aus meinem Glas Cola. „Sie hat nämlich heute einen Buben kennengelernt. Sieht ganz nett aus." Papa nickt und lächelt. Er hat den Mund voll, denn er lässt sich kaum etwas entgehen, das auf dem Buffet aufgetischt wird. „Dass du mir aber keinen Unsinn machst!" Mama hebt drohend den Zeigefinger. „Dafür bist du noch viel zu jung!" An welche Art Unsinn sie dabei denkt, darüber spricht sie nicht. Sie hat noch nie mit mir über irgendetwas gesprochen, was mit Sex oder Aufklärung zu tun hat. Nur, wenn sie mein Biologieheft kontrolliert, runzelt sie manchmal die Stirn und kommentiert, was sie da liest. „Ob man das alles wirklich in eurem Alter schon wissen muss?" oder „Ob das überhaupt im Lehrplan steht?"

Plötzlich steht Kai am Tisch. „Guten Abend!" Wieder habe ich den Eindruck, als würde er sich vor meiner Mutter leicht verneigen. Er geht zuerst zu Mama, schüttelt ihr die Hand und sagt: „Kai Ahrens." Dann schüttelt er auch meinem Vater die Hand und nennt nochmals seinen Namen. Der ist über so viel Höflichkeit offenbar so verblüfft, dass er auf das Kauen vergisst. Mir ist das Ganze unsagbar peinlich. Was will er hier? Mama kichert. „Du bist ja ein kleiner Gentleman!" In mir kocht schon wieder Wut hoch. Wie kann man sich nur so affig benehmen? Ich meine Mama, nicht Kai. „Darf Sabine noch ein bisschen mit mir zum Minigolf? Meine Eltern erlauben es!" Meine Mutter lächelt hingerissen und nickt. „Selbstverständlich! Wo kommst du denn her?" „Aus Buchholz. Das ist in der Nähe von Hamburg", antwortet Kai. Ich stehe auf. Je schneller wir von hier verschwinden, desto besser.

Es macht Spaß, mit Kai alleine zu sein. Wirklich alleine sind wir zwar nicht, denn an jeder Bahn stehen mehrere Leute und versuchen, die kleinen Bälle durch die Hindernisse und in die Löcher zu schlagen. Aber wir sind bloß zu zweit. Wir kichern viel und ich vergesse, zu zählen, wie viele Schläge ich brauche, um einen Ball ins Loch zu bekommen. Kai hat die Karte eingesteckt, auf der er notiert, wer führt. Aber das ist mir egal. Er hat mir schon viel über seine Schule erzählt. Als er seinen Englischlehrer nachmacht, lache ich Tränen.

Am vorletzten Hindernis treffe ich beim ersten Schlag, obwohl ich mich gar nicht mehr richtig konzentrieren kann. „Toll! Die Favoritin Sabine Meißner trifft mit einem Hole-in-one! Weltmeisterin!“ Er fasst mich an den Schultern und drückt mir einen Kuss auf den Mund. Ich bin so überrascht, dass ich mich nicht dagegen wehre. Wieder kommt dieses seltsame Gefühl im Bauch. Und mir wird sehr warm. Kai riecht auch gut.

„Komm mal mit!“, sagt Kai, nachdem wir unsere Minigolfschläger zurückgegeben haben. Er nimmt mich an der Hand und zieht mich einen Weg entlang, den ich noch nicht kenne. Wohin will er denn mit mir? Links und rechts stehen Bungalows. Ich habe gar nicht gewusst, dass es solche in dieser Anlage überhaupt gibt. Kai verlässt den Weg, tritt in den Schatten eines Balkons und macht sich darunter zu schaffen. Strahlend hält er mir eine Glasflasche und eine große Limonadenflasche entgegen. „Habe ich heute abgestaubt! Wodka! Für uns!“ Ich sehe ihn ratlos an. „Ich hab noch nie Wodka getrunken. Ich hab überhaupt fast noch nie Alkohol getrunken, außer mal einen Schluck Sekt bei einer Geburtstagsparty.“ „Probierst du’s eben jetzt!“, grinst er. „Komm! Wir müssen aufpassen, dass uns niemand erwischt!“ Er hält die Flaschen in der einen Hand und zieht mich an der anderen hinter sich her, abseits der Wege, durchs Gebüsch.

Nach wenigen Minuten sind wir am Strand angekommen. Es ist sehr dunkel. Ich sehe keinen Menschen, weder links noch rechts. Kai lässt sich in den Sand fallen. „Trink mal!“ Er hält mir die Limonadenflasche hin. Ich nehme einen Schluck, er auch. Dann öffnet er die Wodkaflasche und gießt daraus in die Limonadenflasche nach, bis sie wieder voll ist. „Koste mal! Das schmeckt jetzt schon besser!“ Ich zögere. „Aber ... da werde ich betrunken!“ „Doch nicht von so einem bisschen!“ Er drückt mir die Flasche in die Hand. Ich koste. Ekelhaft. Die Limonade schmeckt plötzlich bitter und scharf. Es brennt bis in den Magen hinunter. Ich schnappe nach Luft. Kai kichert. Eigentlich, denke ich mir, hat meine Mutter es verdient, dass ich etwas Verbotenes tue. Sie findet ohnehin, dass ich immer alles falsch mache, nichts auf die Reihe kriege. Ich kann ihr jetzt wenigstens einmal beweisen, dass sie es nicht schafft, mich überall zu überwachen. Hier am Strand hat sie nichts zu sagen. Ich nehme noch einen Schluck. Es brennt etwas weniger. Ich sehe, wie Kai noch mehr Wodka in die Limonadenflasche nachfüllt. Es geschieht meiner Mutter ganz recht, dass ich mich jetzt betrinke.

Kai redet, aber ich verstehe nichts mehr, höre auch gar nicht richtig zu. Ich bin auf den Boden gesunken, und mir ist schwindlig. Alles um mich herum ist so ... irgendwie weit entfernt. Ich merke, wie Kai seine Hand unter mein T-Shirt schiebt. Was macht er? Warum hat er seine Hand auf meiner Brust? Was will die Hand da? Kai drückt sich ganz nahe an mich. Plötzlich ist seine Hand in meiner Hose. Ich fahre hoch. „Was soll das?“ Es ist so dunkel, dass ich nicht einmal seine Augen sehen kann. „Bisschen schmusen!“ Kai spricht undeutlich und hält mir die Flasche hin. Ein Schluck mehr kann nicht schaden. Ich trinke und lege mich wieder hin. Kai legt seinen Arm um mich und ein Bein über meine.

Ich werde wach, als mir jemand mit einer Taschenlampe ins Gesicht leuchtet. „Endlich! Da ist sie!“ Es ist die doofe Svenja, die da ruft. Aus der Entfernung höre ich mehrere Stimmen. Kai ist nicht mehr da. Ich richte mich auf, alles um mich dreht sich. Ich beuge mich zur Seite und übergebe mich. Mir ist furchtbar übel. Svenja nimmt mich in den Arm, stützt mich. Ich würge weiter, obwohl nichts mehr kommt. Ich möchte sterben.

„Sabine! Sabine! Gott sei Dank!“ Die Stimme meiner Mutter. Nein. Ich will sie nicht sehen. Schickt sie weg. Schickt sie weg! Doch Mama ist schon da. Sie reißt mich aus den Armen von Svenja. „Um Gottes willen! Sag, hat er dich vergewaltigt? Hat er dich vergewaltigt?“ Ich habe keine Ahnung, was sie von mir will. Ich will nur ins Bett. Den Geschmack von Erbrochenem aus dem Mund loswerden.

„Das wird schon wieder!“, sagt Svenja. „Sie hat halt ein bisschen zu viel erwischt!“ Mama lässt mich wieder los, ich falle in den Sand. „Und Sie sind überhaupt an allem schuld!“, schreit Mama. „Sie bringen sie erst auf so dämliche Ideen! Ich werde Sie verklagen!“ Es tut so weh, wenn Mama schreit. Wo ist mein Bett?

8

Der erste Schultag nach den Weihnachtsferien. Sabine war überhaupt nicht bei der Sache. Sie hatte für ihre Klasse eine Kurzgeschichte aus dem Lesebuch ausgesucht, und während die Schüler, teils stammelnd und stockend, vorlasen, schweiften ihre Gedanken immer wieder ab. Was hatte sie gestern getan? Sie hatte ihrem Vater Medikamente in den Tee gemischt. Harmlose Medikamente, die sie selbst eingenommen hatte. Aber für ihn konnten sie tödlich sein.

„Zehn Pesos, keuchte ich", las Marlene vor. Jemand schnippte mit den Fingern. „Frau Professor!" Marlene stockte, las weiter. „Das ist zu wenig, sagte er nachenk... nachdenki... dendicht." Einige begannen zu kichern. „Frau Professor! Was sind Pesos?" Sabine schrak auf. Manchmal stellten sich die Kinder wirklich absichtlich blöd. „Na, was glaubst du? Was zu essen? Was anzuziehen?", fauchte sie Bernhard an, der zurückzuckte. „Das ist Geld, du Blödmann. Geld in Mexiko." Nico mischte sich ein, ihn hielt es nicht auf dem Sitz. Er war der, der immer alles besser wusste. Besser zu wissen glaubte. Bernhard sprang auf und packte Nico an den Schultern. „Halt die Klappe, du!" „Ruhe!" Sabine ging dazwischen. Das kam davon, wenn man sich nicht auf die Situation in der Klasse konzentrieren konnte. Einander anfunkelnd setzten sich die beiden Streithähne widerwillig. „Der Nächste, der sich so aufführt, den schmeiß ich raus!" Sabine war lauter geworden, als sie es beabsichtigt hatte. Konnten denn diese Kinder nicht einmal eine einfache Geschichte in Ruhe lesen, ohne einander an die Gurgel zu gehen? Sie selbst hatte mit ihren Eltern nicht auskommen können, ohne ihnen an die Gurgel zu gehen. Aber ihr Vater war selber schuld, beruhigte sie sich. Sie hatte keine Wahl gehabt. Er hätte ihr einfach keine Vorwürfe machen dürfen.

Nach dem Unterricht fuhr Sabine nach Hause, so unkonzentriert, dass sie sich danach nicht erinnern konnte, ob sie überhaupt vor roten Ampeln angehalten hatte. Sie versuchte etwas zu essen, zu trinken. Die Frühlingsrollen, die von gestern übriggeblieben waren, blieben ihr fast im Hals stecken und lagen danach schwer im Magen. Ihr war klar, dass sie den Anruf nur hinausschob. Sie sah auf ihr Handy. Kein Anruf von ihrem Vater, keiner von einem Krankenhaus, keiner von der Polizei. Keiner von Henderson. Sie wählte seine Nummer. „Was machst du? Sehen wir uns heute?“ Er lachte. „Erstens, wir haben einen Rohrbruch in einem unserer Häuser. Ich hab gerade die Installateure eingewiesen. Wahnsinn, bei dieser Kälte. Wir haben zwölf Wohnungen, die momentan ohne Wasser sind. Natürlich auch ohne Warmwasser. Und zweitens, ja, gerne! Ich lechze nach deinem alabasterweißen Körper!“ Sabine musste lachen. Henderson schaffte es immer wieder, sie von unangenehmen Dingen abzulenken. „Wann?“, fragte sie. „Sobald ich fertig bin, Honey.“ Er schickte noch einen Kuss nach und legte auf. Auf eine Uhrzeit konnte man Henderson nicht festlegen.

Sabine überlegte, ob sie ihren Vater überhaupt anrufen musste. Rief man seine Eltern täglich an, um sich zu erkundigen, ob es ihnen gut ging? Oder genügte das ein-, zweimal in der Woche? Sie packte die Hausübungshefte aus, die sie heute eingesammelt hatte, und stöhnte, als sie den Packen auf ihren Schreibtisch wuchtete. Das oberste Heft war klebrig, so, als ob jemand ein Marmeladebrot darauf gegessen hatte. Zudem stank es nach kaltem Zigarettenrauch. Sie seufzte. Murat. Problematischer familiärer Hintergrund. Die Mutter war, so hatte ihr Harry erzählt, vor ihrem gewalttätigen Mann sogar schon einmal ins Frauenhaus geflüchtet.

War sie besser als der? Der Gedanke verursachte ihr Kopfschmerzen. Sie öffnete das Heft, stellte nach einer halben Seite fest, dass sie sich an kein Wort, das sie gelesen hatte, erinnerte, stand auf und ging ins Schlafzimmer. Die tröstliche Flasche Wodka.

Ihr Handy. In der Handtasche. Es konnte ihr sagen, ob etwas passiert war. Was passiert war. Sie wählte die Nummer ihres Vaters, wurde nach sechsmal Läuten gebeten, eine Nachricht auf seiner Mobilbox zu hinterlassen, legte auf. Setzte sich an den Schreibtisch, begann noch einmal mit Murats Aufsatz. Was war das? Kein Tintenfleck. Er musste während des Schreibens gegessen haben. Das war ein Tomatenfleck. Oder eben Marmelade. Oder die Chilisauce von den Nachos, die er sich während der Hausübungen hineinstopfte. Sie stand auf. Griff nach ihrem Handy. Kein Anruf. Keine SMS. Keine Mail. Keine Nachricht auf WhatsApp. Sollte sie bei Papas Firma anrufen? Erklären, sie könne ihren Vater nicht erreichen? Darum bitten, in der Betriebswohnung Nachschau zu halten? Lächerlich. Die würden ihr was husten. Hysterische Tochter, die sofort Terror macht, wenn ihr Papa mal nicht ans Telefon geht. Sie musste bis zum Abend warten, besser bis morgen. Wenn er sich bis dahin nicht meldete, dann vielleicht. Sicher. Sie googelte die Telefonnummer der Firma. Ob sie dort überhaupt jemanden erreichen würde, der davon wusste, dass Papa in der Betriebswohnung wohnte? Sie legte das Handy weg. Nahm es wieder zur Hand. Tippte auf den Link mit der Telefonnummer. Wartete darauf, dass jemand abhob. Dreimal, viermal tutete es im Lautsprecher. Dann knackte es. Eine Frauenstimme nannte den Namen der Firma, dann ihren eigenen. „Was kann ich für Sie tun?“ Professionell, freundlich, aber dennoch kühl. Sabine legte auf.

Henderson kam erst um halb acht. Sabine hatte weder daran gedacht, etwas einzukaufen, noch, etwas zu kochen. Die Hausübungshefte lagen ungelesen auf ihrem Schreibtisch. Henderson schien zu spüren, dass etwas nicht in Ordnung war. „Was ist los, Honey? Ärger in der Schule? Mit den Versicherungsgeschichten?“ Sie schüttelte den Kopf. „Papa hat …“, begann sie. „Also, mit der Versicherung läuft alles klar. Obwohl Mama grobe Fahrlässigkeit …“ Sie seufzte und strich sich die Haare hinter die Ohren. „Ich hab nichts gekocht. Hatte zu viel zu tun. War zu nervös.“ Henderson umarmte sie von hinten, küsste sie auf den Nacken. „Mein armer Schatz.“ Er ließ seine Hände höher gleiten, leistete aber keinen Widerstand, als sie sie wegschob. „Sollen wir was essen gehen?“ Sabine nickte. Essen gehen war gut, das würde sie ablenken. Sie zuckte zusammen, als ihr Telefon läutete, und riss es aus der Handtasche. Es war nicht Papa. „Die Pokorny“, flüsterte sie. „Drück sie weg!“, antwortete Henderson. Sabine nickte. Wahrscheinlich war die Pokorny mit ihrer Vorbereitung wieder einmal nicht zufrieden. Oder sie wartete schon sehnsüchtig darauf, Einzelheiten zur morgigen Stunde gemailt zu bekommen. Hatte die Frau nichts anderes als Schule im Kopf?

Als Vorspeise hatte sie Vitello Tonnato bestellt. Henderson hatte darauf bestanden, obwohl sie keinen Appetit hatte. „Das Zeug ist göttlich, Honey. Es bringt dich auf andere Gedanken!“ Dazu hatte er Champagner geordert. Sabine fand das etwas übertrieben. Dennoch schien sie der Sprudel zu beruhigen. Gedankenlos schaufelte sie das Essen in sich hinein, ohne es wirklich zu genießen. Womöglich war Papa schon tot. Innerhalb von zwei Wochen hatte sie beide Eltern verloren. Beide hätten sie noch am Leben sein können, wenn … Ja, sie waren selbst schuld, dass sie sich von ihnen befreien hatte müssen. War ihr etwas anderes übriggeblieben? Sie nahm einen Schluck Champagner. Sie musste an die Zukunft denken, lächelte Henderson zu und legte ihre Hand auf seine. Er zwinkerte ihr zu. „Noch ein Glas?“

Henderson konnte sehr leidenschaftlich sein, aber heute passierte in ihr nichts, als er sich auf ihr abmühte. Sie spürte nur sein Gewicht und den Schweiß, der sich zwischen ihren Körpern gebildet hatte, sonst nichts. Sie keuchte ein wenig, um ihm Freude zu machen. Danach schlief er sowieso immer gleich ein. Lange lag sie neben dem tief und ruhig atmenden Henderson wach. Schließlich driftete sie doch in so etwas wie leichten Schlaf hinüber. Ihre Träume waren voller Feuer und Krankenhausbetten.

Am Morgen fühlte sie sich ausgelaugt und erhitzt. „Baby, wie siehst du denn aus?“, fragte Henderson. „Du glühst ja!“ Sabine versuchte zu antworten, konnte aber nur krächzen. „Du bleibst heute zu Hause. Am besten, du gehst gleich zum Arzt.“

Nachdem Henderson zur Arbeit gefahren war, legte sich Sabine noch einmal hin. Starrte ihr Handy an, entschied sich dann doch, Papas Nummer zu wählen. Wieder die Mobilbox. Sie rief in der Schule an, meldete sich für den heutigen Tag krank. Ihre Stimme klang überzeugend, die Sekretärin konnte nicht daran zweifeln, dass es ihr wirklich schlecht ging.

Verdammt. Sie musste herauskriegen, was mit Papa los war. Sie wählte noch einmal die Nummer von Papas Firma. Diesmal würde sie nicht auflegen. Eine männliche Stimme. Sabine räusperte sich, erklärte, warum sie anrief. Der Mann seufzte. „Gehört zwar nicht zu meinen Aufgaben, aber ich schicke jemanden. Ich ruf Sie zurück.“

Sabine stand auf, kochte Tee. Starrte aus dem Fenster. Öffnete es, weil sie das Gefühl hatte, ersticken zu müssen. Verspürte plötzlich den Drang, aus dem Fenster zu springen. Alles würde ein Ende haben. Da unten auf dem Straßenpflaster lag die Lösung. Eine alte Frau mit einem kleinen, struppigen Hund zockelte vorbei. Sie ging gebückt, zog ein Bein nach und sprach ständig auf den Hund ein. Sabine verstand nicht, was sie sagte, aber es klang liebevoll. Sie schloss das Fenster, zuckte zusammen, als ihr Handy läutete. „Tut mir leid, aber Ihr Vater scheint nicht zu Hause zu sein. Es öffnet niemand." „Hören Sie", sagte Sabine. Das Sprechen bereitete ihr Schmerzen. „Hat die Firma keinen Zweitschlüssel zu dieser Wohnung? Ich habe Angst, dass meinem Vater etwas passiert ist. Er hat ja erst kürzlich einen Herzinfarkt ..." Der Mann seufzte erneut. Genervt. „Es tut mir leid, ich habe jetzt wirklich keine Zeit für Sie. Warten Sie doch noch ein paar Stunden, er wird sich sicher melden. Wahrscheinlich ist er einkaufen gegangen." Ohne ihre Antwort abzuwarten, legte der Mann auf.

Sabine duschte, zog sich an, ging hinunter auf die Straße zu ihrem Auto. Sie musste Gewissheit haben, ganz egal, was nun passiert war. Es war bitterkalt, die Scheiben des Autos natürlich dick vereist. Sie hatte vergessen, Handschuhe mitzunehmen, und bis sie die Scheiben so weit abgekratzt hatte, dass sie einsteigen konnte, waren ihre Finger erstarrt. Das eiskalte Lenkrad machte es nicht besser, und kaum war sie losgefahren, beschlug die Frontscheibe von innen. Ihre Erkältung würde dadurch sicher nicht besser werden.

Eine Stunde später stand sie vor der Wohnungstür ihres Vaters, läutete, klopfte, doch nichts rührte sich. Sie ging noch einmal nach unten, klapperte den Parkplatz ab. Da. Papas Auto. Er war also in der Wohnung und öffnete nicht. Sie holte ihr Handy aus der Handtasche, rief Henderson an. Der meldete sich nicht. Sie ging zurück zum Hauseingang. Das Handy läutete. „Was gibt's, Honey?“ Henderson klang atemlos. Sabine begann zu heulen. Schniefte ins Mikro ihres Telefons. „Henderson ...“, jammerte sie. „Ich bin bei meinem Vater. Er macht nicht auf. Aber sein Auto ist da, auf dem Parkplatz. Was soll ich bloß tun?“ „Honey, du gehst jetzt in ein Café. Am besten das, wo ich vor kurzem war, als ... also, zu Weihnachten.“ Sabine nickte. „OK.“ Obwohl sie sich bemühte, ganz langsam zu trinken, dauerte es zwei Kaffees lang, bis Henderson ankam.

Sabine begann vor Anspannung zu zittern, als Henderson die Tür mit einer Messerklinge öffnete. Es klickte nur leise, das Schloss blieb unbeschädigt. Sabine blieb vor der Tür stehen, Henderson betrat das Vorzimmer. „Herr Meißner? Hallo, Herr Meißner? Sind Sie zu Hause?“ Stille. Sabine zuckte zusammen, als der Kühlschrank ratternd ansprang. Sie hörte, wie Henderson eine Tür nach der anderen öffnete, hörte seine Schritte, seine Sohlen quietschten auf dem Parkett. Er schüttelte den Kopf, als er zurückkam, schloss die Wohnungstür, hielt sie an den Schultern fest. Sah ihr in die Augen. Sie wusste, dass ihr Vater tot war. „Wir rufen jetzt am besten ...“ Er hielt inne. „Sabine, dein Vater ...“ Henderson seufzte. „Er liegt tot im Bett. Niemand kann ihm mehr helfen.“ Sabine warf sich an Hendersons Brust, klammerte sich an ihm fest. Sicher hatte sein Tod nichts mit den harmlosen Tabletten zu tun, die sie ihm in den Tee gemischt hatte. Sie musste ... wo war das Teegeschirr? „Du musst mir noch einmal aufmachen, ich will ...“ Henderson schüttelte den Kopf. „Du bist krank, und du musst schon wieder einen Todesfall verkraften, Honey. Das ist zu viel für dich. Ich lass dich hier nicht rein.“

Eine halbe Stunde später saß Sabine doch auf einem abgewetzten Küchenstuhl in Papas Wohnung. Die nun schon wieder, nach nur wenigen Tagen, seine ehemalige war. Es war alles ganz schnell gegangen. Henderson hatte die Polizei gerufen, die war gekommen und hatte die Wohnung nochmals geöffnet, ohne zu fragen, woher sie wussten, dass Sabines Vater tot war. Fast gleichzeitig war ein Arzt eingetroffen, der Sabine und Henderson mit bitterer Miene sein Beileid ausdrückte, nach Tabak stank und binnen Minuten einen Totenschein ausstellte. Herzstillstand. Bei einem Patienten mit seiner Vorgeschichte nicht allzu überraschend. Man müsse auch nach einem überstandenen Herzinfarkt mit so etwas rechnen. Zumal immer noch Hypertonie und so weiter. Sabine hatte nicht hingehört und war froh, als der unangenehm riechende Mediziner wieder verschwunden war. Henderson hatte mit dem Bestattungsunternehmen telefoniert, das auch die Beerdigung ihrer Mutter organisiert hatte. Ein Leichenwagen war gekommen, Henderson hatte die Küchentür geschlossen, sodass Sabine nicht sehen konnte, wie ihr Vater abtransportiert wurde. Sie saß frierend auf ihrem Küchenstuhl, obwohl die Wohnung geheizt war, hielt mit beiden Händen eine Teetasse umklammert. Sie konnte sich jetzt in der Stadt eine Wohnung kaufen. Die Versicherungssumme für ihr Elternhaus gehörte ihr. Niemand würde sie mehr auf den Tod ihrer Mutter ansprechen, Verdächtigungen äußern. Hier im Dorf würde noch geredet werden, ein paar Tage, ein paar Wochen vielleicht. Aber sie würde nie mehr hierher zurückkehren. Sie war frei.

Ob noch jemand auf die Idee kommen würde, ihren Vater genauer untersuchen zu lassen? Wohl kaum. Erster Herzinfarkt, zweiter Herzinfarkt, aus. Die Küchentür öffnete sich, Henderson trat herein. Er hatte die Whiskyflasche in der Hand, die Sabine ihrem Vater zu Weihnachten geschenkt hatte. Wie lange schien das her zu sein. „Komm“, sagte Henderson, „wir trinken jetzt einen zu Ehren deines Vaters. Das hat er sich doch verdient, oder?“ Sabine nickte und dachte an die Wodkaflasche zu Hause im Schrank. Eigentlich trank sie keinen Whisky. Doch der süße, kräftige Duft war verführerisch, sie nahm einen großen Schluck, der sie bis in die Eingeweide hinunter wärmte.

„Was müssen wir jetzt alles tun?“, fragte sie. Henderson sah ihr ins Gesicht. Er wartete wohl auf Tränen, aber es kamen keine. Wieder spürte Sabine eine seltsame Erleichterung, nach der quälenden Ungewissheit, die sie verfolgt hatte, seit sie zum letzten Mal hier in der Küche gesessen war. „Du warst vorgestern erst hier?“, fragte Henderson. „Wie ist es ihm denn da gegangen?“ „Gut.“ Sabine nickte. „Schwach, aber optimistisch. Er hat ...“ Jetzt kamen die Tränen. Henderson zog sie hoch und drückte sie an sich. „Du gehörst jetzt ins Bett und sonst nirgendwo hin.“ „Ich will nach Hause“, weinte Sabine. „Kannst du mich mitnehmen? Ich will nicht selber fahren.“ „OK. Wir lassen dein Auto hier. Das können wir jederzeit holen lassen, kein Problem.“ Sabine war dankbar, nun keine Entscheidungen treffen, nicht denken zu müssen.

Als Henderson losfuhr, schloss Sabine die Augen. Der Wagen glitt leise und ruhig dahin. Ob man ihren Vater noch in ein Krankenhaus gebracht hatte, zur Obduktion? Ob der Arzt, der ihn nach dem Herzinfarkt behandelt hatte, noch wissen wollte, woran genau er gestorben war? Oder dachte so ein Arzt nur an die Lebenden, deren Tod er zu verhindern hatte? Dachte er nur an das, was vor ihm lag? Sabine musste das jetzt auch tun. Nur an das denken, was vor ihr lag. Nichts anderes.

Henderson meldete sich zu Wort. „Oder willst du vielleicht lieber in ein schönes Restaurant, was essen? Da könntest du auch auf andere Gedanken kommen. Das ist alles zu viel für dich.“ Er glaubte immer, alle Probleme ließen sich mit einem guten Essen lösen. Und gutem Trinken. Sabine sah den Scheibenwischern zu, die Schneeflocken von der Windschutzscheibe schoben. Mal schneller, mal langsamer. Je nachdem, wie heftig der Schneefall wurde. Sie hatte Halsschmerzen und keinen Appetit. Das Denken fiel ihr schwer. Müdigkeit breitete sich aus, ihr Kopf sank nach vorne. Mit einem Ruck richtete sie sich wieder auf. Sie durfte nicht einschlafen. Die Träume würden wiederkommen. Sie wollte nicht träumen, nicht von Feuern, nicht von Menschen, deren Herz einfach stehen blieb, nicht von Tabletten im Tee.

Henderson musste sie halb die Stiege hinaufschleppen, so müde war sie. Im Restaurant hatte sie kaum etwas hinunterbekommen. So schön die Gerichte auch aussahen, sie schmeckten nach nichts. Womöglich hatte sie wirklich Fieber. Henderson legte sie ins Bett, zog ihr die Hose aus und den Pullover über den Kopf. Deckte sie zu. Sah unschlüssig auf sie hinunter. Plötzlich war da wieder die Angst vor den Träumen. Sie setzte sich auf, umklammerte Hendersons Hand. „Bitte bleib bei mir! Geh nicht weg! Wenn ich im Schlaf schreie, musst du mich aufwecken!" Henderson seufzte, nickte. „Ich muss zuerst ein paar Telefongespräche führen. Habe ja auch Arbeit, nicht?" Er ging ins Wohnzimmer, Sabine hörte ihn leise, ruhig sprechen. Es dauerte. Sie nickte ein.

Als sie aufwachte, schoss sie hoch. Es war immer noch hell. Henderson lag neben ihr, in Jeans und T-Shirt, und wischte auf seinem Tablet herum. Er grinste. „Ich musste dich nicht aufwecken. Du hast geschlafen wie ein Baby." „Wie spät ist es?" „Vier. Ich muss dann noch weg, hab ja den ganzen Tag nichts erledigt. Ich komm aber wieder für die Nacht." Er stand auf.

Sabine musste sich erst in der Wirklichkeit zurechtfinden. Sie waren bei ihrem Vater gewesen, er war tot im

Bett gelegen. Ihr Auto war immer noch dort, sie war mit Henderson zurückgefahren. Und sie hatte sich für heute krankgemeldet. Sabine stand auf, ging ins Wohnzimmer, betrachtete den Stapel Hefte neben ihrem Laptop. Immer noch ungelesen, unkorrigiert. Sie musste die Aufsätze heute noch ansehen, morgen zurückgeben.

„Was stehst du denn hier in der Unterwäsche herum? Du holst dir noch den Tod!“ Henderson nahm sie auf seine Arme, ohne dass ihm irgendeine Kraftanstrengung anzumerken gewesen wäre. Er legte sie sanft im Bett ab, deckte sie zu. „Die Decke ist ja ganz verschwitzt!“ Er drehte sie um, sodass Sabine unter der trockenen Seite zu liegen kam. Henderson deutete auf den Nachttisch. „Ich hab dir Tabletten hingelegt, die sollten helfen. Da steht auch ein Glas Wasser. Tschüs, Baby! Bis gleich!“ Sabine lächelte und drückte eine Tablette aus der Packung, sobald die Tür hinter Henderson ins Schloss gefallen war.

Obwohl es ihr besser ging als am Tag zuvor, war Sabine genervt. Sie spürte förmlich, wie hinter ihrem Rücken im Lehrerzimmer getuschelt wurde. Manche Kollegen hatten ihr Beileid ausgedrückt und sie voller Mitleid angesehen. Sabine konnte damit nichts anfangen. Mitleid. Was hatte sie davon? Lieber wäre ihr gewesen, alle hätten sie so behandelt wie sonst auch. Die Pokorny hatte nicht einmal etwas an ihrer Vorbereitung auszusetzen, was einem Wunder gleichkam.

In der Klasse war es völlig ruhig, als sie hereinkam. Die Kinder starrten sie mit unverhohlener Neugier an, verbargen nicht, wie interessant sie es fanden, dass die Eltern ihrer Lehrerin kurz nacheinander gestorben waren. Als sie die Hefte austeilte, fielen Sabines Kommentare weniger kritisch aus als sonst. Sogar Murat bekam ein paar Streicheleinheiten ab. Plötzlich hörte sie hinter ihrem Rücken halblautes Getuschel. Hatte sie das Wort „umgebracht" verstanden? Sie drehte sich um. Gregor. Natürlich. „Was hast du gesagt?", schoss es aus ihr heraus. Gregors Nachbar zuckte zurück, während der nur grinste. „Nichts. Warum regen Sie sich so auf?" „Ich habe ganz deutlich verstanden, was du gesagt hast. Wiederhole es! Wer hat wen umgebracht?" Sabine atmete heftig, stoßweise, ihr Herzschlag hatte sich urplötzlich beschleunigt. Sie glaubte, ersticken zu müssen. Gregor grinste weiter. Er schüttelte den Kopf. „Sie müssen sich verhört haben. Habe ich etwas gesagt, Benjamin?" Er wandte sich an seinen Nachbarn. Der schüttelte eingeschüchtert den Kopf. „Ich hab nichts gehört", flüsterte er mit erstickter Stimme. „Ich warne dich", sagte Sabine. „Ich warne dich ganz eindringlich und zum letzten Mal. Ich lass mir von dir nichts gefallen. Ganz im Gegenteil, ich sorge dafür, dass du von der Schule fliegst." Ruhig werden. Ruhig bleiben. Nicht hysterisch und unangemessen reagieren. Sie musste es sich immer wieder vorsagen, an die Zukunft denken. An eine Zukunft, in der sie frei sein würde. Und Geld haben. Das war es, worauf sie sich konzentrieren musste.

Abends kam Henderson zum Essen. Sie hatte gekocht, oder was man halt so Kochen nannte. Es gab Bandnudeln mit Pesto Genovese. Das Pesto hatte sie im Supermarkt gekauft. Dazu Salat und Rotwein. Henderson nahm die Flasche in die Hand. „Du kennst dich aus mit Wein? Hätte ich nicht gedacht!" Sabine zuckte mit den Schultern. „Ich habe keine Ahnung. Aber der kostet normal zwölf neunundneunzig, in der Aktion war er um drei Euro billiger." Henderson lachte auf. „Gute Strategie." Während des Essens überlegte Sabine, ob sie Henderson von Gregor erzählen sollte. Vielleicht hatte er eine Idee, wie sie ihn unter Kontrolle bekommen konnte. „Es gibt da einen

Schüler“, sagte sie, nachdem sie die letzten Spaghetti auf ihre Gabel gedreht hatte, „der behauptet, ich hätte meine Eltern umgebracht. Er hat es zwar nur geflüstert, aber ich hab es genau gehört.“ Henderson zog die Augenbrauen hoch. „Wie heißt denn das Bürschchen?“ Sabine nannte ihm Gregors Vor- und Nachnamen. „Er hat schon öfter Schwierigkeiten gemacht. Ich komm mit ihm nicht ganz klar. Aber das Letzte, was ich brauchen kann, ist, dass jemand solche Gerüchte in Umlauf bringt.“ Henderson nahm noch einen Schluck Wein. „Du hast nicht zufällig noch eine zweite Flasche gekauft?“ Sabine lächelte. „Sogar einen ganzen Karton. Das Angebot galt erst ab sechs Flaschen.“ Sie holte eine weitere Flasche aus dem Schrank im Vorzimmer, schraubte sie auf und schenkte Henderson ein. „Und du meinst, dieser Gregor könnte einen Denkzettel gebrauchen?“, grinste er. Sabine erschrak. „Du sollst ihn nicht zusammenschlagen oder so, um Gottes willen! Aber irgendeine Idee, wie ich ihn zum Schweigen bringen könnte ...“ Henderson hielt sein Glas in der Hand, wiegte den Kopf hin und her. „Denken wir jetzt an was Angenehmeres“, schlug er vor. „Du hast es ohnehin schwer genug.“ Sabine fühlte, wie ihr der schwere Wein zu Kopf stieg, nahm aber dennoch einen Schluck. Es gab wahrlich genug, was sie gern und schnell vergessen wollte. Vielleicht half der Wein dabei.

Sie hatte sich entschlossen, ihren Vater nicht zu Hause im Dorf im Grab des Großvaters, wo nun auch ihre Mutter lag, beizusetzen. Er hatte immer darauf bestanden, verbrannt zu werden, und Sabine hatte nicht vor, noch einmal den Fuß in ihr Heimatdorf zu setzen. So stand sie zusammen mit Henderson in der eiskalten, schmucklosen Halle, in der die Verabschiedung stattfand. Von hier würde ihr Vater direkt ins Krematorium gefahren werden. Zunächst waren sie alleine gewesen, doch dann hatte Sabine hinter sich mehrmals Geräusche eintretender Menschen gehört. Sie vermied es, sich umzudrehen. Ein Vertreter des Bestattungsinstituts hielt eine Rede, die laut widerhallte, ohne dass er ein Mikrofon benutzte. Sabine hatte ihm nicht mehr zur Verfügung gestellt als einen kurzen Lebenslauf ihres Vaters. Sie bemühte sich, nicht hinzuhören. Von Schmerz und unerwartetem Dahinscheiden war die Rede, davon, mitten aus dem Leben gerissen zu werden. Als sich der Redner mit einer Verbeugung und einem Handschlag von ihr und Henderson verabschiedet hatte, trat sie an den Sarg, nahm das Instrument zur Hand, mit dem man Weihwasser verspritzte, und benetzte den Sarg. Die Erste, die danach auf sie zutrat, war Sylvia Pokorny. Sie trug ein schwarzes Kostüm mit Hut und sogar einem kurzen schwarzen Schleier an der Krempe, der aber nicht einmal die Stirn verbarg. Sabine schien es, als habe sie sogar geweint. „Alles, alles Liebe, Sabine. Es tut mir ja so leid! Es ist so entsetzlich. Alles Gute!“ Kopfschüttelnd entfernte sie sich. Sie trug Schuhe mit sehr hohen Absätzen und schwarze Strümpfe mit Naht. Henderson sah ihr interessiert nach. Auch Harry war gekommen, in Cordsamthosen und einem zerdrückten Sakko. Er murmelte bloß „Beileid“ und verschwand. Sabine machte große Augen, als Michael auftauchte. Er schüttelte ihr die Hand, warf Henderson einen schüchternen Blick zu und sah sie irgendwie sehnsuchtsvoll an. „Schade“, sagte er. „Es tut mir leid um ihn. Ich habe ihn gern gemocht.“ Sabine konnte sich gar nicht daran erinnern, dass Michael viel mit ihrem Vater zu tun gehabt hatte. Dann kondolierte noch eine Nachbarin aus dem Dorf, an deren Namen sich Sabine nicht einmal mehr erinnerte. Sie ließ ihre Hand gar nicht mehr los und erging sich in einem nicht enden wollenden Klagelied. Wie arm Sabine doch jetzt sei, wie sie Heimat und Eltern verloren habe. „Danke!“, sagte Sabine. „Vielen Dank!“, und versuchte, ihre Hand zurückzuziehen, was nicht so einfach war.

„Wer war denn die mit dem schwarzen Hut?“, fragte Henderson, nachdem der Sarg hinter einem Tor verschwunden war und sie in die kalte Winterluft hinausgetreten waren. Sabine musterte ihn misstrauisch. „Meine Betreuungslehrerin. Die Pokorny.“ „Die?“ Henderson gab sich erstaunt. „Warum interessiert dich die?“, fragte Sabine nach. Er zuckte die Schultern. „Nur so.“ Sabine aber hatte genau gesehen, wie sich Hendersons Augen am Hintern der Pokorny festgekrallt hatten, als sie davongestöckelt war. „Die ist über fünfzig. Von der willst du sicher nichts!“, sagte sie. Es hatte scherzhaft klingen sollen.

Am nächsten Morgen war Gregor nicht in der Schule. Sabine fiel es kaum auf, denn der Bub fehlte öfter. Doch im Lehrerzimmer gab es in der dritten Pause Getuschel. „Hast du schon gehört?“, fragte sie Sylvia Pokorny. „Der Gregor aus der 3B, der ist anscheinend verschwunden. Vermisst. Er ist gestern Abend nicht nach Hause gekommen, hört man.“ „Was heißt, hört man?“, fragte Sabine zurück. Sylvia zuckte mit den Schultern. „Mir geht er nicht ab“, sagte Sabine. Sylvia lachte. „Kann ich mir vorstellen. Schon hart zu knacken, der Typ. Ich kenne ihn ja nur von der Aufsicht. Redet kaum. Starrt einen immer nur so komisch an ...“ Die Glocke läutete zur nächsten Stunde. Sabine war in der 7A zur Vertretung eingeteilt worden. Hoffentlich würden die sie in Ruhe arbeiten lassen.

In der 7A fanden sich nur drei Schülerinnen. „Wo sind denn die anderen?“ Eine der drei, eine Dünne mit mausbraunen, strähnigen Haaren, begann eine langatmige Erklärung, der Sabine nur kurz zuhörte. „Ist okay. Ihr habt was zu tun?“ Die drei nickten. Sabine suchte eine

Steckdose für ihren Laptop und holte sich die Dateien für ihre morgigen Stunden auf den Schirm. Je mehr man vormittags schon erledigen konnte, desto besser. Schon nach wenigen Minuten ertappte sie sich allerdings dabei, wie sie die gängigen Nachrichtenportale danach absuchte, ob etwas über den Verbleib von Gregor zu finden war. Was konnte da geschehen sein? Sie erinnerte sich daran, dass sie Henderson den Namen des Unruhestifters genannt hatte. Ob er etwas mit dem Verschwinden des Buben zu tun hatte? Unsinn. Warum sollte Henderson sich um so einen kümmern? Wahrscheinlich hatte er den Namen sofort wieder vergessen.

Nach der sechsten Stunde berief der Direktor eine kurze Konferenz ein. „Könnt ihr mal kurz herhören?“ Nicht alle hatten bereits ihre Plätze eingenommen, manche waren noch auf dem Weg hinaus oder herein, andere in Gespräche vertieft. „Es geht um einen vermissten Schüler!“, rief der Direktor. Langsam wurde es still. „Der Schüler Gregor Büchels wird seit gestern Abend vermisst. Er ist nach der Schule nicht nach Hause gekommen. Die Polizei fahndet bereits nach ihm. Wenn irgendjemand Gregor gestern nachmittags oder abends gesehen hat oder sonst irgendwas dazu beitragen kann, dass er gefunden wird, kommt bitte in mein Büro. Ich gebe euch dann die Daten der ermittelnden Beamten. Das wars!“ Sofort erklang allgemeines Geraune. Sabine hatte nicht vor, Informationen über Gregor an irgendjemanden weiterzuleiten, und würde sich davor hüten, etwas darüber verlauten zu lassen, was kürzlich in der Stunde passiert war. Sie packte ihre Sachen und verschwand aus dem Lehrerzimmer.

Was, wenn man die Mitschüler interviewte? Würde eines der Kinder von der Auseinandersetzung zwischen ihr und Gregor berichten? Würden sie sich überhaupt daran erinnern? Immerhin hatte sie ihm gedroht. Man konnte es zumindest so interpretieren.

Abends gab es die ersten Meldungen in Online-Portalen. Sachliche, dürre Texte, die kaum Information über Gregor enthielten, wenig mehr, als der Direktor schon gesagt hatte. Dazu gab es ein Foto. Es war nicht sehr vorteilhaft, Gregor sah darauf ungepflegt und rotzig aus. Sogar der durchdringende, starre Blick war zu erkennen. Später fand Sabine noch eine Suchmeldung auf Facebook, Gregors Mutter appellierte an die Internetöffentlichkeit, Informationen über den Verbleib des Kindes weiterzugeben. Das Profilfoto der Mutter war wenig dazu geeignet, Vertrauen zu erwecken. Sie wirkte ebenso ungepflegt wie Gregor, hatte lange, strähnige Haare, die teils silberfarben, teils lila gefärbt schienen. In der Hand hielt sie eine Zigarette und grinste schief in die Kamera. Anscheinend fehlte ihr sogar ein Zahn, ganz genau konnte man das auf dem Bild nicht erkennen. Sie trug ein schulterfreies Top, das erkennen ließ, dass zumindest der gesamte rechte Oberarm tätowiert war, mit Motiven, die Sabine nicht erkennen konnte. Die Frau hatte zahlreiche Fotos hochgeladen und machte auch kein Hehl daraus, dass sie rechtsradikale Webseiten und Heavy Metal mochte. Sabine war etwas beruhigt. Bei diesem Hintergrund würde die Polizei wohl eher im familiären Umfeld zu ermitteln beginnen. Und wahrscheinlich Erfolg haben. Sie klickte sich durch die Profilfotos der Mutter, die alle öffentlich zugänglich waren. Auf vielen rauchte sie und war in sehr knapper Bekleidung zu sehen, Familienfotos wie bei anderen Frauen dieses Alters fanden sich wenige. Sabine glaubte zu verstehen, warum sich Gregor so auffällig verhielt. Ihre eigene Mutter fiel ihr ein. Sie war, im Gegensatz zu Gregors Mutter, ständig um Sabine herumscharwenzelt, hatte sie mit ihrer aufdringlichen Bemutterung förmlich erstickt, und auch das hatte böse geendet. Warum gelang es den Müttern nicht, einen Mittelweg zu finden, der es ihren Kindern erlaubte, sich zu entfalten, dabei aber gut aufgehoben zu sein?

Ihr Handy zeigte eine eingehende Nachricht an. „Ich bin auf dem Weg zu dir, Baby!" Sabine fiel ein, dass sie, wieder einmal, weder gekocht noch eingekauft hatte. Wenn sie sich recht erinnerte, hatte sie nicht einmal das Bett gemacht. Sie lief ins Schlafzimmer, riss das Fenster auf und schüttelte Decken und Polster auf. Das Nachthemd flog in den Schmutzwäschekorb, als Hendersons Schlüssel im Türschloss rasselte.

Die Pizzeria hatte rotweiß karierte Tischtücher aus Kunststoff. „Stell dir vor", sagte Sabine, nachdem sie ihre halbe Pizza aufgegessen hatte, „bei uns ist heute ein Schüler verschwunden. Der, von dem ich dir erzählt habe. Der behauptet hat, ich hätte meine Eltern umgebracht." Henderson sah kurz auf. „So?" Er säbelte weiter an der Hälfte der Pizza herum, die sie ihm überlassen hatte. Davor hatte er ein Nudelgericht verschlungen. Manchmal fragte sich Sabine, wo er das alles hinaß, was er so in sich hineinstopfte. „Ich hab mir das Profil seiner Mutter auf Facebook angeschaut. Ziemlich schräge Person." Henderson kaute, schluckte und sah nochmals auf. „Wahrscheinlich haben sie ihn verprügelt und dann irgendwo entsorgt", meinte er ungerührt. Sabine schüttelte den Kopf. „So etwas würden nicht einmal solche Eltern machen!" „Prost!", sagte Henderson und hob sein Weinglas. „Auf dich! Auf uns! Dein Wein gestern war allerdings besser als der hier." „Ich mach mir ernsthaft Gedanken, wo der Bub geblieben sein könnte. Ich meine, entführt wird ihn niemand haben. Bei diesen Eltern ist ja nichts zu holen." Sabine wollte das Thema noch nicht loslassen. Henderson gab sich auffallend desinteressiert. So, als verschwiege er ihr etwas. Er schob ein letztes Stück Pizza in den Mund und wischte sich die Hände an der ebenfalls rotweiß karierten Serviette ab. „Sagen wir mal so", lächelte er. „Solange er nicht wieder auftaucht, wird er dich nicht belästigen. Und hoffen wir, dass er es auch dann nicht tut, wenn er wieder zu Hause ist. Woran ich nicht zweifle." Sabine beschloss, ihn nicht wieder darauf anzusprechen.

Kaum waren sie zu Hause angekommen, klingelte ihr Handy. Die Pokorny war dran. Widerwillig wog Sabine das Gerät in ihren Händen. Sollte sie abheben? Wahrscheinlich würde die Pokorny ohnehin bloß wieder irgendwelche Kleinigkeiten breit auswalzen, die die morgige Stunde betrafen. Diese Frau hatte eindeutig zu viel Zeit, so viel stand fest. Seufzend drückte Sabine schließlich doch den grünen Knopf. „Ja?" „Stell dir vor, der Gregor ist wieder aufgetaucht! Ich hab's gerade im Fernsehen gesehen! Anscheinend ist er entführt worden!" „Entführt? Haben die Eltern Lösegeld bezahlt?" Sabine zog die Stirn in Falten. Ein Kind entführen, dessen Eltern ganz offensichtlich nichts hatten? Und dann einen Tag später wieder freilassen? Wie kam man auf so eine Idee? „Weiß ich nicht", antwortete die Pokorny. „Das sagen sie im Fernsehen nicht. Aber vielleicht erfahren wir's morgen in der Schule!"

„War das die mit dem schwarzen Kostüm? Die von der Verabschiedung?" Henderson schien interessiert, nachdem Sabine aufgelegt hatte. Es war jetzt schon das zweite Mal, dass er wegen der Pokorny nachfragte. Was sollte das? Die war mindestens fünfzehn Jahre älter als er, fünfundzwanzig älter als sie selbst. Sabine gab sich zugeknöpft und war verärgert. „Der Bub ist wieder aufgetaucht. Ich schau mal schnell im Internet, was ich darüber finde."

„Wenn du meinst." Henderson nahm die Fernbedienung zur Hand und schaltete den Fernseher ein. In seinem Rücken setzte sich Sabine an ihren Laptop. Diesmal gab es ein Foto von Gregor, auf dem sein Gesicht verpixelt war. Er schien an der Hand einer Polizistin auf ein Auto zuzugehen. Im Text erfuhr man nicht mehr, als dass das Kind 24 Stunden verschwunden gewesen war und von einer Entführung berichtet habe. Die Polizei habe sich bedeckt gehalten, nur verlauten lassen, dass der Minderjährige weitgehend unverletzt sei, hieß es. Die Eltern hätten ihn vor wenigen Stunden glücklich in die Arme schließen können. In einem Link wurde auf einen früheren Artikel verwiesen, in dem eine Psychologin zum Thema Ausreißer interviewt worden war. Sie wies darin darauf hin, dass Kinder, die ausgerissen waren, nach ihrer Rückkehr häufig berichteten, sie seien entführt oder eingesperrt worden. Sie führte das auf den Drang hin, die Abwesenheit auf irgendeine Weise zu erklären, die weder ihnen selbst noch den Eltern Schuld auflud. Die Kinder erfanden den großen Unbekannten, um ihr Verschwinden zu erklären.

Sabine sah sich noch die Webseite eines der großen Krawallmedien an. Dort war der angeblichen Entführung bereits breiter Raum gewidmet. Sabine sah Fotos der Eltern, die offenbar von deren Facebook-Seite stammten. Man hatte die ausgewählt, auf denen sie noch am seriösesten rüberkamen. Offensichtlich war man auf eine Kidnapping-Story aus, die Probleme im familiären Umfeld beiseitelassen sollte. Nach schrecklichen Erlebnissen, über die man nur Vermutungen anstellen könne, sei das Kind glücklich in den Schoß der Familie zurückgekehrt. Die Eltern seien zuvor am Boden zerstört gewesen, hätten um ihr Kind gezittert und gebetet, sie seien auf das Schlimmste gefasst gewesen. Die Polizei, so hieß es, versuche, ein mögliches Verbrechen zu vertuschen, es wurde sogar angedeutet, dass man möglicherweise einen Sexualstraftäter schützen wolle. Insgesamt hatte das Krawallblatt nicht mehr Informationen als andere Medien, alles, was darüber hinausging, waren Gefühlsdarstellungen oder Spekulationen. Sabine schloss die Webseite wieder.

Am nächsten Morgen brodelte in der Schule natürlich die Gerüchteküche. Die einen wollten von schwarz maskierten Gestalten gehört haben, die Gregor entführt hatten, die anderen von einem Pädophilenring, den man gerade dabei sei auszuheben. Tatsachen gab es keine neuen, und auch online fand man nur die gleichen Informationen wie gestern Nacht schon. In der 3B fehlte Gregor, doch die anderen Kinder waren kaum zu halten und gingen über vor wüsten Spekulationen. Kaum hatte Sabine ihre Klassenbucheintragung erledigt, schossen zahlreiche Hände in die Höhe. „Was gibt's, Lisa?" „Ich glaube, den Gregor haben sie ermordet. Er ist ja heute nicht da. Das waren sicher Drogenhändler. Mein Papa sagt es auch." Bevor Sabine antworten konnte, schrien die Kinder durcheinander. „Nein, er ist entführt worden! Und seine Eltern haben tausend Millionen Lösegeld gezahlt!", rief einer. Alles Weitere ging im Stimmengwirr unter. Sabine wartete dreißig Sekunden, eine Minute, bevor sie laut „Ruhe!", brüllte. Es gelang ihr, sich durchzusetzen. Erstaunt starrten die Kinder Sabine an. Sie waren diese Lautstärke von ihr nicht gewöhnt. Sabine ließ sich auf den Lehrersessel sinken. „Ich möchte jetzt kein Wort mehr über diese Sache hören. Und glaubt bitte nicht jeden Blödsinn, den ihr im Internet lest oder den euch jemand erzählt. Die meisten wollen sich doch nur interessant machen, indem sie Gerüchte verbreiten." „Das ist kein Gerücht!" Lisa war wutentbrannt aufgesprungen. „Mein Papa lügt nicht!" „Gut", meinte Sabine beschwichtigend. „Dann wirst du halt nach der Schule überprüfen, ob diese Meldung stimmt oder nicht. Du kannst ja lesen." Schön langsam reichte es ihr. Diese Kinder waren ärger als jedes Kaffeekränzchen von Pensionistinnen. Sie glaubten einfach alles.

In den nächsten Tagen gab es nichts Neues zu der angeblichen Entführung. Gregor war bisher nicht in den Unterricht zurückgekehrt, und aus den Medien war das Ereignis schnell verschwunden. Sabine fragte sich, ob es an diesem Großbrand mit zahlreichen Toten in England lag, der die Medien nun beschäftigte. Seitenweise konnte man darüber lesen, wie die eingeschlossenen Menschen vor ihrem Tod mit Freunden und Angehörigen telefoniert, um Hilfe gebettelt oder sich verabschiedet hatten.

Doch dann bat der Direktor nochmals zu einer Konferenz. „Ich möchte euch kurz über den Fall Büchels informieren. Der Schüler ist übrigens abgemeldet worden." Sabine atmete auf. Das Klima in der 3B war schon in den letzten Tagen deutlich besser geworden, die Kinder waren weniger aggressiv und freier in ihrer Mitarbeit gewesen, man hatte es deutlich spüren können. Nicht nur sie, auch andere Lehrer hatten es gemerkt. „Ich kann euch nicht alle Informationen weitergeben, die an mich herangetragen worden sind, die Polizei hat mich zu strengem Stillschweigen verpflichtet. Auch die Schulpsychologie!" Er sah zu seinem Auditorium auf, als wolle er allein durch das Wort „Schulpsychologie" andeuten, dass der Fall nun eher einer für die Psychologinnen als für die Polizei war. „Ich lese euch jetzt vor, was ich euch weitergeben darf. Es wird auch an die Presse gehen. Es haben sich keine Anhaltspunkte ergeben, dass die Behauptungen des Schülers Gregor B. einen eindeutigen Bezug zu den bekannten Tatsachen aufweisen. Sagt die Polizei." Er blickte über den Rand seiner Brille ins Auditorium. Genau auf sie. Wollte er damit etwas sagen? Sabine beschloss, ihn zu ignorieren, und heftete ihren Blick auf das Englischbuch, das vor ihr auf dem Schreibtisch lag. „Seine Aussagen sind voller Widersprüche, seine Behauptungen, es habe eine Entführung stattgefunden, haben sich nicht bestätigen lassen. Wo er die 24 Stunden seiner Abgängigkeit verbracht hat, ist derzeit nicht bekannt, es wird allerdings weiter ermittelt." Der Direktor legte die Blätter, aus denen er vorgelesen hatte, ab. „Das war's, meine Damen und Herren. Wir schließen dieses Kapitel ab. Nicht auszuschließen ist, dass die Polizei nochmals auf den einen oder anderen – oder auf die eine oder andere – zukommen wird. Für sehr hoch halte ich diese Wahrscheinlichkeit allerdings nicht. Wenn ihr mich fragt, hat die Polizei Wichtigeres zu tun, als die Lügen eines Dreizehnjährigen zu enttarnen." Sabine hielt ihren Blick auf das Englischbuch geheftet, bis sie sich, wie alle anderen, von ihrem Platz erhob, um ihre Sachen zusammenzupacken.

Auf der Heimfahrt allerdings ließ sie der Gedanke nicht los, dass Henderson etwas mit der Sache zu tun haben könnte. Und dass Gregor diesmal, ausnahmsweise, nicht gelogen haben könnte.

IX

Ich habe mir heute in der Mittagspause einen Burger gekauft. Mit Pommes und Cola. Ich esse so etwas selten, aber der Burger hat wahnsinnig gut geschmeckt. Ich bin ja nur mitgegangen, weil alle, die ein bisschen cool sind, in der Mittagspause Burger essen gehen. Und sie sind auch wirklich billig.

„Hallo, Mama!" Ich kicke meine Schultasche unter die Garderobe, werfe einen Blick in die Küche. „Hallo, Süße. Magst du was zu essen? Ich habe für dich gekocht." Ich schüttle den Kopf. „Ich hab heute in der Mittagspause schon gegessen." Ich mache mich auf den Weg die Stiege hinauf, in mein Zimmer. „Nicht so schnell!" Mamas Stimme klingt scharf. „Kommst du bitte noch einmal zurück?" Ich schleiche die wenigen Stufen wieder hinunter. Mama hat es zwar nie klar ausgesprochen, aber ich weiß auch so, dass Fast Food bei ihr tabu ist. Da brauche ich gar nicht erst zu fragen.

„Was hast du denn gegessen?" Ich schweige. Mir fällt keine brauchbare Lüge ein, und den Burger gestehe ich nicht freiwillig. Mama sieht mich abschätzig an. „Dass du mir nicht mit dem Fast Food anfängst", warnt sie. Sie kommt auf mich zu, mustert mich von oben bis unten. „Glaub nicht, dass ich nicht gemerkt habe, dass du ordentlich zugelegt hast in der letzten Zeit." Mama hat nicht unrecht. Ich brauche jetzt sogar schon einen BH, aber das ist ja wohl in meinem Alter normal.

Mama kneift mich schmerzhaft in die Hüften, auf beiden Seiten. „Aua!" Sie zieht mein T-Shirt hoch, tätschelt mir den Bauch. „Da hängt schon einiges über den Hosenbund, bald wird es zu schwabbeln anfangen. Da muss was geschehen, das sieht ja eklig aus." Ich reiße mein T-Shirt wieder herunter. Ich sehe doch nicht eklig aus. Wie kommt sie nur auf solche Gedanken? Nicht einmal die affigen Buben in meiner Klasse haben mich bisher „Fettsack" genannt, und die tun das ständig, wenn ein Mädchen ein bisschen runder ist als die ganzen Hungerhaken in unserer Klasse.

„Ich predige es ja ohnehin schon seit Jahren. Nicht nur dir, sondern auch deinem Vater! Schau einmal her! So sieht ein Bauch aus!" Sie hebt ihr Oberteil. Ihr Bauch ist hart, muskulös. Mit ein bisschen schlaffer Haut um den Nabel. Aber sie ist sehr stolz darauf. „Wir werden jetzt mit der Ernährung was machen. Den ganzen Zucker, den kannst du ab sofort streichen. Allein das Nutella zum Frühstück! Und die ganzen Limonaden! Eis, Schokolade! Damit ist jetzt Schluss!" Ich weiß selber, was für mich gut ist, ich hab das im Griff. Mama geht das überhaupt nichts an. Ich kann jederzeit wieder abnehmen, wenn ich will. Bloß, weil ich ein paar Polster auf den Hüften habe, macht sie so ein Theater. Als ob ich ein Monster wäre. Ganz ohne Schokolade, glaube ich, kann ich nicht überleben. Mir kommen die Tränen. Ich drehe mich um, laufe weg. „Ich hasse dich!", schreie ich, während ich schon die Stiege hinaufstürme. „In ein paar Jahren wirst du mir auf Knien danken!", schreit mir Mama hinterher.

In meinem Zimmer schmeiße ich mich aufs Bett. Irgendwo muss ich noch Schokolade haben. Genau, in der obersten Schublade von meinem Schreibtisch. Da ist ein Rest. Er muss schon einmal zerlaufen sein, ist grau, formlos und unansehnlich. Ich stecke das ganze Stück in den Mund, lasse es auf meiner Zunge zergehen. Schließe die Augen. Herrlich. Unvergleichlich.

Schon beim Abendessen macht Mama ihre Drohungen wahr. „Es gibt heute einen Salat." Sie lächelt. Papa verzieht das Gesicht. „Und was gibt's dazu?" „Vollkornbrot, wenn's unbedingt sein muss. Aber das macht auch fett." Mama knallt die Schüssel auf den Tisch. Tatsächlich nur Salat. Grüner, Karotten, Tomaten, Gurken, Paprika. Sonst nichts. Mama teilt aus. „Ist wenigstens Zwiebel drinnen?", fragt Papa. „Damit es nach irgendwas schmeckt?" „Zwiebel stinkt", sagt Mama. „Da brauchst du mir heute gar nicht mehr nahekommen, wenn du dir Zwiebel drauftust." „Aber sie hat zumindest keine Kalorien", sagt Papa, steht auf und holt eine Zwiebel aus der Speisekammer. Dazu ein Schneidbrett und ein Messer. „Du auch?", fragt er mich, als er sorgfältig ganz dünne Zwiebelringe abschneidet. Ich sehe unsicher zwischen ihm und Mama hin und her. Mir ist bewusst, dass das wieder einmal ein Machtkampf zwischen den beiden ist. Wem gibt sie recht? Ich versuche es mit einem Kompromiss. „Nur ganz wenig!" Papa streut mir ein paar Zwiebelringe auf den Salat, kann sich ein triumphierendes Lächeln nicht verkneifen. Mama presst die Lippen zusammen. „Mahlzeit!"

Als ich ins Bett gehe, knurrt mein Magen. Aber ich habe keine Vorräte mehr in meinem Zimmer.

Auch beim Frühstück hat Mama ihr neues Ernährungsprogramm nicht vergessen. Vor mir steht eine Schüssel mit klein geschnittenem Obst. „Du isst sowieso zu wenig Obst! Wann hast du denn zum Beispiel zuletzt einen Apfel gegessen?" Ich sage nichts. Ich kann mich nicht erinnern. Irgendwann sind in der Schule Äpfel verteilt worden, und ich habe meinen in der Pause gegessen. Aber das ist schon eine Zeitlang her. Papa hat das Gleiche bekommen wie ich. Er seufzt, hat aber keine Lust zu streiten und löffelt sein Obst. „Kann man da irgendwas drüberstreuen, dass es ein bisschen knackiger ist?" Mama schiebt ihm einen Karton hin, der schon auf dem Tisch gestanden ist. „Haferflocken?", fragt Papa. „Bin ich ein Pferd?" Er lacht und sieht zu mir her. Schon wieder muss ich mich entscheiden. Lache ich mit Papa, oder schlage ich mich auf Mamas Seite und esse stur mein Obst? Plötzlich kann ich keinen Bissen mehr hinunterbringen. Mama sieht mir eine Weile zu, wie ich reglos vor der Obstschüssel sitze. Mir fällt auf, dass sie keinen Kakao gemacht hat. „Kakao?“, frage ich. „Du kannst einen Früchtetee haben. Kakao hat viel zu viel Zucker, das geht gar nicht!“ Sie gießt eine hellrote Flüssigkeit in meine Tasse. „Bäh!“ Es schmeckt bitter und sauer. „Du kannst dir ja ein Stück Süßstoff hineintun, wenn es zu bitter ist. Zucker gibt es keinen!“ Ich ziehe die Mundwinkel nach unten und verschränke aus Protest meine Arme. „Du wirst sehen, daran gewöhnt man sich. Es ist alles eine Sache der Gewohnheiten. Du bist einfach gewohnt, alles viel zu süß zu essen. Und zu trinken.“ Mama streicht mir über die Wange und versucht zu lächeln. Ich lächle nicht.

In der Schule zähle ich mein Geld ab. Es reicht locker noch für mindestens einen Schokoriegel. Ich esse nur die Hälfte, den Rest verstaue ich in meiner Schultasche. Ich muss mir etwas für zu Hause aufheben. Gestern habe ich kaum einschlafen können. Ich musste immer dran denken, dass ich noch etwas Süßes haben will. Und sogar jetzt, während der Geschichtestunde, kann ich nur daran denken, wie ich mir zu Hause einen Vorrat an Süßigkeiten anlegen kann. Und wo ich ihn verstecke. Bevor ich nach Hause gehe, sehe ich in meinem Geldbeutel nach. Wenn ich zum Diskonter gehe, geht sich noch eine Tafel Schokolade aus, wenn ich die billigste nehme.

Zu Hause laufe ich mitsamt meiner Schultasche, in der ich die Tafel Schokolade versteckt habe, in mein Zimmer hinauf. Den Rest des Schokoriegels habe ich schon auf dem Heimweg aufgegessen. Wo könnte ich sie verstecken? In einer Schublade, das wäre keine gute Idee. Ich traue Mama zu, dass sie meine Schubladen kontrolliert. Hinter den Büchern? Das macht zu viel Lärm, wenn ich sie heraushole. Es dauert auch zu lang. Mama könnte mich dabei erwischen. Außerdem, fällt mir ein, wischt sie ja immer auch auf meinem Bücherregal den Staub weg. Da könnte ihr die Schokolade leicht in die Hände fallen.

Ich nehme die Tafel in die Hand und überlege, ob ich ein Stück kosten soll. Ich kann nicht widerstehen, öffne sie und breche ein Stück herunter. Als es auf meiner Zunge zergeht, fällt mir ein brauchbares Versteck ein. Ich lasse die Tafel unter meiner Matratze verschwinden. Dort wird nicht einmal Mama nachsehen. Man muss ja nicht unter einer Matratze putzen.

Als ich am nächsten Tag nach der Schule nach Hause komme, ist die Schokolade weg. Aber ich habe sie doch ganz sicher unter die Matratze gelegt? Ich habe sie sogar noch einmal hervorgeholt und vor dem Zubettgehen ein Stück davon genascht. Sie kann doch nicht verschwunden sein. War ich so zerstreut, dass ich sie vielleicht in eine Schublade gesteckt habe? Hastig öffne ich alle Türen, alle Schubladen in meinen Kästen. Ich merke gar nicht, dass jemand in der Tür steht. Mama räuspert sich. „Suchst du vielleicht das?“ Sie hat den Rest der Schokoladentafel in der Hand. Ich weiß nicht, was ich tun soll. Darf sie das, mir etwas wegnehmen, das ich mit meinem eigenen Geld gekauft habe? „Die gehört mir!“ Ich stampfe trotzig mit dem Fuß auf. Mama lächelt kalt. „Ich werde dich in Zukunft noch genauer kontrollieren müssen. Da muss man einfach durch, so eine Umstellung dauert ein paar Tage. Hast du denn gar kein Interesse an einer hübschen Figur?“ „Nein!“, schreie ich. „Ich will fett werden wie ein Schwein! Und Tag und Nacht nur Schokolade essen!“ Ich werfe mich ins Bett, ziehe die Decke über den Kopf. Mama reißt sie weg. Sie atmet heftig. „So ein Benehmen gibt es bei mir nicht! Was glaubst du denn, wer du bist! Du wirst mir noch einmal dankbar sein, wenn du erwachsen bist! Dass ich auf dich geachtet habe!“ Mama hat mich am Oberarm gepackt und schüttelt mich. Ich werde wütend, lasse mir das nicht gefallen. „Leck mich am Arsch!“, schreie ich ihr ins Gesicht. „Leck mich am Arsch! Ich hasse dich!“ Plötzlich klatscht es in meinem Gesicht. Mama hat mir eine Ohrfeige verpasst. Das hat sie noch nie getan. „Du undankbare Göre!“, schreit sie. „Ich sperr dich ein! Keinen Groschen Geld kriegst du mehr von mir, wenn du dir so einen Dreck davon kaufst!“ Sie wirft die Schokolade nach mir, die Tafel trifft mich an der Wange. „Was ist denn da oben los?“ Papa ist heimgekommen. Mama verlässt mein Zimmer und schließt die Tür.

Natürlich streiten sie sich. Ich höre das Geschrei bis in mein Zimmer, obwohl ich mir die Decke über den Kopf gezogen habe. An diesem Tag gehe ich nicht mehr nach unten.

„Ist dein Stück auch groß genug?“ Oma lächelt. Ich nicke. Oma hat Zwetschgenkuchen gemacht. Der schmeckt wunderbar, aber sie macht ihn immer nur einmal im Jahr, wenn ihre Zwetschgen im Garten reif sind. „Zuhause darf ich keinen Kuchen mehr essen“, erzähle ich ihr. „Warum denn das?“ Oma dreht sich um. In der Hand hat sie noch den Kochlöffel, mit dem sie die Marmelade umgerührt hat. Auf ihrer Schürze glänzen ein paar schwarze Flecken von der Zwetschgenmarmelade. „Mama meint, ich bin zu fett.“ Oma dreht sich um, schüttelt den Kopf, rührt weiter. Oma hat einen ziemlich dicken Hintern. Trotzdem mag ich sie lieber als Mama. „Bist du unglücklich, weil du dick bist?“, frage ich Oma. Sie lacht laut auf und setzt sich zu mir. „Dass man bei der Ernährung auch auf seine Gesundheit aufpassen sollte, da hat deine Mama schon recht damit. Da will ich gar nicht widersprechen. Aber ein bisschen Genuss muss doch auch sein." „Bist du jetzt unglücklich oder nicht?" Ich habe das Gefühl, sie weicht einer Antwort aus. Jetzt zuckt sie mit den Schultern. „Natürlich hätte ich gern ein paar Kilo weniger. Aber dafür fehlt mir die Disziplin, weißt du. Ich koch halt gern. Und dann ess ich auch gern, was ich gekocht habe. Und am meisten freut es mich, wenn es anderen schmeckt." Sie lächelt und stößt mich mit dem Ellenbogen in die Seite. „Aua!" „Noch ein Stück?" Ich schüttle den Kopf. Ich bin wirklich voll.

Wenn ich so überlege, dann ist Oma sicher glücklicher als meine Mama. Wenn man danach geht, wie viel jemand lacht und wie lieb er zu den anderen ist. Meine Oma ist ein viel lieberer Mensch als meine Mama. Eigentlich ist Mama ständig wegen irgendetwas aufgeregt, ärgerlich und unglücklich. Ich möchte nicht so werden wie Mama, eher wie Oma. Auch, wenn ich dann einen dicken Hintern bekomme.

Papa hat mich bei Oma abgeholt. „Ich hab ein großes Stück Kuchen gegessen", sage ich im Auto. Papa lacht. Er hat bei Oma einen Kaffee getrunken und noch ein viel größeres Stück als ich gegessen. „Am besten ist es, wir halten den Mund. Und erzählen Mama nichts vom Kuchen." Ich versuche, zwischen den Vordersitzen nach vorne auf die Straße zu schauen. Papas Blick im Rückspiegel zeigt mir, dass er auf eine Antwort wartet. „Und wenn sie mich fragt?", will ich wissen. „Soll ich dann lügen?" Papa zieht eine ratlose Grimasse und zischt durch die Nase. „Manchmal gibt es ... ich würde sagen, das ist eine Notlüge." Ich sage nichts mehr. Ich weiß ohnehin, wenn Mama fragt, sieht sie mir an der Nasenspitze an, wenn ich nicht die Wahrheit sage.

„Na, habt ihr zwei euch wieder den Bauch vollgeschlagen? Lang genug gedauert hat es ja!“ Mama ist schon wieder ärgerlich. „Ich hab euch ein Gemüsecurry gekocht. Thailändisch. Ganz was Feines.“ Sie lächelt verkrampft. Dieses Lächeln, das ich von ihr so gut kenne. Bei dem die Augen nicht mitmachen. „Gemüse und was sonst noch?“, fragt Papa. „Gemüse und sonst nichts! Und wenn es euch nicht passt, dann lasst es stehen! Ich geh jetzt ins Fitnessstudio!“ Sie schaltet die Herdplatte ab, schiebt den Topf mit dem Curry beiseite, schnappt ihre Sporttasche und ist weg. Draußen höre ich noch das Garagentor klappern.

„Tja!“, sagt Papa und zuckt mit den Schultern. „Ich muss noch ein wenig ...“ Er verzieht sich in sein Arbeitszimmer. Ich betrachte den Topf auf dem Herd. Es sieht irgendwie eklig aus. Wie Kotze. Ich spucke hinein und laufe hinauf mein Zimmer.

9

„Gnädige Frau, es ist da eine ... eine etwas höhere Summe auf Ihrem Konto eingegangen, und da dachte ich, dachten wir, dass Sie vielleicht ...“ „Könnten Sie bitte zur Sache kommen?“ Sabine ging das Geschwafel des Bankmenschen auf die Nerven. Sie hatte sich gerade etwas hinlegen wollen, um sich von einem anstrengenden Vormittag in der Schule zu erholen. Der Anrufer räusperte sich. „Ob Sie vielleicht etwas Beratung brauchen könnten, bezüglich der Anlage des Vermö... der Summe.“ Er hielt inne, obwohl man der Tonlage anmerkte, dass er nicht zum Ende gekommen war. „Ich brauche keine Beratung“, sagte Sabine. „Aber könnten Sie dennoch vielleicht, mein Chef würde gerne ein kurzes Gespräch mit Ihnen persönlich. Also einen Beratungstermin hier bei uns in der Bank wahrnehmen.“ „Hören Sie“, sagte Sabine. „Was Ihr Chef möchte, ist mir egal. Ich möchte in Ruhe gelassen werden. Wenn das für Ihre Bank irgendein Problem ist, kann ich gerne zu einem anderen Institut wechseln.“ „Natürlich.“ Sie konnte förmlich riechen, wie der Mann schwitzte. „Also, sonst noch was?“ „Nein, natürlich nicht.“ Sabine legte auf. Sie hatte es selbst schon heute Vormittag gesehen. Das Geld von der Feuerversicherung war eingetroffen. Es sah nach viel aus, gewiss. Aber wenn sie sich hier in der Stadt eine ordentliche Wohnung kaufen wollte, ohne Schulden zu machen, war der Großteil der Summe auch schon wieder weg. Kurz hatte sie darüber nachgedacht, sich einen luxuriösen Urlaub zu leisten, ein schickes neues Auto zu kaufen. Dann aber hatte sie diese Gedanken beiseitegeschoben. Sie brauchte das alles nicht. Sie wollte frei und unabhängig sein. Und das war man, wenn man keine Schulden und ein eigenes Dach über dem Kopf hatte. Nur noch eine halbe Stunde ausruhen, dann würde sie sich über die Schularbeitenhefte hermachen.

Sie musste kurz eingenickt sein, als sie hochschreckte. Jemand drückte die Türklingel. Zwar jeweils nur kurz, dafür aber dreimal. Henderson konnte es nicht sein, der hatte seinen eigenen Schlüssel. Sonst kam nie jemand. Außer, sie hatte etwas im Internet bestellt. Was aber nicht der Fall war. „Ja?" Sie wartete auf Antwort aus der Gegensprechanlage. „Schönen Nachmittag, Frau Magister." Eine gepflegte, ruhige Stimme. Sabine wartete. „Chefinspektor Grünwald. Ich komme von der Kriminalpolizei. Dürfte ich Sie kurz sprechen?" Sabine spürte, wie sich ein Kloß in ihrem Hals ausdehnte, der sie zu ersticken drohte. Sie konnte nicht sprechen. Würgte ein „Ja" hervor und drückte den Türöffner. Hektisch lief sie in die Küche, um einen Schluck Wasser zu trinken. Hatte Mühe, ihn zu schlucken. Trat vor den Spiegel im Vorzimmer. Fand, dass sie rot angelaufen war. Klopfen an der Tür. „Einen Moment!" Sie fuhr sich mit den Fingern durch die Haare, versuchte, tief durchzuatmen.

Vor der Tür stand ein gepflegter Mann, mittleres Alter. Er hatte dunkle Haare, die sehr kurz geschnitten waren und eine bereits hohe Stirn freigaben, graue Schatten auf den Wangen. Tadelloser Anzug, schwarze Brille, wie aus einer Plakatwerbung für eine Textilkette. Er streckte ihr die Hand hin. „Frau Magister Meißner? Grünwald mein Name. Gottfried Grünwald." Er lächelte und zuckte mit den Schultern. „Meine Eltern hatten es mit Stabreimen. Hier mein Ausweis." Er hielt ihr einen kreditkartengroßen Ausweis mit Foto und Bundesadler vor die Nase. Sabine sah nicht genauer hin und nickte. „Darf ich hereinkommen?" Sabine nickte wieder, bevor ihr einfiel, dass es vielleicht günstig wäre, etwas zu sagen. „Guten Tag." Grünwald trat in den Vorraum, sah sich etwas unsicher um.

„Schön haben Sie's hier!" „Wie man's nimmt", antwortete Sabine und ging voraus ins Wohnzimmer. „Bitte!" Sie lud ihn mit einer Handbewegung ein, sich zu setzen. Er nahm auf dem Sofa Platz, Sabine auf der Kante des Lehnsessels ihm gegenüber. Vorsichtig zog er seine Hosenbeine hoch. Er trug schwarze Socken und einwandfrei geputzte, ebenfalls schwarze Budapester. Ein Mann mit Geschmack.

„Sie fragen sich sicher, was mich zu Ihnen führt?" Sabine hatte gerade überlegt, ob sie ihm etwas zu trinken anbieten sollte, und reagierte daher verzögert. „Ich …" Sie hielt inne. „Hat es vielleicht irgendwas mit der Versicherung zu tun? Für das Haus?" Grünwald schüttelte den Kopf. „Nein. Damit beschäftigen wir uns nicht. Ich bin von der Abteilung, die sich mit Tötungsdelikten beschäftigt. Im Fernsehkrimi würde es heißen, Mordkommission." Sabine fühlte sich, als habe ihr der Polizist ins Gesicht geschlagen. „Tötungsdelikt?", wiederholte sie ungläubig. Grünwald streckte ihr beruhigend die Handflächen entgegen. „Nein, nein, erschrecken Sie nicht. Das ist alles reine Routine. Im Falle von nicht natürlichen Todesfällen ermitteln wir immer. Und Ihre Mutter ist ja eines nicht natürlichen Tod gestorben, nicht?" Sabine nickte. Sollte sie das mit der Routine glauben? Oder war irgendetwas aufgetaucht, das den Argwohn der Polizei erregt hatte? „Können Sie mir noch einmal den Ablauf des Abends schildern, an dem Ihre Mutter zu Tode gekommen ist?" „Aber das habe ich doch schon …", verteidigte sich Sabine matt. Grünwald lächelte. „Natürlich. Aber ich möchte alles aus Ihrem Munde, Ihrer Erinnerung nach, gerne noch einmal hören." Sabine erinnerte sich, dass es in einem Krimi einmal geheißen hatte, dass man bei Verhören immer nur deswegen zigmal das Gleiche gefragt wurde, um die Zeugen bei Widersprüchen in ihren Aussagen zu ertappen. Sie holte Luft. „Möchten Sie was zu trinken?"

Grünwald schüttelte den Kopf. Sabine begann zu erzählen. Langsam und stockend. Immer wieder überlegte sie. Ob das dem Kommissar auffiel? „Ich verstehe sehr gut, dass Ihnen das Sprechen über den Vorfall nicht leichtfällt“, sagte er und schlug ein Bein über das andere.

„Wenn Sie vielleicht doch ein Glas Wasser für mich hätten?“ Grünwald strich sich mit der Hand über das Kinn. Sabine war froh, aufstehen zu können. Sie schwitzte am Rücken. Dass auch ihre Handflächen schweißnass waren, merkte sie erst, als sie ein Glas aus dem Schrank holte. „Vielleicht doch auch einen Kaffee?“ „Gerne.“ Sie hatte keinerlei Reaktion an ihm feststellen können, als sie ihre Geschichte erzählte. Glaubte er ihr? Sie drückte auf die Taste der Kaffeemaschine, die Pumpe begann zu dröhnen. Sie war doch glaubwürdig rübergekommen. Sie glaubte ihre Geschichte ja mittlerweile selbst. Wer konnte denn auf so eine abwegige Idee kommen, das ganze Haus abzufackeln, um die Mutter loszuwerden. Völlig absurd.

Sabine stellte Kaffee und Wasser vor ihn hin. „Sie nicht?“, fragte er. Sie schüttelte den Kopf. „Ich hatte gerade, bevor Sie gekommen sind“, log sie. Wieder strich er mit einer Hand über das Kinn, nahm einen Schluck Kaffee. „Wissen Sie“, sagte er. „Eins macht mich stutzig. Sie erzählen, Ihre Mutter habe die Kerzen am Adventkranz angezündet, bevor sie eine Schlaftablette genommen hat und ins Bett ging.“ „Stimmt so nicht genau“, reagierte Sabine. „Ich kann mich nicht erinnern, gesehen zu haben, dass sie die Kerzen angezündet hat. Muss aber wohl so gewesen sein, wenn man jetzt meint, die wären schuld am Feuer gewesen.“ Grünwald nickte und nahm noch einen Schluck Kaffee. Beim Trinken spreizte er den kleinen Finger von den anderen ab. Dann sah er sie direkt an. „Verschiedene Leute behaupten, Ihre Mutter habe Angst vor Feuer gehabt. Sei extrem vorsichtig mit Kerzen und dergleichen gewesen. Das ist der Punkt, wo ich mir Fragen zu stellen beginne." Sabine wich seinem Blick nicht aus. Jetzt unsicher zu wirken, das wusste sie, wäre fatal. „Was wollen Sie damit sagen?" „Nichts!" Er hielt Daumen und Zeigefinger um den Henkel der Kaffeetasse geschlossen, starrte in den Kaffee. Die Tasse klimperte leicht auf der Untertasse. „Dann ist es ja gut." Sabine atmete aus.

„Leute im Krankenhaus sagen, Ihr Vater habe auch nicht geglaubt, dass seine Frau Kerzen anzündet. Und dann brennen lässt, wenn sie schlafen geht." „Welche Leute?" Sabine fühlte, wie sie zornig wurde. Gut so. Ein bisschen Aggression in Haltung und Stimme machte sie nur überzeugender. Jeder würde so reagieren, wenn man ihm mit verdeckten Anschuldigungen kam. Grünwald zuckte mit den Schultern. „Wir reden mit vielen Leuten. Wenn's der Wahrheitsfindung dient." „Sollten Sie sich dabei nicht lieber auf Tatsachen konzentrieren als auf das Gerede von Leuten?" Sabine hatte genug und stand auf. Anscheinend hatte der Kommissar überhaupt keine Beweise, nicht einmal Indizien gegen sie. Ein bisschen Korridorgetratsch aus dem Krankenhaus – das war ja lächerlich.

Grünwald erhob sich ebenfalls. „Danke für den Kaffee. War sehr gut." „Bio. Fair Trade", antwortete Sabine. Grünwald trat auf sie zu, etwas näher, als es ihr angenehm war. Er roch gut, aber künstlich. Nicht nach Körper. Das musste irgendein teures Männerparfum sein, billiges Rasierwasser kannte sie von ein paar Kollegen in der Schule, das war es sicher nicht. „Es gibt da noch etwas", sagte er, kratzte sich am Kopf und wich ihrem Blick aus. „Was?" „Dieses Kind, das angeblich entführt worden ist", sagte Grünwald. „Und was soll ich damit zu tun haben? Das müsste ja wohl jemand hier im Haus gesehen haben, wenn ich ein Kind über Nacht bei mir gehabt hätte. Und ganz abgesehen davon, der Bub ist als Schüler so unangenehm, dass ich froh bin, wenn ich ihn nicht sehe!" Grünwald lächelte. „Das sollte eine Pädagogin aber nicht so scharf sagen." Er reichte Sabine die Hand. Sein Händedruck war warm, trocken und kräftig. Nicht besitzergreifend. Sabine hingegen merkte, dass ihre Hände immer noch feucht waren. Hoffentlich hatte er es nicht gemerkt. Kalter Schweiß an den Handflächen, das war wohl kein Zeichen innerer Ruhe.

„Ach ja!" An der Tür drehte sich Grünwald noch einmal um. Sabine verschränkte die Arme vor der Brust. „Kommt jetzt die Frage zwischen Tür und Angel? Die das Opfer unvermittelt trifft?" Es gelang ihr ein spöttischer Gesichtsausdruck. Grünwald lächelte, ohne die Hand von der Türklinke zu nehmen. „Sie sehen zu viele Krimis im Fernsehen. Oder Sie lesen zu viel." Er richtete seinen freien Zeigfinger gegen ihre Brust. „Ich wollte mich nur für die Störung entschuldigen. Kann sein, dass ich noch einmal komme. Ich darf doch?" Sabine zuckte mit den Schultern. „Was kann ich dagegen tun? Hilft es, wenn ich nein sage?" „Ich fürchte, nicht." Mit einem Lächeln, das Sabine nicht zu deuten wusste, verschwand er durch die Tür und ließ sie hinter sich ins Schloss fallen.

Sabine überlegte, ob sie Henderson vom Besuch des Kriminalbeamten erzählen sollte. Zunächst entschied sie sich dagegen. Möglicherweise würde auch er unangenehme Fragen stellen, ihre Version in Zweifel ziehen. Und wenn er ihr glaubte, wer konnte wissen, was er sich ausdenken würde. Sie war sich immer noch nicht ganz sicher, ob nicht Henderson hinter der Entführung von Gregor steckte. Sie hatte es zwar selbst noch nie erlebt, doch sie konnte sich vorstellen, dass Henderson auch eine ganz andere Seite hatte. Dass er brutal sein konnte.

„Na, was ist los mit dir, Schatz?" Henderson schnitt sich noch ein Stück Baguette ab, tunkte es in die Schale mit dem Kräutertopfen ein, den sie selbst zubereitet hatte. Eigentlich tat man so etwas nicht, es zeigte schlechte Kinderstube. Sie verzichtete auf einen Kommentar. „Du bist so still? Willst du mir nichts erzählen? Zum Beispiel, wie dein Tag heute war? Und ob dich deine Kollegin, die Betreuerin, wie heißt sie doch gleich? Ob sie wieder einmal alles besser gewusst hat?“ Henderson schmatzte. „Köstlich, dieser Kräutertopfen. Solltest du öfter machen!“ Sabine wusste genau, dass ihm Fleisch viel lieber war. Italienische Würste, Rohschinken, kalt aufgeschnittener Schweinsbraten. Warum lobte er plötzlich ihren ganz gewöhnlichen Brotaufstrich? Und warum interessierte er sich schon wieder für Sylvia Pokorny?

„Heute war einer von der Kriminalpolizei da“, brach es aus ihr heraus, ohne dass sie es gewollt hatte. Henderson hob die Augenbrauen und nahm einen Schluck Rotwein. „Was wollte der?“ Sabine zuckte mit den Schultern. „Hat wieder die gleichen dummen Fragen gestellt. Wegen dem Tod meiner Mutter und dem Brand. Was weiß ich.“ Hätte sie doch bloß den Mund gehalten. Henderson stellte das Weinglas ab. „Und? Hast du deine Mama umgebracht?“ Er lachte. „Blödmann!“ Sabine war nicht zum Lachen zumute. Sie rieb sich die Augen. „Wie hat er denn ausgesehen, dein Kriminaler?“, fragte Henderson. „Warum willst du das wissen?“ Sabine sah zu ihm auf. „Nur so. Ich ... vergiss es.“ Henderson stand auf. „Ich muss mir heute unbedingt Champions League im Fernsehen ansehen, du verstehst doch?“ Nun, fand Sabine, war Henderson es, der ablenkte. Plötzlich interessierte er sich nicht mehr für das Aussehen des Kriminalbeamten, der Sabine einen Besuch abgestattet hatte.

Leise hörte sie den Kommentar zum Fußballmatch und das Raunen der Fans von den Rängen. Sie versuchte, sich auf ihre Schularbeitenhefte zu konzentrieren. Es war nicht der Ton des Fernsehers, der sie in ihrer Konzentration störte. Wie war es eigentlich in einem Frauengefängnis? Ob es da auch Einzelzellen gab? Und konnte man fernsehen, Sport machen? Wie lange am Tag war man da tatsächlich weggesperrt? Sie fragte sich, warum ihr dauernd solche Fragen im Kopf herumgeisterten. Es gab doch nicht den geringsten Beweis gegen sie. Wo sollte der auch herkommen? Das letzte Heft, das war völlig unzusammenhängendes Gefasel gewesen. Noch dazu mit zahlreichen Fehlern. Sie brauchte nicht lange zu überlegen und schrieb ein „Nicht genügend" darunter.

„War das übrigens dein Freund, der beim Begräbnis neben dir gestanden ist? Ich möchte ja nicht indiskret sein, aber ..." „Aber was?" Das war jetzt ein wenig barsch aus ihr herausgebrochen, aber dass jetzt auch die Pokorny anfing, sich nach Henderson zu erkundigen, das ging doch ein wenig zu weit. Sie spürte Sabines ablehnende Haltung und hob beruhigend die Hände. „Nein, nein ... Ich wollte dir nicht nahetreten. Geht mich ja auch nichts an. Hat halt nicht nach Familie ausgesehen, der Mann." Eingeschnappt wandte sie sich ab. „Entschuldige", sagte Sabine. „Ich bin noch ein bisschen durch den Wind wegen der ganzen Geschichten in letzter Zeit ... dann auch noch das mit Gregor ..." Sylvia wandte sich wieder ihr zu. „Ist ja schon gut. Versteh ich doch. Umso bewundernswerter, dass du die Schularbeiten schon fertig hast ..." „Er ist mein Freund, er heißt Josef. Wir sind seit ... ein paar Monaten ..." Die Pokorny winkte ab. „Schon gut. Du bist mir ja keine Auskunft schuldig."

Als Sabine in der nächsten Pause ins Lehrerzimmer wollte, hielt sie die Sekretärin auf. „Da wollte dich jemand sprechen ... von der Kriminalpolizei!", flüsterte sie. Sabine griff sich mit der Hand an die Stirn, ihr war einen Moment lang schwindlig. „Geht's eh gut?", fragte die Sekretärin. Sabine nickte. „Du sollst zurückrufen." Sie drückte ihr einen handgeschriebenen Notizzettel in die Hand. Tatsächlich stand „Grünwald" drauf. Sabines Herz klopfte bis in den Hals, sie musste das sofort erledigen, aufschieben ging nicht, sie würde den Inspektor nicht aus dem Kopf bekommen, konnte so keine Unterrichtsstunde halten. Warum ließ er sie nicht einmal in der Schule in Ruhe? Was hatte er in der Hand? Sie nahm ihr Handy aus der Handtasche und verließ das Schulgebäude durch einen Nebeneingang. Es war kalt draußen, der Wind trieb ein paar Blätter vor sich her. In der Ferne dröhnte eine Bohrmaschine. Wahrscheinlich der Schulwart. In einigem Abstand zu ihr standen zwei rauchende Kollegen unter einem Vordach. Sabine tippte die Handynummer auf dem Zettel ein.

Grünwald wirkte leutselig, fast vertraulich. Sabines Stimme hingegen zitterte unsicher, als sie fragte, worum es denn ging. Grünwald versicherte ihr, wie unendlich leid es ihm tue, dass er sie während der Arbeit stören musste. Aber es seien neue Fragen aufgetaucht. Er müsse sie unbedingt noch einmal sprechen. „Bitte machen Sie sich keine Sorgen, es hat nichts zu bedeuten. Wie wäre es gleich heute Nachmittag?" „Ich bin nicht zu Hause ...", log Sabine. „Wir können uns auch in einem Café treffen, miteinander einen Spaziergang machen ..." Unternahmen Kriminalbeamte mit Verdächtigen Spaziergänge? Sabine wollte auf jeden Fall vermeiden, dass sie mit Grünwald gesehen wurde. „Machen Sie einen Vorschlag." „Wissen Sie was? Ich lade Sie zum Essen ein. Soll ich Sie abholen?" „Nein, nein!" Die Glocke zur nächsten Stunde läutete. „Ich muss jetzt in den Unterricht. Er ist um halb zwei zu Ende." Er nannte eine U-Bahn-Station, an der sie auf ihn warten sollte, und eine Uhrzeit. Der Anruf hatte nichts gebracht, sie wusste nicht, was Grünwald von ihr wollte, fühlte sich wie vor einer Urteilsverkündung. Sie würde die restlichen Stunden kaum in der Lage sein, sich auf ihre Schüler zu konzentrieren.

Erschöpft stand Sabine um zehn vor zwei auf dem Gehsteig vor der U-Bahn-Station, als eine schwarze Limousine vorfuhr. Grünwald beugte sich über den Beifahrersitz und öffnete ihr die Tür. „Es ist nicht weit." „Das ist aber kein Polizeiauto", bemerkte Sabine, als sie sich anschnallte. Grünwald lachte. „Wir fahren Zivilfahrzeuge. Ist unauffälliger." Ein Auto dieser Marke, dachte Sabine, war nur in bestimmten Gegenden unauffällig. Und sicher nicht in denen, in die Kriminalbeamte am öftesten hinmussten. Sie fühlte Grünwalds Blicke auf ihren Beinen und wünschte, sie hätte heute eine Hose angezogen. Der Rock war zu weit über die Oberschenkel hinaufgekrochen.

Das Restaurant hieß „Zum Perlhuhn" und lag in einer Straße, in der Sabine noch nie gewesen war. Als sie die Speisekarte in der Hand hielt und Grünwald immer noch keine Anstalten machte, zum Thema zu kommen, merkte sie, wie sie nervös mit einem Fuß wippte. Währenddessen erging sich der Chefinspektor in Überlegungen zur Speisenauswahl. Sabine war es völlig egal, was auf den Tisch kam. Sie bestellte sich Polentaknödel, eines der wenigen vegetarischen Gerichte auf der Karte. „Keine schlechte Wahl", kommentierte Grünwald. Als die Kellnerin ihren Tisch verlassen hatte, zwinkerte er Sabine zu und beugte sich über den Tisch. „Fast schade, dass wir beide nicht privat hier sind." Sabine zuckte zurück. „Was soll das alles?" Grünwald klappte seine Speisekarte mit einem Knall zu, sodass Sabine zusammenzuckte. „Es ist natürlich so, dass wir keinerlei Beweise haben, dass Sie irgendetwas mit dem Tod Ihrer Mutter zu tun haben", begann er. „Aber im Zusammenhang mit dem Tod Ihres Vaters ... ergibt sich ein Bild, das viele Fragen aufwirft. Sie sind die einzig Begünstigte aus dem Erbe Ihrer Eltern, Sie haben – was durch zahlreiche Zeugenaussagen bestätigt wird – Ihre Mutter gehasst, Ihr Vater selbst hat Sie verdächtigt, beim Brand nachgeholfen zu haben, da müssen Sie sich nicht wundern, wenn ...“ Grünwald hatte die Stimme gesenkt, weil sich die Kellnerin mit den Getränken näherte. Sabine sah sich um. An den Tischen neben ihnen saß niemand, der ihr Gespräch verfolgen hätte können.

Grünwald legte seine Hand auf die ihre, tätschelte sie beruhigend. Sein Grinsen war eine hässliche Fratze. „Aber das sind ja alles haltlose Spekulationen, nicht? Keine Beweise. Und nur wer Ihnen Böses will, würde so denken.“ Sabine nickte. Sie durchschaute den Mann nicht. Was wollte er eigentlich von ihr? War das ein Spiel? Wenn er belastendes Material gegen sie hatte, warum verwendete er es dann nicht? Warum bestellte er sie nicht einfach aufs Präsidium und konfrontierte sie damit?

Wenig später stellte die Kellnerin einen Teller vor Sabine hin. Das Essen sah appetitlich aus. Sie durfte sich jetzt keine Blöße geben, musste entspannt wirken, essen. Grünwald hatte sich einen Hirschbraten kommen lassen. „Schade, dass Sie vegetarisch essen. Das Wild hier ist vorzüglich!“ Vorzüglich. Wer verwendete heute noch solche Ausdrücke? Sabine stach in ihren Polentaknödel. „Sie müssen ja halb verhungert sein, nach so einem Vormittag in der Schule!“ Sabine nickte. Gott sei Dank waren die Knödel weich, es gab Gemüse dazu, sie konnte alles, ohne viel zu kauen, hinunterwürgen. Grünwald beugte sich zu ihr herüber, legte ihr seine Hand auf den Unterarm. Sie brannte auf ihrer nackten Haut wie Feuer. „Natürlich können wir uns genauere Untersuchungen Ihres Vaters sparen. Wir würden wohl nichts finden, was uns auf die Idee bringen könnte, bei seinem Tod habe jemand nachgeholfen."

Sabine sah verblüfft auf. Wie war es möglich, dass der Kriminalist so schlecht informiert war? Plötzlich wurde sie ruhig, sah, dass sie einen Vorsprung gegenüber Grünwald hatte. Sie nahm noch eine Gabel voll Knödel in den Mund, kaute entspannt und schluckte hinunter, bevor sie antwortete. „Mein Vater ist verbrannt worden. Eingeäschert. Schade. Ich hätte Ihnen gern bewiesen, dass ich mit dem Tod meiner Eltern nichts zu tun habe." Sie musste sich beherrschen, nicht zu lächeln. Grünwald wirkte überrascht, es dauerte mindestens eine Sekunde, bis er sich ein gequältes Lächeln abringen konnte. Doch dann hatte er sich wieder gefasst. Sein Lächeln wurde breiter. „Haben Sie etwas zu verbergen, Gnädigste?" Sein Lächeln kam Sabine nun schmieriger vor als jemals zuvor. „Sehen Sie, es werden genügend Gewebeproben Ihres Vaters vorhanden sein, man hat ja ... Sie wissen das vielleicht nicht, aber es hat eine Obduktion gegeben ..." Der Vorsprung war dahin. Ob es tatsächlich möglich war, das Medikament an winzigen Gewebeproben nachzuweisen? Oder bluffte Grünwald?

„Bitte setzen Sie mich da wieder ab, wo ich eingestiegen bin." Grünwald hatte zwar angeboten, sie nach Hause zu fahren, doch sie hatte kein Interesse daran, dass jemand sie vor ihrem Haus aus dieser Limousine aussteigen sah.

Er hielt auf der Busspur gegenüber der U-Bahn-Station. „Bitte warten Sie noch einen Moment." Grünwald zündete sich eine Zigarette an. Der beißende Rauch stieg ihr in Nase und Augen. Sie hustete. „Oh, Entschuldigung. Wie unhöflich von mir." Er ließ das Fenster auf der Fahrerseite hinunter und warf die Zigarette auf die Fahrbahn. Obwohl er im Halteverbot stand, ließ er sich Zeit. „Es gäbe da schon eine Möglichkeit, alle Ermittlungen gegen Sie fallen zu lassen. Der Staat hat kein allzu großes Interesse an kostspieligen, arbeitsintensiven Nachforschungen, die wahrscheinlich zu nichts führen. Und deswegen müsste ich mich nur ein wenig darum bemühen, sie einzustellen, und Sie wären alle Sorgen los." Er schwieg. Sabine suchte seinen Blick, doch er starrte durch die Windschutzscheibe hinaus. „Was müsste ich tun?" „Sie haben eine Menge Geld bekommen. Wie ich befürchte, zu Unrecht. Es wäre nur fair, wenn Sie etwas davon abgeben würden. Sagen wir, die Hälfte." Sabine durchzuckte ein Blitz. „Auf Wiedersehen." Sie öffnete die Tür, trat auf den Gehsteig. „Überlegen Sie es sich! Wir haben Zeit! Keine Eile!", rief Grünwald ihr hinterher. Sie schlug die Wagentür zu, drehte sich um, ging die wenigen Schritte bis zur Rolltreppe und verschwand im Untergrund.

Ein gewöhnlicher Erpresser. Er wollte ihr Geld. Sabine war so geschockt, dass sie am Ende der Rolltreppe vergaß, einen Schritt nach vorne zu tun, und stolperte. Mit Mühe konnte sie einen Sturz vermeiden. Das war doch nicht möglich, dass Kriminalbeamte einen einfach so erpressten. Das musste man doch irgendwo melden können. Oder steckten die alle unter einer Decke? Sabine fühlte sich plötzlich hilflos, ausgeliefert. Sie musste ... ja, sie würde Henderson davon erzählen. Der würde wissen, was zu tun war. Er glaubte ihr, er liebte sie, er wusste, dass sie ihre Eltern nicht umgebracht hatte.

Henderson blieb erstaunlich ruhig, als Sabine ihm von Grünwald erzählte. „Er sagt, er will die Hälfte von dem Geld. Von der Versicherungssumme." Sabine kamen die Tränen. Sie nahm die Serviette, die auf dem Tisch lag, und tupfte an ihren Augenwinkeln herum. Henderson setzte sich neben sie auf das Sofa, legte seinen Arm um sie.

„Nicht weinen, Honey. Wir müssen uns was überlegen. Der Kerl ist korrupt, wie die ganze Polizei hier in diesem Land. Ich weiß das schon lang, glaub mir." Sabine sah zu ihm auf. „Und woher, bitte?" Er winkte ab. „Tut nichts zur Sache. Jedenfalls, nach der Hälfte ist noch keine Ruhe. Glaub mir, der will alles." „Und was sollen wir tun?" „Du musst mir jetzt vertrauen. Wir überlegen uns was. Wie wir gegen ihn ankommen. Wie wir ihn hereinlegen. Irgendwas fällt mir schon ein. Ich kenne da ... gewisse Leute. Zunächst einmal hinhalten." Erstaunt starrte Sabine ihn an. Was für Leute meinte er? Hatte er Verbindungen zur Polizei? Zu Verbrechern? Sie verkniff sich eine Nachfrage. „Er hat gesagt, es hat keine Eile." Henderson nickte. „Nein. Für ihn nicht. Er zählt darauf, dass wir nervös werden. Dass du nervös wirst."

In den nächsten Tagen war nichts von Grünwald zu hören. Fast hatte Sabine ihn verdrängt, fast schien sein Erpressungsversuch nur noch wie ein böser Spuk. Zudem war das Wetter besser geworden, wärmer, der Frühling schickte seine Boten voraus. Henderson hatte sie zu einem Café in der Innenstadt gebeten, sie sollte auf ihn warten, er komme spätestens um fünf. Bis jetzt hatte er Grünwald mit keinem Wort mehr erwähnt, auch keinen Weg vorgeschlagen, wie sie der Erpressung entgehen konnte. Plötzlich küsste sie jemand in den Nacken. Wie konnte er sich nur so lautlos anschleichen? „Hallo, Baby! Ist dir kalt?" Sabine hatte ihre Lederjacke anbehalten und sich eine Decke um die Beine gewickelt. Trotz Wärmelampe war es eben noch nicht wirklich warm genug für einen Nachmittag im Gastgarten.

„Ist dir schon was eingefallen? Ich meine, wegen Grünwald. Er hat sich zwar bis heute nicht gemeldet, aber ..." Henderson lächelte, nickte und winkte ab. „Ein kleines Bier, bitte. Und die Speisekarte." Die Kellnerin reichte ihm die Karte, Henderson schien abgelenkt, beantwortete ihre Frage nicht. Sie trat vorsichtig unter dem Tisch mit dem Fuß nach seinem Schienbein. „He!“ „Au!“ Er zog sein Bein zurück, grinste. Blätterte in der Karte weiter. „Weißt du“, sagte er, ohne zu ihr aufzusehen, „wenn du nichts getan hast, dann soll er ruhig weiter ermitteln. Er kann dich ja gar nicht erpressen, wenn du unschuldig bist.“ „Ja, aber ...“ Sabine war verblüfft. Er hatte doch versprochen, zu helfen. Sich etwas zu überlegen. Und nun das. „Aber er wird mich belästigen, vielleicht noch wochenlang. Das halt ich nicht durch!“ Tränen stiegen hoch. Henderson schien es nicht zu merken. „Wenn er weiter Schwierigkeiten macht, dann wird etwas passieren. Vertrau mir. Ganz offiziell wäre eine Dienstaufsichtsbeschwerde. Wenn er sich etwas zu Schulden kommen lässt. Inoffiziell ...“ Er brach ab. „Du bist gut!“, fauchte Sabine. „Ein Erpressungsversuch ist vielleicht noch nicht genug für eine Dienstaufsichtsbeschwerde?“ Henderson legte die Karte beiseite und einen Finger an die Wange. „Es steht Aussage gegen Aussage. Er wird es abstreiten, wenn er damit konfrontiert wird.“ „Also?“ Er zuckte mit den Schultern. „Abwarten, was geschieht. Noch ist ja nichts passiert. Aber glaub mir, wenn er Ernst macht, werden wir handeln. Schnell und überraschend. Ich hab da schon so eine Idee ...“ Sabine fühlte sich ausgeliefert, schutzlos. Henderson speiste sie mit Gemeinplätzen ab, schien sich nicht wirklich für das Thema zu interessieren. Wahrscheinlich war ihm noch nichts Hilfreiches eingefallen, das man gegen diesen Polizisten unternehmen konnte.

Und gleich am Tag darauf war es so weit. Sabine war kaum von der Schule nach Hause gekommen, als es an der Tür läutete. Sie zuckte sofort zusammen, sah aus dem

Küchenfenster. Grünwalds Limousine stand vor der Tür, direkt vor einer Hofeinfahrt.

„Ich stehe vor einem Problem.“ Grünwald hatte sich, ohne zu fragen, auf dem Sofa breitgemacht. So, wie er dasaß, erschien er Sabine jetzt nicht mehr wie ein seriöser Kriminalbeamter, sondern wie ein Gangster. Er rieb zuerst seine Hände aneinander, öffnete sie danach. „Ich muss meinen Vorgesetzten gegenüber natürlich Rechenschaft ablegen. Wir sind jetzt an einem Punkt angelangt, wo ich mich entscheiden muss. Weiterermitteln oder die Einstellung empfehlen. Wir haben zu viel Zeit verstreichen lassen.“ Sabine hatte keine Idee, wie sie ihm gegenübertreten sollte. Henderson war nicht erreichbar, unterwegs. Sonst hatte sie niemanden, dem sie sich anvertrauen konnte. Der ihr jetzt helfen konnte. Harry oder Sylvia? Harry – lächerlich. Sylvia würde vielleicht irgendwas einfallen, sie wusste ja sonst auch immer alles besser.

„Haben Sie denn was in der Hand gegen mich?“ Ihre Stimme klang brüchig. „Sagen wir einmal so, es wird täglich mehr. Aber bisher habe ich es für mich behalten.“ Meinte er es ernst oder bluffte er? Sabine ließ sich in den Lehnsessel ihm gegenüber sinken. Es war nicht fair, dass sie diesem Scheusal ganz alleine ausgeliefert war. Einfach nicht fair.

„Wie wäre es denn mit einer kleinen Vorauszahlung?“ Grünwald stand auf. Was meinte er damit? „Wie, Vorauszahlung?“, fragte Sabine. „Ganz einfach!“ Grünwald kauerte sich neben ihr hin. Sein Atem streifte ihren Hals. „Da gibt es verschiedene Währungen, in denen man Vorauszahlungen leisten kann. Natürlich bedeutet das nur einen Zahlungsaufschub, keinen Verzicht.“ Sabine begann zu zittern. Ihr war kalt. So kalt, als würde sie nackt draußen im Regen stehen. Grünwald strich sanft mit seiner rechten Hand über ihren Nacken. Fasste nach einer

Haarsträhne. Drehte sie um einen seiner Finger. Glitt mit dem Zeigefinger seiner rechten Hand langsam um ihren Hals herum, streifte ihr Kinn, berührte ihre Lippen. Fuhr mit dem Finger die Kontur ihrer Lippen nach. „Sie zittern ja. Ist Ihnen kalt? Ich könnte Sie wärmen." Seine Stimme klang kalt. Bedrohlich. Sabine konnte sich nicht bewegen, war erstarrt. Wollte aufspringen, zum Telefon, zur Tür, davonstürmen, aber sie konnte nicht. Grünwalds Finger erreichte wieder ihren Hals, glitt hinab, streifte das Goldkettchen mit dem Sternzeichenanhänger, den sie seit ihrer Firmung trug. Ein scharfer Ruck, ein kurzer Schmerz. Grünwald hielt das Kettchen in der Hand. „Echt Gold? Trotzdem – reicht nicht für eine Vorauszahlung." Er ließ das Kettchen zu Boden gleiten. Wieder sein Finger an ihrem Hals. „Haben Sie gewusst, dass es nicht viel Kraft braucht, jemanden zu erwürgen? Man muss nur den Blutfluss durch die Venen unterbinden, die vom Gehirn durch den Hals zurück in den Körper führen. Dann pumpt das Herz immer mehr Blut ins Hirn, es kann nicht mehr raus, und – aus!" Er drückte seinen Zeigefinger gegen Sabines Hals. Sie schrie kurz auf. „Ich tu dir doch nichts, mein Mäuschen. Aber denk an die Schulden, die du bei mir hast. Ich hätte dir längst schon den Staatsanwalt auf den Hals hetzen können." Sein Finger erreichte den ersten geschlossenen Knopf ihrer Bluse. Er nahm den Daumen zu Hilfe, um ihn zu öffnen. Erreichte den Mittelsteg ihres BH. Langsam rückte sein Finger zu ihrer Brust vor.

Nie hatte sich Sabine so schmutzig gefühlt. Sie konnte duschen, solange sie wollte, dieser Schmutz würde nie mehr abgehen. Und niemand war da gewesen, ihr zu helfen. Sie trocknete sich langsam ab, rieb ihre Brüste, ihre Schamlippen, in der Hoffnung, dass sich ein Gefühl der Sauberkeit, der Reinheit einstellen würde. Vergeblich. Sie zog sich frische Sachen an, warf die Unterwäsche und die Bluse, die sie getragen hatte, in den Mülleimer. Den Rock gleich hinterher. Sie konnte die Sachen nicht mehr sehen. Obwohl das Zeug teuer gewesen war. Zumindest die Bluse und der Rock. Vorauszahlung!

Sie suchte nach ihrem Handy, fand es in der Handtasche. Sie musste sich vergewissern, dass wenigstens ihr Geld noch sicher auf dem Konto lag. Als sie den Kontostand sah, traute sie ihren Augen nicht. Das musste ein Irrtum sein. Heftig riss sie den Laptop auf und öffnete die Netbanking-Seite. Gewiss war der Kontostand auf dem Handy irgendwie nicht aktualisiert worden. Ein Irrtum. Kein Update oder so. Sie vertippte sich zweimal bei der Eingabe des Passworts. Versuchte, sich zu konzentrieren. Der Bildschirm gab ihren Kontostand frei. Ihr Geld war weg.

X

„Sabine, ich möchte gerne, dass du bei dem Gespräch dabei bist.“ Ich verstehe nicht, was Frau Professor Mühlauer meint. Welches Gespräch? Sie hat mich an der Tür des Computerraums aufgehalten, als ich gerade gehen wollte. Meine Blicke sind offenbar so ratlos, dass sie sofort kombiniert. „Hat deine Mutter etwa nicht mit dir darüber gesprochen?“ Ich bin noch verwirrter. „Worüber denn?“, frage ich. Meine Deutschlehrerin seufzt und blickt auf ihre Uhr. „Wir haben noch fünf Minuten. Setzen wir uns kurz hin.“ Sie deutet auf die beiden Sessel, die uns am nächsten stehen. „Es geht um die letzten beiden Deutschschularbeiten“, sagt sie. „Ja“, sage ich, „Sie haben mir total schlechte Noten gegeben. Ich weiß.“ „Du hast einmal einen Vierer bekommen, und die letzte war leider ein Fünfer. Deine Mutter ist der Meinung, dass beide Schularbeiten falsch beurteilt worden sind. Darüber will sie ein Gespräch führen. Und zwar in Anwesenheit der Frau Direktor.“ Frau Mühlauer atmet aus. Ich weiß nicht recht, was sie jetzt von mir erwartet. Natürlich waren die Noten unfair, aber ... „Und?“, frage ich. Dabei schießen mir eine ganze Menge Gedanken durch den Kopf. Zuerst, wie peinlich mir das ist, dass meine Mutter so ein Theater abzieht. Ich bin sechzehn, sie sollte sich nicht in meine schulischen Angelegenheiten einmischen. Ich kriege das schon hin. Und dann noch ein Gespräch mit Lehrerin und Direktorin! Sie hat doch keine Ahnung von Deutschschularbeiten, was will sie denn denen erzählen? Sie war ja nicht einmal im Gymnasium.

„Ich finde“, sagt Frau Mühlauer, „dass du bei diesem Gespräch dabei sein solltest. Du bist in der siebten Klasse, da will ich kein Gespräch mit deiner Mutter über deinen Kopf hinweg führen, schon gar nicht vor der Frau Direktor.“ Ich zögere. Soll ich ihr sagen, dass ich da auf keinen

Fall dabei sein will? Muss ich Zeugin davon werden, wie sich meine Mutter blamiert, womöglich sogar zu streiten oder zu heulen anfängt, vor meiner Lehrerin und der Direktorin? Ich beschließe, vom Thema abzulenken. „Der Fünfer“, sage ich langsam, „der war auf jeden Fall voll unfair.“ Die Frau Professor seufzt. „Meinst du? Ich hab dir doch deine Argumentationsfehler erklärt. Schriftlich und dann auch noch mündlich. Du hättest noch Fragen stellen können, dafür war jede Menge Zeit, aber das hast du nicht getan.“ Ich stehe auf. „Weil man mit Ihnen ja nicht reden kann!“ Ich verstehe mich selber nicht. Vor ein, zwei Jahren habe ich die Frau Professor fast verehrt. Und jetzt geht sie mir so auf die Nerven. Ihr hat bloß meine Meinung nicht gepasst. Wenn sie so ein doofes Thema gibt, wo es um Ausländer geht, dann muss sie auch damit rechnen, dass jemand einmal seine Meinung sagt. Ich hasse dieses Getue, dieses ständige Mitleid, diese Aufopferung für Leute, die nur auf unser Geld aus sind. Und das habe ich auch geschrieben.

Jetzt steht auch Frau Mühlauer auf. Auf ihrer Stirn hat sich eine tiefe, senkrechte Falte gebildet. „Ich will dir mal was sagen, Sabine. Du hast mir in den letzten Jahren viel Kopfzerbrechen bereitet, weil ich nie weiß, was in deinem Schädel eigentlich vorgeht. Und ich hab dir immer wieder die Stange gehalten, wenn es Probleme gegeben hat. Aber dann, nach sechs Jahren, zu behaupten, mit mir könne man nicht reden, das ...“ Sie bricht ab. Wahrscheinlich war es nicht klug von mir, sie vor den Kopf zu stoßen. Wenn es tatsächlich zu diesem Gespräch kommt, dann brauche ich jemanden auf meiner Seite. Und wer sollte das sein, wenn nicht sie? Auf meine Mutter ist kein Verlass. „Es tut mir leid“, stoße ich hervor und flüchte aus dem Computerraum. Ich habe keine Ahnung, ob ich tatsächlich zu diesem Gespräch gehe.

„Was willst du eigentlich wegen der Deutschschularbeiten?“ Ich kann mich nicht zurückhalten, obwohl ich mir fest vorgenommen habe, mit Mama nicht darüber zu sprechen. „Das ist eine Frechheit, in dieser Schule, wie die mit dir umgehen!“, zetert sie los. „Die haben überhaupt keine Ahnung. Die haben dich für deine Meinung abgestraft, und da wird jetzt reiner Tisch gemacht! Und außerdem bist du Legasthenikerin!“ Ich habe es befürchtet. Sie wird ihren Gefühlen bei diesem Gespräch freien Lauf lassen und sich unsterblich blamieren. „Mit meiner Tochter macht man so etwas nicht! Denen werde ich es zeigen! Ich geh bis zum Landesschulrat!“ Damit hat sie schon öfter gedroht, es aber Gott sei Dank nie wahrgemacht. „Du brauchst nicht in die Schule zu gehen“, versuche ich es, „ich krieg das schon alleine hin.“ Meine Mutter lacht. Höhnisch, anders kann man das nicht nennen. Sie braucht nichts mehr zu sagen, ich weiß ohnehin, dass sie mir nichts zutraut. Immer muss sie alles für mich in Ordnung bringen. Weil ich selber nichts auf die Reihe kriege.

Ich gehe in mein Zimmer. Ob ich mit Papa reden soll? Ich kann mir schon vorstellen, was er tun würde. Mir sanft über die Haare streichen und sagen, wenn Mama sich einmal etwas in den Kopf gesetzt hat, ist sie wie eine Dampfwalze. Die hält nichts mehr auf. Es ist vollkommen sinnlos, von ihm zu erwarten, dass er etwas tut. Da kann ich genauso gut den Pfarrer im Beichtstuhl anjammern, von dem bekomme ich auch nicht mehr als salbungsvolle Worte.

Ich finde es schrecklich, wie sich meine Mutter zurechtgemacht hat. Wie man sich halt eine toughe amerikanische Anwältin vorstellt, wenn man ständig schlechte Fernsehserien ansieht. Der Rock ist zu kurz, die Absätze sind zu hoch. Sie sieht richtig billig aus. Sie hat das Schularbeitenheft aufgeschlagen und klopft mit ihrem knallrot lackierten Fingernagel auf eine Stelle, die ebenfalls rot markiert ist. „Und solche Fehler dürfen Sie gar nicht bewerten!“ Sie spricht laut, klopft heftig. „Meine Tochter ist eine Legasthenikerin! Da dürfen Rechtschreibfehler nicht bewertet werden!“ Frau Mühlauer seufzt, legt die verschränkten Hände auf die Tischplatte. Die Direktorin nickt ihr zu, wie, um ihr das Wort zu erteilen. Ich starre auf die Tischplatte vor mir. Da ist ein kleiner brauner Fleck, den die Putzfrau übersehen hat.

„Frau Meißner“, sagt Frau Mühlauer. „Erstens war die Rechtschreibung nicht ausschlaggebend für die Beurteilung der Schularbeit, und zweitens gibt es kein Attest, das Ihrer Tochter Legasthenie bescheinigt. Die Sabine ist auch keine Legasthenikerin, sie hat nur eine Rechtschreibschwäche. Die immer dann besonders deutlich zutage tritt, wenn sie Stress hat. Man sieht das auch hier, an dieser Stelle. Da hat sie mit dem Inhalt Schwierigkeiten gehabt, nicht genau gewusst, wie sie ihre Gedanken formulieren soll. Und da passieren dann auch die Fehler, nicht wahr.“ Sie wischt mit der Hand über den Absatz, den sie meint. Die Direktorin nickt verständnisvoll, während meine Mutter offenbar gar nicht zugehört hat. „Ich habe aber gelesen, dass Sie bei Legasthenikern die Rechtschreibung nicht beurteilen dürfen, das stimmt doch?“ Mir ist die ganze Szene entsetzlich peinlich. Meine Mutter macht einen Narren aus sich, begreift sie denn gar nichts? Frau Mühlauer und die Direktorin haben die Hoffnung, dass sie versteht, worum es geht, offenbar schon aufgegeben, das sieht man ihren Gesichtern an. Frau Mühlauer sieht zu mir her, ich senke den Blick. Ich sage jetzt sicher nichts. Aber ich möchte gar keine Legasthenikerin sein. Das hört sich so nach einer Krankheit an. Wieso soll ich krank sein, weil mir gelegentlich ein paar Rechtschreibfehler passieren?

„Noch einmal, Frau Meißner.“ Jetzt hat sich die Direktorin zu Wort gemeldet. „Ich habe die Arbeiten gelesen, und von Legasthenie kann keine Rede sein. Zumal es sich dabei ja vorrangig um eine Leseschwäche handelt. Und dass Ihre Tochter den Ausgangstext gelesen und verstanden hat, daran kann kein Zweifel bestehen. Die paar Fehler ...“ „Ohne die Fehler hätte sie eine bessere Note bekommen müssen!“ Meine Mutter hat belehrend den Zeigefinger hochgestreckt.

Am liebsten wäre mir, sie würde sofort verschwinden, sich in Luft auflösen, einfach weg sein, was weiß ich. Ich kann mich selber mit meinen Lehrern streiten. Und außerdem, es ist vollkommen sinnlos. Ich werde in Deutsch nicht durchfallen, das hat mir Frau Mühlauer schon gesagt. Meine sonstigen Leistungen reichen zum Aufsteigen aus. Aber für meine Mutter ist ja ein Vierer schon eine Schande.

„Es ... wenn also die sprachliche und inhaltliche Seite alleine ... also, wenn die für sich keine genügende Leistung ergeben ... dann fließt die Rechtschreibung ohnehin nicht mehr in die Beurteilung ein. Und Sabine hat ... in diesem Fall ... leider sehr emotional argumentiert. Auch irrelevant. Und sachlich nicht haltbar. Und das war halt einmal die ...“ „Was heißt das, irrelevant? Die Meinung meiner Tochter ist an dieser Schule also irrelevant?“, braust meine Mutter auf. Die Direktorin versucht, mit einer Geste zu beschwichtigen. Frau Mühlauer rollt die Augen. „Glauben Sie nicht, dass ich das nicht gesehen habe, das Augenrollen! Ich gehe bis zum Landesschulrat! Ich kenne den Präsidenten!“

Ich überlege ernsthaft, davonzurennen. Natürlich ist das gelogen. Mein Papa hat den Präsidenten des Landesschulrats einmal durch seinen Betrieb geführt und mit ihm geplaudert, das war alles. Mama hat ihn nicht einmal gesehen, geschweige denn mit ihm geredet.

„Irrelevant heißt in diesem Zusammenhang, dass sie ein Argument verwendet hat, eine Aussage, die zwar stimmt, aber keinen Zusammenhang mit der Behauptung hat, also keine gute Begründung ist." Jetzt hat sich Frau Professor Mühlauer ein wenig in ihrem Satz verheddert, nicht einmal ich habe verstanden, was sie genau meint. Ich hasse es sowieso, wenn sie meine Argumente irrelevant nennt. Das klingt so abwertend. Meine Mutter wippt mit dem übergeschlagenen Fuß. An der Wade hat sich eine Laufmasche gebildet. Das sieht schlampig aus. Ich versuche, das Gespräch auszublenden, einfach wegzuhören.

Schließlich steht die Direktorin auf. Ich habe tatsächlich von den letzten Minuten nichts mehr mitbekommen. Während des ganzen Gesprächs habe ich kein Wort gesagt. „Ja, Frau Meißner", sagt die Direktorin. „Ich sehe, wir können uns hier nicht auf eine einheitliche Sichtweise einigen. Sie haben zwei Möglichkeiten – falls die Sabine einen Fünfer ins Jahreszeugnis bekommt, können Sie einen Einspruch einlegen. Und falls sie den nicht bekommt und Sie immer noch Beschwerde führen wollen, dann müssen Sie eine Dienstaufsichtsbeschwerde gegen die Kollegin Mühlauer einreichen. Da müssen Sie dann allerdings damit rechnen, dass auch die Kollegin Rechtsbeistand bekommt. Recht muss Recht bleiben."

Meine Mutter sieht etwas verdutzt drein, sie hat wohl damit gerechnet, dass sie hier hereinstürmt, Krach schlägt, meine Lehrerin daraufhin die Noten ändert und wir mit besseren Beurteilungen wieder hinausgehen. „Und noch eins – wenn Sie meinen, die Sabine sei Legasthenikerin, dann müssen Sie sie testen lassen. Obwohl ich das", sie schmunzelt, „in diesem Alter nicht mehr ..." Sie beendet ihren Satz nicht, denn meine Mutter hat ihr bereits die Hand hingestreckt. Mama sieht ihr nicht ins

Gesicht, als sie sich die Hand schütteln. Sie kann mit einer solchen Niederlage nicht leben. Ihr Problem. Frau Professor Mühlauer ignoriert sie überhaupt und stöckelt zur Tür. Ich werfe der Direktorin und meiner Lehrerin noch einen Blick zu. „Wiedersehen …“ Dann folge ich meiner Mutter. Sie ist bereits an der Stiege. „Kommst du?“ „Nein!“, möchte ich schreien, aber ich kann nicht. Irgendwas schnürt mir die Kehle zu. Die Aussicht, mit ihr jetzt allein im Taxi zu sitzen, ist mir unerträglich.

Mama hält mir die Autotür auf. „Jetzt mach schon!“ Ich schüttle den Kopf. „Ich geh lieber zu Fuß.“ „Was soll denn das, schau mal nach oben! Ein Wunder, dass es nicht schon regnet!“ Ich schüttle wieder den Kopf, wende mich ab und biege in den Fußweg ein, der hinter dem Fahrradständer zur Straße hinaufführt. „Sabine!“ Meine Mutter brüllt mir nach. So laut, dass man es wahrscheinlich in der Schule noch bei geschlossenen Fenstern hören kann. Ich halte mir die Ohren zu, krieche zwischen ein paar Büsche, damit ich ihr nicht oben auf der Straße womöglich direkt vors Auto laufe. „Sabine! Komm sofort her!“, schreit sie noch einmal. Dann höre ich eine Tür knallen, einen Motor aufheulen.

Am liebsten würde ich Mama wehtun, sehr weh. So, wie sie mir ständig wehtut. Ich kann ja Frau Mühlauer nicht mehr in die Augen sehen nach dieser Szene. Ich muss in eine andere Schule. Am besten in ein Internat, weit weg, wo man nur in den Ferien nach Hause fahren darf. Ob es so etwas überhaupt noch gibt?

Leere auf dem Konto. Sabine versuchte, ihre Gedanken zu sortieren. Ordnen. Was war passiert? Was konnte sie tun? Wie reagieren? Zuerst, beschloss sie, musste sie sich um ihr Geld kümmern. Es war auf Wegen, die ihr rätselhaft waren, gestohlen worden. Von ihrem Konto verschwunden. Sie musste zur Bank. Dann ... zur Polizei? Sie dachte an Grünwald. Mit Abscheu. Er wollte ihr Geld. Hatte er es gestohlen? Wenn nicht, hatte sie ihm nichts mehr zu bieten. Außer sich selbst. Der Gedanke war so ekelhaft, dass sie Angst hatte, sich übergeben zu müssen. Also, zunächst zur Bank. Ein Jammer, dass Henderson nicht da war. Es war, wie Sylvia einmal gesagt hatte: Wenn man die Männer brauchte, waren sie nie da.

Sabine beugte sich über den Schalter, flüsterte. Es gehe um ein größeres Problem. Sie wolle das nicht am Schalter besprechen. Ein Problem mit ihrem Bankkonto. Das junge Mädchen hinter dem Schalter schaute ratlos um sich. Es war immer das Gleiche. Wann ging man zum Bankschalter? Wenn etwas Außergewöhnliches passiert war. Wenn man was Besonderes brauchte. Traf man dann auf jemanden, der sich bei Außergewöhnlichem und Besonderem auskannte? Natürlich nicht. „Ich frag da mal nach ... Herr Wiesinger, der kann Ihnen sicherlich helfen." Die junge Frau bat sie in ein Büro mit Glaswand, in dem außer einem Besprechungstisch mit vier Sesseln nicht viel stand. Ein Gemälde mit einem venezianischen Motiv hing an der Wand, eine Topfpflanze kümmerte vor sich hin. Sabine wartete.

Herr Wiesinger war ein junger Mann, eher rundlich, mit einem feisten Gesicht. Er schwitzte schon jetzt. Der sollte ihr helfen? Er begrüßte Sabine mit einem schweißnassen Handschlag, und seine Blicke verloren sich auf ihren Beinen, bevor er sich hinsetzte und seinen Laptop aufklappte. Sie konnte sich gut vorstellen, dass er es gewesen war, der sie kürzlich angerufen hatte.

„Ich will nicht lang herumreden“, sagte Sabine. „Ich hatte viel Geld auf meinem Konto. Eine sechsstellige Summe. Jetzt ist das Geld weg. Einfach verschwunden. Und ich möchte wissen, wo es geblieben ist!“ Sie hatte sich während des Redens aufgerichtet, war auf ihrem Stuhl nach vorne gerutscht. „Oh Gott!“ Herr Wiesinger begann zu tippen. Mit drei Fingern. „Wenn Sie mir bitte Ihre Kontokarte ...“ Er streckte die Hand aus. Sabine fummelte zittrig in ihrer Handtasche herum und gab ihm die Karte. Sein Gesicht, fand Sabine, war für einen so jungen Mann viel zu schwammig. Und viel zu rot. „Sehen wir einmal. So.“ Er tappte mit seinem Zeigefinger auf dem Bildschirm herum. „Ja, tatsächlich. Da hat es zunächst diesen Eingang auf Ihrem Konto gegeben, vorige Woche. Und gestern die Abbuchung der gleichen Summe.“ Längere Zeit klickte er, fuhr sich mit der Hand über die bereits spärlichen Haare, rieb sich an der Nase. Schnitt Grimassen. Dann sah er zu Sabine auf. „Sie haben das Geld selber überwiesen. Erst gestern.“ Sabine schüttelte den Kopf. Das war nicht möglich. Sie war doch nicht komplett verblödet und nahm sich ihr Geld selber wieder weg. „Das kann nicht sein, ich habe das sicher nicht gemacht. Da muss ein Betrug vorliegen, ein Verbrechen. Wohin soll das Geld denn überwiesen worden sein?“ Sabine hatte erregt gesprochen, fast geschrien. Herr Wiesinger blickte besorgt zur Tür. Hatte er Angst vor ihr? Hoffte er, dass ihm jemand zu Hilfe kam? „Das darf ich Ihnen leider nicht sagen, wo das Geld hingegangen ist.“ „So ein Blödsinn!“ Sabine fuhr auf. „Wenn ich es angeblich überwiesen habe, dann kann ich das ja selber nachschauen! Also, wohin?“ Herr Wiesinger nickte. Der Schweiß lief ihm übers Gesicht. Am Hemdkragen waren bereits feuchte Flecken entstanden. „Das ... eine niederländische Online-Bank. Gestern um 22 Uhr 42. Haben Sie das wirklich nicht selbst überwiesen?" „Natürlich nicht! Wem gehört denn das Konto? Und können Sie herausfinden, ob es noch dort liegt? Holen Sie es zurück!" Der Bankbeamte zuckte mit den Schultern. „Das sehe ich hier nicht. Da müssen wir ... müssen Sie ..." Sabine stand auf. „Hören Sie, mein Geld ist gestohlen worden! Von meinem Konto geraubt! Bei Ihrer Bank! Und Sie sitzen da und schwitzen! Glauben Sie nicht, dass es Zeit wäre, Ihre Vorgesetzten zu informieren?" Herr Wiesinger nickte und griff zum Hörer seines Festnetztelefons.

„Ja, ich fürchte, Frau Magister ..." Der Direktor der Zweigstelle, ein grauhaariger, dürrer Mann, stand auf. „Wir müssen und werden diesen Vorgang natürlich noch genau überprüfen. Wenn Sie wollen, auch zur Anzeige bringen. Aber unseren Daten nach sieht das alles so aus, als hätten Sie die Überweisung selbst getätigt. Auf dieses niederländische Konto haben wir keinen Zugriff, da kann Ihnen wohl wirklich nur die Polizei helfen. Bitte geben Sie uns noch etwas Zeit, um die Einzelheiten zu klären. Wir werden uns sehr bemühen." Eine bedauernde Geste machte Sabine zusätzlich klar, dass man keine große Hoffnung hatte. „Warum machen Sie die Überweisung nicht rückgängig? Können Sie das Geld nicht einfach zurückholen?" Der Direktor schüttelte den Kopf. „Leider." Er trat auf Sabine zu, schüttelte ihr die Hand. „Ich möchte Ihnen aber raten, mit einer Anzeige wenigstens noch vierundzwanzig Stunden zuzuwarten, bis wir den Vorgang intern genau überprüft haben. Es ist denkbar, dass jemand Ihre Daten gestohlen und es von einem anderen Computer aus überwiesen hat. Möglicherweise können wir dessen Adresse selbst ausfindig machen." Die betrübte Miene des

Direktors machte Sabine nicht viel Hoffnung, Herr Wiesinger, immer noch mit den Fingern an den Tasten seines Laptops, nickte.

Sabine überlegte krampfhaft. Gab es jemanden, der auf ihr Konto Zugriff hatte? War sie selbst mit ihren Daten leichtsinnig umgegangen? Hatte jemand eine Transaktionsnummer gestohlen, mit der er überweisen konnte? Hatte das womöglich etwas mit der Kreditkarte zu tun? Henderson? Nein. Der hatte selber genug Geld. Und er liebte sie. Warum sollte er ihr so etwas antun? Blieb nur noch Grünwald. Der war in letzter Zeit mehrmals in ihrer Wohnung gewesen und konnte Zugriff zu ihrem Handy gehabt haben, womöglich sogar Gelegenheit, ihren Computer zu benutzen. Sie erinnerte sich, dass sie Kaffee gekocht und ihn allein im Wohnzimmer gelassen hatte. Vielleicht war das der Moment gewesen. Hatte er nicht nach einem Kaffee gefragt? Um ungestört an ihre Daten kommen zu können? Den Zettel mit den Zugangsdaten fürs Netbanking hatte sie auf die Unterseite ihres Laptops geklebt. Kein sehr kluges Versteck, das war ihr jetzt klar. Aber irgendwo musste man ja schließlich für den Notfall vorsorgen. Zuhause sah sie gleich nach, der Sticker klebte unversehrt am Gehäuse des Geräts. Ob jemand anderer die Daten benutzt hatte, verriet er natürlich nicht.

Sie sank verzweifelt auf ihr Bett. Musste daran denken, was gestern hier passiert war. War Grünwald auch hier alleine gewesen? Sicher. Sie hatte sich doch im Bad eingeschlossen, bevor er gegangen war. Er hatte nur ins Wohnzimmer gehen und den Laptop anheben müssen, um an ihre Daten zu gelangen. Und ihre Handynummer hatte er auch. Vielleicht konnte man allein damit alle Sicherheitssperren umgehen, wenn man sich auskannte. Wie elektrisiert sprang sie wieder auf, ging in die Küche, stürzte ein Glas Wasser hinunter.

Grünwald konnte ihr Geld gestohlen haben. Und wenn nicht, dann würde er weiterhin Forderungen stellen. Sie spürte unbändige Wut in sich aufsteigen. Wut auf sich selbst, vor allem aber auf diesen Verbrecher. Er würde dafür büßen, was er getan hatte. Sie ballte die Fäuste. So heftig, dass ihre Daumennägel tief ins Fleisch der Handballen einschnitten. Sie musste sich um diesen Typen kümmern. Und ihr Geld zurückholen. Womöglich war der gar kein Kriminalbeamter. Und wenn doch, ein korruptes Schwein. Sie hätte sich bei seinem Auftauchen den Ausweis besser ansehen sollen. Auf noch ein Leben kam es jetzt auch nicht mehr an. Er musste weg. Und zwar irgendwo außerhalb ihrer Wohnung, am besten außerhalb der Stadt. Wieder stieg Brechreiz in ihr hoch, als sie sich vergegenwärtigte, was das bedeutete. Sie musste sich mit ihm treffen. Ihm etwas vortäuschen, heucheln. Mit ihm irgendwo hinfahren. Was würde dann geschehen? Irgendwas würde zur Hand sein. Eine Sektflasche. Ein Wagenheber, irgendwas, wenn auch nur ein Stein. Womöglich würde man sie in eine Anstalt für geistig abnorme Rechtsbrecherinnen sperren. War jetzt auch schon egal. Wenn sie nur einmal Grünwald aus dem Weg geschafft hatte. Eins nach dem anderen, nahm sie sich vor.

Henderson? Eine Ausrede vortäuschen. Kollegenausflug, Seminar, irgend so was. Er war ja auch nicht ständig verfügbar oder rechtfertigte sich für jede Viertelstunde, die er nicht an ihrer Seite verbrachte.

Ob er Lust auf eine weitere Vorauszahlung habe, hatte sie Grünwald gefragt. Und ob es nicht die Möglichkeit gäbe, ihre Schuld, wenigstens teilweise, abzutragen. Sie hatte es sogar zustande gebracht, zu lachen, als sie ihm diesen Vorschlag machte. Ob er das als Schuldeingeständnis betrachten dürfe, hatte Grünwald gefragt. Wieder hatte sie gelacht. Keinesfalls. Sie hoffe nur, ihn günstig zu stimmen. Es schien, als habe er ihr geglaubt. Die Aussicht auf Sex machte Männer blind und doof.

Sabine saß auf dem Beifahrersitz der schwarzen Limousine. Sie hatte einen kurzen Rock angezogen, der nun kaum mehr ihre Oberschenkel bedeckte. Grünwald hatte gestarrt, ihr nur kurz an den Nacken gefasst und war losgefahren. „Irgendwohin, wo es schön ist. Und wo wir für uns alleine sind." Grünwald nickte. Es war einfach, Männer an der Nase herumzuführen. „Hier in der Nähe kenne ich ein wunderbares Restaurant", schwärmte Grünwald, als sie über ein paar Kurven an Höhe gewannen und sich eine Panoramaaussicht auf Fluss und Stadt öffnete. Sabine nickte und schlug die Beine übereinander. Es musste schnell gehen, nahm sie sich vor. Ohne dass er noch einmal über sie herfiel. Sie hatte eine Idee, die ganz plötzlich, wie aus dem Nichts, gekommen war. Sie legte ihre Hand auf seinen Unterarm, der lässig ganz unten auf dem Lenkrad lag. „Ich möchte so gern einmal mit diesem Auto fahren. Ist ja ein Wahnsinn, wie der anzieht!" Sabine lächelte, Grünwald streifte mit einem Seitenblick ihre Brüste, ihre Beine. „Jetzt gleich?" „Warum nicht?" Sie sah sich den Schaltknopf der Automatik an. Da war das D, da das N. D hieß „Drive", N hieß „Neutral". So viel wie Leerlauf. Wenn er auf ihren Vorschlag einging, musste sie präzise und schnell handeln. „Du könntest da stehen bleiben." Sabine zeigte auf einen geschotterten Platz neben der Straße, der vor ihnen aufgetaucht war. Grünwald grinste, steuerte nach rechts, hielt an. „Kannst du überhaupt Automatik fahren?" Sabine nickte. „Was glaubst du denn?" Grünwald stellte den Hebel auf N. „Steig aus, ich rutsch rüber!" Sabine legte kurz ihre Hand auf seinen Oberschenkel. Das reichte offenbar, um Bedenken bei Grünwald zu zerstreuen.

Kaum war er draußen, schwang sich Sabine in den Fahrersitz. Grünwald hatte die Fahrertür zugeworfen. Wenn er jetzt hintenherum ging ... konnte sie immer noch R einstellen. Für rückwärts. Doch Grünwald streckte sich zunächst, hob die Arme über den Kopf. „Was für eine Aussicht!“, schwärmte er. Das gab Sabine genügend Zeit, sich im Fahrersitz zurechtzusetzen, die Füße an die Pedale zu legen. Sie atmete auf. Er legte die Hand auf einen Kotflügel, ging vorne herum. Sabine zögerte nur einen Augenblick, schaltete auf „Drive“ und trat das Gaspedal durch. Grünwald war nicht weiter als bis zur Mitte der Kühlerhaube gekommen. „Was ...!“, schrie er. Weiter kam er nicht. Es gab einen dumpfen Schlag, als sein Kopf auf die Kühlerhaube krachte. Der Wagen schoss vor, Sabine klammerte sich am Lenkrad fest, der Körper des Polizisten verschwand unter dem Auto, es polterte, rumpelte, als führe sie über große Steinbrocken. Sie sah in den Rückspiegel. Er versuchte, seinen Arm zu heben. Sie legte den Rückwärtsgang ein. Schrie er? Wieder gab es einen Schlag. Vorwärtsgang. Nochmal Rumpeln. Kein Blick in den Rückspiegel mehr.

Sabine lenkte das Auto auf die Straße, drehte sich nicht mehr um. Es war leicht zu fahren. Auf der Kühlerhaube war nun eine kleine Delle, aber sie konnte dort kein Blut sehen. An der nächsten Bushaltestelle hielt Sabine an, stieg aus, umrundete das Auto. Keine Spur eines Unfalls, keine Spur von Grünwald. Sie stieg wieder ein, drehte um, fuhr in Richtung Stadt zurück. Bemühte sich, nicht hinzusehen, als sie am Parkplatz vorbeikam. Nach ein paar hundert Metern begegnete ihr zuerst ein Radfahrer, gleich danach ein PKW und ein Bus. Grünwald würde bald gefunden werden. Am besten, sie stellte den Wagen in der Garage irgendeines Shoppingcenters ab und fuhr mit dem Bus zurück in die Stadt. Er würde dort lange niemandem auffallen, und sie selbst erst recht nicht, wenn sie im Gewühl der Einkaufenden untertauchte und schließlich im überfüllten Bus nach Hause zurückkehrte.

Sie fand einen Platz im Untergeschoß einer Tiefgarage. Sie musste darauf achten, keine Spuren zu hinterlassen. Kramte ein Taschentuch hervor, wischte über Lenkrad, Schalthebel, Blinker. Hatte sie sonst noch etwas berührt? Sabine stieg aus, ging noch einmal um das Auto herum, öffnete die Beifahrertür. Ein Pärchen ging hinter ihr vorbei, schenkte ihr keine Beachtung. Sie kontrollierte die Lehne des Beifahrersitzes. Tatsächlich fand sich ein Haar. War es ihres? Der Farbe nach möglich. Sie musste sich beeilen, sperrte den Wagen ab und warf den Schlüssel in einen Müllcontainer am anderen Ende der Garage, nachdem sie ihn sorgfältig mit einem weiteren Taschentuch abgewischt hatte. Grünwald war tot, daran konnte kein Zweifel bestehen. Jetzt erst dämmerte ihr, dass sie damit ihrem Geld keinen Schritt nähergekommen war. Wenn Grünwald es gehabt hatte, würde sie keine Gelegenheit haben, es von ihm zurückzubekommen. Die Erkenntnis, dass ihre unbändige Wut ihr möglicherweise den Weg zu ihrem Geld versperrte, traf sie wie ein Blitzschlag. Aber, so sagte sie sich, er würde zumindest keine Gelegenheit haben, es weiter zu verschieben oder auszugeben.

Sie fuhr mit dem Lift in die Shopping-Ebene, ließ sich langsam durch die Masse der Menschen treiben, bis sie am anderen Ende vor der Bushaltestelle wieder ausgespien wurde. Ganz, wie sie es sich vorgestellt hatte, war der Bus überfüllt und stank. Niemand interessierte sich für sie. Kurz vor Einbruch der Dunkelheit war sie zu Hause.

In den Abendnachrichten gab es einen ausführlichen Bericht. Grünwald war gefunden worden. Man habe aber das Opfer noch nicht identifizieren können, hieß es. Ob der Mann Opfer eines Unfalls geworden sei oder ob ein

Verbrechen vorliege, sei ebenfalls noch unklar. Das Auto wurde in der Meldung nicht erwähnt. Wahrscheinlich war es in der Tiefgarage noch niemandem aufgefallen. Sabine wunderte sich, dass Grünwald angeblich noch nicht identifiziert war. Er hatte doch sicherlich Ausweise, Geldbörse und Handy dabeigehabt. Oder hatte er die Sachen im Wagen gelassen? Sie hatte nicht nachgesehen. Wahrscheinlich hielt sich die Polizei einfach bedeckt. Vor allem, wenn es wirklich ein Kollege gewesen war.

Sabine rief Henderson an, doch es ging nur die Mobilbox an. Es war schon lange her, dass sie ihn erreichen hatte können. Wo steckte er nur? Er musste doch längst von der Arbeit zurück sein. Und es war doch sonst nicht seine Art, ihre Anrufe so lange unbeantwortet zu lassen.

Sie suchte Zuflucht beim Wodka. Ein Schluck genügte diesmal nicht. Was war die Bilanz des heutigen Tages? Das ganze Geld weg, niemand wusste, wohin. Eine wichtige Spur hatte sie selbst zunichtegemacht, einen dritten Menschen getötet. Gut, der hatte das selbst herausgefordert. Es war Notwehr gewesen, der Kerl hatte sie bestohlen und vergewaltigt, die Strafe war nichts weniger als gerecht. Genau wie bei ihren Eltern. Sie hatte eben nicht so viel Kraft, weder körperlich noch seelisch, dass sie sich gegen die ständigen Angriffe anders zur Wehr hätte setzen können. Man hätte sie einfach nur in Ruhe lassen müssen, um alles zu verhindern. So hatte sie es tun müssen. Noch ein Schluck Wodka. Sie ließ die Flasche gleich auf dem Wohnzimmertisch stehen. Ein Blick auf das Handy. Kein Henderson. Was wusste das Internet über den Toten? Nicht mehr als die Fernsehnachrichten, wie sich schnell herausstellte. Sabine musste mit jemandem reden. Mit jemandem, dem sie sich mitteilen konnte. Sie dachte an Sylvia. Auf keinen Fall konnte sie ihr alles erzählen. Möglicherweise die Sache mit Grünwald. Dass sie sich nötigen hatte lassen, rein aus Angst, er würde ihr was anhängen, wenn sie nicht nachgab. Obwohl sie natürlich völlig unschuldig war. Wenn aber dann, morgen oder übermorgen, die Identität des Toten geklärt sein würde? Am besten, sie verwendete einen falschen Namen, wenn sie die Geschichte erzählte. Sie seufzte. Ein neues Lügengebäude würde errichtet werden müssen. Dann vielleicht doch besser mit niemandem reden. Oder höchstens mit einer Therapeutin. Die hatte Schweigepflicht. Sie nahm noch einen Schluck. Es musste der letzte sein. Sie würde morgen zur Arbeit gehen, ganz wie sonst auch.

Auch am nächsten Morgen versuchte sie mehrmals, Henderson zu erreichen. Nichts. Langsam machte sie sich Sorgen. Was war mit ihm los? Er konnte doch nicht die ganze Nacht durchgearbeitet haben? Ohne auch nur einmal auf sein Handy zu sehen? Dafür stellte sie nach dem Unterricht fest, dass eine unbekannte Nummer angerufen hatte. Noch auf dem Parkplatz vor der Schule rief sie zurück.

„Ja, herzlichen Dank, Frau Magister, dass Sie zurückrufen. Hier Doktor Ehrlicher, Landeskriminalamt. Ob Sie wohl Zeit hätten, kurz bei uns vorbeizuschauen?“ Jetzt war es wohl so weit. Sie wunderte sich, dass man nicht gleich einen Streifenwagen geschickt hatte, der sie zum Verhör und danach in ihre Zelle brachte. Sabine nickte, ohne sich der Tatsache bewusst zu werden, dass ihre Gesprächspartnerin das nicht sehen konnte. „Frau Meißner?“ „Ja, ich bin noch dran. Jetzt gleich?“ „Wäre schön, wenn das geht.“ „Ja, geht!“ Sabine bekam kaum Luft. „Wo ist das denn?“ Die Beamtin nannte die Adresse. Es war nicht sehr weit entfernt, sie konnte in zehn Minuten dort sein.

Die Kriminalbeamtin mochte etwa fünfzig sein, hatte aber vorzeitig gealterte Haut, womöglich eine starke Raucherin. Ihre grünen Augen musterten Sabine aufmerksam, aber nicht unfreundlich. „Wenn ich mir die Bemerkung erlauben darf, Frau Meißner, Sie sehen ziemlich gestresst aus.“ Sabine nickte. „In der Schule ... die Schüler ...“ Frau Ehrlicher lächelte und nickte. „Und dann ruft auch noch die Polizei an ...“ Sabine konnte sich ein wenig entspannen. „Kommen wir am besten gleich zur Sache.“ Frau Ehrlicher zog einen Aktenordner zu sich heran und setzte eine Brille auf. Sabine bemühte sich, aufkommendes Zittern zu unterdrücken, indem sie die Handflächen zwischen die Oberschenkel presste. Der Ordner war so dick mit Papieren gefüllt, dass er kaum schloss. „Worum geht es denn?“, fragte Sabine. „Ich bin kurz davor, den Akt mit den Todesfällen Ihrer Eltern abzuschließen. Es haben sich trotz eingehender Untersuchungen keine Hinweise auf Fremdverschulden ergeben, zumindest keine, die eine Anklage rechtfertigen würden. Deshalb wollte ich abschließend noch einmal mit Ihnen sprechen. Sie sind ja, zumindest, was den Tod Ihrer Mutter angeht, die Einzige, wenn auch indirekte Zeugin.“ „Ich versteh nicht“, stotterte Sabine. „Ich habe das doch schon alles, da war doch der Inspektor Grünwald, dem habe ich doch das alles ...“ Warum hatte sie nicht den Mund gehalten? Wenn Grünwald nun identifiziert wurde, hatte sie praktisch schon ein Geständnis abgelegt.

Die Polizistin zog die Stirn in Falten. „Inspektor Grünwald? Wer soll das sein?“ Sabine fiel aus allen Wolken. Was war jetzt los? Warum kannte Frau Ehrlicher diesen Grünwald nicht? Sabine gelang es nicht mehr, ihr Zittern zu unterdrücken. Sie wischte mit einer fahrigen Geste ihrer Hand vor ihrem Gesicht durch die Luft. „Da war einer bei mir ... er hat gesagt, er kommt von der Kriminalpolizei ... er hat auch einen Ausweis gehabt. Ihm hab ich doch alles schon erzählt ...“ Frau Ehrlicher klappte den Ordner zu. „Jetzt wird’s aber interessant, Frau Magister. Denn einen Grünwald ... wie war der Vorname?“

„Gottfried!“ Sabine schossen Tränen in die Augen. Die Polizistin lehnte sich zurück, lachte kurz auf. „Gottfried Grünwald!“ „Er hat noch gesagt, seine Eltern wären so auf die Stabreime …“ Sabine bekam ihren Satz nicht zu Ende. „Also, ich kann Ihnen versichern, einen Beamten dieses Namens gibt es hier bei uns nicht. Da muss Ihnen jemand etwas vorgetäuscht haben. Was wollte denn der Mann von Ihnen?“ Sabine hatte das Gefühl, als zerbreche in ihr etwas. Etwas, das es ihr bisher ermöglicht hatte, Widerstand zu leisten. Sie begann zu schluchzen, wurde regelrecht durchgeschüttelt, war unfähig, noch irgendetwas zu sagen. „Oje!“, sagte Frau Ehrlicher, stand auf, ging um ihren Schreibtisch herum und zog Sabine auf ein Sofa, das an der Wand unter dem Bild des Bundespräsidenten stand. Legte ihr eine Hand sanft auf den Unterarm. „Lassen Sie sich ruhig Zeit, Frau Meißner. Jetzt hat nichts Eile. Wenn Sie wieder so weit sind, dann …“ Sie reichte Sabine ein Taschentuch. Langsam ebbte der Strom der Tränen ab. Worum oder worüber weinte sie eigentlich? Die Polizistin hielt ihre Hand. Fragte nicht, kritisierte nicht. Roch nach kaltem Rauch. Sabine richtete sich wieder auf. Die Augen der Kriminalbeamtin waren … voller Zuwendung. Sie schien sich wirklich für Sabines Gefühle zu interessieren.

Eine halbe Stunde später hatte sie Frau Ehrlicher alles erzählt, was sie über Grünwald wusste und was er ihr angetan hatte. Ohne dass die Polizistin korrigiert oder verurteilt hatte. Es tat Sabine gut. Sie hatte nichts ausgelassen. Auch nicht, dass ihr gesamtes Geld verschwunden war. Nur eines hatte sie nicht getan. Frau Ehrlicher eine Beschreibung von Grünwald geliefert, die es ermöglichen würde, den Toten vom Parkplatz in irgendeinen Zusammenhang mit ihren Aussagen zu bringen.

„Frau Meißner, ich habe das alles jetzt zu Protokoll genommen. Da es sich um Offizialdelikte handelt, werden wir von uns aus tätig, es bedarf keiner Anzeige. Ich brauche bei Gelegenheit dann nur noch Ihre Unterschrift, sobald das alles getippt und ausgedruckt ist. Und Sie können sich darauf verlassen, dass wir diesen Kerl bald haben." Sabine nickte. Sie war sich indessen sicher, dass die Polizei bald herausbekommen würde, dass es den von ihr beschriebenen Mann gar nicht gab.

Sie stand auf und schüttelte der Polizistin die Hand. „Eines müssen Sie mir aber schon noch verraten." Die Polizistin stemmte die Arme in die Hüften. „Warum haben Sie sich von dem angeblichen Polizisten erpressen lassen? Wenn es doch gar keinen Grund für eine Erpressung gab?" Sabine wich dem Blickkontakt mit Frau Ehrlicher aus, starrte zu Boden. „Ich ... ich ... hatte solche Angst, dass er mir ... dass ich eingesperrt werde, obwohl ich doch gar nicht ... Es sind schon so viele unschuldig im Gefängnis gelandet." Frau Ehrlicher schüttelte den Kopf. „Sie haben doch ein Universitätsstudium abgeschlossen. Wie kann man sich da nur so einfach einschüchtern lassen?" Schon musste sie sich wieder rechtfertigen. „Auf Wiedersehen!" Sabine wandte sich zur Tür, flüchtete.

Als sie in die kühle Luft vor dem Eingang trat, kam ihr alles, was sich in diesem Gebäude abgespielt hatte, wie ein Traum vor, wie etwas, das lange her war und mit ihrer Realität gar nichts zu tun hatte. Sie überlegte, wo sie jetzt hinfahren sollte. Es musste sehr hoch oben sein, damit sie sicher tot war. Und keine Menschen, die sie daran hinderten, das zu tun, was sie tun musste. Und keine Zäune. Eine einsame Brücke. Wo gab es so etwas? Gut, sie konnte auch mit dem Auto gegen einen Baum fahren, ohne sich anzuschnallen. Aber wäre sie da sicher tot? Sie hätte das gleich mit Grünwalds Limousine erledigen sollen.

Oder konnte Henderson ihr helfen? Sie sah auf ihr Handy. Keine Reaktion. Zum ersten Mal erlaubte sie einem Gedanken, der sie schon seit gestern quälte, an die Oberfläche ihres Denkens zu treten. Steckte Henderson in dieser Sache irgendwie drinnen? War es denkbar, dass er ihr Geld gestohlen hatte? Hatte er womöglich sogar einen falschen Polizisten auf sie gehetzt? Das konnte nicht sein. Sie hatte ihm bisher blindlings vertraut, er hatte dieses Vertrauen nie enttäuscht. Er war auf ihrer Seite. Wie konnte sie nur so hysterisch sein? Bloß, weil er ein paar Stunden nicht erreichbar war.

Zu Hause durchkämmte Sabine alle Nachrichtenseiten. Die Identität des falschen Kriminalbeamten war geklärt. Es handelte sich um einen ehemaligen Anwalt, der wegen Geldwäschegeschäften seine Zulassung verloren hatte. Name war keiner genannt. Man sagte ihm Verbindungen zu Drogen- und Menschenhändlerkreisen nach. Genaueres war nirgends zu finden. Auch das Auto war entdeckt worden, und man wusste, dass es dem Mordopfer gehört hatte. Es würde nicht mehr lang dauern, bis die Polizei ihr auf die Spur kam. Irgendjemand musste sie gesehen haben, irgendetwas war von ihr im Wagen zurückgeblieben. Andererseits – in so einem Auto konnte man Fasern, Haare, Reste von zahlreichen Passagieren finden. Sie schwankte zwischen Verzweiflung und Hoffnung.

Sie musste Henderson finden. Warum war sie bisher nie auf die Idee gekommen, einfach zu seiner Wohnung zu fahren? Sie hatte keinen Schlüssel und war bloß einmal drinnen gewesen. Warum eigentlich? Hielt Henderson irgendwas vor ihr geheim? Warum hatte er sie seither nie zu sich eingeladen, warum verbrachte er fast die gesamte Freizeit in ihrer Wohnung?

Es dauerte eine Zeitlang, bis sie in der Nähe des Hauses einen Parkplatz gefunden hatte. Auf ihr Klingeln am Haustor meldete sich niemand. Nochmals Klingeln. Vielleicht war er gerade auf dem Klo. Durch die gläserne Eingangstür wurde eine Frau mit Kinderwagen sichtbar. Sie mühte sich ab, die Türe aufzubekommen und gleichzeitig den Kinderwagen durchzuschieben. Sabine hielt ihr die Tür auf. „Danke!" Die junge Frau lächelte. Sabine nutzte die Möglichkeit, ins Haus zu kommen.

Hier sah alles deutlich moderner und gepflegter aus als in ihrem Wohnhaus. Wäre ihr Geld nicht verschwunden, hätte sie auch bald in so einem Haus gewohnt. Sie erinnerte sich nicht einmal genau, in welcher Etage Henderson wohnte, und stieg eine Stiege nach der anderen hinauf. Nirgends ein Türschild, das Henderson als Mieter der Wohnung auswies. Letzter Stock. Letzter Stock? Waren das die Wohnungen mit großzügigen Dachterrassen, die ihr schon von unten aufgefallen waren? Tatsächlich. An einer der beiden Türen im obersten Stockwerk stand sein Name. Es stand nur „Henderson" dort, den Vornamen hatte er weggelassen. Sabine läutete wieder. Drinnen erschollen sanfte Sphärenklänge. Auch ein markanter Unterschied zu ihrer eigenen Türklingel. Nichts. Plötzlich nahm Sabine etwas wahr. Ja, da war ein Duft. Ein Duft nach einem Parfum. Ganz leicht, ganz zart. Oder bildete sie sich das nur ein? Sie ging zur Tür gegenüber. „Dr. Schiffbänker" stand da dran. Hier war der Duft nicht mehr wahrzunehmen. Neuerliches Klingeln, keine Antwort. Immer noch meinte sie, Duft in der Nase zu spüren. War eine Frau bei Henderson? Oder war es die Frau Doktor Schiffbänker, die ihren Duft zu großzügig aufgetragen hatte? Sie wollte den Gedanken nicht an sich heranlassen, dass Henderson sie womöglich betrog.

Als sie zu Hause die Tür aufsperrte, merkte sie sofort, dass jemand in der Wohnung war. Irgendetwas war anders als zu dem Zeitpunkt, als sie gegangen war. War es heller? Dunkler? Roch es anders? „Hallo? Ist da jemand?“ Niemand antwortete. Sie stellte ihre Handtasche auf der Vorzimmerkommode ab, lauschte. Nichts. Als sie in ihr Wohnzimmer trat, starrte ihr Henderson entgegen. Er saß breitbeinig auf ihrem Sofa, hatte einen Arm auf der Rückenlehne ausgestreckt. Sie spürte, dass etwas nicht in Ordnung war. Zuerst war er stundenlang nicht erreichbar, dann schlich er sich heimlich in ihre Wohnung und rührte sich nicht, wenn sie rief. Henderson lächelte. Nein. Grinste. Mit kalten Augen. „Hallo. Du hast mich erschreckt.“ Sabine näherte sich ihm. Wahrscheinlich phantasierte sie sich was zusammen. Er hatte sie eben überraschen wollen. War ja nichts dabei. Sie beugte sich zu Henderson hinunter, um ihn zu küssen.

In diesem Moment packte er sie hart am Nacken und zog ihren Kopf gegen seine Brust. „Au! Du tust mir weh! Das ist nicht lustig!“ Sein Griff wurde nicht lockerer. Sabine bekam kaum Luft. Ihre Nase, ihr Mund wurden gegen seinen Brustkorb gedrückt. Er roch nach Waschmittel, ganz leicht nach Schweiß. Ein Geruch, der sie bisher nie gestört hatte. „Du hast etwas getan, Honey, das mir gar nicht gefällt!“ Henderson ließ sie abrupt los. Heftig atmend richtete sich Sabine auf, rieb ihren Nacken und starrte ihn an. „Was fällt dir eigentlich ein? Dich hier zuerst hereinschleichen und mich dann so erschrecken? Das hat wehgetan!“ Sabine war unsicher – hatte er grob gescherzt oder war es etwas anderes, das ihn zu diesem Verhalten veranlasst hatte? Bisher war er nie grob zu ihr gewesen. Zumindest nicht gegen ihren Willen.

Henderson stand auf, trat nahe an sie heran. Sah von oben auf sie herab. Gegen das Licht, das durch das Fenster hereinfiel, war sein Gesicht ein dunkler Schatten. Nur seine Augen schienen sie zu durchdringen. Ohne dass sie es kommen sah, schlug ihr Henderson mit dem Handrücken ins Gesicht. Der Schlag traf sie so unvorbereitet, dass sie zu Boden ging, dabei hart mit dem Kopf gegen den Couchtisch schlug. Etwas benommen versuchte sie sich aufzurappeln, begann zu schreien. Doch Henderson hielt ihr den Mund zu, drückte ihren Kopf auf den Boden. Schmerz. An der Stelle, die gegen den Tisch geschlagen war. Auch ihre Wange brannte. Dann ein Geräusch, als ob etwas zerrissen würde. War das ihr Rock gewesen? Wollte er sie vergewaltigen? Was war nur in ihn gefahren? Im nächsten Moment ließ seine Hand los, um einem Klebeband Platz zu machen, das er auf ihren Mund drückte. „Jetzt halten wir einmal schön den Mund. Damit nicht noch die Nachbarn auf unsere Aussprache aufmerksam werden." Hendersons Stimme klang völlig anders, als Sabine sie kannte. Drohend, voller Wut. Das konnte doch nicht möglich sein. Sie liebten sich doch. War das irgendeine neue Art von Spiel? Ein Sexspiel, das sie noch nicht kannte? Sie stöhnte, rang nach Atem. Henderson riss sie herum, drehte sie auf den Bauch, zog ihre Arme nach hinten, fixierte auch ihre Handgelenke mit Klebeband. Es tat weh. Das war kein Scherz. Unsanft wurde sie unter den Achseln angehoben und in ihren Lehnstuhl geworfen. Sie bekam zu wenig Luft, durfte jetzt nicht panisch werden. Musste ruhig atmen, konnte aber nicht. Ihr wurde schwindelig. Henderson setzte sich ihr gegenüber hin. Atmete schwer. Strich sich mit beiden Händen über die Glatze, als gäbe es dort Haare, die man zurückstreichen musste. Wartete ab. Grinste. Sabine hatte keine Ahnung, was er von ihr wollte. Was er vorhatte. Sie wünschte sich nur, dass es schnell gehen würde, was auch immer es war.

Henderson aber ließ sich Zeit. Er holte eine Packung Zigaretten aus seiner Hemdtasche. Fingerte ein Feuerzeug aus der Hosentasche, zündete sich eine an und blies den Rauch in ihre Richtung. Bisher hatte er das in ihrer Gegenwart nie getan, obwohl sie wusste, dass er gelegentlich rauchte. Man hatte es manchmal riechen können. Achtlos schnippte er die Asche auf den Boden. „Honey, es hätte so schön werden können mit uns. Aber was du getan hast, ist unverzeihlich." Sabine starrte ihn an, ohne zu begreifen. Was meinte er? „Du hast", sagte er, während ein weiterer Schwall Rauch aus seinem Mund drang, „meinen besten Mann aus dem Verkehr gezogen." Er grinste. „Obwohl ich zugeben muss, ganz clever gemacht. Kaum Spuren hinterlassen, keine Waffe benutzt, im richtigen Moment das Richtige getan. Aus deiner Sicht." Sein Lächeln erstarb. „Nur, das geht gar nicht. Meine Leute überfahren. Stell dir doch mal vor, seine Frau. Seine Kinder. Denen kann man doch nicht einmal die Leiche zeigen. Wie der aussieht." Sabine konnte sich noch immer keinen Reim auf Hendersons Erklärungen machen. Natürlich meinte er Grünwald, so viel war klar. Aber woher wusste er ... Und warum war der sein bester Mann gewesen? Bester Mann wofür? Wobei? Sabine stöhnte. Wollte erklären, dass sie nichts mit dem zu tun hatte, was er ihr vorwarf. Es war unmöglich.

Henderson ließ wiederum Asche auf den Boden fallen, sah den Flöckchen nachdenklich hinterher. „Ja, Honey, ob da Asche auf dem Boden ist oder nicht, darum brauchst du dich jetzt nicht mehr zu kümmern, glaub mir das!" Sabine konzentrierte sich auf ihre Atmung. Ein, aus. Ganz ruhig. Ganz regelmäßig. Sie schloss die Augen. Vielleicht würde dann dieser Alptraum enden. „Honey, wenn ich dir jetzt den Mund freimache, wirst du dann still sein? Kein Geschrei?" Sabine nickte. „Aber führ mich ja nicht an der Nase herum – du kannst dir vorstellen, was dann passiert!" Henderson stand auf und riss ihr mit einem Ruck das Klebeband vom Mund. Ein heftiger Schmerz durchzuckte Sabine, sie schrie auf. Henderson hielt den Finger gegen den Mund. „Pssst! Schön still sein! Sonst ..." Er führte drohend seine rechte Hand hinter die linke Schulter, setzte sich wieder hin. „Möchtest du etwas zu deiner Rechtfertigung sagen?“ „Ich hab keine Ahnung, wovon du redest.“ Sabines Stimme zitterte. Obwohl sie versucht hatte, sachlich, neutral zu klingen. Henderson grinste. Schwieg. Was Sabines Wut anfachte. Sie konnte sich das nicht gefallen lassen. Was bildete sich dieser Affe eigentlich ein?

„Wo ist mein Geld?“ Sabine spuckte den Satz förmlich vor Henderson hin. Sein Grinsen wurde breiter, hässlicher. „Das möchtest du gerne wissen, was? Sagen wir, ich habe es mir ausgeborgt. Oder, noch besser, ich habe es für dich investiert. Gewinnbringend. Ob du es zurückbekommst, das ...“ Er ließ seinen Satz unvollendet. „Zuerst erklärst du mir die Geschichte mit Nick ... Grünwald. Was da überhaupt los war, wie du mit ihm zusammengekommen bist. Und warum du ihn überfahren hast.“ Sabine zögerte. Er hatte den Namen mit ironischem Unterton ausgesprochen, so, als sei ihnen beiden klar, dass er falsch gewesen war. Was würde er machen, wenn er die Einzelheiten erfuhr? „Ich hab ihn nicht überfahren, aber er hat mich vergewaltigt! Hier, in dieser Wohnung. Auf unserem Bett. Wie findest du das?“ Vielleicht ließ Henderson das als Begründung für ihr Handeln gelten. Er schoss hoch. „Was? Diese Drecksau!“ Henderson stampfte zum Fenster, sah wortlos hinaus. Fluchte vor sich hin. Schlug so heftig gegen den Fensterrahmen, dass Sabine zusammenzuckte. „Dieses Arschloch! Hinter meinem Rücken!“ Er trat so heftig gegen ein Tischbein, dass es einknickte, die Tischplatte zu Boden rumpelte. Kam wieder zurück. „OK, Honey, du hast eins bei mir gut. Aber du hättest mir das erzählen sollen. Dann hätte ich mich um ihn gekümmert. Diese Ratte hat auf eigene Rechnung gearbeitet. Glaub mir, ich hab davon nichts gewusst. Dass er an dein Geld will. Und an dich. Ich hab ihm vertraut. Werd ich nie wieder tun. Jemandem vertrauen, meine ich.“ „Was hast du mit dem überhaupt zu tun? Und wie hätte ich wissen sollen, dass er etwas mit dir zu tun hat? Ich hab ihn für einen Polizisten gehalten!“ Sabine versuchte, ihre Arme hinter dem Rücken zu verlagern. Sie waren teilweise eingeschlafen. „Das ist eine lange Geschichte, mit ihm und mir. Hätte ich nur geahnt, wer der korrupte Polizist ist, von dem du geredet hast, ich hätte das längst geregelt! Und wir hätten uns womöglich viel erspart!“ Henderson deutete auf die Fesseln an ihren Handgelenken. Er setzte sich wieder, kratzte sich an der Stirn. „Wir haben ... hatten, wie soll man sagen, geschäftliche Beziehungen. Bei denen ich die Anordnungen erteile, er sie ausführt. Mehr musst du nicht wissen.“ „Was denn für Geschäfte?“ Sabine konnte es sich vorstellen, ohne dass Henderson antwortete. Hausverwaltungen? Es musste sich um Geschäfte ganz anderer Art handeln.

„Das Problem ist nur“, fuhr Henderson fort. „Du warst für mich ein Stück ... ja, sagen wir es so, ein Stück Normalität. Gewöhnliches Leben. Bürgerlich. Das hab ich gebraucht, wirklich. Und es war ein Glück, dass du eine Reifenpanne gehabt hast. Es hätte alles gut werden können. Und über den Rest meines Lebens ... willst du nichts wissen, glaub mir.“ Er seufzte. „Aber jetzt bist du zu einem Sicherheitsrisiko geworden. Du bist ja ... irgendwie doch psychisch labil. Nicht die Stärkste. Und wenn dir alles zu viel wird, dann erzählst du am Ende alles einer Freundin. Oder einer Therapeutin.“ Er lachte auf. „Ihr Weiber braucht ja immer gleich eine Therapie. Und dann wird von einer zur Nächsten weitergequatscht. Wie die Frauen halt so sind. Oder du rennst am Ende noch direkt zur Polizei. In Wirklichkeit hieß er übrigens ... ach, das tut nichts zur Sache.“ Wieder stand er auf, ging in die Küche, ließ ein Glas Wasser herunter und trank einen Schluck.

„Du auch?“ Sabine nickte. Henderson schüttelte den Kopf. „Jetzt lieber nicht. Sonst hörst du mir nicht konzentriert zu.“ Er ließ sich nieder, seufzte. „Verstehst du, wenn die Polizei über ihn ... Grünwald, wenn sie da auf dich kommen, und über dich auf mich, dann hab ich Ärger am Hals, den ich gar nicht brauchen kann. Hat dich jemand mit ihm gesehen?“ Sabine dachte an das Restaurant. Natürlich war sie dort mit Grünwald gesehen worden, das Personal würde sich sicher an sie erinnern, wenn man nachfragte. Dennoch schüttelte sie den Kopf. Er nahm einen Whisky aus der Vitrine, goss sich ein Glas ein. Trank. Ächzte. „Was soll ich nur mit dir machen, Honey?“ „Wie kommst du überhaupt darauf, dass ich ihn ... umgebracht habe?“, versuchte sie abzulenken. Henderson seufzte. „Ach, Honey. Du weißt es doch genau. Du warst ja dabei.“ Sabine schüttelte den Kopf. „Ich war bei deiner Wohnung. Hab ihr Parfum gerochen.“ Sie wusste nicht, warum sie das gerade jetzt erzählen musste. Helfen würde es ihr nicht, Henderson vielleicht bloß noch mehr gegen sie aufbringen. Es war einfach herausgerutscht.

Henderson aber zuckte nur mit den Schultern. „Honey, das ist ein Nebenschauplatz. Da bildest du dir etwas ein. Ich hab auch beruflich ... sagen wir, mit Frauen zu tun. Da kommt es schon einmal vor, dass eine in meine Wohnung kommt. Hat nichts zu bedeuten.“ Wut loderte in Sabine hoch. Und plötzlich wusste sie, wem das Parfum gehörte. Sie hatte es im letzten Jahr immer und immer wieder gerochen. Dass ihr das nicht gleich eingefallen war, wo er doch mehrmals nach ihr gefragt hatte. „Sylvia“, sagte Sabine. Henderson lächelte. „Die? Die hätte mir gefallen, keine Frage!“ Er schüttelte den Kopf. „Aber die hab ich nur einmal gesehen. Beim Begräbnis. Ehrlich!“ Er hielt zwei Finger zum Zeichen des Schwurs in die Höhe, ließ sie wieder sinken. „Außerdem hab ich’s nicht so mit Omis.

Obwohl sie knackig ausgesehen hat." Henderson starrte versonnen vor sich hin, drehte sein Zigarettenpäckchen zwischen den Fingern, bevor er sich wieder eine anzündete. Sabine konnte das alles nicht glauben. Was sollte das heißen, er habe auch beruflich mit Frauen zu tun? Sie ahnte es, wollte es sich aber nicht eingestehen. Es war einfach zu viel auf einmal. Wie konnte er wissen, dass sie es gewesen war, die Grünwald überfahren hatte, oder wie auch immer er geheißen hatte? Wie war er an ihr Geld gekommen? Der Zettel am Laptop. Das musste es gewesen sein. Er hatte ihn gesehen und sich mit ihren Daten das Geld selbst überwiesen.

„Du hast mein Geld gestohlen." Wieder zuckte Henderson mit den Achseln. „Wie gesagt, ich habe es mir ausgeborgt. Es gibt da ... wie sagt man das in Finanzkreisen ... ein kleines Liquiditätsproblem." Er grinste, nahm einen weiteren Schluck Whisky. „Und es schadet ja nichts, wenn eine Frau ein wenig von einem abhängig ist, nicht? Mein Geld ist dein Geld, oder? Und ich hätte es auch angelegt. Und ... vielleicht zurückgegeben. Obwohl, Baby, wenn du mit mir zusammengeblieben wärst, glaub mir, Geld wäre das geringste Problem gewesen."

Sabines Arme kribbelten, das Klebeband saß fest. Und sie hatte Kopfschmerzen. „Wie hast du ..." Er lachte auf, bevor sie die Frage gestellt hatte. „Stell dir vor, dein Laptop hat so laut gebrummt. Und ich denke mir, siehst du einmal nach, ob man den vielleicht entstauben muss. Oder ob das Gebläse was hat. Da seh ich den Zettel kleben. Und eine Liste mit den Transaktionsnummern hast du ja praktischerweise in der Schreibtischschublade aufgehoben ... und auf die Bankseite hast du sogar ein Lesezeichen gelegt. War einfach. Zu verführerisch, du musst verstehen." „Wenn du mir mein Geld zurückgibst, erfährt die Polizei nichts von mir. Ehrenwort." Henderson lachte auf. „Du versuchst nur, deinen hübschen Arsch zu retten, Honey. Der ist übrigens wirklich aufregend. Würde sicher gut ankommen in irgendeinem Bordell, sagen wir mal in der Ukraine, oder in Russland, wo kein Hahn nach deinen Rechten kräht." Sabine schrak zurück. Sollte das eine Drohung sein? „Und, Baby, außerdem glaub ich, dass du deine Eltern um die Ecke gebracht hast. Beide. Das trau ich dir zu. Und es hat sich ja auch bestätigt, dass du grausam sein kannst. Mit dem Nick, also Grünwald, hast du ja keine Gnade gekannt. Würd mich interessieren, wie genau hast du das geschafft, dass er draußen ist und du hinter dem Steuer? Hast du ihm deine Muschi gezeigt, dass er den Verstand verloren hat?"

Das war ein anderer Mensch, den Sabine da vor sich hatte. Das war nicht der Henderson, der ihr damals den Reifen gewechselt hatte. Nicht der, der mit ihr zusammen ihren Vater im Krankenhaus besucht hatte. Er sah anders aus, sprach anders. Wie hatte er sich nur so verstellen können? Oder war das jetzt eine Maske? Sie verstand es nicht. „Mach mich endlich los! Oder was hast du sonst mit mir vor?" Henderson seufzte. „Es ist so schade um dich, Honey. Aber ich kann kein Risiko eingehen. Ich hab es ja schon gesagt. Früher oder später wirst du doch der Polizei alles Mögliche erzählen. Und wenn du ihnen was über Nick erzählst, interessieren sie sich sicher auch für meine Geschäfte. Das wirst du doch verstehen. Das ist einfach zu riskant. Und vor allem geht es einfach nicht an, dass du anfängst, meine Leute aus dem Verkehr zu ziehen. Verstehst du, Strafe muss sein. In so einem Betrieb muss Ordnung herrschen. Aber ich versprech dir, wir machen's schnell und schmerzlos. Ich bin ja kein Unmensch."

„Du könntest mein Geld behalten. Sozusagen als Sicherheit. Dass ich den Mund halte." Henderson lächelte und zuckte mit den Schultern. „Ist mir zu unsicher, deine

Sicherheit. Schau, das Geld hab ich ja sowieso." Sabine überlegte, ob sie losbrüllen sollte. Vielleicht hörte sie irgendjemand? Vor ein paar Stunden noch hatte sie überlegt, sich irgendwo hinunterzustürzen. Jetzt, wo Henderson ihr unverhohlen mit dem Tod drohte, überlegte sie krampfhaft, wie sie überleben konnte. Ob es noch eine Chance gab. „Kann ich ein Glas Wasser haben?" Ihre Zunge klebte am Gaumen. Henderson nickte. „Letzte Wünsche sollte man immer erfüllen." Er ging in die Küche, Sabine hörte das Rauschen des Wasserhahns, Henderson kam mit einem halbvollen Glas zurück. Er hielt es an ihre Lippen, hob es zu schnell hoch, Wasser rann ihre Mundwinkel hinunter, sie schluckte gierig. Zu spät merkte sie, dass das Wasser seltsam schmeckte. Oder bildete sie sich das ein? „Honey, ich muss mal. Und zur Sicherheit ..." Er nahm die Rolle Klebeband wieder auf, die er achtlos zu Boden geworfen hatte, nachdem er sie gefesselt hatte, riss ein Stück ab und drückte es ihr grob auf den Mund. Verzweifelt schnappte sie nach Luft. Henderson verschwand wortlos. Ruhig bleiben, sagte sie sich. Gleichmäßig durch die Nase atmen. Ganz gleichmäßig. Keine Panik.

Dunkel. Sie stolperte ein enges Tal entlang, steile Hänge links und rechts. Eine Schlucht. Es donnerte, sie blickte nach oben. Ein lauter Knall. Dunkelheit. Sie konnte nichts sehen. Schreie. Schwere Lider. Mit Mühe konnte sie ihre Augen ein wenig öffnen. Zunächst konnte sie sich nicht orientieren. Wo war sie? Ihr gegenüber sprang jemand auf, Sekundenbruchteile später tauchten schwarz gekleidete, vermummte Gestalten hinter ihm auf, schrien: „Polizei!" Mehrmals, mehrere durcheinander. Geschrei, Stiefelschritte. Türen schlugen. Sie konnte sich nicht aufrichten, hing irgendwo fest. Der Mann ihr gegenüber ging zu Boden. Henderson. Aus dem Vorzimmer drang beißender Rauchgeruch herein. Sabines Augen begannen zu brennen.

Sie bekam kaum Luft, würde ersticken. Warum konnte sie die Augen nicht reiben? Ihre Hände. Ja, die waren immer noch gefesselt. Einer der Männer beugte sich zu ihr herunter, löste das Klebeband von ihrem Mund. Doch sie bekam nur Rauch zu atmen, schluckte, hustete. „Keine Angst, wir haben alles im Griff. Ich bringe Sie hier raus. Können Sie gehen?“ Kein Mann. Frauenstimme. Sabine nickte. Die Polizistin half ihr auf. Henderson lag vor ihr. Soeben wurden seine Arme auf dem Rücken fixiert. Er brüllte. Sabine konnte nicht verstehen, was. Zwei Männer knieten über ihm. Beißender Rauch. Die Frau legte ihr einen Arm um die Hüfte, zog sie nach draußen, vergaß, das Klebeband zu lösen.

Endlich waren sie draußen. Tiefe Atemzüge. Nebel im Kopf, Schmerzen. Jetzt erst löste sich das Klebeband. „Können Sie hinter mir die Stiege hinuntergehen?“ Dumpf klang die Stimme unter dem Helm hervor. Sabine nickte, die Polizistin ebenso. Langsam ging sie voraus, Sabine hinterher, die Hand auf dem Geländer. Ihr Handgelenk schmerzte, die Finger fühlten sich taub an. Sie begann, eine Hand mit den Fingern der anderen zu reiben. Neugierige Gesichter lugten aus den Wohnungstüren. „Gehen Sie bitte in Ihre Wohnungen zurück. Sofort! Schließen Sie die Türen!“ Die Stimme der Polizistin war barsch, autoritär. Die Türen klappten zu. Unten standen mehrere Polizeiautos, zuckende Blaulichter, ein Rettungswagen. Absperrbänder. Schaulustige dahinter. Ein Polizist trat rasch auf Sabine zu, hielt ihr ein Schild vors Gesicht, packte sie am Oberarm. Gestützt von zwei Beamten kam sie zum Rettungswagen, ein weißer Arm half ihr hinauf, die Türen klappten zu.

„Setzen Sie sich erst einmal hin. Oder wollen Sie liegen?“ Sabine schüttelte den Kopf. Der Sanitäter wies auf einen Stuhl mit Kopfstütze und Sicherheitsgurten. Sabine setzte sich hin. Fast im gleichen Moment fielen ihr wieder die Augen zu. Jemand klatschte sanft gegen ihre Wangen, schüttelte ihren Kopf. Sie öffnete die Augen. Wie viel Zeit war vergangen, seit es gekracht hatte? Eine Minute? Zehn Minuten? Sie hatte keine Ahnung. Sie merkte, dass sie zitterte. Eine Frau trat auf sie zu. Besorgte Miene. „Ich bin die Notärztin. Sind Sie verletzt?“ Sabine schüttelte den Kopf, merkte, dass sie hechelnd atmete, dass ihr Puls raste, dass sie immer stärker zu zittern begann. „Ich möchte Ihnen etwas geben, um den Puls herunterzubekommen, die Atmung zu beruhigen. Ist das okay für Sie?“ Sabine konnte nicht mehr als nicken. Gleichzeitig rasten Gedanken durch ihren Kopf. Was war da oben eigentlich passiert? Wieso war die Polizei gekommen? Und was hatte Henderson wirklich gewollt? Die Ärztin hielt ihr einen Becher unter die Nase. „Trinken, bitte!“ Sabine nahm den Becher in die Hand, konnte ihn nicht festhalten. „Ich helfe Ihnen.“ Die Ärztin setzte den Becher an Sabines Lippen, kippte ihn bedächtig. Bittere Flüssigkeit. Noch ein Schluck. „So, das genügt.“ Die Ärztin kauerte sich neben Sabine, hielt ihre Hand. „Es ist alles vorbei. Darf ich mir Ihre Handgelenke ansehen?“ „Ja“, krächzte sie und streckte die Arme vor. Schon wieder fielen die Augen zu. Wach bleiben. Sie riss sie auf. Was hatte Henderson mit Grünwald zu tun? In was für Geschäfte waren die beiden verwickelt? Henderson hatte von Prostitution gesprochen, ihr gedroht, sie in ein Bordell in Russland verschleppen zu lassen. Waren das seine Geschäfte? Waren die Häuser, die er verwaltete, etwa Bordelle? Sie hatte nie eines davon gesehen.

Langsam beruhigten sich ihr Puls und ihre Atmung. Sie wehrte sich gegen die überwältigende Müdigkeit, die sie umfing. Die hintere Tür des Rettungswagens öffnete sich, jemand stieg ein. Sabine sah sich um. Frau Ehrlicher, die Kommissarin, mit der sie schon gesprochen hatte. War sie gekommen, um Sabine zu verhaften? Musste sie jetzt ins Gefängnis? Plötzlich schien das alles egal zu sein. Sie war befreit worden. Befreit aus ihren Fesseln, befreit von Grünwald, befreit von Henderson, der sie wohl nie wirklich geliebt hatte. Er hatte sie benutzt, um seine bürgerliche Seite auszuleben. Aber jetzt war sie frei. Alles war gut.

Sie lächelte die Polizistin an, während die Ärztin ihre Handgelenke untersuchte. „Ich bin auch auf den Kopf gefallen." Sabine musste lächeln. War doch eigentlich egal. Der Kopf hatte es ausgehalten. „Wir haben Herrn Henderson bereits festgenommen, er ist auf dem Weg ins Untersuchungsgefängnis." Die Polizistin legte eine Hand auf Sabines Arm, während die Ärztin ihre Haare beiseitestrich, dort, wo sie auf dem Couchtisch aufgeprallt war. „Nur eine kleine Rissquetschwunde, eine Beule. Das ist alles. Wir werden aber auch noch schauen, ob Sie eine Gehirnerschütterung erlitten haben." „Angesichts der Situation, in der wir Sie vorgefunden haben, wird der Untersuchungsrichter wohl nicht zögern, den Herrn Henderson dortzubehalten." Die Polizistin klopfte ermutigend auf Sabines Unterarm. Und dann verschwamm endgültig alles um sie herum.

Als sie aufwachte, saß Frau Ehrlicher an ihrem Bett. Sie lächelte. „Ich bin froh, dass Sie wieder bei uns sind", sagte sie. „War wohl alles ein bisschen viel für Sie." Sabine versuchte zu nicken, was schwierig war. Ihr Kopf steckte in einem weichen Polster. Sie fühlte, dass sie im Nacken schwitzte. „Sie sind eigentlich ganz okay, sagt die Ärztin. Eine leichte Gehirnerschütterung und der ganze Stress, man möchte Sie über Nacht hierbehalten. Außerdem hat Ihnen der werte Herr Henderson Temazepam verabreicht. Auch bekannt als KO-Tropfen." Sabine nickte wiederum. In ihr brannten die Fragen, aber sie wagte nicht, sie auszusprechen. Wer konnte wissen, was die Polizei nun genau wusste. Ob man schon draufgekommen war, dass sie diesen Nick umgefahren hatte.

„Ich habe ein paar Fragen an Sie. Und Sie vielleicht auch an mich. Wollen wir die nächsten Tage einmal darüber sprechen, oder ist es Ihnen jetzt lieber? Ich meine, die Ungewissheit ist ja auch ...“ Sie brach ab. „Jetzt“, flüsterte Sabine. Sie spürte kaum Schmerz. Nur ein leichtes Ziehen im Kopf. Dort, wo sie aufgeprallt war.

Frau Ehrlicher zog den Stuhl ein wenig näher ans Bett heran. „Zunächst einmal zu Josef Henderson. Wie hat er sich denn Ihnen gegenüber vorgestellt, ich meine, was hat er über seinen Hintergrund erzählt, Beruf, Familie und so weiter?“ „Nicht viel. Seine Eltern sind tot. Er arbeitet bei einer Hausverwaltung. Mädchen für alles. Kann alles. Mit Haustechnik und so. Hat er bei mir auch gemacht.“ Die Polizistin lachte auf. „Tatsächlich. Hausverwaltung. Na ja, so weit daneben liegt das nicht. Die Häuser. die er verwaltet hat, sind Bordelle. Laufhäuser, wenn Sie wissen, was das ist.“ Sabine schüttelte den Kopf. „Dort arbeiten Prostituierte angeblich selbständig, sind Mieterinnen. In Wirklichkeit werden sie über die Höhe der Mieten schamlos ausgebeutet. Zudem von den Betreibern kreuz und quer durch Europa geschickt, wie es denen gefällt. Teilweise auch misshandelt.“ Sabine starrte sie an. Es stimmte also. Henderson war ein Zuhälter!

„Dazu kommt der Vorwurf von Menschenhandel. Und, natürlich, in diesem Milieu, auch Drogengeschäfte. Die Liste ist lang. Das Einzige, für das wir ihn momentan festnageln können, ist die Freiheitsberaubung, die Nötigung, die er an Ihnen begangen hat. Sonst tun wir uns noch ein bisschen schwer mit den Beweisen, sonst hätten wir ihn ja schon viel früher ...“ „Heißt das, er kommt bald wieder raus?“, fragte Sabine. Die Polizistin zuckte mit den Schultern. „Kommt auch auf die Vernehmungen an, auf die Beweislage. Wir arbeiten jedenfalls mit Hochdruck. Ihre Aussage wäre uns sehr wichtig. Zum Beispiel, ob Sie Leute aus seiner Organisation kennengelernt haben." Sabine schüttelte den Kopf. Die Namen Grünwald oder Nick, die würde sie jetzt auf keinen Fall erwähnen. „Er war immer bei mir in der Wohnung. Ich bin nur ein einziges Mal in seiner Wohnung gewesen. Und einmal vor seiner Wohnungstür", besserte sie sich aus.

„Im Zusammenhang mit Henderson sind wir auf einen weiteren Fall gestoßen." Frau Ehrlicher kramte in ihrer Handtasche. Die war, fand Sabine, voluminös, ziemlich hässlich und außerdem abgenutzt. Die Polizistin holte ein Foto aus der Handtasche, das an den Rändern abgestoßen und ein wenig zerknittert war. „Kennen Sie diesen Mann?" Das Foto zeigte Grünwald. Nick. Sie schüttelte den Kopf. „Nie gesehen." „Na ja, wie auch immer, ich muss jetzt eine rauchen. Darf ich danach wiederkommen, um Ihnen noch ein paar Fragen zu stellen? Dauert auch nicht lang." Sabine bejahte. Frau Ehrlicher ließ die Tür hinter sich ins Schloss fallen.

Sabine sah noch einmal nach dem Foto, das auf der Bettdecke liegen geblieben war. Wie kam die Polizistin darauf, dass sie diesen Mann kannte? Auf jeden Fall musste sie gemerkt haben, dass Sabine gelogen hatte. Kriminalisten erkannten das. Sie hatte bestimmt gezögert, sich durch ihren Gesichtsausdruck verraten, als sie abgestritten hatte, den Mann zu kennen. Dennoch. Es blieb ihr nichts anderes übrig, als weiter zu leugnen.

Schneller als vermutet kam Frau Ehrlicher zurück. Sie stank nach Zigarettenrauch. „Ja, ja, die Sucht!" Sie lächelte und deutete auf das Foto, das noch immer auf der Decke lag. Natürlich musste die Polizistin längst gemerkt haben, dass Sabine es betrachtet hatte. „Das ist Herr Nikolaus Furtner. Doktor Nikolaus Furtner. Er war ein enger

Mitarbeiter Ihres ... von Herrn Henderson. Wenn man das so sagen kann. Und Sie haben ihn nicht gekannt?“ Sabine schüttelte den Kopf, etwas zuversichtlicher als zuvor. Frau Ehrlicher wedelte mit dem Foto vor ihrem Gesicht herum, als müsse sie sich kühle Luft zufächeln. Dabei war es im Zimmer kalt. So kalt, dass Sabines Hände, die auf der Decke lagen, eiskalt waren. „Stellen Sie sich vor, der ist tot. Mausetot. Von seinem eigenen Auto überfahren. Der Mörder – oder die Mörderin – hat es in einer Tiefgarage abgestellt. Alles sauber abgewischt, keine Fingerabdrücke. Keine Haare. Sehr professionell.“ Sie schwieg. Sabine bemühte sich, unbeteiligt zum Fenster hinauszusehen. „Warum erzählen Sie mir das?“ Frau Ehrlicher legte das Foto wieder vor sie hin. „Wie Sie ja schon bemerkt haben werden, gibt es in Ihrem Wohnhaus eine ganze Menge neugieriger Nachbarn. Und Nachbarinnen. Und zumindest eine davon behauptet steif und fest, diesen Herrn in Ihrem Haus gesehen zu haben.“ Sabine war, zumindest unterbewusst, auf so etwas Ähnliches gefasst gewesen. Und reagierte schnell. „Kann schon sein. Henderson ist öfter in meiner Wohnung gewesen. Auch, wenn ich nicht da war. Vielleicht hat er sich mit dem Mann getroffen. Wenn er doch ein Mitarbeiter war, wie Sie sagen.“ Das hatte überzeugend geklungen. Ehrlich. „Kann sein.“ Die Polizistin ließ das Foto wieder in ihrer Tasche verschwinden. „Kann aber auch nicht sein!“ Sie stand auf.

„Wieso sind Sie eigentlich in meine Wohnung eingedrungen?“ Die Polizistin seufzte. „Wie Sie sich vorstellen können, sind wir bei den Ermittlungen wegen Ihrer Vergewaltigung relativ schnell auf den Namen Henderson gestoßen. Sie haben ja aus Ihrer Beziehung zu ihm kein Geheimnis gemacht. Ich wollte Sie zu ihm befragen. Ihr Auto stand nicht weit von Ihrem Wohnhaus entfernt. Sie waren aber weder an Ihrem Arbeitsplatz noch über Ihr

Handy oder durch Klingeln an der Wohnungstür zu erreichen. Dafür haben wir Herrn Hendersons Fahrzeug in unmittelbarer Umgebung Ihres Hauses gefunden. Da brauchten wir nur eins und eins zusammenzählen." „Davon hab ich gar nichts mitbekommen. Wie lange war ich denn ..." „Das können wir nur sagen, wenn Sie wissen, zu welchem Zeitpunkt Sie Ihr Freund betäubt hat!" Sabine schüttelte den Kopf. „Keine Ahnung."

Die Tür des Krankenzimmers öffnete sich, eine Krankenschwester rollte einen Wagen mit Tabletts ins Zimmer. „So! Abendessen! Möchten Sie im Bett essen? Oder am Tisch?" „Am Tisch." Sabine schwang ihre Beine aus dem Bett. Beim Aufrichten bekam sie Kopfschmerzen. Dumpf, unbestimmt, aber vorhanden. Sie sah an sich hinab. Krankenhausnachthemd. Sie hatte keine große Lust, sich der Polizistin darin zu zeigen. Die Krankenschwester schien das zu merken. „Wir haben Ihnen einen Bademantel in den Schrank gehängt. Sie hatten ja nichts dabei." Ein leichter Vorwurf schien in ihren Worten mitzuschwingen. Warum hatte sich Sabine auch nicht besser auf den Polizeieinsatz vorbereitet?

Sie stand auf. „Warten Sie, ich helfe Ihnen." Frau Ehrlicher trat hinter sie, hielt den Bademantel hoch, sodass sie in die Ärmel schlüpfen konnte. Sabine verknotete den Gürtel. „Bitte!" Die Krankenschwester stellte das Tablett vor sie hin, hob den Deckel ab. „Naturschnitzel mit Kartoffelpüree. Hoffentlich schmeckt es." Als sie das Essen roch, merkte Sabine, dass sie großen Hunger hatte. Sie schnitt eine Ecke des Schnitzels ab, kaute. Nahm eine Gabel voll Püree dazu. Es gab auch Karottengemüse und eine kleine Schüssel Salat. „Essen Sie ruhig!", sagte die Kommissarin, setzte sich zu ihr an den Tisch und lächelte. „Ich bleibe noch ein wenig." Sabine spürte, dass Frau Ehrlicher auf etwas wartete. Worauf? „Haben Sie auch Hunger?", fragte

Sabine. Die Kommissarin lachte auf. „Das dürfen Sie mich nicht fragen. Ich habe immer Hunger. Zumindest Appetit. Aber ich versuche, mich zu disziplinieren. Deswegen auch das Rauchen. Damit ich nicht so viel esse." Anscheinend war Sabines Blick vorwurfsvoll gewesen, denn die Polizistin fuhr fort, sich zu rechtfertigen. „Ich weiß, ungesund. Ich sterbe früher. Aber wer will schon ewig leben?"

Ja. Wer wollte schon ewig leben. Und vor allem – wer wollte so leben. Drei Menschen getötet. Sie würden herausfinden, dass sie Grünwald getötet hatte. Oder Nick. Dann Henderson, der irgendwann wieder aus der Haft freikommen würde und sich womöglich an ihr rächen wollte. Das Schnitzel klebte am Gaumen, das Kartoffelpüree war plötzlich wie Kleister in ihrem Mund. Sie bemühte sich, weiterzukauen. Mit einem Schluck Wasser hinunterzuspülen. Womöglich war es im Gefängnis ganz okay. Geregelter Tagesablauf. Vor allem, sie musste niemanden anlügen. Alle wussten schon die Wahrheit über sie. Sie konnte danach vielleicht ganz neu anfangen, wenn es ein Danach gab. Irgendwo, in einem anderen Land. Als Küchenhilfe, als Putzfrau. Vielleicht würde man sie sogar als Deutschlehrerin arbeiten lassen. Warum nicht. Was tat man eigentlich im Gefängnis den ganzen Tag? Klar war, man musste sich um nichts kümmern. Der gesamte Alltag wurde für einen organisiert. Eigentlich wunderbar. Vielleicht konnte sie dort den Mitinsassinnen Englisch beibringen. Oder Deutsch, wenn sie das nicht konnten.

Sie sah Frau Ehrlicher an, legte Messer und Gabel beiseite. „Braucht man im Gefängnis eigentlich auch Englischlehrerinnen?" Frau Ehrlicher fuhr auf. „Wie? Was haben Sie gesagt?" „Im Gefängnis. Ob ich da Englisch unterrichten dürfte." Die Polizistin legte ihre Hand auf die Sabines. Sie war warm. Und forderte nichts.

„Ich habe nämlich meine Eltern umgebracht."

Danksagung

Dank für das Zustandekommen des vorliegenden Romans möchte ich vor allem meiner Lektorin Linda Müller aussprechen, die mir erlaubt hat, zwei verschiedene Schreibweisen für irischen *Whiskey* und schottischen *Whisky* zu verwenden. Wer den Unterschied noch nicht geschmeckt hat, dem seien Kostproben jederzeit empfohlen.

Darüber hinaus danke ich dem Team des Haymon-Verlags, allen voran Dorothea Zanon und Christina Kindl, wie auch meinem Verleger Markus Hatzer, der mir die Möglichkeit gibt, literarische Experimente auch außerhalb der Gasperlmaier-Reihe umzusetzen.

Last, but not least möchte ich meiner Frau Ulrike für das Ideenliefern und das kritische Erstlesen danken. Ohne sie würde ich mich gelegentlich in Gefilde verrennen, in die mir Leser/innen nicht zu folgen vermöchten.

Und zu guter Letzt möchte ich mich bei allen Müttern entschuldigen, die ihre Kinder mit Zuwendung, Klugheit und dem nötigen Augenmaß erziehen – sie kommen leider in diesem Buch nicht vor.